兰州大学 211 工程资助项目

庆振轩 主编

河西宝卷与敦煌文学研究

人民出版社

责任编辑:杨美艳　王怡石
装帧设计:薛　磊
责任校对:张杰利

图书在版编目(CIP)数据

河西宝卷与敦煌文学研究/庆振轩 主编. −北京:人民出版社,2012.7
(敦煌西域文明与中国传统文化丛书)
ISBN 978−7−01−010878−0

Ⅰ.①河⋯　Ⅱ.①庆⋯　Ⅲ.①宝卷(文学)−文学研究−中国−古代
②敦煌学−文学研究−中国　Ⅳ.①I 207.62 ②I 206.22

中国版本图书馆 CIP 数据核字(2012)第 084579 号

河西宝卷与敦煌文学研究
HEXI BAOJUAN YU DUNHUANG WENXUE YANJIU

庆振轩　主编

人民出版社 出版发行
(100706　北京朝阳门内大街 166 号)

北京市文林印务有限责任公司印刷　新华书店经销

2012 年 7 月第 1 版　2012 年 7 月北京第 1 次印刷
开本:710 毫米×1000 毫米 1/16　印张:22
字数:350 千字　印数:0,001−2,000 册

ISBN 978−7−01−010878−0　定价:49.80 元

邮购地址 100706　北京朝阳门内大街 166 号
人民东方图书销售中心　电话 (010)65250042　65289539

目录

前言

　　河西宝卷是活在民间的敦煌文学，在讲唱内容和讲唱形式上与敦煌变文一脉相承，具有鲜明的地域文化特色。河西宝卷的源流演变大致可以从"佛经—俗讲—变文—宝卷"理出一条较为清晰的流变线索，其间又受到话本小说、章回小说、戏曲故事以及地方说唱文艺的影响，以写卷（抄卷）宣卷的形式长期流行在民间。河西宝卷盛行于明清时期，解放初期尚有新作，但伴随着解放后历次政治运动而急剧衰亡。到改革开放之初又有抄卷（印卷）的短暂复苏，但已是河西宝卷衰亡的回光返照了。伴随着社会生活的急速变革，在敦煌地区已经找不到讲唱宝卷的艺人了。其他地区，宝卷的教育娱乐功能，也为越来越普及的电影、电视、互联网所取代。原来河西宝卷曾经十分流行的地区，越来越多的民众已没有听过宣卷，甚至不知宝卷为何物了。

　　面临着这极具地域文化特色的俗文学品种的急剧衰亡，河西宝卷的收集整理和研讨成为当务之急。

河西宝卷的收集整理始于 20 世纪 70 年代末 80 年代初，兰州大学的段平先生、河西学院的方步和先生、敦煌的高德祥先生是从事河西宝卷收集整理的先行者。其所收集或从个人爱好开始，或有单位组织支持，付出了辛勤劳苦，也有了丰硕的成果。随着河西宝卷的通俗文学、宗教文化、地域文化、民俗文化的内涵愈益为学界关注，特别是随着建设文化大省的明确思想的导引，地方政府对传统文化和地域特色文化的重视，本世纪初出现了一个河西宝卷整理出版的高潮，先后出版了《酒泉宝卷》三册、《凉州宝卷》一册、《山丹宝卷》两册、《金张掖宝卷》三册，它们和高德祥主编的《敦煌民歌·宝卷·曲子戏》一起，向读者和学界呈现了河西宝卷的基本面貌，为全面深入系统的研究河西宝卷提供了便利。

虽然河西地区的宝卷搜集整理出版的成绩令人欣慰，虽然河西宝卷已入文化遗产保护名录，并且指定了传承人，有关地方组织了河西宝卷在节日的"表演"，但是，这一切和"原生态"的河西宝卷，和自然而然融合于河西民众生活的"过去的河西宝卷"已是截然不同。因此，针对河西宝卷即将成为逝去的文化遗产的现实，对河西宝卷的全面深入系统的研讨成为关注喜爱河西宝卷的同人的不可推卸的责任。虽然段平、方步和二位先生各有系列论文刊发，但截止目前，学界发表的相关学术论文寥寥可数。关于河西宝卷的源流性质、地域文化特性、俗文学的特色，宗教文化的特点，其与变文、话本以及地方讲唱文艺的关系等，尚待深入探讨。为了促进河西宝卷研究的全面深入，我们撰写了这本文集，论文作者对各自关注的宝卷及相关的文化现象进行了探讨。由于河西宝卷和敦煌文学的密切关系，文集中我们收录了数篇与之相关的敦煌文献研究方面的文章。文集的出版，只是我们全面深入研讨河西宝卷的第一步，所以热切地期待专家、读者的批评指正。

值此文集出版之际，我们向负责"211 工程"《敦煌西域文明与中国传统文化》项目的郑炳林、伏俊琏先生深表谢意，向学校有关职能部门、文学院党政领导、参撰本书的各位同仁们深表谢意，更感谢人民出版社的杨美艳女士、王怡石女士为本书编辑出版所付出的辛劳和心血。当然，书籍的出版是一个"系统工程"，就本书的出版而言，以上各要素缺一不可，绝对不是一个感谢就可以表达我们此时的心情的。

兰州大学文学院　庆振轩　张馨心

河西宝卷著述提要

一、《河西宝卷选》

　　《河西宝卷选》由兰州大学文学院段平整理，兰州大学出版社 1988 年 4 月出版。《河西宝卷选》整理收录了《孟姜女哭长城宝卷》、《二度梅宝卷》、《杨金花夺印宝卷》、《白玉楼宝卷》、《丁郎寻父宝卷》、《红灯记宝卷》、《救劫宝卷》、《鹦鸽宝卷》8 个河西宝卷。其中《杨金花夺印宝卷》为目前其他河西宝卷选本所未收，且其内容为流传较广传为能大木编著之《北宋志传》所未见。在《北宋志传》基础上校定出版的《杨家将演义》宝文堂书店 1980 年版及该书《附录》所收《杨家将小说评论摘录》、《〈杨家将〉考证》（节录）、《杨家将故事考信录》（节录）、《杨家将史料》、《杨家将剧目简介》均未涉及相关内容。

　　《河西宝卷选》前有段平先生所撰"前言"。"前言"简要叙写了作者对河西宝卷之基本看法："从敦煌变文到河西宝卷"，理出了清晰的河西宝卷流变序列: 佛经—俗讲—变文—宝卷;"宝卷与宗教的关系"认为"宝卷是宗教的世俗化"、"宝卷反映着杂家思想"、"现在河西流传的宝卷多是世俗宝卷";"河西宝卷的社会意义与艺术特色,论述了河西宝卷的社会意义和艺术特点。该书后有《附录: 河西宝卷集录》,收有段平在长期收集河西宝卷过程中寓目的宝卷名录,计有木刻本 8 种、石印本 5 种、手抄本 95 种,共 108 种,是十分珍贵的资料。

1994 年 6 月,新文丰出版公司印行段平纂集的《河西宝卷选》,因书名与兰州大学出版社之《河西宝卷选》相同,为了区别,或称之为"河西宝卷续编"。该版《河西宝卷选》有段平所撰长达 50 余页的"前言",较为系统地对河西宝卷的源流、内容和题材、艺术特性进行了阐述。全书共收有河西宝卷 13 种,其中《孟姜女哭长城宝卷》、《救劫宝卷》、《鹦鸽宝卷》与兰大版相同。此外,收入《白蛇传宝卷》《精忠宝卷》《红楼镜宝卷》《放饭宝卷》《方四姐宝卷》《绣红罗宝卷》、《黄氏女宝卷》、《开宗宝卷》、《何仙姑宝卷》、《目连三世宝卷》10 种。《精忠宝卷》篇幅最长,可以明显看出《说岳全传》的影响。

二、《河西宝卷的调查研究》

《河西宝卷的调查研究》,段平著,兰州大学出版社 1992 年 10 月出版。《河西宝卷的调查研究》为段平长期从事河西宝卷调查研究的论文集。全书收论文十二篇,其中正编 10 篇,附录 2 篇。书末有后记。作为河西宝卷调查研究的的先行者之一,段平在"解放前,在陕西农村的庙会上",就"听过道人的'念卷'劝善","接触宝卷,是从上小学开始",当时家中有几本世俗宝卷;"正式搜集是从 1958 年在甘肃酒泉劳动开始";"有计划地整理研究","从 1983 年开始","先后 3 次率毕业班的大学生深入河西农村,调查念卷活动,搜集宝卷抄本;同时开始了文献查阅与学术研究工作"。先后十数年间,撰写发表了书中所收十余篇学术论文,受到学术界的关注和好评。

《河西宝卷的调查研究》的内容包括了调查和研究两部分。作为河西宝卷调查研究的开拓者，段平在《河西宝卷的调查研究》一文后附有精心设计的调查问卷，内容涉及"宝卷的名称"、"念卷人情况"、"念卷的习俗"、"技艺的传授"、"宗教信仰"等十大类内容。于中可以了解他们当年所作的深入细致的调查工作。在细致的调查工作的基础上，他们搜集了相当数目的河西宝卷，其所寓目，多达 108 种。其所估计，河西宝卷当有 200 余种。出版了《河西宝卷选》，发表了一系列调查研究的学术论文。有关调查分析的有《河西宝卷的调查研究》、《河西宝卷的昨天、今天和明天》、《对河念宝活动的刻析》、《流传在河西的孟姜女宝卷》等文章，向我们揭示了河西宝卷在河西发展流传的生态环境，以及写卷人传抄、改写、编写的情景，以及宝卷所反映的河西民间信仰的复杂多样——儒释道相融的杂家思想。其中河西人到长城边念卷，孟姜女在当地有庙目与当地乞子送子习俗的关系，还有西部军征战河西，得到女神佑护的民间传说，生动有趣。但这些随着时间推移，极易消亡的"故事"，藉此书得以保留。段平的关于河西宝卷的研究成果，集中在此书之中。段平在细致调查研究的基础上的学术观点，一直为学界引用，予后学以启迪，诸如论及宝卷之源流明确说出一条线索：佛经—俗讲—变文—宝卷。论及其内容分类，认为"宝卷继承了变文的内容和形式，所以它的题材和变文一样，有着宗教的和非宗教的两大类"。论及河西宝卷与河西文化，段平认为其在河西长期流传以至今日，是因为"河西宝卷是民族文化的一部分"，"是群众喜闻乐见的文艺样式"，"它是传统道德的启蒙教材"。念卷、听卷长期以来是河西人民的娱乐活动。该书"附录"的两篇论文，《〈金瓶梅词话〉里的宝卷资料的学术价值》对较早保存有关宝卷宣讲活动及相关内容的《金瓶梅词话》中的文献资料进行了分析研究。《苏联影印明刻〈普明宝卷〉》一文，对在 1909 年苏联出版的《普明宝卷》，其所论述民间秘密宗教与宝卷的关系、民间秘密宗教的"四大特征"，均引起学术界关注。

三、《河西宝卷真本校注研究》

《河西宝卷真本校注研究》，方步和编著，兰州大学出版社 1992 年版。

《河西宝卷真本校注研究》内容分为三部分。第一部分"绪论"，包括"导言"、"凡例"；第二部分为"（河西宝卷真本）校注评"，共收录河西宝卷 10 种；第三部分为"研究"，收录方步和相关研究文章 6 篇。

编著者在该书"凡例"中叙写了该书编排收录之特点。"本书定名《河西宝卷真本校注研究》，是只选河西的宝卷；宝卷保留真实面貌，不任意删改，故称'真本'"较之于目前所出版的其他河西宝卷编选本，是该书突出的特点之一；"本书所选每本宝卷，均有校、注、评"。该书之"校"，"同一宝卷有几个或多到十几个本子的，都互相参校，择优而从"。"内容涉及旁书的，都一一参校，慎定订正。"该书注释力求简洁；简评具有明显的"导向性"。

"宝卷保留真实面貌"是该书所选宝卷的突出特色。但该书"凡例"之四又说："宝卷中，离中心太远，实属蔓生的枝节，如《天仙配》宝卷中董母的立牌坊、《救劫宝卷》中袁三卖妻之后又拐妻等，都割舍了。"那么至少《天仙配宝卷》与《救劫宝卷》已是"割舍"删节过的，已非"真本"。

《河西宝卷真本校注评》第三部分是方步和先生对河西宝卷调查研究的成果。《河西宝卷的调查》一文记录了"河西宝卷研究"课题组，"历时十余载"，成员几乎遍及河西的调查研究。文章述及调查的范围、宝卷传播的方式、民间的抄卷与宣卷、念卷内容的选定、念卷的特殊教化功能、宝卷的四类作者、河西宝卷与宗教等问题。方步和和段平调查研究河西宝卷时间大致相近。其调查内容与段平相关文字对照，对后来的研究者颇具参考价值。《唐王所游地狱的由来和现实性》、《张掖仙姑的历史意义》、《河西青年爱情的凯歌》、《古浪天灾人祸的纪实》四篇论文分别对《唐王游地狱宝卷》、《仙姑宝卷》、《张四姐大闹东京宝卷》、《救劫宝卷》的特色进行了探讨。《河西宝卷探源》一文，在经过细致的分析研究，继郑振铎、李世瑜、段平之后，将河西宝卷分为"佛教宝卷"、"神话传说、历史民间故事宝卷和寓言宝卷"三类，并阐明了它们的源头："俗讲（含佛变文）是河西佛教宝卷的源头"；"俗变文是河西神话传说、历史民间故事宝卷的源头"；"敦煌燕子赋是河西寓言宝卷的源头"。其分类探源之说，在研究河西宝卷诸种观点之中自成一家。

四、《酒泉宝卷》

　　《酒泉宝卷》分上、中、下三编。上编选编整理者为郭仪、高正刚、谭蝉雪；中编主编谢生保；下编主编刘大翔。在 21 世纪相继出版河西宝卷系列中，《酒泉宝卷》应是较早印行的一部。据《〈酒泉宝卷〉上编再版修订说明》，在 20 世纪 80 年代末，已精选完成了《酒泉宝卷》上编的编辑出版工作。至 2000 年，在各部门的大力支持下，完成了中、下编的编辑出版工作，并将上编略加修订，与中、下编统一版式以内部出版形式成书，于 2001 年印行。

　　《酒泉宝卷》共收流行于河西的宝卷 30 部，其中上编 8 部；中编 10 部；下编 12 部。除各卷卷首的出版说明外，上编有"前言"；中编有"《酒泉民间宝卷概述》、《酒泉宝卷与敦煌变文》"（谢生保）。从中可以大略知道相关专家的研究情况。

　　《酒泉民间宝卷概述》给宝卷的定义是，宝卷就是念卷人念的脚本。宝卷是"一人创作、口头流传、集体加工的创作"。"是一种讲唱体的通俗文学"，"又是一种变文体的宗教文学"。该文还介绍了酒泉文化馆的同志搜集宝卷的情况，"共搜集到 57 种，147 本"。其中"刊本八本，毛笔抄本 57 本，油印本 2 本，其余均为钢笔抄本"。年代最早的为 17 世纪之作。但看到的手抄本大部分为 20 世纪 80 年代的选录本。文章作者特别在"搜集酒泉宝卷的意义"中论及酒泉宝卷的搜集整理对于变文研究的作用和意义。谢生保《酒泉宝卷与敦煌变文》从文体、音乐、讲唱形式、方法、宗教思想四个方面对宝卷与变文之异同进行了探讨。

　　特别值得注意的是，《酒泉宝卷》上编的"前言"出自专家手笔，有关论述眼界更为开阔，更为严谨。"前言"叙及宝卷之渊源，言及酒泉宝卷的地域文化特色。重点强调了酒泉宝卷搜集整理"补充和丰富了祖国宝卷珍品的数量和内容"。酒泉"宝卷总数为 133 种，版本为 265 种，相当于全国总数的五分之一左右"。并且酒泉地区宝卷中保留的古老版本"为宝卷产生的时代提供了新的研究资料"。"前言"对于酒泉宝卷与敦煌变文、讲经文、词文的关系也有简要论述。

五、《凉州宝卷》（一）

　　《凉州宝卷》（一）王奎、赵旭峰搜集整理，武威天梯山石崖管理处编印，2007年6月内部印行。该书收录凉州宝卷6种：《红罗宝卷》、《四姐宝卷》、《白马宝卷》、《包公宝卷》、《和家论宝卷》、《新刻岳山宝卷》。冯天民为该书写有"序言"。"序言"认为凉州宝卷具有娱乐、教育的功能，"宝卷是唐代敦煌变文、俗讲、宋代说经发展而成的民间吟唱的文娱活动。""序言"介绍凉州宝卷的脚本"大多是木刻版和手抄本，20世纪80年代初期出现过一些油印本。"其"内容基本可分三类，一是反映佛教题材的"；"二是根据神话传说故事编写的"；"三是反映社会和日常生活的寓言故事"。其艺术特点表现在四个方面："一是故事性强，情节跌宕起伏，曲折离奇，十分吸引听众"；"二是形式活泼多样，灵活多变，随意性强"；"三是语言朴素生动，乡土气息十分浓厚"；"四是内容丰富、题材广泛"。李高辉的"跋"语介绍了凉州地区整理出版凉州宝卷的情况。1999年赵旭峰搜集到几部宝卷；2002年8月首届天马节专号刊出四卷；2003年8月《西凉文学》推出《凉州宝卷·民歌》专号；2006年刊行《凉州宝卷》（一）。既然现在印行之《凉州宝卷》标明第一册，读者期望凉州有关部门能像酒泉、张掖一样，出版印行流行于凉州地区的具有特色的宝卷。

六、《山丹宝卷》

　　《山丹宝卷》，张旭主编，甘肃人民出版社2007年7月版。全书分上、下两册，收存山丹宝卷43卷，书前附有山丹宝卷原本照片，有山丹县人民政府县长王海峰、本书主编张旭为本书所作"序言"二篇。言及宝卷之渊源，王序谓："宝卷又称'因果'和'论因果'，源自上古歌谣神话，历经漫长的发展衍变，因佛教诵经艺术的辐射和'变文'的影响于唐代瓜熟蒂落，成为与传统诗、文并峙的三大文艺形式之一"。"宝卷以其扣人心弦的悬念、跌宕起伏的情节、诙谐妙趣的人物和声情并茂的表演成为俗文学的一大支系，是宋代以后说唱文学，特别是曲艺艺术的源头"。论及山丹宝卷的内容，张旭《河西民间说唱文学——念宝卷》将其分为五类：一是反映社会生活的；二是来自民间神话传说故事的；三是表达历史人物传奇的；四是表述寓言和童话故事的；五是记叙佛教活动的。论及宝卷在河西民众中的影响，张旭认为"念唱宝卷作为河西人民的精神寄托和文化娱乐形式"，"宝卷在人民群众中根基之深、影响之大、范围之广，可谓'之最'。"该书所收"宝卷的韵文句式以十字句最多，七言句次之，还有五言句、四言句"，该书最后的《山丹宝卷曲调》收《十字调》（1、2）、《七字调》、《哭五更》等。

在该书的"序言"及"后记"中，均谈到了《山丹宝卷》收集整理工作的艰辛。所幸的是《山丹宝卷》的收集整理出版得到了地方政府的大力支持，从《山丹宝卷》的收集整理者到地方行政领导，对于《山丹宝卷》文化价值有着清醒深刻的认识：

> 山丹宝卷是河西宝卷的重要组成部分，在千年的流布中，山丹方言的浸润，地方意识渗透，不唯是研究河西，更是研究山丹地域社会学、民间文学、民族学、音韵学、方言学的百科全书。

七、《金张掖民间宝卷》

《金张掖民间宝卷》（全3卷），徐永成主编，甘肃文化出版社2007年版。全书收录各类卷本51部，"历时三年半时间"收集编辑印行。书前附有4帧宝卷手抄本照片，有徐永成为该书写的"前言"——《张掖民间民俗文学——宝卷》。全书最后附有《宝卷曲调》，收有《十字符》、《莲花落》、《哭五更》、《七字符》。

《金张掖民间宝卷》是目前河西宝卷收集整理印行的各刊本中数量最多的一部，《山丹宝卷》次之，43部；《酒泉宝卷》30部；《河西宝卷真本校注研究》10部；《河西宝卷选》8种；《凉州宝卷》（一）6种；《敦煌民歌·宝卷·曲子戏》2种。

张掖宝卷在"山丹、民乐、甘州、临泽、高台、肃南均有分布，约有三百多个版本，但许多是卷名不同，内容大同小异"。徐永成在《张掖民间民俗文学——宝卷》中说："宝卷是敦煌俗文学的分支，很大一部分由佛经故事演变而来。"在广大农村"人们把说唱宝卷作为一种教化和接受教育的手段"，宝卷所传扬的思想观念，已广泛深入地渗入乡村民众的生活之中，"在潜移默化中，既起到了教化的作用，又使中国的传统文化知识得以传播"。徐永成认为张掖宝卷"按体裁和内容大体可以分为五种类型：一是佛、道教故事"、"二是民间神话故事"、"三是寓言故事"、"四是人物传奇故事"、"五是社会生活故事"。

八、《敦煌民歌·宝卷·曲子戏》

《敦煌民歌·宝卷·曲子戏》，高德祥整理，中国图书出版社2009年版。该书内容分为三部分。第一部分为"敦煌民歌"，在"敦煌民歌概况"之后收录34首民歌。高德祥在关于敦煌民歌概况中介绍了他搜集整理敦煌民歌的情况。工作始于1978年，由于长期的禁唱，一些艺人的亡故或者时日已久，记忆模糊，所以"在收集过程中要多听、多看，加以比较，取长补短，综合采用，融合吸收，这样才能完成整个作品的整理过程"。敦煌民歌的内容，大致分为两类："一是以现实生活为题材，反映了人们劳动生活，民俗习惯和思想情感"；"二是以爱情为题材"，且"大多数都是男女之间打情骂俏的情歌"。高德祥在1980年"把搜集到的民歌进行整理"，编印了"简、线谱对照的《敦煌传统民歌》"。2005年"选择了14首敦煌民歌进行改编，录制出版了《敦煌民歌专辑》，并且将《闹五哥》、《对花》改编成载歌载舞的表演形式，在舞台上进行演出"。"这次收集整理敦煌民歌，无论歌词是否健康低俗，作为一种文化遗产把它都应该有妥善的保护措施，所以应收尽收，不留遗漏"。集中所收《等郎君》、《顶灯》都是唱五更；《闹五哥》

和《姐儿街》则唱到十二月。在敦煌变文、宝卷的故乡，应该特别引起注意。

该书第二部为"宝卷"，在《敦煌宝卷的历史渊源》一文后，收录有《方四姐宝卷》和《目连救母幽冥宝卷》。高德祥在介绍敦煌宝卷的历史渊源时特别提到，"讲唱文学在河西的流行，有一定的历史渊源，从莫高窟藏经洞出土的遗书文献中可以看出，唐、五代时期敦煌非常流行讲唱文学"，"而且这种习俗在民间一直流行。明代设防于嘉峪关，敦煌原居民全部向东迁徙"，"迁至酒泉和张掖的交接处，大致在今高台县一带。可以说随着敦煌的移民，敦煌的民间文化和民俗习惯也必然会带到本地"。"酒泉宝卷的兴起时间大约在明清时代"，"与敦煌移民于酒泉是同一时期"，"正是由于敦煌移民于酒泉，这种传唱千年的讲唱文学形式很快传到了酒泉，而且悄然兴起"。到了清代，又向敦煌移民，移民来自各地。宝卷这种形式又传到敦煌。

该书收录的两个宝卷，《目连救母幽冥宝卷》收集于1980年，"大清嘉庆二十一年"木刻印刷版，首尾完好。值得注意的是《方四姐宝卷》，"是根据今阳关镇阳关村3组龚秀芝老人演唱整理"。其内容是方四姐宝卷故事中，方四姐出嫁后，饱受公婆虐待，死后父母至公婆家讨要公道的片段。联系石林生《甘肃永靖傩舞戏》所收永靖《方四娘》小戏，可知方四娘的故事流传极广，有不同的表演形式。但高德祥特别强调，"根据龚秀芝所演唱的宝卷曲调分析，宝卷音乐的传承是比较严谨的"，"因为讲唱宝卷者往往把它视为诵经一样重要"，"从这个意义上说，宝卷音乐传承的历史更加久远，它是讲经文、变文等讲唱音乐的遗传之音"。然而遗憾的是"至今敦煌已经没有一个会讲唱宝卷的艺人"。该书收有宝卷曲调7首。

该书第三部分是敦煌曲子戏。在《敦煌曲子戏的传承与发展》一文后，收录曲子戏剧作47个。高德祥认为敦煌曲子戏"是在眉户戏和敦煌地方民间小调的基础上发展而来的一种形式"，"是戏曲与民间小调相结合的产物，因此称为'曲子戏'"。"曲子戏的许多曲牌与唐代时期的曲子词有着蛛丝马迹的联系"。该书收录有《曲子戏唱腔》58种。其中《长城调》和唱五更的曲调，在河西宝卷中常能看到类似的文字。

高德祥从1978年始从事相关文献资料的收集研究工作，历时30余年，其所贡献，自不必说。但其认为民间文化中的一些作品，"无论歌词是否健康低俗，作为一种文化遗产它都应该有妥善的保护措施，所以应收尽收，不留遗漏"的说法，值得商榷。敦煌民歌中诸如《高粱杆杆高》、《十八摸》似不应公开刊印。作为研究资料保存是可以的。

九、《敦煌曲子戏》

《敦煌曲子戏》，赵虎、方继荣主编，甘肃人民出版社 2010 年版。该书前有孙玉龙为《敦煌曲子戏》写的"序言"，后有编撰者的"编后"。"序言"称该书"共收入 45 个原创剧本，111 个唱腔曲调，54 首器乐曲牌"；曲子戏概述及传承人说略等。其资料较为翔实，是民间文化瑰宝，对敦煌曲子戏的传承与发展提供了文字依据，对濒临失传的敦煌地方剧种的继承具有开启长远的意义。《敦煌曲子戏概述》一文共有"敦煌曲子戏的地域及其地理环境"、"敦煌曲子戏的历史渊源"、"敦煌曲子戏的形成与发展"、"敦煌曲子戏的基本内容"、"敦煌曲子戏的艺术魅力"、"敦煌曲子戏的艺术价值"七个部分。

我们关注这本《敦煌曲子戏》，因为我们看到敦煌的研究者是否注意到在"敦煌曲子戏、敦煌变文、敦煌俚曲小调"到"它们的嫡系子孙——曲子戏"之间，尚有流行于河西地区的"宝卷"的存在和关联。但《敦煌曲子戏》的编选者似乎疏漏了这一点。

但是我们还是在《敦煌曲子戏》中看到了宝卷中常用的曲调《哭五更》；与宝卷内容相关的《大石片转长城尾》、《长城传哭太平》、《哭长城》、《冬调转长城尾》、《长城调》等。

读河西《方四姐宝卷》札记

兰州大学文学院　庆振轩

　　《方四姐宝卷》见于徐永成主编《金张掖民间宝卷》（二）[1]；又见于王奎、李学辉主编《凉州宝卷》（第一册）[2]；又著录于张旭主编《山丹宝卷》（上册）[3]；再见于高德祥整理《敦煌民歌·宝卷·曲子戏》[4]；亦见于段平《河西宝卷集录》[5]。其篇目或为《方四姐宝卷》，或为《房四姐宝卷》，或为《四姐宝卷》。四姐之姓或为"方"或为"房"或为"芳"，皆因音同字异，所叙写故事除在细节上略有不同外，整体结构大致相同。为了行文的方便，下文均称为《方四姐宝卷》。因通阅现已出版的河西宝卷，除了搜集整理出版的《方四姐宝卷》外，又见到了高德祥据艺人讲唱录音整理的《方四姐宝卷》；又阅石林生著《甘肃永靖傩舞戏》所收《方四娘》[6]，些微感触，草以成文，以见教于同好。

《敦煌民歌·宝卷·曲子戏》的整理者高德祥先生自 1978 年至今致力于搜集整理民间文化，已历 30 余年。他十分肯定地说"至今敦煌已经没有一个会讲唱宝卷的艺人"。《敦煌民歌·宝卷·曲子戏》收有《方四姐宝卷》，这个宝卷"是根据今阳关镇阳关村 3 组龚秀芝老人的演唱整理，1979 年她已 72 岁高龄了，但她的记忆依然很好，而且乐感节奏也非常好，唱起来一丝不苟。她是一个忠实的佛教信徒，习惯吃素食，而且把宝卷看得非常重要，一点也不可马虎。所以，她虽然不识字，也没有宝卷底本，讲唱的宝卷都是通过别人的口传而死记硬背的，实属不易"。高德祥先生"根据龚秀芝所演唱的宝卷曲调分析，宝卷音乐的传承是比较严谨的，它既不同于地方民间小调，也不同于地方戏曲音乐，更不像民歌那样可以自由发挥，因为讲唱宝卷者往往把它视为诵经一样重要，不能懈怠马虎。从这个意义上说，宝卷音乐传承的历史更加久远，它是讲经文、变文等讲唱音乐的遗传之音……"[7]但是，我们比较了龚秀芝老人演唱的《方四姐宝卷》和《凉州宝卷》、《金张掖民间宝卷》、《山丹宝卷》中的同名宝卷，发现讲述同一个故事的宝卷，因为版本、地域、演唱者的不同，尽管"讲唱宝卷者往往把它视为诵经一样重要，不能懈怠马虎"，但在不违背宝卷故事、人物命运发展的总体框架下，宝卷故事中的人物安排，情节变化可以有一定的改动。即以《敦煌民歌·宝卷·曲子戏》所收《方四姐宝卷》而言，就与上文所引河西其他地区整理出版的同名宝卷有较大差别。首先在人物安排上，河西各地区出版的同名宝卷除龚秀芝老人演唱本之外，无一例外地写到方四姐嫁到于（余）家之后，于家除了方四姐的丈夫之外，上到公婆，下到哥嫂、小姑，都参与了对方四姐的虐待和迫害。而龚秀芝老人演唱本则出现了一个贤良的小姑。当方四姐的公公刁难她要吃"猴儿上杆的饭"时，方四姐求教小姑子，小姑子告诉她"猴儿上杆的饭"是"小米呀下上半碗子，挂面呀下上半碗子"；当婆婆要吃"猴儿顶砖的饭"时，又是小姑告诉方四姐把"方块子切上半张子，面条子切上半张子"；公婆要吃"鱼儿钻沙的饭"，小姑又告诉她"嫂嫂呀嫂嫂你是呀听，鱼儿钻沙的饭这样做成：炒面呀下上半碗子，黄米呀下上半碗子"。等到方四姐嫁后一个月，"方四姐的弟弟来接姐姐回家站时"，于（余）家公公、婆婆、哥哥、嫂嫂提出各种无理的要求，小姑也只是要嫂嫂"赶早去了呀后晌来，早早儿回来莫迟挨"。而其他版本中的小姑则是一个和其父母、兄嫂一样狠毒的人，她的母亲虐待方四姐，她并没有帮助方四姐，而是助纣为虐，《山丹宝卷·房四姐宝卷》中写道："自从那于秀才出离家门，一家人大小都是仇人。有嫂子三日内打了三顿，大伯子见了骂又瞪眼睛。小姑调戏她挨打无数，老员外听妖婆也害媳妇。"小姑不仅闲言碎语搬弄是非，并且对方四姐大打出手，当方四姐从娘家回来因大鞋少做了一双，婆母连打带骂："带说者拿鞭子就下无情，由嫂子在腿上又拧又掐。小姑儿採头发抓她脖颈，老妖婆拿鞭子排打浑身。"因为小姑子罪孽较其家人稍轻，王知县在审问于家逼死方四姐一案时并未严刑拷问她。但其最后的结局和她的家人一样，恶有恶报。方四姐还阳以后去拜那公婆哥嫂，"一个个起不来大病缠身"："我公公得了个喑哑之病……这是他折磨了贤德媳妇"，"到阴司蔽喉咙割了耳朵"；"有大伯得了个眼疼之病"，"这是他无故地眼瞪弟妻，阴司里剜了眼疼痛难忍"；"老婆婆得了个筋疼之病"，"这是她无故地把人打骂，到阴司造下了剥皮抽筋"；"有嫂子得了个心痛之病"，"只是她使奸心害了小婶，到阴司割开腹挖了心肝"；"小姑子得了个癫狂之病，挖自己拔头发嘴烂舌根。"通观河西宝卷中方四姐的故事，其人生悲剧的关键在于出嫁之后遇到了婆家全家人（除自己丈夫之外）的虐待，小姑子乃其中之一。

敦煌本《方四姐宝卷》不仅改变了小姑子这个人物的性格，而且改动了方四姐被逼自杀前的大部分情节。其他的宝卷在对方四姐的家世出身略作介绍之后，即直接写到方四姐待嫁闺中，于家为图报复而求婚。而龚秀芝老人的演唱则用了一段韵文来介绍方四姐婚前的生活历程。原文为：

> 方四姐：（唱耍孩儿）
>
> 　　一岁儿小来两岁儿大，
>
> 　　三岁儿四岁儿地下爬。
>
> 　　五岁六岁儿纺棉花，
>
> 　　七岁儿八岁儿学针线。

九岁儿十岁儿会绣花，

十三十四拜在学堂前。

（白）到这个时候方四姐进了学堂，学堂里好有一个学生姓余。

　　龚秀芝老人的演唱加入了方四姐女扮男妆进学堂的情节，并且方四姐在学堂遇到了余学生，二人彼此均有好感。但阴差阳错，媒人上门提亲，由父母之命，方四姐嫁给了另一个余家。此余非彼余，酿成了人生悲剧。而其他版本的方四姐之所以嫁到于家，是因为"房（方）家几年前娶了于家的姑娘生病而亡，于家说是房（方）家害死了他姑娘，所以结下仇恨"。所以于员外和夫人商议，要娶来房（方）家的女儿，为女儿报仇。这样这里方四姐的命运发展较之于敦煌龚秀芝演唱本中的方四姐仅仅是误嫁非人就更具悬念和可信性。

　　也正由于如此，方四姐嫁到于家之后，受尽虐待：先是借口家中井里淹死一只猫儿，井水不干净，命方四姐到几里远的邻居家挑水，回来晚了，责骂之后毒打一顿；然后到了四月，又命方四姐到花园采花供佛。因时间稍长，又遭责骂毒打。只因方四姐的丈夫保护方四姐，被其父母送往南方读书。从此之后，于家对方四姐更是朝打暮骂。到了五月，方四姐的兄弟接方四姐回娘家，于婆要求方四姐"今日去，明天就来"，并且要"做上绣花八对，鸳鸯八对，大鞋八双"。方四姐回婆家后，只因为少做了大鞋一双，又遭到痛打；好不容易挨到六月，方四姐又被婆婆找借口痛打一顿，万念俱灰的方四姐无奈上吊自尽，被好心的婶娘救下；到了七月麦熟季节，婆婆又逼迫方四姐去割麦子，要把八亩麦子"一日一夜割完"，在观音菩萨护佑下麦子割完后，婆婆又认定是方四姐"招留前堂后院的汉子替你割完"，"拿起鞭子打了一顿，又与她连架一个，叫她忙去打麦"。在八月，方四姐把麦子打完，婆婆又命她"在机房与我织些缎子，两夜要织三丈五尺。"虽有观音菩萨的帮助，但因大伯子的破坏，最终只织了三丈四尺。于是婆婆就在毒打方四姐一顿后，把"一把刀一根绳丢在地上"，逼迫方四姐自尽。万般无奈的方四姐吊死在重阳树上。这样的故事情节，一步紧似一步，于家精心谋划，不逼死方四姐绝不罢休。方四姐的悲剧有了前因后果，较为可信。

因为敦煌龚秀芝老人演唱的《方四姐宝卷》并非足本，所以我们比较了方四姐被逼身死之前的情节。那么方四姐的公婆用稀奇古怪的食品名称刁难方四姐的情节"承继"自何处呢？来自敦煌曲子戏《小姑贤》。在赵虎、方继贤主编的《敦煌曲子戏》和高德祥整理的《敦煌民歌·宝卷·曲子戏》中我们都看到了当地十分流行的小戏《小姑贤》[8]，这两个名同内容相近情节大异的曲子戏，讲的都是媳妇过门之后饱受婆母虐待打骂，因为小姑贤惠，从中调停，最终家庭和睦的故事。而高德祥整理本的《小姑贤》有大段的唱是婆母用一连多达 12 种刁钻古怪的饭菜名来为难媳妇，小姑子帮助嫂嫂渡过了难关。由此推断，艺人们在演唱时奇怪的饭菜名称会各有不同。所以敦煌流行的《方四姐宝卷》就融合了这一部分情节，用以表现婆婆刁难虐待方四姐时的苛薄和刁钻。

在收集整理甘肃地方曲艺的同时，我们还十分惊喜地发现了石林生《甘肃永靖傩舞戏》中全文收录的傩舞戏《方四娘》，为了下文引述的方便，此逐录如下：

《方四娘》：这是根据当地流传的小曲《方四娘》改编的小戏。角色有方四娘和二女伴。在竹笛伴奏声中三人上场，有独舞、三人舞，场外伴唱道：

黄河岸，十三乡，出了个贤良方四娘；

七岁跟娘学针线，十二上锁进绣房；

手又巧，拿针广，天上的飞鸟都绣上。

正月里，是新春，正是余家来订亲；

双羊双猪双盒酒，双双媒人不离门。

二月里，龙抬头，四娘梳妆上彩楼；

打开箱子取衣裳，金银镯子带手上；

上穿一件龙凤袄，下穿山河地罗裙。

三月里，亮堂堂，未进绣房泪汪汪；

方四娘，未上床，婆婆叫我绣花样；

心里急，肚里饿，口含剩饭无心咽。

四月里，养蚕忙，手提花篮去采桑；

桑叶稀少采不上，手扶桑树哭一场。

五月里，茶花香，后花园中去游浪；

公公打，婆婆骂，尕小姑过来拔头发；

人家公婆多贤良，我家的公婆赛阎王。

六月里，热难当，一日三餐下厨房；

四娘推磨又抱柴，东方发白日上来；

上河担水路又远，下河担水脚不干；

三楞子扁担尖子桶，担上清水不叫我停。

七月里，两黄忙，大麦不黄小麦黄；

方四娘，难道长，白天晚夕想无常。

八月里，秋风凉，打开窗子泪汪汪。

九月里，九月九，三间楼上喝米酒；

人家喝得醉醺醺，四娘心中怒冲冲。

十月里，十月一，家家户户送寒衣；

人家寒衣送坟上，四娘送在半路上。

十一月里冷寒天，麻麸冰推得两河沿；

余郎余郎开门来，屈死冤魂活人来。

十二月里一年满，四娘英灵到西天；

公婆骂她阳寿短，不知四娘成神仙。

　　永靖傩舞戏《方四娘》表演方式和河西宝卷不同，它是场外歌唱，场内戏曲人物舞蹈表演，但傩舞戏《方四娘》所演唱之内容及人物悲剧命运与河西《方四姐宝卷》大略相同。从婆家提亲拉开其悲剧命运之序幕，直到被虐待至死。永靖傩舞戏表演与河西《方四姐宝卷》之情节稍不同者，宝卷中婆婆让四姐花园采花是在四月，这里放在了五月，"五月里，茶花香，后花园中去游浪。"宝卷中没有"四月里，养蚕忙，手提花篮去采桑"的情节；并且傩舞戏中为了刻画婆婆的尖刻，把命四姐到邻居家挑水，改成了到河里挑水，"上河担水路又远，下河担水脚不干；三楞子扁担尖子桶，担上清水不叫我停。"傩舞戏从正月里余（于）家提亲到十二月方四姐死后成仙，采用的是唱十二月的方式。

比较《山丹宝卷》（上册）的《房四姐宝卷》、《凉州宝卷》（一）所收《四姐宝卷》、《金张掖民间宝卷》（二）所收《方四姐宝卷》、敦煌龚秀芝老人演唱的《方四姐宝卷》、永靖傩舞戏《方四娘》，我们可以知道，方四姐的故事在河西、河湟一带流传甚广，不仅在河西一带广泛地利用宝卷的方式演唱，在永靖亦用地方小戏和傩舞戏的形式演唱。其姓氏方、房、芳三字各有不同，亦正如其夫家有余、于之音同字不同，所演乃同一人事，应是没有问题的。至于宝卷中通称方四姐，而永靖傩舞称方四娘，此处之娘，乃是对妇女的泛称。当然，这些不同，只是细枝末节上的差异，对于宝卷故事情节结局不会有任何影响。

但分析比较河西宝卷、河湟傩舞戏中的方四姐故事，我们发现方四姐故事渐趋出现了河陇地方化倾向。《凉州宝卷》（一）的《方四姐宝卷》言四姐家乡是"河南太和县"；《金张掖民间宝卷》（二）的《方四姐宝卷》言其家乡是山东太和县；《山丹宝卷》的《房四姐宝卷》言及四姐家乡，则径曰太和县，不言其省份；《敦煌民歌·宝卷·曲子戏》所收龚秀芝老人演唱本《方四姐宝卷》则不言其籍贯；到了河湟傩舞戏《方四娘》则谓"黄河岸，十三乡，出了个贤良方四娘"。在后两种演唱之中，颇有把方四姐故事地方化的趋向。

此外，通过比较分析还可以看到，河西宝卷的演唱是相对比较灵活的。山丹、张掖、凉州本方四姐宝卷，在方四姐被虐待身死之后，尚有"托梦于郎"、"方家告状"、"王知县断案"、"七七斋厚葬方四姐"、"方四姐游地狱"、"遇盗墓四姐还阳"、"厚待安葬公婆"、"于郎中状元"、"方四姐因贤良封为一品夫人"诸情节，其间各本在具体细节上仍有详略的不同，比如"于状元回家后，和四姐商议要报答神灵之恩"，在张掖本宝卷和山丹本宝卷中均只有"四报答"，分别"报答"观世音、金童玉女、父母、十殿阎王包括虐待自己的哥嫂、小姑。而凉州宝卷"报答"内容有十项之多，却没对哥嫂小姑的报答之辞。前面提及的敦煌龚秀芝演唱本在情节上出入就更大了，作为演唱整理本，其内容只有方四姐出嫁，婚后受到公婆虐待，方四姐死后其父母要求余（于）家"隆重奠祭"的情节，改变小姑的形象，情节十分简单。但再看永靖傩舞戏表演的《方四娘》，可以推知当地流行的同类故事，在情节、细节上也有较大差别，宝卷所录方四姐是在受尽虐待之后，九月吊死在重阳树上。傩舞戏中的方四姐（娘）是"十二月里一年满，四娘英灵到西天"，而且小戏至此结束，"公婆骂她阳寿短，不知四娘成神仙。"由于傩舞戏表演形制短小，而且因为"唱十二月"的限制，省略了方四娘（姐）贤良地对待虐待自己的公婆、哥嫂、小姑的细节描写。所以我们可以推论，在不同种类的曲艺演唱中，在不影响整体故事结局的情况下，可以根据需要对方四姐故事进行情节、细节上改变，此其一；其二，演唱者在不改变方四姐故事主旨的情况下，也可以吸收熟悉的曲艺中的情节以吸引听众，甚至会改造故事中个别人物的形象。

由于阅读了不同版本不同种类的方四姐故事，拉杂为论，不妥之处，望方家指正批评。

注释

[1] 徐永成主编：《金张掖民间宝卷·方四姐宝卷》，甘肃文化出版社 2007 年版，第 441—466 页。

[2] 王奎、李学辉主编：《凉州宝卷》（一）《方四姐宝卷》，2007 年内刊本，第 59—130 页。

[3] 张旭主编：《山丹宝卷》上册《房四姐宝卷》，甘肃文化出版社 2007 年版，第 418—444 页。

[4][7] 高德祥整理：《敦煌民歌·宝卷·曲子戏》，中国图书出版社 2009 年版，第 45—47、41—43 页。

［5］段平：《河西宝卷选》附《河西宝卷集录》，兰州大学出版社1988年版，第287页。

［6］石林生：《甘肃永靖傩舞戏》，贵州民族出版社2005年版，第69—71页。

［8］高德祥整理：《敦煌民歌·宝卷·曲子戏》收录《小姑贤》，第197—201页。
赵虎、方继贤主编《敦煌曲子戏》收录《小姑贤》，甘肃美术出版社2009年版，第174—181页。

兰州大学文学院 张同胜

《唐王游地狱宝卷》的历史解读

段平《河西民间宝卷的调查与研究》认为，"河西宝卷指流行在甘肃河西一带，包括威武、张掖和酒泉三个地区的二十多个县的一种说唱文学。"[1]河西宝卷是中国古代文学尤其是唐代说唱文学的活化石，对我们进一步研究俗文学、白话小说等都有着重要的价值和意义。段平认为"宝卷是始于宋，而盛行于明、清的一种通俗文艺"[2]，我认为河西宝卷恐怕不是始于宋，而是历史源远流长，至晚应追溯到唐初的俗讲。

在跨文本的视阈中，《唐王游地狱宝卷》中的称谓具有鲜明的情感倾向性，而这情感倾向性的历史文化底蕴又是如何的呢？本文通过对《唐王游地狱宝卷》、《唐太宗入冥记》和《西游记》等文本的细读，从历史的视角入手，探讨河西宝卷《唐王游地狱宝卷》称谓情感倾向性的历史原因。

为什么在《唐太宗入冥记》《西游记》中李世民以"唐太宗"称之，而《唐王游地狱宝卷》则以"唐王"称之？我们知道，皇帝与国王，其级别毕竟有质的区别。以"大唐天子"称呼李世民，似是异国。又，魏征在历史上从来没有做过丞相，可是为什么变文、宝卷、杂剧和小说中他都是以"丞相"的面目出现呢？

变文《唐太宗入冥记》本质上是一种说因果，是通过故事来解说佛法；小说《西游记》的相关叙事则是作为唐僧西天取经的原因进行叙事的；而《唐王游地狱宝卷》则是重点铺陈和渲染地狱之可怖可畏，让皇帝李世民下地狱被拷问，而让魏征以丞相的身份梦斩泾河龙、托人情让李世民返回阳世等显然具有一种强烈的情感性，这种情感的褒贬作为潜流流淌在字里行间。那么，这种情感的褒贬是如何历史地形成的呢？

佛教在印度阿育王（即无忧王）的时候，经僧侣甚至王子公主向印度周围传播。正是在这个时候佛教东传到了中亚、今新疆一带，而敦煌作为东西交流的要道，也广有和尚弘法。敦煌这个名称，据考证，是"诵经处"[3]的意思。到了汉武帝在西域开疆拓土的时候，设立四郡，因名而设，相沿而成，实不知敦煌之确切含义。至唐代，甚至改为"燉煌"，取望文生义之义。

敦煌既是东西交通之要道，又是佛教东传之重镇，其受佛教的影响，要比中原地区更早、更深，因此不能以今日之"偏僻之地"视之，如有的学者认为"唐王游地狱"，"这个故事虽然是虚构的，但由于它的主人公是历史上赫赫有名的唐太宗，这就可能使人更加确信无疑。这一手很厉害，也可以说是一种独到的宣传艺术。此卷能在偏远的河西地区广为流传，影响又如此深远，就是一个证明"[4]。这其中的解读有不确切之处，即除了上面提到的以当今眼光将河西地区视为"偏远"之外，还有几点：一是佛教东传，有两条道路，陆路和海路，而以陆路为主，即以从印度北部途经中亚、今新疆、河西走廊传到中原，也就是说敦煌先于中原受佛教影响，佛教东传的途径是俗讲，它通过讲故事、雕塑佛像等来宣传其教义，因而"唐王游地狱"一般说来是先在西域生成，后来才传到中原，即俗讲"唐王游地狱"可能是最先，后才有变文和宝卷，宝卷应该是俗讲的一脉相承；二是唐王游地狱固然侧重于"因果报应和转世轮回的说教"，但其背后却有让李世民下地狱的情感宣泄；而宝卷行文中的"三教合一"是这一宝卷在一千多年世代口耳相传的过程中所留下的历史痕迹，而不是"为封建统治阶级服务的倾向更为明显"[5]，那么究竟是什么原因让李世民而不是其他帝王去"游地狱"呢？下面通过文本的细读和历史的视角试探析之。

一、唐灭高昌国且不立其后

一代英主李世民，对佛教没有深入研究，似乎也不大相信佛教的教义，他在给唐玄奘写的《答玄奘法师进西域记书诏》中所说的"佛教幽微，岂能仰测"，以及《答玄奘谢御制三藏序敕》中所说的"至于内典，尤为未闲"等非为谦辞，实乃事实。当初玄奘从天竺归来，李世民让玄奘还俗做官，是作为政治家的李世民的真实想法，即以玄奘对西域的谙熟可做向导以拓土开疆。李世民曾经两次劝玄奘还俗做官，玄奘不同意之后，李世民才退而求其次，请他撰写《西域记》以了解西域各国的风土人情、地理地貌等。李世民的政治目的一方面是拓土开疆，另一方面又是打击突厥，报仇雪耻，因为在隋末，李渊为了消除后顾之忧，到长安篡位，曾臣服突厥，故突厥是李唐皇室之心头之耻。在玄奘回国之前，李世民就已经做这个工作了。李世民于 640 年命令侯君集带领大军灭了高昌国。

高昌国是古时西域交通枢纽。地当天山南路的北道沿线，为东西交通往来的要冲，亦为古代新疆政治、经济、文化的中心地之一。高昌历史文献，在《新唐书·高昌传》有比较详细的记载。《新唐书》列传第一百四十六上西域上记载：

> 高昌，直京师西四千里而赢，其横八百里，纵五百里，凡二十一城。王都交河城，汉车师前王廷也。田地城，戊巳校尉所治也。……贞观四年，文泰遂来朝，礼赐厚甚。宇文求预宗籍，有诏赐氏李，更封常乐公主。
> 久之，文泰与西突厥通，凡西域朝贡道其国，咸见壅掠。伊吾尝臣西突厥，至是内属，文泰与叶护共击之。帝下诏让其反覆，召大臣冠军

阿史那矩计事，文泰不遣，使长史曲雍来谢罪。初，大业末，华民多奔突厥，及颉利败，有逃入高昌者，有诏护送，文泰苟留之。又与西突厥乙毗设破焉者三城，虏其人，焉者王诉诸朝。帝遣虞部郎中李道裕问状，复遣使谢。帝引责曰："而主数年朝贡不入，无籓臣礼，擅置官，拟效百僚。今岁首万君长悉来，而主不至。日我使人往，文泰猥曰：'鹰飞于天，雉窜于蒿，猫游于堂，鼠安于穴，各得其所，岂不快邪！'西域使者入贡，而主悉拘梗之。又诮薛延陀曰：'既自为可汗，与唐天子等，何事拜谒其使？'明年我当发兵虏而国，归谓而君善自图。"时薛延陀可汗请为军向导，故民部尚书唐俭至延陀坚约。

帝复下玺书示文泰祸福，促使入朝，文泰遂称疾不至。乃拜侯君集为交河道大总管，左屯卫大将军薛万均、萨孤吴仁副之，契苾何力为葱山道副大总管，武卫将军牛进达为行军总管，率突厥、契苾骑数万讨之。群臣谏以行万里兵难得志，且天界绝域，虽得之，不可守。帝不听。文泰谓左右曰："曩吾入朝，见秦、陇北城邑萧条，非有隋比。今伐我，兵多则粮餫不逮；若下三万，我能制之。度碛疲钝，以逸待劳，卧收其弊耳。"十四年，闻王师至碛口，悸骇无它计，发病死，子智盛立。

君集奄攻田地城，契苾何力以前军鏖战。是夜星坠城中，明日拔其城，虏七千馀人。中郎将辛獠儿以劲骑夜逼其都。智盛以书遗君集曰："得罪于天子者，先王也，咎深谴积，震坠厥命。智盛嗣位未几，公其见赦。"君集曰："能悔祸者，当面缚军门。"智盛不答。军进，填隍引冲车，飞石如雨，城中大震。智盛令大将曲士义居守，身与绾曹曲德俊谒军门，请改事天子。君集谕使降，辞示屈，薛万均勃然起曰："当先取城，小儿何与语！"麾而进，智盛流汗伏地曰："唯公命！"乃降。君集分兵略定，凡三州、五县、二十二城，户八千，口三万，马四千。先是，其国人谣曰："高昌兵，如霜雪；唐家兵，如日月。日月照霜雪，几何自殄灭。"文泰捕谣所发，不能得也。

捷书闻，天子大悦，宴群臣，班赐策功，赦高昌所部，披其地皆州县之，号西昌州。特进魏征谏曰："陛下即位，高昌最先朝谒。俄以掠商胡，遏贡献，故王诛加焉。文泰死，罪止矣。抚其人，立其子，伐罪吊民，道也。今利其土，屯守常千人，屯士数年一易，办装资，离亲戚，不十年陇右且空。陛下终不得高昌圭粒呎帛助中国费，所谓散有用事无用。"不纳。改西昌州曰西州，更置安西都护府，岁调千兵，谪罪人以戍。黄门侍郎褚遂良谏曰："古者先函夏，后夷狄，务广德化，不争荒迩。今高昌诛灭，威动四夷，然自王师始征，河西供役，飞米转刍，十室九匮，五年未可复。今又岁遣屯戍，行李万里，去者资装使自营办，卖菽粟，倾机杼，道路死亡尚不计。罪人始于犯法，终于惰业，无益于行。所遣复有亡命，官司捕逮，株蔓相牵。有如张掖、酒泉尘飞烽举，岂得高昌一乘一卒及事乎？必发陇右、河西耳。然则河西为我腹心，高昌，他人手足也，何必耗中华，事无用？昔陛下平颉利、吐谷浑，皆为立君，盖罪而诛之，伏而立之，百蛮所以畏威慕德也。今宜择高昌可立者立之，召首领悉还本土，长为籓翰，中国不扰。"书闻不省。

初，文泰以金厚饷西突厥欲谷设，约有急为表里；使叶护屯可汗浮图城。及君集至，惧不敢发，遂来降，以其地为庭州。焉耆请归高昌所夺五城，留兵以守。

君集勒石纪功，凯而旋，俘智盛君臣献观德殿。行饮至礼，酺三日。徙高昌豪桀于中国，智盛拜左武卫将军、金城郡公，弟智湛右武卫中郎将、天山郡公。曲氏传国九世，百三十四年而亡。

智湛，麟德中以左骁卫大将军为西州刺史，卒，赠凉州都督。有子昭，好学。有鬻异书者，母顾笥中金叹曰："何爱此，不使子有异闻乎？"尽持易之。昭历司膳卿，颇能辞章。弟崇裕有武艺，永徽中为右武卫翊府中郎将，封交河郡王，邑至三千户。终镇军大将军，武后为举哀，襚以美锦，赗赐甚厚，封爵绝。

侯君集统帅大军灭掉高昌国，在俗讲的编排中，就以目连大闹地府救母为启发，敷衍出了猴行者——以"猴"代指"侯"——大闹天宫的故事，猴行者你固然可以大闹天宫，但毕竟逃脱不掉佛祖如来的掌心，让猴行者压在五行山下五百年方解心头之恨！猴行者后经九九八十一难方才入我佛门。有学者认为《西游记》前七回是独立的单元结构，不是没有道理的。这些故事应该是高昌国的僧侣在国亡之后编撰的吧。

高昌国佛教盛行。据文献记载，此地自古即流行佛教。依《出三藏记集》卷八所载道安《摩诃波罗蜜经抄序》言，前秦建元十八年（382 年）正车师前部王弥第来朝，其国师鸠摩罗跋提献胡本《大品》一部。及北凉沮渠蒙逊领有此地后，高僧辈出，译经风气大盛。麹氏王朝成立后，佛教受历代诸王外护，佛法隆盛。玄奘西游途中，路经此地，国王麹文泰率全城欢迎，热情款待，并请求永留其国。玄奘婉拒，唯停留一个月，并为讲《仁王经》。及回鹘移住后，除潜信摩尼教外，亦信奉佛教、景教、祆教等。

十九世纪以后，经多次考古探险，出土无数佛像、佛画，与梵语、胡语、汉文、回鹘语经典等。此中，以回鹘语写成之经典，有《金光明最胜王经》、《方广大庄严经》、《弥勒下生经》、《天地八阳神咒经》等，多为译自汉译藏经之转译本。此外，此地另有高昌故城、交河故城、伯孜克里克石窟等著名佛教遗迹。

高昌国举国上下信奉佛教，最为显著和最有历史意义的事件就是国王麹文泰赞助玄奘和尚去天竺学法。在《西游记》中，唐僧是作为唐太宗之御弟的身份到西天取经的。这不是没有历史渊源的，只不过玄奘是作为麹文泰的王弟到天竺取经的，而不是唐太宗的御弟。

小说的叙事固然以虚构为主要特征，但毕竟有其本事，即使是对历史事件捕风捉影，故事毕竟也有真实的影子在。另外，从玄奘作为麹文泰的王弟到作为唐太宗的御弟的变化，也能看出西游故事从西域到中土的地域变迁。

高昌国崇尚佛教，寺庙和尚颇多，俗讲盛行，李世民派侯君集带兵灭掉了高昌国之后不久，在当地就有了"唐王游地狱"的故事。而从《新唐书》的记载可知，麹文泰之后麹昭"颇能辞章"，这就不排除他借助佛教的果报故事以泄私愤的可能性。这个故事在敦煌流传的时候，加重了因果报应的成分，成为了俗讲的故事之一，其记录本或追忆本于是就是今天所谓的变文《唐太宗入冥记》，而民间口头流传的则就是今天所谓的宣卷，其补录本即《唐王游地狱宝卷》。

二、皇位之争与佛道之争

从历史来看，李世民与李建成的皇位之争与佛道之争联系密切。李渊称帝之后，册立李建成为太子，但李世民在南征北战中广泛搜罗人才，为夺嫡积极经营，终于在武德九年（626年）六月初四发动了玄武门之变，袭杀了太子李建成和四弟李元吉等人。

在这夺嫡的过程中，同时又存在着佛道之争：李建成与佛教徒密切，而道士则跟从李世民。和尚法琳曾著《破邪论》，上书太子建成，有曰："殿下往惜三归，久资十善。"然而李世民似乎一直不信奉佛教，在他征战时，废掉了很多寺庙，如"惟唐太宗入洛，焚隋宫殿，废诸道场"[6]。而道士李仲卿、刘进喜等则是李世民一党。唐朝初年李仲卿、刘进喜等著作《十异九迷论》和《显正论》等论贬量佛教，法琳为了造论破斥著成《辩正论》八卷，与道士们进行了论争。

况且，有隋一代，曾大兴过佛教，无论是隋文帝还是隋炀帝，都尊奉佛教。隋亡后五十一年唐僧道世总计隋朝兴佛之功行云："右隋代二君四十七年，寺有三千九百八十五所，度僧尼二十三万六千二百人，译经八十二部。"[7]在隋末战争中，在唐初，佛教却受到李唐的压迫，如上文提到的李世民焚毁寺宇，再如让道士走在和尚前面，唐高祖在傅奕的建议下甚至要灭佛等，僧尼肯定怀念隋朝而痛恨李唐。而李世民则于贞观十三年，在道士秦世英的助推下（他指斥法琳的《辩正论》，谓实谤皇室），下诏汰沙门，并下法琳于监狱按问。从李世民的这些反法行径来看，他是不得佛教徒之心的。

佛教徒擅长通过编撰故事来达到其弘法或泄愤的目的的，例如傅奕反法，于是《冥报记》记载一个关于傅奕遭到果报的故事：傅奕、傅仁均和薛迹同朝为太史令，傅仁均先他们而亡，薛迹欠傅仁均五千钱尚未归还。有一次，薛迹梦见傅仁均向他讨要欠款，并有少府冯长命在旁边。他便问道："如今你我阴阳两道，所欠你的钱，现在还给谁呢？"傅仁均回答："你去付给泥人。"薛迹又问："泥人是谁？"回答道："泥人即是傅奕。"第二天薛迹和冯长命谈起昨晚梦乡之事，他们做了同样的梦。薛迹虽说惊讶，但并未还钱给傅奕。后来薛迹又多次梦见傅仁均追问此事，有次他梦见和傅仁均、冯长命，还有唐临一起在梦中谈话。当谈到佛经的虚实时他问："佛经所说的因缘果报是否真实？"傅仁均答道："绝对真实。"又问："傅奕如此谤佛，当受何报？"又答复道："已知他将往越州为泥人。"第二天上朝时冯长命、唐临都说有这个梦。薛迹这才惊慌失措起来，赶紧到傅奕处送钱。并告诉了他梦中之事，过了几天，傅奕暴毙。傅仁均在梦中对薛迹所说的泥人报应，指泥犁中人，也就是死后将堕入十八层地狱的泥犁地狱中。这个故事显然是因为傅奕曾上书唐高祖请求灭佛以及多次谤佛，从而导致佛教徒编撰故事以诅咒他，由此推之，"唐王游地狱"也是出自佛教徒之口，以此来发泄的。

史书对玄武门之变的真相涂饰过厚，正统文人的笔记亦然，唯有"唐王游地狱"宝卷及其嫡传《唐太宗入冥记》保存了部分历史真相，同时它也反映了当时的佛道之争。唐太宗曾三次批阅起居录，故正史关于玄武门之变的"实录"尤不可信。张鷟《朝野佥载》卷六对唐太宗入冥故事有所记载，但只提到"太宗入见，冥官问六月四日事。即令还。"张鷟约生活于武周至玄宗前期，其笔记《朝野佥载》中所记载的唐太宗入冥记显然是耳食之言，即听得唐王游地狱故事后，颇感新奇，于是以文言记录下来。况且，笔记中以"太宗"称之，显然是李世民死后才得的谥号。

而敦煌写本S.2630号《唐太宗入冥记》也是比"唐王游地狱"故事晚出。"唐王"的称谓，一方面表明故事的编纂者不以"皇帝"敬称李世民，对李世民具有反感抵触之情绪；另一方面也表明当时李世民尚未死去，尚没有谥号，故只以"王"称之。

在《唐太宗入冥记》中，将一代英主唐太宗理屈词穷的窘状描绘得栩栩如生，如借崔子玉之口，说出李建成、李元吉"称诉冤屈，词状颇切"，从而表明李世民以阴谋袭杀兄、弟之非。崔子玉劝太宗不能与建成、元吉"对直"。太宗"忙怕极甚"，以名利相诱，"苦嘱"崔子玉代答"问头"。问头中"口口（杀兄）弟于前殿，囚慈父于后宫"十个字，指出了李世民的罪状。太宗看了问头，"闷闷不已，如杵中心"。从中可以看出《唐太宗入冥记》同情建成、元吉，这一情感倾向不唯是正史与野史的区别，而是宗教斗争的结果，是当时佛教徒通过这个故事发泄对李世民的不满。

从《唐太宗入冥记》的内容判断，该作品当作于武周代唐之初。《唐太宗入冥记》称李建成、李元吉为"二太子"，而李元吉从未取得太子的身份，这个称呼不符合历史实际，却反映出一个实际情况：《唐太宗入冥记》本是边陲草莽之道听途说，故尚分不清太子与皇子之别。

据《旧唐书》卷六《则天皇后纪》："则天年十四时，太宗闻其美容止，召入宫，立为才人。"从武三思《大周无上孝明高皇后碑铭（并序）》看出，武则天父（武士彟）母（杨氏）结婚，是高祖女桂阳公主"为婚主"。桂阳公主的附马杨师道是武则天母亲杨氏的从兄，两家关系甚为密切。而杨师道的从侄女，即武则天的姨姐嫁给了李元吉。元吉被杀后，太宗将她收继为妻。长孙皇后卒后，太宗想立她为皇后，因魏征反对而中止。另外，《唐太宗入冥记》中描述崔子玉劝唐太宗"讲"《大云经》、"抄写"《大云经》。《旧唐书》卷六《则天皇后纪》记载："（载初元年七月）有沙门十人伪撰《大云经》，表上之，盛言神皇受命之事，制颁于天下。"卷一八三《外戚传·武承嗣传（薛怀义附）》又载："怀义与法明等造《大云经》，陈符命……其伪《大云经》颁于天下，寺各藏一本，令升高座讲说。"宣讲《大云经》之风，始于武则天建周之时。《唐太宗入冥记》中崔子玉劝唐太宗"讲《大云经》"的情节，不是武则天建周称帝之前所能空想出来的。

有人认为武则天对姨姐的前夫李元吉冤死有一种同情，为元吉鸣"冤"的《唐太宗入冥记》是迎合武则天的产物[8]，这不过是一种臆想。有学者还认为唐高祖、唐太宗、唐高宗祖孙三代中，唐太宗威望最高，从而只要降低了唐太宗的威望，对武则天以周代唐是有利的。在唐太宗一生中，杀戮亲兄弟是件亏心事，《唐太宗入冥记》利用这件事降低唐太宗的威望，迎合了武则天的政治需要，这种想法也是错误的，武则天毕竟做过唐太宗李世民的"才人"，又是李世民的儿媳，无论从夫妻恩情还是从婚姻亲情来说，武则天都不可能主动授意他人污蔑李世民或者说自揭家丑，况且李世民的儿女大多在世，而玄武门之变后，李世民还斩草除根，将李建成五个儿子和李元吉的五个儿子也都诛杀了，因此李建成、李元吉之后不可能为乃父作故事以喊冤。而且，李世民将李建成的妻妾、李元吉的妻妾占为己有（法琳考察出唐代的祖先实出于元魏拓跋氏，而少数民族有收继婚的传统），但"唐王游地狱"故事中并没有提及，这在深受儒家传统教育的文人看来是不可思议的，这就说明唐王游地狱的故事不是出自儒家文人之手，而是出自西域，西域少数民族多收继婚，对此不以为怪，习以为常。可见，《唐太宗入冥记》是一篇在佛教果报掩护下谴责唐太宗的政治小说、历史小说和宗教小说。

由是观之，"唐王游地狱"故事不仅是政治斗争（既有灭高昌国的政治斗争，又有李世民与李建成皇位之争），而且还是宗教斗争的结果：自唐高祖至武则天时期的佛教与道教斗争的结果。法琳是李建成之党，而道士拥立李世民，李世民当上皇帝后，与贞观十三年，"判法琳罪"，差点杀了法琳，法琳说李世民是菩萨转世，李世民才饶了他。李世民不信佛教，甚至不信神仙，他说神仙都是"虚妄"，但晚年时改变了这个看法，希望长生不死，吃了胡僧的药之后被毒死了。等到武周武则天天授二年，才改变了道士位在僧尼之前的规定，让僧尼在道士道姑之前。这是因为佛教徒为武则天登上帝位大造舆论，编撰《大云经》，说武则天是菩萨转世，于是佛教徒又占了上风。

高昌国亡后的佛教徒、对隋亡同情的名僧大德、李建成党徒的僧尼三股势力对李世民都很不满，因而让他"下地狱"似乎也是顺理成章的事情了。

三、还有一些相关问题在此一并讨论一下

（一）魏征何以成为了"丞相"？

为什么让李世民下地狱？因为李世民派侯君集带兵灭了高昌国。那么为什么让魏征在"唐王游地狱"中成为了丞相？这是因为魏征劝过李世民，让麴文泰之后继续做高昌国的国君，获得了高昌国后人的好感。

魏征（580—643年），字玄成。巨鹿人，曾任谏议大夫、左光禄大夫，封郑国公，以直谏敢言著称，是中国史上最负盛名的谏臣之一，在民间有很好的名声。

魏征少贫，隋末投奔瓦岗军，兵败，归唐。后为窦建德所俘，建德念其才而收之。建德兵败，复归唐，拜太子洗马，事太子李建成。玄武门之变，建成死，唐太宗以其耿直，不杀，且升谏议大夫，后迁秘书监、侍中等职，犯颜直谏太宗二百余次。长孙皇后派人告诉魏征："闻公正直，今才得实。愿公常守此志，勿少变更。"一次，李世民"得佳鹞，自臂之，望见征来，匿怀中；征奏事固久不已，鹞竟死怀中"。

魏征不仅敢于直谏，而且劝李世民修文德，以抚四夷，据《新唐书》列传第一百四十六上西域上记载："武德二年，（罽宾）遣使贡宝带、金锁、水精盏、颇黎状若酸枣。贞观中献名马。太宗诏大臣曰：'朕始即位，或言天子欲耀兵，振伏四夷，惟魏征劝我修文德，安中夏；中夏安，远人伏矣。今天下大安，四夷君长皆来献，此徵力也。'"

魏征之所以在"唐王游地狱"中是丞相，这是由于：一是他曾在灭高昌国后劝李世民立麹文泰之后，获得了高昌国麹文泰后代及其国民的好感；二是在做李建成的太子洗马时曾劝李建成除掉李世民，深切唐初法琳等释教徒之心；三是他是耿直之臣，多次犯颜直谏，获得了老百姓的好感；四是他劝唐太宗修文德，抚四夷，获得了少数民族的好感……也就是说，以魏征为丞相，这是民心之所向，现实中不能实现的则以故事实现。文学往往是人们心理愿望的一种虚幻的实现。人们也往往以文学的情感解释代替历史的事实。

（二）《西游记杂剧》中的谏臣为何是虞世南？

队戏上承俗讲，下启杂剧。据蔡铁鹰的考证，西游记队戏是最早的中国戏曲样式。它唯其在草莽民间流传，故多保存了诗意的真实。我认为俗讲中的说唱是队戏的源头，因此杂剧中的一些剧目途经队戏而保存了俗讲中的一些故事。

《西游记杂剧》虽是元代作品，但不排除是继承了之前的西游戏。而戏曲与小说其实是两个并行不悖的系统，各自依据作者的心境和手笔随意为之，难以征之为证据作学术的论证。即使是同一个戏剧，在不同时间和地点中的演出还不完全一样呢。《西游记杂剧》中的谏臣是虞世南，这显然是元人的编纂。但也不是没有历史的依据的，在唐高祖武德五年，法琳写了《破邪论》，驳斥傅奕，而虞世南却为它作过序，这在佛教徒眼里自然是自己人了，至少是有好感的。而在小说《西游记》中却继承了俗讲变文乃至于宝卷，依然是魏征，且称魏征为丞相。

虞世南，唐代诗人，凌烟阁二十四功臣之一，唐太宗称其德行、忠直、博学、文词、书翰为五绝。虞世南也常常趁讲史之际规调劝谏，陈述昔日帝王得失。而且，他志性抗烈，多次因修陵、游猎等事进谏太宗。虞世南的直言规谏，深受唐太宗的器重，"太宗尝谓侍士曰：'朕固暇日与虞世南商略古今，有一言之失，未尝不怅恨，其恳诚若此，朕用嘉焉，群臣皆若世南，天下何忧不理。'"唐人《隋唐嘉话》亦称"兼是五善，一人而已"。他的直言敢谏，为官清正，对于促成"贞观之治"是有影响的，所以《西游记杂剧》中西游故事用的是虞世南。

人物的喜恶固然有时代的差异，但在《西游记杂剧》中直谏唐太宗的是虞世南，而不是魏征，这其实是由于虞世南曾为法琳《破邪论》作过序，而戏曲的系统自称体系，保存了唐时的部分原貌。

在宝卷中，除了《唐王游地狱宝卷》之外，还有《土地宝卷》中的土地神与齐天大圣孙悟空之间也有着密切的关系[9]，这些都表明小说《西游记》之成书深受俗讲、宝卷之影响：大闹天宫来自《土地宝卷》、唐僧取经缘由来自《唐王游地狱宝卷》、九九八十一难恐怕也是来自俗讲、宝卷中的西游故事。仅从这一点来说，宝卷的文学价值和意义无论怎么估计都不为过，而作为活化石的河西宝卷，是我们尤可宝贵的非物质文化遗产之一。

注释

［1］中国俗文学学会编：《俗文学论》，黑龙江人民出版社 1987 年版，第 124 页。

［2］段平：《河西宝卷的调查研究》，兰州大学出版社 1992 年版，第 20 页。

［3］李文实：《西陲古地与羌藏文化》，青海人民出版社 2003 年版，第 116 页。

［4］方步和编著：《河西宝卷真本校注研究》，兰州大学出版社 1992 年版，第 77 页。

［5］同上。

［6］汤用彤：《隋唐佛教史稿》，中华书局 1982 年版，第 8 页。

［7］《法苑珠林》卷一〇〇，《释迦方志》卷下；并参见《历代三宝记》卷十二，《辩证论》卷三。

［8］卞孝萱：《〈唐太宗入冥记〉与"玄武门之变"》，《敦煌学辑刊》2000 年第 2 期。

［9］大塚秀高：《镇元子和太上老君——齐天大圣为何变作土地庙》，《保定师范专科学校学报》2005 年第 3 期。

兰州大学文学院　魏宏远

论《赵五娘卖发宝卷》对《琵琶记》的接受

宝卷与"变文"的关系学界已给予很多关注，宝卷与南戏的研究目前成果尚不多见，本文通过将《赵五娘卖发宝卷》与作为"南戏之祖"的《琵琶记》在故事情节、创作目的、意境营造等方面的比对分析，意在说明宝卷发展至明清其故事来源存在"多祖"现象，宣卷人采录的故事多源于小说、戏剧，善于对一些女性故事进行重新翻说，同时宣卷人在宣讲女性故事时，通过对女性自我牺牲精神的宣扬、悲苦意境的营造，是要达到宣传妇德、教化妇女、维护社会秩序的目的。

一、《赵五娘卖发宝卷》对《琵琶记》故事情节的接受

宝卷作为民间说唱艺术，在明清时多从小说、戏剧吸收养料，通过对一

些历史故事、佛经故事、民间故事的宣讲，将"教化"、"娱乐"、"文学"等多项功能融为一体。《赵五娘卖发宝卷》就是接受了《琵琶记》的故事梗概，并将原来赵贞女故事的"惩恶"主题改为"劝善"主题。

有关宝卷的来源，不同的研究者持有不同的观点。《中国大百科全书》相关条目认为："宝卷直接渊源于唐、五代的变文，大体与变文一样分为讲唱经文和演唱佛经故事两种"[1]。《中国古典文艺实用辞典》认为"宝卷"是"由唐代寺院中的俗讲、宋代的谈经（一名说经）发展而成。最初多以佛教故事和劝世经文为内容，故往往被称为'经'"[2]。段平认为："'宝卷'的前身，就是曾经轰动世界的敦煌遗书中的'变文'"，宝卷"是'变文'的嫡系和后代，它继承着先祖的基本形式和内容"[3]。《宗教大辞典》、《中国民间文学大辞典》也认为"宝卷"是"由唐代寺院中的'俗讲'发展而成的一种民间文学形式……"[4]可以看出，大多数学者认为"变文"是"宝卷"的源头，宝卷故事是以演绎佛教经文、佛教故事为主。当然也有学者提出不同观点，车锡伦认为"变文"是个笼统的概念，宝卷源于唐代的"俗讲"而不是"变文"[5]，同时指出"宋代佛教悟俗化众的活动孕育了宝卷。"[6]台湾郑阿财认为："自宋真宗禁断变文之讲唱后，变文遂因而绝迹于寺院道场。然却有以说经、说参请之方式潜形寄迹于'瓦舍'之间，并衍化滋生为各种形式之讲唱。其于宋代则有陶真、涯词、鼓子词、诸宫调、覆赚；元代有词话、驭说、货郎儿；而明清则有鼓词、弹词、宝卷等。"[7]即认为宝卷是变文发展至明清时的一种变体。宝卷作为民间说唱艺术，形式灵活，来源广泛，在唐代"变文"盛行时宝卷多受之影响，后来随着"变文"的绝迹，宝卷开始从其他艺术形式中汲取养料，特别明清时的小说、戏剧，并着意宣扬传统社会的伦理道德。

宝卷是一种在宗教和民间信仰活动中按照一定仪轨演唱的说唱文本[8]，其特点是念卷人唱完一句韵文，"和佛人"或听卷人接唱"阿弥陀佛"、"南无阿弥陀佛"等，有时还重复最后一句韵文。宝卷最初是以为宗教传播服务为目的，是民间宗教向民众传播教义所运用的主要方式之一[9]，它的说唱特性同变文一样具有迎合听众趣味的特性。随着时代的变易，宝卷的内容也逐渐向群众所喜爱的题材靠拢，呈现通俗化、娱乐化的转变，融"宗教"、"教化"、

"娱乐"、"文学"等多项功能为一体。宝卷发展至明清，内容从最初的佛典诠释、教义宣传，转化为演义民间故事、历史传说等，趋向生活化、娱乐化，取材更接近民众，故事来源也更多元化。随着小说、戏剧中女性故事的风靡，反映女性生活的宝卷渐趋增多，宝卷对妇女生活也给予较多关注，这其中《赵五娘卖发宝卷》较引人注目。

　　《赵五娘卖发宝卷》演义的是赵五娘与蔡伯喈的故事。这一故事起源于民间戏剧《赵贞女蔡二郎》，该剧原作已佚，据相关史料，其情节大致如下：蔡二郎与赵贞女婚后不久，便赴京应试，及第后，入赘相府，背亲弃妻，多年杳无消息。赵贞女在家奉养公婆；却逢饥荒年岁，公婆双亡，赵贞女剪发买葬，罗裙包土，修筑坟台。后来，天降琵琶，赵贞女怀抱琵琶，沿途乞讨，以弹唱为生，进京寻夫。然而蔡二郎却不认妻，还放马踏死赵贞女。此行人神共愤，天神以五雷轰顶，蔡二郎获得惩报，全剧以悲剧收场。这一故事曾长期在民间广泛流传，赵贞女成为后来的赵五娘，蔡二郎成为后来的蔡伯喈。宋代陆游《小舟游近村舍舟步归》一诗云："斜阳古柳赵家庄，负鼓盲翁正作场。身后是非谁管得，满村听唱蔡中郎。"诗中"满村听唱蔡中郎"是否是指历史中的蔡伯喈？并未明确交代，然而陆游却把故事中的蔡中郎视为蔡伯喈，并为蔡伯喈深感不平。瞿佑《归田诗话》中刘克庄也有与陆游类似的诗句："黄童白叟往来忙，负鼓盲翁正作场。死后是非谁管得，满村听说蔡中郎。"[10] 以上两诗说明蔡中郎、赵贞女的故事在南宋已广泛流传，故事主题讲述的是蔡中郎因负心而受到惩罚，宣传的是恶有恶报的因果思想。元明时期，这一故事依然热传不衰，故事主题仍以"惩恶"为主，以赵贞女剪发买葬、罗裙包土作为故事内核，并在此基础上将故事情节进一步放大，凸显赵贞女的悲苦孝道，如乔梦符《李太白匹配金钱记》、岳伯川《吕洞宾度铁拐李岳》、杨显之《临江驿潇湘夜雨》、无名氏《施仁义刘弘嫁婢》、无名氏《海门张仲村乐堂》等，这些剧目都将赵贞女作为"罗裙包土筑坟台"的孝顺贤德之女进行宣扬。此外，明代戏曲选本《大明春》卷之四 "古今人物挂真儿歌"、"玉谷调黄"也有类似记载。清代以来，赵贞女的故事仍以演剧、说唱等形式在民间广泛流传，如《戏考》第四册载有地方小戏《小上坟》，其中萧素贞唱的一段《哆哆腔》云："正走之间泪满腮，想起了古人蔡伯喈。他上京中去赶考，一去赶考不回来。一双爹娘都饿死，五娘子抱土筑坟台。坟台筑起三尺土，从空降下一面琵琶来。身背着琵琶描容相，一心上京找夫回。找到京中不相认，哭坏了贤妻女裙钗。贤惠的五娘遭马踹，到后来五雷轰顶是那蔡伯喈。"在《琵琶记》出现之前，蔡中郎一直是以负心郎的形象出现，这一形象与史书中的蔡伯喈颇相悖，高明有感于此，于是为蔡中郎翻案，将负心的"蔡二郎"依"历史真实"改编成"性笃孝"的蔡伯喈[11]，另增加了蔡伯喈夫妇"庐墓三年"、"相驯白菟走坟台"、"连理木分两枝跨"等情节[12]。高明改编赵贞女的故事，使原来主题由"惩恶"转为"劝善"，为此塑造出"全忠全孝"的蔡伯喈形象，然而这一结果却冲淡了该故事的悲剧性结局。虽如此，《琵琶记》却因受到朱元璋的赞赏而在明代广为流传，赵贞女这一人物形象也作为孝女贤妇的典范而被官方树立起来。故事主题的转变使《琵琶记》获得更多关注，并且在文学艺术上赢得了声誉，王世贞、徐渭、吕天成、陈继儒、王思任、李卓吾、李调元等在语言、人物塑造等方面予以诸多褒扬。随着《琵琶记》的广泛传播，模仿之作也日益增多，如邱濬的《五伦全备忠孝记》、邵粲的《香囊记》、苏复之的《金印记》、王济的《连环记》等。

　　《赵五娘卖发宝卷》是在《琵琶记》故事基础上进一步演绎，是对《琵琶记》的接受，该作舍弃了原来赵贞女故事"惩恶"的主题，承袭了《琵琶记》"劝善"主题，此外，在强调教化思想、注重营造悲苦意境等方面对《琵琶记》也有诸多承继和接受。

二、《赵五娘卖发宝卷》对《琵琶记》主题及叙事模式的接受

　　《赵五娘卖发宝卷》接受了《琵琶记》的"劝善"主题，同时也接受了《琵琶记》的叙事模式。《琵琶记》在故事情节方面存在一些疏漏，《赵五

娘卖发宝卷》非但不计较，甚至为了强化教化思想还加深了这些疏漏。

《琵琶记》在明代被广为接受自有其原因。洪武二十二年，朱元璋颁行《御制大明律》，要求："娼优演剧，除神仙、义夫节妇、孝子顺孙、劝人为善及欢乐太平不禁外，如有亵渎帝王圣贤，法司拿究。"与这一文化政策相映的是《琵琶记》就是以"劝善"、"劝孝"为主题，故深得朱元璋喜爱。高明在《琵琶记·副末开场》中用一曲《水调歌头》表明创作意图："秋灯明翠幕，夜案览芸编，今来古往，其间故事几多般。少甚佳人才子，也有神仙幽怪，琐碎不堪观。正是不关风化体，纵好也徒然。 论传奇，乐人易，动人难，知音君子，这般另做眼儿看。休论插科打诨，也不寻宫数调，只看子孝共妻贤。骅骝方独步，万马敢争先？"这里"不关风化体，纵好也徒然"正是《琵琶记》"劝善"主题的最好表露。王骥德在《曲律·杂论》中云："古人往矣，吾取古事，丽今声，华衮其贤者，粉墨其匿者，奏之场上，令观者藉为劝惩兴起，甚或扼腕裂眦，涕泗交下而不能已，此方为有关世教文字。若徒取漫言，既已造化在手，而又未必其新奇可喜，亦何贵漫言为耶？此非腐谈，要是确论。故不关风化，纵好徒然，此《琵琶》持大头脑处，《拜月》只是宣淫，端士所不与也。"[13] 王骥德认为《琵琶记》是"关世教"、"关风化"。胡应麟也有类似言论，云："《西厢》主韵度风神，太白之诗也；《琵琶》主名理伦教，少陵之作也。"[14] 黄仕忠通过对《琵琶记》版本的考证，指出明人有意将其教化功能放大，云："明人完全把歌颂孝道伦理作为《琵琶记》的主旨，并且为了使作品符合他们的这种认识（同时也是现实社会的需要），特地外加了不少点明剧中人行动是属于'孝'的范畴的内容，使得原作中本来符合人物性格但涉及孝道言行，也受影响而变成类似说教。"[15]《琵琶记》重教化的思想与传统文论中"诗言志"、"文以载道"的思想一脉相承，该作的"潜在叙事者"极力鼓吹作者的立场、价值观、道德观，这其实也是中国古代小说、戏剧、评书、宝卷等说唱艺术的突出特点。读者、听者在接受时沿着"潜在叙事者"的立场、价值观、道德观进行解读，从而形成"作者—文本—读者"的叙事模式，这样文本似乎成了"叙事者"为了传递某种价值观的道具。《琵琶记》这一潜在叙事模式也为《赵五娘卖发宝卷》所接受。

一般来说，一部作品在被接受的过程中，接受者有着所谓的"期待视野"，即"先入之见"，《赵五娘卖发宝卷》对《琵琶记》主题的接受也是如此。重教化、重劝善是宝卷的重要主题内容，因宝卷常借助佛经故事，宣扬教理，倡导劝善，从而达到对社会风气的美化作用。当然，宝卷最初与民间宗教有着密切关系，宗教团体就是利用了宝卷易于传播教义的特点。陈兆南在《宣讲及其唱本研究》中指出：元、明时期，宗教团体以宝卷宣讲进行传教劝化的情形[16]。后来随宝卷内容的通俗化、生活化，宝卷把对妇女的教化纳入视野，继而扩大其叙事内容，逐渐成为广大农村妇女获得宗教信仰、了解外界、娱乐的主要工具。徐永成认为"人们把念卷不仅作为一种文化娱乐的方式，还把它当做立言、立品、立德的标准"，接受教育的手段，"在潜移默化中，既起到了教化的作用，又使中国的传统文化知识得以传播。"[17] 宝卷常以故事主角所历经的人生苦难及所选择的价值标准作为教化宣传，从而达到移风俗、美人伦的目的，因此，就宝卷而言，其社会功利性与文学的娱乐性并存。

宝卷非常注重通过女性故事达到对妇女的规范和教化，体现出传统社会的妇女教育观。中国古代社会对妇女的教育相当重视，今仍可见敦煌蒙书中的《崔氏夫人训女文》，此书展示出当时普通家庭在女子出嫁前的训示和叮嘱[18]。古代社会对妇女教育有专门的女书，如《孝经》、《论语》、《女诫》、《女训》等[19]，目的是要对女子的行为起到规范的作用。另外，明末吕坤《闺范》、清蓝鼎元《女书》、李晚芳《女学言行录》、陆圻《新妇谱》等也是民间常见的女教类书[20]。清代王相还编有《女四书》，这些都是妇女教育的教科书。由这些名目繁多的女书，可以看出当时社会对妇女教育之重视。与之相应，叙述女性故事的宝卷也十分注重妇德的宣传和妇女的教化。郑阿财认为：宝卷向来被视为宣扬教义之通俗作品，自来多以善书看待，少有人留意；其实，宝卷是社会教化重要工具，是"通俗文学之要环"[21]。由于"宣卷"是以宣讲故事的方式，加上独特的、穿街走巷的传播形态，因此，宝卷更易于走进妇女生活。郑振铎提出：小说与戏曲、弹词和宝卷都是明清流行的通俗文学。对一般中、下阶层的家庭妇女而言，弹词与宝卷的影响远胜小说与戏曲[22]。弹词、戏剧多表现才子佳人或历史故事，主角大多是男性或以男性为中心，与普通妇女的距离较远，而宝卷中的女性故事多以妇女为中心，宝卷的宣讲也不受场地限制，农闲时节，农户人家把宣卷人请到家中，夜幕降临，左邻右舍、亲朋好友，聚集念卷人家，聆听宣卷人宣卷，这样广大农村妇女即使不出门，也能受到宝卷故事影响。随着宝卷内容生活化、通俗化，加上其传播不受阅读能力限制，大多数识字不多的妇女也可以通过宣卷者、尼姑、道姑等媒介获知宝卷故事，使宝卷进入广大社会基层，成为妇女容易取得的文化素材。

《赵贞女蔡二郎》的广泛传播，赵五娘不断获得同情和褒扬，成了吃苦耐劳、贤德孝顺的化身，蔡伯喈则不断受到谴责。随着《琵琶记》赵五娘故事被细化，其过于强调教化的意义而导致细节方面的缺漏也呈现出来。李渔对此曾提出质疑，云："元曲之最疏者，莫过于《琵琶》，无论大关节目，背谬甚多：如子中状元三载，而家人不知；身赘相府，享尽荣华，不能自遣一仆而附家报于路人，赵五娘千里寻夫，只身无伴，未审能全节与否，其谁证之。诸如此类，皆背理妨伦之甚者。再取小节论之：如五娘之剪发，乃作者自为之，当日必无其事。以有疏财仗义之张大公在，受人之托，必能忠人之事，未有坐视不顾而致其剪发者也。"[23] 尽管《琵琶记》在内容上有诸多经不起推敲之处，"全忠全孝蔡伯喈"的形象尤为苍白，创作者为了强化教化思想将自己的价值观、道德观附着在蔡氏身上，让其进行道德宣讲："苦守清贫，力行孝道"，"人爵不如天爵贵，功名争似孝名高"，然而除苍白语言外，并未见蔡伯喈任何实际的"忠"、"孝"行动，其既不愿弃官也不愿回家奉养双亲。对于《琵琶记》的这些疏漏，《赵五娘卖发宝卷》并不计较，宣卷人全然不顾，并且为了进一步强化教化思想，甚至还加深了这些疏漏。当然，受卷的妇女也很少有人质疑这些细节的真实与否，相反往往被赵五娘的悲苦故事、自我牺牲精神所感染和打动。

《赵五娘卖发宝卷》在进入妇女生活圈之后，对妇女文化和妇女思想产生极大影响，宣卷者借赵五娘所面临的困难及所获得的回报劝诱妇女积德行善，以求回报，并通过赵五娘牺牲自我、为别人着想的悲苦意境的描绘，感染听众，这样也使得悲苦意境的营造成为宝卷女性故事的写作特色之一。此外，《赵五娘卖发宝卷》是以妇女生活作为叙事中心，取材生活化、世俗化，拉近了与听众之间的距离，赵五娘的遭遇牵动着听卷者的心，听卷者似乎是在听闻自己身旁所发生的事，熟悉之感油然而生，加之口耳相传，使妇女容易产生共鸣，这样就造成了该宝卷的流行。

三、《赵五娘卖发宝卷》对《琵琶记》悲者意境的接受

《赵五娘卖发宝卷》除在故事情节、宣传妇德方面接受《琵琶记》之外，在艺术手法上，特别是在悲苦意境营造上对《琵琶记》也有较多接受。宝卷作为说唱艺术，在表现手法上应与戏剧有所不同。首先，《琵琶记》是由专业演员表演，不同的演员扮演不同的角色。宝卷作为宣卷人的底本，其行文主要是一种叙事体，宣卷人在宣讲过程中虽然也要吟唱，自扮故事中的人物，但这些主要是为了调动听卷者的情绪，因此，宝卷不仅在表现手法上与戏剧不同，在故事叙述上与戏剧也有所不同：宝卷是一种叙述体，而戏剧是一种代言体，演员替代剧中人物表演悲欢离合。作为与戏剧不同的艺术形式，宝卷具有话本的"说话"性质，为了达到引人入胜的目的，往往采用一系列的叙事修辞手法，以期使受卷人的情感受到感染，因此，宣卷人在宣讲女性故事时，特别注重悲苦意境的营造。

《赵五娘卖发宝卷》与《琵琶记》对赵五娘悲惨的遭遇都曾进行细致描画。为了塑造赵五娘可贵的品德，宣卷人往往将其遭受磨难的情景极尽渲染、铺陈，以引发听众动容。当宣卷者以悲苦意境渲染故事情节时，听众很容易兴起情绪效应。随着宣卷人的宣讲，宣卷者、听卷者与故事人物之间的距离感愈益接近，听者受剧情人物影响而产生心理的共鸣。如借赵五娘吃糠这一悲苦意境的渲染，极力宣扬赵五娘戚悲的心境，为了展现赵五娘内在的心理活动，宣卷人便以代言者的身份通过第一人称的吟唱，把特殊场域中人物复杂的内心感受表现出来，如宣卷人代赵五娘的一段唱词云：

……巧媳妇，做不出，无米饭菜；家贫穷，怎做到，美味香甜？

河西宝卷与敦煌文学研究
HEXI BAOJUAN YU DUNHUANG WENXUE YANJIU

不一时，只觉得，腿软手酸；肚又饥，吃谷糠，泪洒胸膛。

别人家，那谷糠，猪狗不尝；奴却要，吃肚内，来救性命。……

赵五娘的凄楚心境经宣卷人一唱三叹，得以淋漓尽致展现，听众由此受到渲染、感动。在婆婆发现自己冤屈了儿媳而悲恸得气绝身亡时，赵五娘大放悲声，出现了宝卷中常有的五更调，云：

一更里来泪纷纷，可怜婆婆命归阴。你今淡饭未曾用，倒叫媳妇心不安。

我的天呀！倒叫媳妇心不安。

二更里来泪涟涟，婆婆一命归黄泉。你儿几时才回来，丢抛公公受孤单。

我的天呀！丢抛公公受孤单。

三更里来泪如雨，婆婆今日见阎君。公公无钱难侍奉，可让媳妇怎么活？

我的天呀！可让媳妇怎么活？

四更里来好伤心，睡在床上泪汪汪。千思万想无主张，媳妇受苦又受难。

我的天呀！媳妇受苦又受难。

五更里来金鸡叫，左也难来右也难。丈夫上京不回来，却叫为妻怎安排？

我的天呀！却叫为妻怎安排？

为了宣扬赵五娘的美德，《赵五娘卖发宝卷》极力渲染赵五娘吃苦耐劳、孝敬公婆的美德，置个人于不顾，全然为他人着想。一般而言，表现妇德的宝卷都充满一种悲剧与哀怨之情，此类宝卷通过悲剧情节的渲染与夸大，大大增强宝卷人物苦难、悲情的感染力，使听众为之动容。通过悲剧情境的铺排，故事情节便有了高潮起伏的波澜，便于带动聆听宝卷者之情绪。同时，悲剧氛围也使听卷者的情绪沉浸在悲苦意境之中而共鸣。这样容易使听众将自身命运和故事人物遭遇进行对比照映，从而造成"悲者愈加悲、愁者愈加愁"的效果。这样看来，善于营造悲苦意境是《赵五娘卖发宝卷》成功打动妇女的重要原因之一。

《琵琶记》在赵五娘吃糠一节也有很多渲染：

【前腔】滴溜溜难穷尽的珠泪，乱纷纷难宽解的愁绪。骨崖崖难扶持的病体，战钦钦难捱过的时和岁。这糠呵，我待不吃你呵，教奴怎忍饥？我待吃呵，教奴怎吃得？（介）苦，思量起来不如奴先死，图得不知他亲死时。

（白）奴家早上安排些饭与公婆吃，岂不欲买些鲑菜，争奈无钱可买。不想婆婆抵死埋怨，只道奴家背地吃了甚么。不知奴家吃的是细米皮糠，吃时不敢教他知道，只得回避。便埋怨杀了，也不敢分说。苦！真实这糠怎的吃得。（吃介）（唱）

【孝顺歌】呕得我肝肠痛，珠泪垂，喉咙尚兀自牢嗄住。糠！遭砻被舂杵，筛你簸扬你，吃尽控持。悄似奴家身狼狈，千辛百苦皆经历。苦人吃着苦味，两苦相逢，可知道欲吞不去。（吃吐介）（唱）

这一段唱词与前面《赵五娘卖发宝卷》中宣卷人的吟唱虽有较大差别，但两者都通过对赵五娘内心世界的表露来感染听众。这里除了语词的表白外，还有演员吃糠、呕吐、流泪等动作，将赵五娘的悲苦处境淋漓尽致地展现给观众。与《赵五娘卖发宝卷》相比，表演的难度加大，但营造悲苦意境的手法却较为相似。

一般来说，女性故事宝卷的受众者主要是生活于市井乡村的基层妇女，文字以通俗简易为主，这样也便于宣讲。对于单靠文字或声音而传播的宝卷，只有通过悲苦意境的营造，才能增强情景的临场真实感，这是抓住听众情绪的重要手法之一。诚然，宝卷悲苦意境的营造受写卷者、听卷者的审美取向影响，宝卷在此方面注重抒情写意，增加文字的美感及意境的雕琢，这主要是为了满足听众中那些受过教育、具有艺术品位者的需要。因此，《赵五娘卖发宝卷》的风格在鄙俗中另有风情，雅俗兼备、姿采摇曳。

作为两种不同艺术形式的《赵五娘卖发宝卷》、《琵琶记》，虽一为宝卷，一为南戏，然而所讲述的却是同一历史故事。赵五娘、蔡伯喈故事经筛选、过滤、改头换面等艺术加工，发展至《琵琶记》，再到《赵五娘卖发宝卷》，有一明显的故事接受和再创作的过程，整体看来，《赵五娘卖发宝卷》对《琵琶记》的故事情节、劝善主题及悲苦意境营造方面多有接受。

注释

[1] 中国大百科全书编委会：《中国大百科全书·戏曲、曲艺卷》，中国大百科全书出版社 1983 年版，第 16 页。

[2] 俞汝捷：《中国古典文艺实用辞典》，中国青年出版社 1991 年版，第 279 页。

[3] 段平：《河西宝卷选》（上），"前言"，台湾新文丰出版公司 1992 年版，第 2—3 页。

[4] 任继愈主编：《宗教大辞典》，上海辞书出版社 1998 年版。马名超、王彩云：《中国民间文学大辞典》（上），黑龙江人民出版社 1996 年版，第 45—46 页。

[5] 车锡伦：《中国宝卷的渊源》，《敦煌研究》2001 年第 2 期。

[6] 车锡伦：《信仰·教化·娱乐——中国宝卷研究及其他》，台湾学生书局 2002 年版，第 59 页。

[7] 郑阿财：《敦煌孝道文学研究》，台湾石门图书公司 1982 年版，第 735 页。

[8] 车锡伦：《信仰·教化·娱乐——中国宝卷研究及其他》，台湾学生书局 2002 年版，第 43 页。

[9] 明清各秘密宗教教派对"宝卷"的发行相当重视，宝卷的大量印刷，显示民间宗教通过文字进行宗教传播之普遍。参见郭冠廷：《明清时期秘密宗教的传播行为》，收入郑志明主编的《宗教艺术、传播与媒介》，南华大学宗教文化研究中心 2002 年版，第 194 页。

[10] 候百朋：《琵琶记资料汇编》，书目文献出版社 1989 年版，第 65 页。

[11] 高明作《琵琶记》的目的尚有争议，如明代王世贞《艺苑卮言》附录一云："高则成《琵琶记》，其意欲以讥当时一士大夫，而托名蔡伯喈。不知其说，偶阅《说郛》

所载唐人小说，牛相国僧孺之子繁与同人蔡生邂逅，文字交，寻同举进士，才蔡生，欲以女弟适之，蔡已有妻赵矣，力辞不得，后牛氏与赵处，能卑顺自将。蔡仕至节度副使，其姓事相同一至于此，则诚何不直举其人，而顾诬蔑贤者至此耶。"胡应麟《少室山房笔丛正集》卷二五对此附按语，云："《卮言》所引二姓悉合，高氏或据此。第僧孺之女则未审竟适何人耳，僧孺二子曰蔚曰丛，俱节度至尚书，蔚子徽、丛子峤亦显，而绝无所谓繁者，恐《说郛》所载未必如《广记》之实也。"清代周召《双桥随笔》卷六云："高明者，温州瑞安人，寓明州栎社，以词曲自娱，因感刘后村之诗：'死后是非谁管得，满城争唱蔡中郎'之句，乃作《琵琶记》。有王四者，以学闻，则诚与之友善，劝之仕，登第后，即弃其妻而赘于太师不花家，则诚悔之，因作此记以讽谏，名之曰《琵琶》者，取其上四王字为王四云耳。元人呼牛为不花，故谓之牛太师，而伯喈曾附董卓乃以之托名也。高皇帝微时尝奇此戏，及登极，召则诚，以疾辞，使者以记上进，上览之曰：五经四书在民间譬诸五谷不可无，此记乃珍馐之属、俎豆之间，亦不可少也，于是捕王四置之极刑，余录此欲广其传，庶免蔡中郎无端受屈。"

[12] 范晔《后汉书·蔡邕列传》云："邕性笃孝，母尝滞病三年。邕自非寒暑节变，未尝解襟带，不寝寐者七旬。母卒，庐于家侧，动静以礼，有菟驯扰其室傍，又木生连理，远近奇之，多往观焉。"

[13] 王骥德：《曲律·杂论》，《中国古典戏曲论著集成》卷四，中国戏剧出版社1959年版。

[14] 胡应麟：《少室山房笔丛·庄岳委谈下》，明刻本。

[15] 黄仕忠：《琵琶记研究》，广东高等教育出版社1996年版。

[16] 陈兆南：《宣讲及其唱本研究》，中国文化大学中国文学研究所博士论文，1992年，第1页。

[17] 徐永成：《张掖民间民俗文学——宝卷》，《金张掖民间宝卷》（一），甘肃文化出版社2007年版，第1—2页。

[18] 朱凤玉：《敦煌蒙书中的妇女教育》，周愚文、洪仁进主编：《中国传统妇女与家庭教育》，台湾师大书苑有限公司2005年版，第42页。

[19] 陈宝良：《飘摇的传统——明代城市生活长卷》，湖南出版社1996年版，第304页。

[20] 陈东原：《中国妇女生活史》，台湾商务印书馆1937年版，第184页。

[21] 郑阿财：《敦煌孝道文学研究》，台湾石门图书公司1982年版，第441页。

[22] 郑振铎撰，郑尔康编：《郑振铎说俗文学》，上海古籍出版社2000年版，第277页。

[23] 李渔：《闲情偶寄·密针线》，中华书局2007年版。

兰州大学文学院 庆振轩

图文并茂，借图述事

河西宝卷与敦煌变文渊源探论

　　言及河西宝卷，论者多认为"它由唐代的变文、讲经文演变而来，受俗讲的孕育，历经宋的说经、说参请、说诨经、讲史等，并受到话本小说、诸宫调的影响"。[1]较早关注变文与宝卷关系的王庆菽在《试谈变文的产生和影响》一文中写道："至于相传在宋代已有的宝卷，和根据传宋本的《香山宝卷》和元末明初的《目连宝卷》看来，知道宝卷这种体裁，开卷引经云一段，以后在每一段落处，须宣传佛号，和那些一段散文一段韵文的体裁，这也是完全和俗讲中的讲经文和变文形式相同。"[2]在探讨宝卷变文渊源承变的相关著述中，对于二者在表现内容和表现形式方面的承传学者们多有论及。本文仅就变文演出时，变文变相结合，图文并茂，讲看结合的形式对后世讲唱文体包括宝卷的影响加以简单缕述。

　　时至今日，"转变与变文中'变'字的含义与渊源，一直是中外学者试图解释而至今尚无定论的问题"。[3]但郑振铎先生的阐释为大多数论者接受，其说谓："所谓变文之'变'，当是指'变更'了佛经的本文而成为'俗讲'之意（变相是变佛经为图相之意）。后来，'变文'成一个'专称'，便不限定是敷演佛经之故事了（或简称'变'）。"[4]学术界论及变文表演时的演出形式，或谓"变文演出，或辅以图画"[5]；或谓"变文的演出特点是变文与变相相辅而行，演唱变文称为'转变'，同时配合展示卷收画卷（变相），犹如近代说唱曲艺中的'拉洋片'。"[6]其他论著，叙述文字或有不同，但所表述之要旨，大致如此。

论述变文演出时图文结合，讲看并行之诸多论者，依据之资料一是吉师老《看蜀女转〈昭君变〉》："妖姬未著石榴裙，自道家连锦水濆。檀口解知千载事，清词堪叹九秋文。翠眉颦处楚边月，画卷开时塞外云。说尽绮罗当日恨，昭君传意向文君。"二是《王陵变文》、《大目乾连冥间救母变文并图一卷并序》以及《降魔变文》。王重民在《敦煌变文研究》一文中说："《王陵变》讲到王陵、灌婴奏明了汉王要到楚家去斫营时说：'二将辞王往斫营处，从此一铺，便是变初。'这表明这篇变文和另外的变图是一致的；变图的第一铺是辞王斫营，变文的起初也是辞王斫营。变文的后题《汉八年楚灭汉兴与王陵变》一铺，应该是变图的后题。《王昭君变文》也是带变图的，所以有'上卷立铺毕，此入下卷'的话。吉师老《看蜀女转〈昭君变〉》正说明了蜀女一面说唱，一面请听众观看变图……敦煌里面还有一卷《大目乾连冥间救母变文并图》，可惜文存而图亡。另有一卷《降魔变文》，则大致完备。这叫我们看到当时讲唱艺人所使用的真实变图，实在是变文史的一部极重要的文献。这一变图是一个长卷，包括六个故事……这一卷变图的正面是故事图，在背面相对的地方抄写每一个故事的唱词。这更显示出变图是和说白互相为用（图可代白），指示着变图讲说白，使听众更容易领会，然后唱唱词，使听众在乐歌的美感中，更愉快地抓住故事的主要意义。"[7]对于变文多方面的影响，学界论者亦众，"变文韵散结合演唱故事的体制，影响到唐人传奇，宋元以后，各类说唱文学和戏曲文学，若追根溯源，也都与变文有着某些血缘关系。"[8]

图文并茂，借图述事，讲看并行之变文变相的演出形式对后世小说戏剧等说唱文艺的影响是直接的。人们最常引用的资料是《全相平话五种》。《全相平话五种》为宋元讲史小说，作者已不可考。元英宗至治年间（1321—1323年）建安虞氏刻印，日本内阁文库藏有孤本。现存《武王伐纣平话》、《乐毅图齐七国春秋后集平话》、《秦并六国平话》、《续前汉书平话》、《三国志平话》五种，故称《全相平话五种》。其中《三国志平话》"是当时艺人所说的《三分书》的底本。所谓"全相"就是上图下文。这个本子已不纯是供艺人讲史时参考，而且也是供人阅读的一个读本。是出版史上留存下来的宝贵的"连环画"。"《平话》分上、中、下三卷，故事从《桃园结义》起，到《秋风五丈原》诸葛亮逝世，司马懿统一三国、刘渊又灭晋为止。全书共8万多字，有图七十幅，标有题目六十九幅（《桃园结义》占有两幅）"。[9]与《三国志平话》内容款式基本相同的还有《三分事略》，"《三分事略》是近年在日本天理大学图书馆发现的，全称《至元新刊全相三分事略》。"[10]

在元代最为盛行也最具时代代表性的文艺样式是元代戏曲——元杂剧。在被誉为元代四大悲剧之一的纪君祥的《赵氏孤儿》中，我们可以清楚地看到自敦煌变文以来，说唱技艺中图文并茂，讲看结合的生动例证。

《赵氏孤儿》以悲愤而昂扬，惨烈而豪壮的情感为基调，描写了春秋时期晋国朝廷内外忠与奸的斗争，以及由此引起的围绕赵氏孤儿而展开的迫害与反迫害的斗争，塑造了程婴、韩厥、公孙杵臼等一系列具有侠义精神的悲剧人物，在第四折中，程婴一上场便拿了个手卷，并说明画这个手卷的原因：

〔程婴拿手卷上，诗云〕日月催人老，光阴趱少年；心中无限事，未敢尽明言。过日月好疾也，自到屠府中，今经二十年光景，抬举的我那孩儿二十岁，官名唤做程勃。我跟前习文，屠岸贾跟前习武。甚有计谋，熟娴弓马。那屠岸贾将我的孩儿十分见喜，他岂知就里的事。只是一件，连我这孩儿心下也还是懵懵懂懂的。老夫今年六十五岁，倘或有些好歹呵，着谁说与孩儿知道，替他赵氏报仇？以此踌躇展转，昼夜无眠。我如今将从前屈死的忠臣良将，画成一个手卷。倘若孩儿问老夫啊。我一桩桩剖说前事，这孩儿必然与父母报仇也！

程婴冒着生命危险，甚至牺牲了自己的孩子而营救了赵氏孤儿的性命，并将他抚养成人，二人感情深挚，无异于亲生父子。程婴的悲伤烦恼，自是引起了孤儿的关心，程婴便借此"遗手卷虚下"，手卷引起了孤儿的注意，展开来看：

> 那个穿红的拽着恶犬，扑着个穿紫的，又有个拿瓜锤的打死了那恶犬。这一个手扶着一辆车，又是没半边车轮的，这一个自家撞死槐树之下……这一个将军前面摆着弓弦、药酒、短刀三件，却将短刀自刎死了。怎么这一个将军也引剑自刎而死？又有个医人手扶着药箱儿跪着，这一个妇人抱着个小孩儿，却像要交付医人的意思。呀！原来这妇人也将裙带自缢死了，好可怜人也！……我仔细看来，那穿红的也好狠哩，又将一个白须老儿打得好苦也。……到底只是不明白，须待俺这壁厢爹爹出来，问明这桩事，可也免得疑惑……

程婴又上场后，便详细地讲述了赵盾、屠岸贾文武不和、屠岸贾图谋加害赵盾、钼麑触槐、提弥明搏獒、灵辄驾车、赵朔赐死、公主自缢、韩厥刎剑、程婴弃子、公孙杵臼触阶等一系列与孤儿身世有关的凄惨、悲壮的故事。正是借助于图画，这头绪众多，纷繁复杂的故事才被讲得有条不紊，井然有序，并达到了强烈的戏剧效果。当孤儿得知逃亡的是祖父，自刎的是父亲，自缢的是老母，自己便是那赵氏孤儿时，不禁大叫"兀的不气煞我也！"悲痛欲绝，昏倒在地。《普天乐》、《幺篇》、《耍孩儿》、《二煞》、《一煞》、《煞尾》等几个曲子更将孤儿的悲愤之情、报仇之志表达得淋漓尽致。屠岸贾作恶多端，终于被义子赵氏孤儿生擒活捉，落得个被"钉上木驴，细细地剐上三千刀，皮肉都尽，方得断首开膛"的下场。[11]

敦煌变文"借图述事"现象，不仅在戏曲中保留下来，明清小说中也能找到其影响的例证。《说岳全传》是一部章回小说，讲的是南宋时期以岳飞为首的一批将领反对投降、捍御强敌，保家卫国的英雄故事，在第五十六回中有着和程婴讲画极为类似的情节。

陆文龙、曹宁的骁勇善战，使岳飞束手无策，愁闷不已，不得不高挂"免战牌"，却急坏了潜伏金营的独臂王佐。情急之下，王佐便把从奶妈那里听说的陆文龙的身世画成一幅图画，呈献给他。"文龙接来一看，见是一幅画图，那图上一人有些认得，好像父王。又见一座大堂上，死着一个将军，一个妇人。又有一个小孩子，在那妇人身边啼哭。又见画着许多番兵。"画图引起了陆文龙的好奇，便要王佐讲述，王佐遂道："殿下略略闪过一旁，待我指着画图好讲。这个所在，乃是中原潞安州。这个死的老爷，官居节度使，姓陆名登。这死的妇人，乃是谢氏夫人。这个公子，名叫陆文龙。"同名同姓，更引起了陆文龙的好奇。王佐接着说："被这昌平王兀术兵抢潞安州，这陆文龙的父亲尽忠，夫人尽节。兀术见公子陆文龙幼小，命乳母抱好，带往他邦，认为己子，今已十三年了。他不为父母报仇，反叫仇人为父，岂不痛心！"王佐的话惊怒了陆文龙，待奶妈证实了王佐的话后，文龙当即含泪谢恩，拔剑在手，紧咬钢牙，要与父母报仇。"杀了仇人，取了首级，同归宋室。"这才有了说曹宁归宋明邪正，陆文龙"射箭书潜避铁浮陀"的小说情节。[12]

相比较而言，河西宝卷作为活在民间的敦煌文学，其受敦煌文学的影响更为直接，已有一些学者关注并论述了敦煌变文与河西宝卷在表现内容及说唱形式上的渊源承继关系。论及变文借图述事，文图相互为用的演唱形式对于河西宝卷的影响时，《酒泉宝卷》上编（修订本）"前言"中说："宝卷还可配以图画，特别是公众场合的念卷，在墙上往往悬挂佛像或地狱图，这和变文的演唱是一脉相承的"。[13]谢生保在《酒泉宝卷与敦煌变文》中进一步阐述道：

变文配合画图的遗迹，在宝卷讲唱时并没有完全消失。解放前夕，我亲自看到酒泉钟楼寺的和尚，指着大殿《西游记》题材的壁画，给庙会上的香客、游人讲说唐僧取经的故事。谭蝉雪先生在《河西的宝卷》一文中说："武威每年五月为朝莲花盛会，由当地的万元会（商会）主持，城内设四五处，每处墙壁上张挂一幅大布画，上画天堂、地狱、轮回等图，由一人一手拿宝卷，另一手拿一木棍，站在桌上，连说带唱，边指画面，听众自由来往，男女老少围听，名之曰：讲善书"。由此说明变文讲唱时有画配合，宝卷在有条件的情况下，也是配合图画讲唱的。[14]

循着河西学者提供的实实在在的河西宝卷在演唱时借图述事的线索，我们想找到更多的相关信息，但结果令人失望。然而在细阅现存的河西宝卷时，《苦节图宝卷》引起了我们的特别关注。

《苦节图宝卷》收录在《金张掖民间宝卷》（二），第 685—706 页；又名《苦节宝卷》[15]、《张彦休妻宝卷》[16]、《白玉楼宝卷》[17]。我们之所以对《苦节图宝卷》特别留意，一是因为宝卷故事曲折生动，宝卷中女主人公命运坎坷多难，而其命运否极泰来之关键情节是画述其苦难经历的《苦节图》。与上文所引《赵氏孤儿》、《说岳全传》中的"借图述事"的情节一样，《苦节图宝卷》之绘"苦节图"，看"苦节图"，讲"苦节图"的情节，在主人公命运的变化，故事的情节发展中起有重要作用。

《苦节图宝卷》中的女主人公白玉楼被叔母诬陷遭休弃之后，历尽磨难，上吊后，被金驸马相救收为干女儿。白玉楼九死一生，"在金府日夜啼哭不止，身染疾病，饮食不进，身体日益沉重。金秀云小姐对母亲说了，老夫人问："玉楼，你得了什么疾病？"玉楼说："母亲，孩儿死多活少，请你给我拿个主意。"小姐说："姐姐，我倒有个主意，你把自己的苦处给我细说一遍，我绣一幅苦节图张挂出去，若有人看见就知道了你的苦心，你也落个贤良人的名声。"玉楼听说得有理就答应了，小姐叫随从丫环取来丝布一匹，老夫人对玉楼说："孩儿你将你的苦情说来，秀云与你描画。"玉楼睁开眼睛，泪流满面，把自己的遭遇给她们说了。正是：

玉楼开言道，妈妈你且听。提起奴家事，件件都是苦。
请尊堂，和贤妹，细听在心；画破房，贫寒人，劝把书读。
画贫妇，去讨饭，手提饭篮；你画我，在灶房，拿柴吹火。
门外边，画贼人，手拍双环；画张彦，面带怒，手提笔杆。
画贫妇，苦哀告，跪在面前；再画上，钱氏婆，恶眉恶眼。

不讲情，她还骂，怒气满面；画夜晚，把玉楼，辱骂百般。

她说奴，在外边，与人偷奸；我丈夫，他言说，亲眼看见。

画贫妇，观音堂，卧倒在地；画张彦，饥饿形，来到门前。

画奴家，捆马上，有人后赶；直赶到，江岸边，扶下马鞍。

有玉楼，将贼人，推入江中；波涛翻，用石头，连打二三。

画上了，彩棚下，人有千万；在马上，骑着个，青春少年。

回头看，手接彩，二位家人；画少年，面失色，催马加鞭。

画恶人，打丑妇，头发散乱；画少年，乘着马，站立面前。

画李彪，接银钱，低头含笑；再画上，假男子，当堂改变。

多亏了，老爹爹，来救此难；老夫人，心发酸，低头言道。

我女儿，真金子，不怕火炼；守节志，全凭着，计谋双全。

虽女流，比得那，古圣先贤；日久后，与张彦，同侣同伴。

白玉楼，听此言，泪流满面；叫母亲，和妹妹，画图几幅。

起名儿，苦节图，万古流传。

无巧不成书，宝卷接着写道：

却说白玉楼细说一遍，金小姐绣成了一幅苦节图挂在中堂不提。再说张彦于八月中秋和众举子一齐进场应试，中了头名状元，与武状元和马吞夸官已毕，先拜谢天子洪恩，后拜谢驸马及六部文武官员。驸马吩咐人役悬灯挂彩，只等三位贵人来到，说："夫人，接我们姑娘绣球的是昆山张彦，救了我命的是昆山张彦，中了文状元的也是昆山张彦，此事我也想不明白了，且把女儿唤出堂来问个清楚。"说话之间三贵人入府拜见驸马，又拜了老夫人。大人摆酒设宴招待，看看天色已晚，三人便要告辞，金大人留三人在东书房住下。有张彦在灯下自思道：我今一步生荣，不知妻在何处？心中越发悲伤。次日清早起来，书馆内琴、棋、书、画各样皆全，张彦见这旁是春秋四季，那旁是礼义廉耻，右旁是五老四少，左旁是孝悌忠信，中间挂的是一幅《苦节图》。张彦暗忖：哪有这样的苦节图。走近仔细观看，上面画一间破房，内有一位贫士苦读圣贤；又画一贫妇手提饭篮，好像讨饭的样子；又画贫妇孤身灶门做饭，门外站着一恶人手拍双环；又画贫生手拿笔杆，有一妇人跪在他的面前求告。张彦不知其中的意思，想了一会才有些明白，贫生和妇人是夫妻二人，贫妇讨饭供丈夫读书，外边贼人起了不良之心，黑夜喊门诬陷其妻，逼出天大的冤枉，丈夫不听将妻休了，贫妇跪在面前哭啼，这时丈夫面带回心的样子，外边一丑妇指天拍地地叫骂。张彦思想，不留贤妇，真是个无才的愚夫，你不想倘若妻子失节，怎能在大街讨饭供你读书？往下细看，有贫生将妇人赶出门外，将门紧紧关闭；又画庙宇一座，上写着"观音堂"三字，贫妇卧庙倒地不起的样子。张彦越看越觉得好像是我夫妻离别之事，怎么画在这图上了？见又画有贼人一个，领着恶人把贫妇从庙中驮上马，来到一江边，那贼人在前，妇人在后跟随；又画妇人将恶人推入江内。这是怎样的原因，想必我妻被恶人骗去霸占成亲，我妻不从将贼人推入江内。又画一公子骑马，彩楼前许多人众，楼上有二八佳人抛打绣球，骑马公子将绣球接在手中；又画一恶人手拿皮鞭在打丑妇，有公子拉马给他银两，这公子乘马前行，恶人后边手提钢刀紧紧追赶，抢夺公子的财物，露出女子真形，随后在柳树上吊着；又画大官带领人马救了女子性命。张彦想必是我妻被贼人逼迫上吊，被人所救，找了整整三年，猛然才知道妻子还活在人世间。

　　张状元，见挂图，泪流满面；才晓得，他的妻，还在人世。
　　不知道，受尽了，多少辛苦；这贼人，他把那，良心丧尽。
　　害得我，好夫妻，不能相逢；有一日，我夫妻，若能相见。
　　必定把，那贼人，剥皮抽筋；有张彦，看图画，泪珠不断。
　　叫了声，贤良妻，你在何方；遭遇到，不良夫，屈害不断。
　　平地里，休前妻，后悔万分；你脱了，这一难，守节为先。
　　彩棚下，你不该，去招新郎；今接彩，我愁你，怎样成双。
　　有两个，两差人，将你马拦；不知你，怎推脱，这场事情。
　　这时候，把我的，肝肠气断；可怜我，贤良妻，受这磨难。

为丈夫，卖诗文，天涯游遍；为找妻，我出门，整整三年。

看罢图，气得他，头昏眼花；一阵阵，心抽搐，倒在床边。

叙事至此，张彦白玉楼夫妻大团圆已成自然之事。夫妻相认之后，

"有天子宣文武状元上殿，皇帝诏封金驸马为忠义侯，张彦为双勇侯，马吞为总兵之职。张彦又把白玉楼前后屈情奏了一遍，玉楼被封为苦节妇人；金秀云描画苦节图，成人之美；刘蕊莲逼降马吞，封为福德贤人，接太公夫妻二人进京同享荣华。将《苦节图》悬挂在大堂，玉楼、蕊莲、秀云三人不分大小同拜《苦节图》，均予张彦为妻。金大人、新状元和三位贵人一齐谢恩不提。

张彦的叔母钱氏害人终害己，讨饭到金府，因作恶多端，气绝身亡。于是择良辰吉日，白玉楼、刘蕊莲、金秀云与张彦拜堂成亲。"一家大小富贵团圆，金大人把此事奏知天子，敕赐《苦节图志仁勇》一块金字牌匾，挂在驸马府门首，后辈子孙世袭官职。"至此"这一本《苦节图》，才得圆满"。[18]

从变文到话本、戏曲和宝卷，变文图文相辅相成，借图述事的讲唱方式被继承了下来。从上文我们所引述的元代纪君祥的《赵氏孤儿》、清代钱采的《说岳全传》、河西宝卷中的《苦节图宝卷》来看，其借图述事往往放在所述事件起承转合的转折时期，亦即故事发展之关键时期，赵氏孤儿因图而醒悟，引发了赵氏孤儿大报仇；陆文龙因王佐之借画图痛说往事而反金归宋；白玉楼苦难遭遇尽在《苦节图》中，其一边叙述金小姐一边图绘，往事惊心，已是十分吸引人；张彦观图思人，悔恨交加，促成了故事的大团圆结局。由此可以推知，当变文说唱之"变相"，也必然是图绘相关故事中与关键人物相关之关键情节。

由相关资料我们还可以推论，图文并茂，借图述事之讲唱从变文时代一直承传不衰，是因为这种形式为观众（听众）喜闻乐见。向达《唐代俗讲考》

注 24 引明代马欢《瀛涯胜览·爪哇国》条有云：

> 有一等人以纸画人物鸟兽鹰虫之类，如手卷样，以三尺高二木为画杆，止齐一头。其人蟠膝坐於地。以图画立地。每展出一段，朝前番语解说此段来历。众人围坐而听之，或笑或哭，便如说平话一般。[19]

也形象地展现了借图述事之受欢迎的情形。时至今日，旅游极盛，游及莫高窟，导游指点壁画，讲述相关故事，亦令人依稀想见古人讲说变文、话本、演唱戏剧、讲唱宝卷时之情境。

除了以上两点认识之外，我们还可推论，变文及以后宝卷图文并茂、借图述事之作用还应有这样一些考虑，听众对所讲唱之内容的陌生和不了解，借图述事能直观地使听众（观众）加深印象，加速了解所讲唱之内容。对于变文所讲佛经故事、历史故事、社会生活故事如此；对于话本、宝卷所讲内容亦如是。为什么呢？因为作俗众，对于佛教经典、历史故事并不都是特别熟悉，特别是在特定时代，听众中有一大批没有受到过教育的民众，其中包括有数量不等的妇女和儿童，所以借图述事，不仅能吸引观众的兴趣，而且能帮助他们了解所讲述故事的内容，所以这种图文并茂，借图述事的形式在不同时代、不同的文学样式中被保存了下来。

注释

［1］［13］［14］［15］《酒泉宝卷》，西北师大古籍所、酒泉市文化馆 2001 年版，"前言"第 1 页、"上编"第 5 页、"中编"第 10 页、"下编"第 153—183 页。

［2］［7］周绍良、白化文主编：《敦煌变文论文录》，上海古籍出版社 1982 年版，第 270、313—314 页。

［3］［5］［8］袁行霈主编：《中国文学史》（二），高等教育出版社 2001 年版，第 400、402 页。

［4］郑振铎：《中国俗文学史》上册，上海人民出版社 2006 年版，第 190 页。

［6］郭预衡：《中国古代文学史长编》（隋唐五代卷），首都师范大学出版社 1993 年版，
第 524 页。

［9］丘振声：《三国演义纵横谈·元代的〈新全相三国志平话〉》，漓江出版社
1983 年版，第 33—34 页。

［10］袁行霈主编：《中国文学史》（四），高等教育出版社 2001 年版，第 39 页。

［11］臧晋叔：《元曲选》，中华书局 1991 年版，第 1476—1498 页。

［12］钱彩等：《说岳全传》，上海古籍出版社 1980 年版，第 484—499 页。

［16］张旭：《山丹宝卷》下册，甘肃文化出版社 2007 年版，第 296—316 页。

［17］段平：《河西宝卷选》，兰州大学出版社 1988 年版，第 154—201 页。

［18］徐永成：《金张掖民间宝卷》（二），甘肃文化出版社 2007 年版，第 699—703 页。

［19］周绍良、白化文主编：《敦煌变文论文录》，上海古籍出版社 1982 年版，第 65 页；
向达：《唐代长安与西域文明》三联书店 1987 年版，第 317 页。

图文并茂，借图述事

河西宝卷与敦煌变文渊源探论

探论河西宝卷中的儿童文学及儿童形象

兰州大学文学院 李凤英

一、引言

　　河西宝卷是至今还活在河西人民中间，为河西人民所喜闻乐见的民间俗文学，是敦煌文学的活样本。"宝卷"的前身是敦煌文学中的"变文"，在宋初"变文"被皇家明令禁止以后，民间就出现了代替它说经、劝善的"宝卷"。

　　"宝卷"盛行于明、清，近世以来关注它的人不多。河西宝卷在历史上曾长期深刻地影响着河西人民的思想和生活，随着时代的发展，河西宝卷有可能被别的形式所取代而成为历史陈迹，即便如此，它也还是一笔可贵的精神财富，是敦煌文学发展的里程碑，也是俗文学中重要的一支。近年来，有学者致力于河西宝卷的搜集、整理工作，并取得了一定的成绩，如段平整理的《河西宝卷选》，随后，河西各地区陆续搜集、整理、出版了《金张掖宝卷》、《酒泉宝卷》、《凉州宝卷》、《山丹宝卷》等。学界对河西宝卷的研究至今还不多，专著方面有段平的《河西宝卷的调查研究》、方步和的《河西宝卷真本校注研究》。由于河西宝卷研究起步较晚，儿童文学研究又是一个较新的领域，所以学界对河西宝卷中儿童文学的研究至今还没有。

儿童文学是文学的一个重要分支，然而在文学领域，特别是在古代文学中，把儿童文学单独作为研究对象的论著至今还很少。一是因为在古代人们更多的是把儿童当做血脉延续的工具，儿童本体不受重视，一直处于成人从属品的地位；二是因为"父为子纲"封建伦理纲常的影响，儿童的言行、命运甚至是生死完全听命于家长，使得儿童几乎完全丧失独立的人格和尊严。

正是由于儿童的特殊地位，文学作为生活的反映，儿童文学在古代文学中所占的比重自然也很少，当然学界对它的研究也就更少。虽然儿童文学数量不多，艺术方面相对还比较粗糙，然而沿着雪泥鸿爪，通过发掘搜寻，廓清一条儿童文学发生、发展的线索也是很有意义的。这不仅有助于加深对儿童文学自身的认识，而且有助于更为真切地把握古代文学中儿童文学演变与发展的脉络。

首先，本文选取河西宝卷为研究对象，检索、整理出其中的儿童文学，并对其进行分类归纳，对儿童文学的类型模式、思想内容、艺术特点以及他们所折射出的社会文化意蕴做一番探究，梳理出河西宝卷对传统儿童文学的继承和发展。其次，本文试对河西宝卷塑造的儿童形象进行梳理分析，进一步理解儿童形象在河西民间文学题材中的个性和形象，从而为拓展河西文化的内涵做一些有益的探讨。

该选题无论是对河西宝卷研究，还是对儿童文学研究都有一定的意义，同时也对拓展古代文学研究领域具有一定的意义。本文旨在抛砖引玉，希望能引起学界对河西宝卷和古代儿童文学研究的关注。

二、儿童文学的界定

（一）什么是儿童文学

研究儿童文学，首先第一个要搞清楚的问题就是儿童文学是什么或者什么是儿童文学，即儿童文学的定义。20 世纪以来，诸多学者对儿童文学做了诠释，试图给儿童文学一个准确明了的定义，但是直到今天学界对儿童文学的定义尚不一致。下面笔者试对诸多儿童文学的定义加以归纳分类。

1. 儿童本位论

本位的儿童文学观念致力于开掘表现儿童的精神生命，最大限度地释放儿童文学的本体内涵。它包含两层意思，一是儿童文学就是为儿童的，这种"为"不附着任何"儿童需要"之外的功利目的，就是从儿童本位的精神需求出发供给他们精神食粮；二是儿童文学是表现儿童世界的，儿童世界是儿童文学的审美对象域，它最大限度地表达"儿童"的澄明世界。

儿童文学就是"儿童的文学"，这是本位儿童文学观念的基准。1920 年，周作人在《儿童的文学》一文中反复申明这一点。1921 年，严既澄则更为直接地说："儿童文学就是专为儿童用的文学。"[1]1922 年，周邦道则明确使用了"本位"一词来表达："儿童的文学者，即用儿童本位的文字组成之文学，由儿童的感官可以直接诉于其精神的堂奥者。"[2]1923 年，周氏进一步指出："总之儿童的文学只是儿童本位的，此外更没有什么标准。"[3]

后来该理论又进一步发展延伸，可以从三个方面来概括：一是儿童文学的表现功能主要是"表现儿童生活"。二是儿童文学对儿童心理产生的作用主要诉诸于儿童的想象、情感、思想等。三是儿童文学的审美功能是引起儿童的"趣味"、"兴趣"、"喜悦"、"快感"等。

新中国成立前，学者大多持这种观点，这和当时的社会现状和时代背景是分不开的。持这种观点的学者还有如郑振铎、叶圣陶、郭沫若、魏寿镛、周侯予、朱鼎元、戴渭清、陈学佳、张圣瑜、赵侣青、徐迥千、黎正甫、茅盾、肖三等。

从 20 世纪 90 年代至今，儿童文学界又掀起了"儿童本位"的热潮。代表学者如班马、浦漫汀、夏冬柏、徐治娴、黄云生、鲁海、朱自强、王泉根、方卫平、赵进春、甘国栋、李汝中等。

2. 儿童教育论

鲁兵自 1962 年提出"儿童文学是教育儿童的文学"[4]的口号，到 1978

年，他重申这一观点。从 20 世纪 60 年代初到 80 年代初，这一理论影响了中国儿童文学达 20 年之久。直到 20 世纪 80 年代初，陈子君、蒋风等还在强调儿童文学的教育作用，"儿童文学是根据教育儿童的需要，专为广大少年儿童创作或改编,适合他们阅读,能为少年儿童所理解和乐于接受的文学作品。"[5]如果放到当时现实和历史背景中去考察，这个口号的提出有其必然性，但从实际结果看，这个概念把儿童文学的教育作用摆在首位，将教育性当做儿童文学的根本属性，忽视了儿童文学作为文学的一部分的审美特征。因此这一概念后来遭到质疑，刘绪源认为"'教育'不可能成为某一种文学的本质特征。儿童文学也是一种文学，它在本质上是审美的。审美是一种情感的活动；爱也是一种情感，它可以转化为审美。教育从整体上看却不是一种情感。"[6]

新中国成立后，为了实现以共产主义精神教育儿童、培养社会主义新人的伟大任务，儿童文学界展开了对"儿童本位论"的批判，认为其是"资本阶级思想"，通过这场批判，我国儿童文学领域突出强调了教育的方向性。因此，受社会时代背景的影响，新中国成立后到 20 世纪 80 年代，学者大多持该观点。持这种观点的人还有陈模、祝士媛、高瑞卿、贺宜等。

3. 文学本位论

有学者强调儿童文学应以文学性为主，如冰心曾说："儿童文学具备文学的一切特点，所不同的是，我们读者的对象是少年儿童。"[7]曹文轩说："儿童文学是文学，它要求与我们的政治教育区别开来，它只能把文学的全部属性作为自己的属性。"[8]陈子君认为："我们的儿童文学是整个社会主义文学的一个组成部分，因此，儿童文学应当首先是文学。儿童文学的特点和文学的一般规律应当是一致的。如果单讲特点而不讲共同规律，儿童文学就会偏离艺术的轨道，成为一种缺乏艺术特点的东西；反之，如果单讲共同规律而不讲特点，儿童文学又会失去自身存在的价值。"[9]持这种观点的人还有王瑞祥等。

4. "模糊集"理论

鉴于以上的各种纷繁芜杂的理论，1990 年，班马在《中国儿童文学理论批评与构想》中说："我们的儿童文学需要从自我封闭的状态中解脱出来，走向新边疆。而这种理论、创作、美学上的新边疆，却首先是要从儿童读者的心灵内部本身渴求地向外发散，才能得以合理地扩展。"并进一步指出："其实儿童文学的本身便正具有'模糊'现象，具有'模糊'的高级功能。"[10]2005年，马力提出"儿童文学的概念是一个模糊集"。[11]他根据"模糊集"理论，认为"儿童文学"的概念本来就是一个模糊集。就内涵而言，"儿童"、"文学"都是模糊词，很难界定。林文宝认为："对儿童文学的定义，我主张采取一种存在主义的态度，看事实而不去谈本质。因为本质也具有流动性和变化性。对于儿童文学来说重要的是能不能被孩子接受，而不是一味地物探讨它的本质。"[12]

综合上述，近一个世纪的中国儿童文学的发展走向，可以做以下概括：

五四时期，随着西方先进理念的引进和"科学"、"民主"旗帜的高扬，鲁迅、周作人、孙毓修、胡适、郑振铎、赵景深、冰心、郭沫若、茅盾、叶圣陶等一大批有识之士奔走呼告，儿童被"发现"，中国儿童文学开始走向自觉。当时，儿童文学是"文学"，是"儿童"的文学，儿童本位思想是很明确的。

到了20世纪三四十年代，随着外族的入侵，民族危机的加剧，为了配合社会现实的需要，儿童文学过多地输入了"民族"、"战争"、"救亡"等内容，儿童问题退居二线，儿童本位也被搁置一边。

1949年新中国成立之后，整个社会呈现出欣欣向荣的景象，儿童文学也被注入了新的活力。但好景不长，随着政治运动的频繁进行，意识形态出现扭曲，文学观念趋向功利，"政治"、"阶级斗争"、"教育"等被推上了至高无上的地位，儿童文学几乎成了政治的附庸、教育的工具。

20世纪80年代开始，儿童文学作家和理论家对过去的失误进行反思，重新提出儿童文学应该回归到"文学"的道路上来，与五四时期相比，在更高层次上实现了"儿童的文学"。

90年代以来，随着成人主体意识的涨溢、作者创作个性的过度张扬和"儿童反儿童化"等口号的推崇，随着儿童范围的扩大，随着现实生活中儿童生理、心里早熟现象的出现……儿童文学界又涌起了一股"成人化"的潜流，在一定程度上忽视了儿童主体的接受特点。

因此，从五四时期到现在近一百年儿童文学的历史来看，儿童文学概念的重心实际上是在社会背景的影响下，在"文学"和"儿童"之间摇摆。

笔者认为，对儿童文学的定义，应该结合实际情况，采用兼容并蓄的态度，综合各家之长。基于此，笔者采用大多人赞同而又具有开放性的观点：儿童文学，或称少年儿童文学，是以 18 岁以下的儿童为本位，具有契合儿童审美意识与发展心理艺术特征的，有益于儿童精神生命健康成长的文学。[13]

正如林文宝所说，对儿童文学的定义，应该采取一种存在主义的态度，看事实而不去谈本质。因为本质也具有流动性和变化性。对于儿童文学来说重要的是能不能被孩子接受，而不是一味地物探讨它的本质。当然儿童文学也有一些基本的东西，最基本的就是儿童文学是教育儿童的需要，它基本上是为儿童而存在的。[14]

（二）儿童文学诞生于何时

中国儿童文学究竟诞生于何时？儿童文学界对这个问题的看法至今尚未统一。学者观点归纳起来，大致可分为以下四类。

1. "古已有之" 说

今日之儿童文学研究者大多认为中国古代虽然没有"儿童文学"一词，但为儿童服务的文学却"古已有之"。1924 年，赵景深编辑的《童话评论》一书收录了陈学佳的《儿童文学的问题》一文，该文明确阐述："要知道我们中国古代，早有儿童文学。不过不知道儿童文学的重要罢了！但中国儿童文学，何时发生，已无从考究。总之一句话，中国儿童文学发生是很古的了。证之如遗传下来的童话、歌谣、故事等，极受儿童天性的欢迎。"[15]

王泉根在《中国古代儿童文学探赜》一文中写道："中国的儿童文学究竟何时滥觞？为何会产生这些分歧？笔者认为，主要原因是人们对于儿童文学的概念认识还不一致，存在着以今衡古的偏颇。"他认为我们应该"尽量从古代儿童文学的实际出发而不是用'以今衡古'的标准去衡量、苛求我们先人的'儿童文学'"。王泉根说："我国古代儿童文学主要来自两个方面：一是民间口耳相传的适合儿童欣赏要求的口头儿童文学，这有儿歌（童谣）、童话、传说、寓言、笑话等，其中尤以儿歌、童话为富；二是古代文人著作中某些适合儿童接受机制与审美情趣的作品，这包括专为儿童写的文学读物

（如《日记故事》）、儿童自我选择的儿童读物（如《西游记》）以及儿童自己创作的某些精彩之作（如《咏鹅》）。"[16] 王泉根在其专著《中国儿童文学现象研究》中比较全面系统地阐述中国儿童文学"古已有之"的观点。他认为，"中国的儿童文学确是'古已有之'，有悠久的传统"，并明确提出了"中国古代儿童文学"、"古代的口头儿童文学"、"古代文人专为孩子们编写的书面儿童文学"的说法。[17]

2. 外国"移植说"

曾参与《童话》丛书编写工作的茅盾，于 1935 年在《关于"儿童文学"》一文中说："我们有所谓'儿童文学'早在三十年以前。因为我们那时候的宗旨老老实实是'西学为用'，所以破天荒的第一本'童话'《大拇指》（也许是《无猫国》，记不准了），就是西洋的儿童读物的翻译。"[18] 这里茅盾所说的中国"破天荒"第一本童话即是《无猫国》，它在国内出版以来一直被认为是中国儿童文学的真正开端。1908 年，孙毓修编译的第一本童话《无猫国》自称是中国的第一本童话，这是对西方儿童文学首次以"童话"的名目正式引进。孙毓修在《童话》序中引用西哲观点："西哲有言，儿童之爱听故事，自天性而然。诚知言哉！欧美人之研究此事者，知理想过高、卷帙过繁之说部书，不尽合儿童之程度也。乃推本其心理之所宜，而盛作儿童小说以迎之。"[19] 这样看来，中国儿童文学就纯然是国外影响的产物了。

1914 年，周作人著《古童话释义》一文对此作出反驳："中国自昔无童话之目，近始有坊本流行，商务童话第十四篇《玻璃鞋》发端云，'《无猫国》是诸君的第一本童话，在六年前刚才发现，从此诸君始识得讲故事的朋友，《无猫国》要算中国第一本童话，然世界上第一本童话要推这本《玻璃鞋》，在四千年前已出现于埃及国内'云云，实乃不然，中国虽无古童话之名，然实固有成文之童话，见晋唐小说，特多归诸志怪之中，莫为辨别耳。"[20] 胡从经在《晚清儿童文学钩沉》中说："茅盾近年写的回忆录《商务印书馆编译所生活之一》中忆及孙毓修道：'孙是中国有童话的开山祖师'，这话不太准确，因为在此之前，周桂笙的《新庵谐译》（1900 年），周氏兄弟的《域外小说集》（1909 年）等都译载过童话；但编译童话之多而广，孙的开山之功是不能抹杀的。"[21] 胡从经在对大量蒙尘的史料发掘、搜寻、爬梳后，认为："在对中国近代的若干文献资料进行了涉猎与勘察之后，我发现了一个令人惊异的世界——晚清时期的儿童文学如同繁星璀璨的夜空，呈现了一片绚烂多彩的景象。不仅其上限年代远远超越了《无猫国》问世的时间，而且更值得欣喜的是，中国近代许多著名的启蒙思想家都曾留心于儿童文学事业，为中国儿童文学史写下了光辉夺目的一章。"[22]

另外，朱自强在其博士论文《中国儿童文学与现代化进程》中认为"中国儿童文学是中国社会现代化的产物"，"'外源性'中国社会现代化的性质，不能不对中国儿童文学的生成体制发生根本的规定。历史的事实再次说明，中国儿童文学的发生是受动的而非能动的"。[23] 并认为"中国儿童文学不具备西方儿童文学先有创作后有理论的这种文学史的常规性，它体现了一种特异的文学史风貌，即先有西方儿童文学的翻译、介绍（以及受其影响的本国历史故事的改写），继之以受西方儿童文学理论、西方儿童文学创作影响而产生的儿童文学理论，然后才有中国自己的具有主体性的儿童文学创作"。据此，他认为中国古代没有儿童文学，"儿童文学之所以在现代社会以前没能产生，其根本原因是此前的所有形态的社会都没有'发现'儿童"。[24] 并坚持："判断、论述儿童文学发生于何时的时候，没有'古代'、'现代'两个标准，而只有一个标准，这就是'现代'的标准。"[25]

3."五四"说

1986 年，韩进撰文《中国儿童文学产生于五四时期——兼与胡从经同志商榷》，认为"我国的儿童文学当是产生于五四时期"，并从三个方面论证此观点：一是"对儿童的了解是儿童文学产生的先决条件，只有儿童的地位提高到重视他们精神上的需求的时期，儿童文学才有可能产生，而我国儿童作为一个独立的人的发现却是近代的事"。二是"儿童文学作品不等于作为文学一个独立门类的儿童文学，这不仅是量的不同，更有质的区别"。三是"五四时期，出现了一批专门为儿童创作的作家"。并以为儿童创作的作家的出现（茅盾、郑振铎、叶圣陶等）、典范作品的产生（《稻草人》，1921 年）、儿童文学刊物的创办（《儿童世界》与《小朋友》，1922 年）、儿童文学研究专著的出版（《儿童文学概论》两种，1923 年）及中师"儿童文学"课的开设等为依据，将其作为我国儿童文学"产生"的标志。[26]

1993 年，韩进又发表长文《十年来关于"中国儿童的发生"之论争》，在综述并驳斥了"晚清说"（胡从经等）、"清末民初说"（吴其南等），"古代说"（王泉根等）等各说后，详尽地申述了他的看法。他坚持认为中国儿童文学应发生于五四时期，并重申了他在《中国儿童文学产生于五四时期——兼与胡从经同志商榷》一文中所列举的论据。并说他至今"仍然坚持中国儿童文学发生于五四时期。这里的'儿童文学'显然是指文学一类别的'儿童文学样式'；'五四时期'，也不能作狭隘的理解为 1919 年，而是以五四新文化运动为标志的从本世纪初叶到 1921 年五四新文化运动退潮这之间大约二十年的时间"。并列举了他在其硕士论文《从"儿童的发现"到"儿童的文学"》中所阐发的中国古代很难发生儿童文学的五个方面的理由。

最后韩进说："中国儿童文学发生于五四时期，除了笔者曾在《中国儿童文学产生于五四时期》等文中所提出的依据外，还有一个必要条件，即属于文学一支脉的儿童文学，必须发展出可以据以判断它自身的美学标准，即必须有它自己的理论，才标志着它的真正发生。"[27]

1987 年，李丽在《中国儿童文学究竟"诞生"于何时？》一文中对五四说作出反驳："假如现代儿童文学应该有一个诞生期，那么我国古代儿童文学是否也应该有一个诞生期，当代儿童文学、新时期儿童文学是否也应该有一个诞生期呢？如果各个时期的儿童文学都有诞生期的话，那么各个时期将成为互不关联为段落。这样就根本不可能有中国儿童文学的发展史而只能有中国各个时期重新诞生的儿童文学史了。"她认为儿童文学和文学一起诞生，中国儿童文学是中国文学的一部分，"中国儿童文学不能分期诞生"。并指出："'中国现代儿童文学的诞生期是"五四"时期'这一说法，实际上是既不想承认中国古代有儿童文学，又不敢否定业已被挖掘出来的一些儿童文学作品。所以采取了这种说法，实际上是回避了中国古代有没有儿童文学的这个矛盾。但这种说法却会有隔断历史，割断中国儿童文学的传递之嫌。"[28]

综上所述，儿童文学界对中国儿童文学何时"发生"确实众说纷纭、争论颇多。笔者认为，对于中国儿童文学何时"产生"这个问题，也许我们应该认同李利芳的看法："用自发与自觉两种形态来界定中国古代的儿童文学与现代的儿童文学也许较为合适，而且必须承认中国传统文学资源中有丰富的儿童文学资源。"[29]

（三）中国古代的儿童观

与人类对自身的认识相伴随，人类对儿童的认识也经历了一个长期的演进过程。在历史发展的不同时期，受当时社会思想、文化、科学的发展水平和人类自我意识发展水平的制约，人们表现出对儿童不同的认识水平，即不同的儿童观。

儿童观是成人对儿童生活和心灵世界进行关照而生成的对儿童生命形态、性质的看法和评价，是成人面对儿童所建立的人生哲学观。儿童观是儿童文学的原点，有什么样的儿童观就有什么样的儿童文学，儿童观影响、制约、决定着儿童文学的发展方向。从某种意义上可以说，一部儿童文学史同时也是一部儿童观发展的历史。

那么，中国古代的儿童观究竟如何？儿童在家庭中和社会上的地位到底怎样？对这些问题的索解，必须以整个中国传统文化背景为参照，因为只有联系这个背景，我们才有可能比较清楚地了解历代中国儿童们的生存状态和历史命运。笔者试从以下方面来考察中国古代的儿童观。

1. 父为子纲

我国古代的儿童观是以成人为本位的，是"父为子纲"的儿童观，实质上是不承认儿童的独立人格和独立价值。

中国传统文化的主流简单地说是"儒学"。孔子根据氏族文化的特点，在原始氏族血缘关系的基础上，以亲子之爱为辐射中心，以仁释礼，创立了具有实践性特征的"仁学"。"仁学"的核心是"孝"、"悌"，由此出发进一步做到忠恕，继续努力便可以达到安仁乐道的境地，从而实现理想的人格。后来董仲舒继承了孔子的仁学并把它与阴阳五行学说相结合，构建天人宇宙论的图式，创立了"天人感应"理论。他认为天有一定的秩序，即"五行"，并进一步以"五行相生相胜"思想来解释政治伦常。五行相生比作父子，父生子，子必继承父业。五行相胜决定父子、君臣、夫妻之间的关系是绝对服从的关系，从而导出"君为臣纲"、"父为子纲"、"夫为妻纲"，并把三纲说成是天的意志，又规定了仁、义、礼、智、信为五常，用来调解父子、君臣、夫妻、兄弟、朋友之间的关系。这便从理论上确认了君、父、夫的权威和统治秩序。当然，君、父、夫的权威不是绝对的，他们的所作所为又必须符合天意，也就是说，个人的价值已经不仅是完成自我，还包括服从于外在权威的超个性的社会秩序。于是，君仁臣忠、父慈子孝便成为人们内心和外在一致奉行的宇宙法则。从此，这种民族文化心理便代代相传，成为中国文化的主流。

2. 无后为大

中国古代思想传统最值得注意的重要社会根基，是氏族宗法血亲传统遗风的强固力量和长期延续。它在很大程度上影响和决定了中国社会及其意识形态所具有的特征，也影响到儿童在中国社会历史发展过程中的具体生存位置和命运。在传统文化的家庭主义观念影响下，婚姻、生育成为家族传宗接代的需要，而不是个人需要。古人认为，结婚生育的目的在于："上以事宗庙，而下以继后世。"这意味着人们把生儿育女看作是家族绵延种族的需要，而不是个人的需要。要紧的是后继有人，有了后代，自己和祖先的生命就能延续，事业就有人继承，就有人永远纪念自己和祖先，设牌位，立碑碣，香火不绝，虽死犹存。

因此，生育后代被中国古代的人们看做是孝道的第一要义，认为"不孝有三，无后为大"。这种情况正如殷海光先生所说的，在中国传统文化观念中，"绝后"是一件十分可怕的事情，"一旦绝后，何以上对祖先；一旦绝后，一了百了，生命即行幻灭，这是何等严重的事！所以，小孩，尤其是男孩，被看做自己生命的延续，也是自己人生办总移交的对象和接祖宗'香火'的奥林匹克火炬传递手"。[30] 同时，在中国传统的小农经济社会里，"将来能从事生产的男性小孩就是父母年老的保险费。'养儿防老，积谷防饥。'保险费不患其多，所以男性小孩生得愈多意即自己的库存资本愈雄厚"。[31] 由此便衍生出"有子万事足"、"多子多福"等传统观念。

3. 养不教，父之过

中国传统社会一向重视儿童教育，儿童从小就要接受父母教育，而且有良好的家教对中国古人来说是至关重要的。中国古代有各种各样的"家规"、"家训"，《颜氏家训》就是其中比较有代表性的。家教的扩大就是私塾，而私塾在儿童教育方面与家教是一致的。因此，在中国古代社会，便有把人的一生如何归结于家教成败的倾向。例如《三字经》里所说的："养不教，父之过；教不严，师之惰。"这里的关键问题在于，人们是用什么样的内容和方式，往往直接蕴涵或者说是昭示了一个社会、一种文化对儿童的理解、认识和态度。所以，从对这个问题的索解中，我们可以窥见中国历代儿童的最真实的精神境遇和现实命运。

在中国传统儒学文化基础上建立并定型的教育体系，就必须会将封建伦理道德和礼法规范作为其最基本的内容，《诗》、《书》、《礼》、《乐》、《易》、《春秋》等儒家经典天经地义地成为封建教育的主要教材。古代的蒙养教学主要采用灌输的方法，并强调对儿童的学习和生活方面的"基本训练"，即把传统伦常道德具体规定落实到言语视听和行为举止上，身体力行，由习惯化的过程而成为儿童自己本能所具有的做法。在这样的教育体制下，儿童的天性和创造性根本无从谈起。

由此可见，中国古代对儿童及儿童教育的重视，从总体上看并不是以理解、承认、尊重儿童的心理特点、精神个性和独立人格为出发点的；相反，倒是以牺牲儿童的独立人格作为代价的。在"三纲"、"五常"的封建纲常伦理桎梏下，儿童永远只能处于被扭曲、被错位的待遇。这是在中国传统文化背景下历代儿童无法摆脱的精神处境和必然命运。

郑振铎在《中国儿童读物的分析》一文中，对中国旧式的儿童教育和儿童读物则有更详尽、更尖锐的分析和批判。他指出："在旧式的科举制度不曾改革以前，中国的儿童教育简直是谈不上的。假如说有'教育'的话，不过是：'注入式教育'、'顺民或忠臣孝子的教育'而已。以养成顺民或忠臣孝子为目的，而以注入式的教育方法为一成不变的方法。对于儿童，旧式的教育家视之无殊成人，取用的方法，也全是施之于成人的，不过程度略略浅些而已。他们要将儿童变成了'小大人'……他们根本蔑视有所谓儿童时代，有所谓适合于儿童时代的特殊教育。他们把'成人'所应知道的东西，全都在这个儿童时代具体而微的给了他们了；从天文、历史以至传统的伦理观念，无不很完整的给了出来。在社会上要做一个洁身自好的良民；在专制朝廷的统辖之下，要做一个十足驯良的奴隶，而且要'忠则尽命'；在腐败的家庭里则要做一个'孝当竭力'孝子顺孙。"[32]他还痛心疾首地指出："我们如果把科举为废止以前的儿童读物做一番检讨，我们便知道中国旧式的教育，简直是一种罪孽深重的玩意儿，除了维持传统的权威和伦理观念（或可以说是传统的社会组织）以外，别无其他的目的和利用。他们是很早的便在新联'顺民'，一个小小的'顺民'，足为一姓的家奴或一个野蛮民族的最好的被征服的奴隶或'顺民'的。所以，在很早的时候，便以注入式的教育方法，注入了：忠君孝父的伦理观念；显亲荣身的利己主义；安分守己的顺民态度；腐烂灵魂的反省的道学的人格教育；而同时，更以严格的文学的和音韵的技术上的修养来消磨'天下豪杰'的不羁的雄心和反抗的意识，以莫测高深的道学家的哲学和人生观，来统辖茫无所知的儿童。而所谓儿童读物，响应了这种要求，便往往的成了符咒式的韵语，除了注入些'方块字'的形象之外，大都是使他们茫然不知所措的。"[33]

这一番话，的确一针见血，鞭辟入里。在"长幼有序，是为人伦"的老者本位、长者至上的传统社会里，儿童是无法拥有自己的意志，实现自己的情感愿望的。尊长不能冒犯，卑幼只有服从的份儿，即使尊长错了，卑幼也不能违拗，如同清代思想家戴震说的："尊者以理责卑，长者以理责幼，贵者以理责贱，虽失谓之顺。卑者、幼者、贱者以理争，虽得谓之逆。"因此，中国传统社会中所形成的儿童文化，实际上是一种残酷的"杀子"文化：对儿童的重视由于不是建立在对儿童精神特点和独立人格的理解和尊重的基础之上，这种"重视"便反过来成为对儿童自然天性和生命力的一种窒息、摧残和扼杀。这就是依附于中国传统文化根基的儿童观的"杀子"功能，这就是中国历代儿童不幸的精神境遇和历史命运。

（四）中国古代儿童文学的范围及分类

在中国古代传统社会文化环境中产生的古典意义上的自发的儿童文学，与现代意义上的自觉的儿童文学有着许多明显的不同之处。例如，古代儿童文学读物往往不是专为儿童创作的，而是来自民间文学、成人文学领域，是弥补儿童精神需要的一种补偿性文学，而现代儿童文学则是专为儿童创作的一种自觉的、独立的文学门类；古代儿童文学常常直接是教育儿童的工具，并以儿童识字发蒙用的教材的面目出现，而现代儿童文学则首先是为适应儿童的文学欣赏的特点，满足他们的审美情感需要而创作的，如此等等。因此，研究古代儿童文学，应该从客观的历史现象出发，而不能简单地用今天的标准去"以今律古"。

相对于浩如烟海的中国古代文学来说，中国古代儿童文学也许是显得实在太少太少了。不过尽管如此，笔者仍然希望借助历史所遗留下来的星星点点的材料，沿着雪泥鸿爪，通过发掘搜寻，去勾勒和描述中国古代儿童文学的景观。

中国古代儿童文学具有两个十分明显的特点：一是民间创作的口头儿童文学十分丰富，二是文人著作的书面儿童文学相对较少。笔者在考察古代儿童文学现象时，遵循以下三项标准：一是作品具有文学性；二是作品具有一定的儿童特点；三是作品在历史上曾经为儿童所阅读和接受。根据这三项条件来考察，中国古代儿童文学大致可以分为以下几类。

1. 民间口头文学作品

语言艺术的开端是在民间文学中，民间文学不仅是民族文学的宝库，而且还是它的土壤，具有永久的魅力，是一切文学的源头。儿童文学与民间文学有着密切的联系，儿童文学和成人文学一样，其原始雏形也是孕育于民间口头创作之中的。所谓"中国儿童文学古已有之"，"凡有儿童的地方就有儿童文学"，指的就是千百年来流传在儿童口耳之间的民族民间文学，诸如歌谣、神话、传说、寓言与故事等，这些典型的民间文学就具有了鲜明的现代儿童文学的文体特质，也在中国文学发展的进程中被自然而稳固地纳入到儿童文学领域，成为事实中的"儿童的"文学。

在民间口头创作中产生和成长起来的，为儿童所喜爱和欢迎的诸如歌谣、神话、传说、寓言、故事等文学样式，像广为流传的《牛郎织女》、《孟姜女哭长城》、《田螺姑娘》、《蛇郎》、《老虎外婆》和许多民间儿歌童谣作品等，除了在民间世代口耳相传外，由于历代文人通过经史典籍和笔记小说等的记录和加工，它们得以更为久远和广泛的流传。这是我国儿童文学极为宝贵的遗产，对我国后来儿童文学的发展产生了巨大的影响，有着不容忽视的重要意义。如民间口头创作为今天的儿童文学提供了极为丰富的再创作的材料；民间口头创作的现实主义与浪漫主义相结合的艺术传统，对儿童文学表现手法的形成和发展产生了深远的影响；民间口头创作丰富多样的艺术形式，为儿童文学的艺术形式奠定了基础。

2. 古代文学作品中的儿童文学

如果说，历史上源远流长的民间口头创作，孕育和滋养了我国儿童文学，那么，灿若星河的古代文人的文学作品，对于儿童文学则又起了重要的补充和丰富的作用。我国古代优秀的文学不仅与我国儿童文学的发展有着传统的血缘关系，而且在漫长的历史岁月中，曾以巨大的艺术感染力，一定程度地满足了广大少年儿童精神生活需要。

诗歌方面如骆宾王的《咏鹅》，李白的《望庐山瀑布》、《朝发白帝城》、《静夜思》，白居易的《草》，贺知章的《咏柳》，孟浩然的《春晓》，陆游的《示儿》，辛弃疾的《清平乐·村居》等，虽然就它们所反映的内容来看，与我们今天的儿童生活有着一定的距离，其中亦不无封建思想的印记，但是，不少诗歌在内容上通俗浅显，感情上积极健康，艺术表现上绘声绘色，语言上朗朗上口，富有儿童生活的情趣。不仅为当时的儿童读者所欢迎，就是今天的孩子们读起来也觉眼界开阔。这类诗歌对我国近代儿歌、儿童诗的创作，发生过不小的影响。

小说方面如《西游记》，其中的孙悟空出世、过火焰山、三打白骨精、大闹天宫等，又如《水浒传》中的武松打虎，《封神演义》中的哪吒闹海，《聊斋志异》中的《促织》、《种梨》、《阿宝》、《粉蝶》等，还有《镜花缘》中的一些富有幻想色彩的故事等。这些精彩的作品曾经被当时和历代的许多儿童读者据为己有，成为满足他们精神渴求的一种补偿性的文学。

3. 传统的儿童读物

这类读物是比较注重故事性，具有一定的文学色彩的蒙养读物。如宋代朱熹《小学》的《外编》、元代卢韶的《日记故事》、明代萧汉冲的《龙文鞭影》、陶赞廷的《蒙养图说》、清代程允升的《幼学琼林》等。这些读物中的故事多取材于历史，主要是围绕着伦常道德，作为事例榜样，讲给儿童听的。其中部分故事书还带有图画，类似现在的连环画。如明代嘉靖年间刊印的《日记故事》，上半截为插图，下半截为浅显的文字。叙述的也大都是可以启发儿童智慧的小故事，像曹冲称象、司马光砸缸等一类故事。郑振铎认为由于该书"大都是儿童自身的故事，所带有的成人的成分并不浓厚，也不怎样趋重于教训。故相当的还近于儿童的兴趣"。[34]

此外，尚有《三字经》、《千家诗》、《神童诗》、《蒙求》、《小儿语》等，这类作品的情况比较复杂，其中既有一些语言浅显、音调优美，内容也颇适合儿童特点的诗作，但也有不少宣传忠孝节义、三纲五常等思想情趣离儿童甚远的作品。对这些作品，我们应该批判地继承。

目前，国内的儿童文学教材基本是依照文学体裁将儿童文学分为儿童诗歌、童话、寓言、儿童故事、儿童小说、儿童散文、儿童报告文学、儿童影视文学等。王确根据他多年的教学经验和探索对儿童文学的文体进行了更为详细的划分，如图所示：[35]

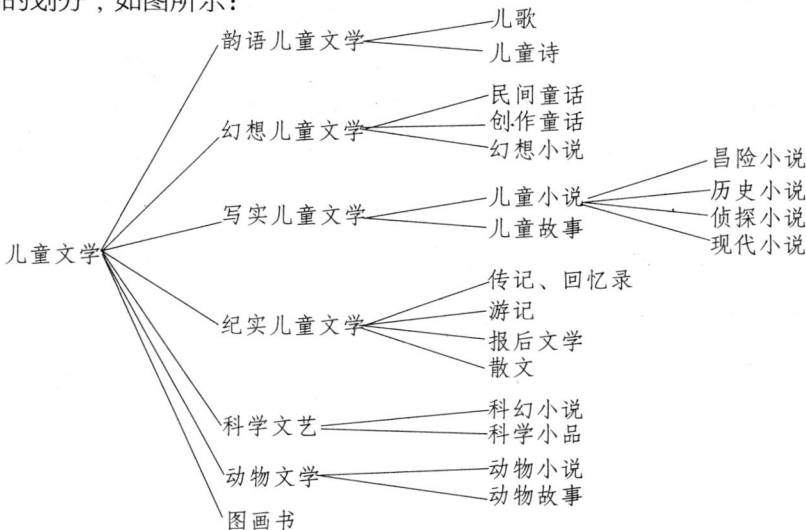

三、河西宝卷中的儿童文学

河西宝卷是至今还活在河西人民中间，为河西人民所喜闻乐见的民间俗文学，是敦煌俗文学的活样本。[36]

"语言艺术的开端是在民间文学中"[37]，民间文学不仅是民族文学的宝库，而且还是它的土壤，具有"永久的魅力"，是一切文学的源头。儿童文学与民间文学有着密切的联系，儿童文学和成人文学一样，其原始雏形也是孕育于民间口头创作之中的。所谓"中国儿童文学古已有之"，"凡有儿童的地方就有儿童文学"，指的就是千百年来流传在儿童口耳之间的民族民间文学，诸如歌谣、神话、传说、寓言与故事等，这些典型的民间文学就具有了鲜明的现代儿童文学的文体特质，也在中国文学发展的进程中被自然而稳固地纳入到儿童文学这一"自主共和国"，成为事实中的"儿童的"文学。[38]

河西宝卷是民间俗文学，属于人民口头创作的文学，而儿童文学和民间俗文学有着紧密的联系，儿童文学孕育于民间口头创作的俗文学中，所以说河西宝卷中包含着丰富的儿童文学资源。笔者试图通过对河西宝卷的发掘搜寻和整理爬梳，勾勒出河西宝卷中的儿童文学的景观。

现已搜集到的河西宝卷大约有100多种，其中的大多数是从中原传来的，篇名也见于郑振铎《中国俗文学史》第11章所列宝卷目录和李世瑜《宝卷新研》所附目录。当然，宝卷在河西流传的过程中，增加了许多当地的风俗人情、方言俗语等内容。有少数是河西民间艺人自己创作的，如反映张掖人民斗争和生活的《仙姑宝卷》、反映武威大地震的《遭劫宝卷》和反映古浪大靖人民在武威大地震后又遭兵旱瘟疫等灾祸的《救劫宝卷》等。

下面笔者从河西宝卷的内容出发，结合儿童文学的特点及其文体分类等，把河西宝卷中的儿童文学分为纯粹的儿童文学和含有丰富儿童文学资源的宝卷作品两大类。

（一）纯粹的儿童文学

1. 寓言故事

寓言的主人公可以是人，可以是动物，也可以是植物或物品等。寓言多用借喻手法，使富有教训意义的主题或深刻的道理在情节高度凝练的故事中得到揭示。其成功之处在于故事的可读性很强，无论人们的文化水准高低，都能在简练明晰的故事中悟出道理。

中国民间寓言极为丰富，人民创作的寓言，多以动物为主人公，利用它们的活动及相互关系投进一种教训或喻意，达到讽喻的目的。反映了劳动人民健康、朴实的思想，闪耀着人民无穷的智慧和高尚的道德光芒。

因为这种民间故事大多是以动物为主角，于是就成为"动物故事"了。教育家、文学家马卡连柯凭他在教学实践中得出的经验，曾经说过："动物故事总是儿童最好的故事。"[39]

动物故事是以动物为主人公的传说故事。故事中的主要形象是各种被人格化了的动物。在这些动物形象身上，同时又具有动物本身的特点。故事在表现动物的生活习性的时候，也曲折地反映着人的社会生活心理，特别是人与人之间的关系。动物故事以喜谑为多，很少有严肃气氛。在动物故事中，对有关动物的形体、习性特点大多作出准确、生动、形象的描写。即使是带有明显教训寓意的作品也都与动物本身的特点十分贴切自然，与所表现的生活内容和主题和谐统一。 动物故事最适合儿童的兴趣，对成人也具有一定娱乐和教育意义。

好奇、求知、模仿、游戏等，这些都是儿童的外观的心理现象，特别在幼儿年龄阶段最为显著。爱"动"也是儿童心理现象的一个具体体现。儿童的好奇心、求知心、模仿心等都是"动"的外在表现。"动物故事"与其他文学体裁的作品相比较，"动"的因素较多、较有变化。它无论描画哪一种、哪一个动物，都是少不了"动"的。这就赢得了儿童的欢心，因为这和他们的天性是完全相符的，并适应他们身体的成长、心智的发展需要。

在河西宝卷中，还有既不同于佛教宝卷，也不同于神话传说、历史民间故事宝卷的一种，是一种很特殊的类型，称它为河西"寓言宝卷"。它独具特色，故将它单列论述。《鹦鸽宝卷》和《老鼠宝卷》是这类寓言宝卷最具有代表性的宝卷。

如果说河西宝卷中佛道故事、神话传说、历史故事和社会生活故事包含着丰富的儿童文学资源的话，那么河西宝卷中的寓言故事可以算做是纯粹的儿童文学了。

《鹦鸽宝卷》讲的是一对老黄鹦生了三个儿子，分别是大儿子八鸽、二儿子班鸽、三儿子鹦鸽。一日公鹦外出再无音信，后来大儿子、二儿子翎毛干翅膀硬之后相继离开，只有小鹦鸽与母亲相依为命。母鹦因思念丈夫得下疾病，想吃鲜荔子。鹦鸽为了让母亲吃上鲜荔子，不辞辛苦飞越千里，来到京城产鲜荔子之地——张家园子。不料却被张三捉住，张三又把它卖给包公，包公把它转送给皇上。鹦鸽绝食，孝心感动宋王，鹦鸽撒谎答应宋王提出的让鹦鸽母子同回皇宫的条件，才被宋王放出。鹦鸽回到家，其母亲已经去世，鹦鸽哭得死去活来，其孝心惊动了禽王凤凰，凤凰率林中百鸟厚葬母鹦。鹦鸽孝心又感动了南海的观音菩萨，菩萨把它带到南海，让它永受香火。

《鹦鸽宝卷》中刻画的鹦鸽的形象很是鲜明。该宝卷中的鹦鸽能说人言，又会随机作诗，红嘴绿毛，聪明可爱，所以包公买下它又送给皇帝，以致皇帝对它都爱不释手，疼爱备至。可是鹦鸽因心系有病的母亲，心里向往大自然的自由，所以它宁愿绝食也不享受皇宫的荣华富贵。鹦鸽又很有孝心，为了让有病的母亲吃上鲜荔子，它不辞辛劳，飞越千里，历经磨难，几乎丧命。最终为母亲盗得鲜荔子。它哪里是鹦鸽，简直是活生生的孝子的榜样。

宝卷中鹦鸽大胆泼辣、嬉笑怒骂皆成文章，让人耳目一新。因张三母亲听完鹦鸽作诗，违背诺言不放它走，还要把鹦鸽卖掉，鹦鸽便伶牙俐齿地把"老贼婆"骂得狗血喷头，气得"老贼婆"连说要把鹦鸽"喂猫儿"。包公让它作诗几首之后，依然不放它走，它又把包公骂了个痛快淋漓，骂包公"不是清官"，就连皇帝它也没有放过，说"万岁爷不是明君"。这无疑是很大胆的，普通百姓是不敢如此"亵渎"皇帝的。

《老鼠宝卷》讲的是小老鼠、小老鼠的两个孩子兰娃儿、拉谷儿，三个老鼠都被狸猫吃掉，老鼠觉得很冤屈，阴魂不散，就到阎王处状告狸猫，痛诉狸猫的条条罪状，老鼠的遭遇得到了阎王的同情，于是阎王把狸猫抓去审讯，狸猫又痛数老鼠的种种恶行，阎王秉公断案，老鼠恶人先告状，挨打四十大板，狸猫无罪，送回阳间。老鼠官司没打赢，垂头丧气，也只能自怨自艾。

《老鼠宝卷》，河西人民都很熟悉，习惯地称它为"小老鼠告状"。老鼠偷吃东西，齿啮器物，人人嫉恨。它的天敌猫吃它，是自然生态平衡的规律，天经地义的事。但是，它偏反常理，要在阎王面前状告狸猫。宝卷以诉讼的形式出现。这戏剧性的安排，比普通宝卷更引人入胜。

宝卷中主要角色有三：判案的阎王、告状的老鼠和被告的狸猫。阎王判案，先听老鼠哭诉，斥狸猫"以大压小"；后听狸猫的揭露，判鼠为猫所食。在判案的过程中，各角色都有思想活动。阎王先糊涂后公正的断案结果，让人悬着的心终于松了口气；告状老鼠的字字血，声声泪，恶人先告状的哭诉丑态，使人生厌；被告狸猫浩气凛然，列数老鼠罪状的陈词，使人荡气。宝卷对三种角色都作了有血有肉的生动描绘。猫鼠的殊死斗争，猫胜利了，正义获胜的结局，符合大众心理，也是民间文学的一个特色。

《老鼠宝卷》没有说教、劝善的俗套，亦没有宣传佛道思想，就连"因果"的味儿也很淡，这是该宝卷的一大亮点。

此外，值得一提的是其他宝卷也有提到动物故事，如《白虎宝卷》中观音奴被白虎掳去，被白虎精认做义女，后观音奴披上虎皮逃出，不料虎皮却长在身上脱不下来，后来白虎精去把虎皮取走。此白虎精变化多端，能变人形或老人或妇女，后白虎被观音保用狗血煮箭，将其射死。

《乌鸦宝卷》中赵龙刚救了被困的狐仙，狐仙变作一只乌鸦为赵龙刚指点迷津，让他去包公处告状。赵龙刚被处斩时，狐仙又变作乌鸦给赵龙刚金丹妙药，让他由哑巴而变为能说话，因此道出实情，无头冤案得以昭雪。

《马钱龙游国宝卷》中鹦鹉丞相亦会说人言，它被奸臣王东拔了绿毛，又长了一身白毛，它辗转各地，并在众将之间周旋，多次为太子报信，充当了通讯员的角色，可谓是立下了汗马功劳。鹦鹉不幸被猫儿叼走，又有菩萨搭救了它的性命，它扶助太子顺利夺回皇位，它其实是忠义的化身。

《马钱龙游国宝卷》中鹦鹉被拔毛逃走后，在庙里的泥神背后的窟窿里藏身，它藏在泥神窟窿里说话，人们还以为是佛祖显灵，于是争相祭祀，鹦鹉就靠人们的贡品为生，食水充足。太子下狱，鹦鹉为太子四处寻找食物，又请啄木鸟把太子的枷锁啄开，为太子减轻痛苦。一次它放在牢神庙里的食物准备给太子吃，不想却被老鼠偷吃了，鹦鹉让老鼠在泥神后打了个洞才饶了老鼠的性命。鹦鹉又在牢神庙的泥神窟窿里装神弄鬼，让牢头乖乖地、恭敬地为太子做饭。

这些情节读起来更像是生动的童话，使人忍俊不禁、耳目一新。

2. 古代神话

神话是儿童喜闻乐见的文学样式，虽然神话最初不是为儿童而创作的，但是在其长期的传承过程中，原始先民的文化及审美意识和儿童的审美趣味不谋而合，即人类种族发生于个体生长之间存在着心理与行为上的复演性，所以它被自然而然地纳入儿童文学领域。

神话是远古人民表现对自然及文化现象的理解与想象的故事。它是人类早期的不自觉的艺术创作。神话并非现实生活的科学反映，而是由于远古时代生产力的水平很低，人们不能科学地解释世界、自然现象和原始社会文化生活的起源和变化，以他们贫乏的生活经验为基础，借助想象和幻想，把自然力和客观世界拟人化的结果。盘古开天地、女娲造人、大禹治水、精卫填海……这一个个流传广泛的古代神话传说，无一不展现着我国古代劳动人民对自然的认知和无穷的幻想，体现着人们对美好生活的向往和追求。聆听先人留下的神话传说，不仅能够丰富孩子们的想象力，更有助于他们了解中国古典文化。

河西宝卷中的神话故事虽然不是远古人类演化期的故事，不是创世神话，也不是文化起源神话，但是它是河西人民充分发挥其艺术想象力，利用或塑造超自然的神灵或英雄，来表达其战胜自然和社会的美好愿望。如《张四姐大闹东京宝卷》中塑造的人神一身的张四姐形象，反映了河西人民冲破世俗观念，战胜权威，追求完美爱情的美好愿望。

《张四姐大闹东京宝卷》是一部以神话形式反映河西青年——尤其是女青年追求自由爱情的通俗"讲念文学作品"。

张四姐是河西人民塑造并热爱的女性人物。在"三从四德"根深蒂固的河西地区，有张四姐这样泼辣大胆追求爱情自由和个性解放、勇敢冲破封建"贞操观"禁锢的女性，可谓是一个突破性的创造，因此，张四姐一出现，就在河西地区流传不息，受到了青年们的热烈欢迎。

故事置于超越现实的虚幻中，让理想人物凌驾于时空而任意驰骋，张四姐与之斗争的人物，可谓是名将云集，如包公、呼延庆、卢凤英、查叱公主和穆桂英、杨文广、李三娘、杨金花等呼杨两门名将，还有天界的火龙三太子、哪吒、杨戬、孙悟空等神通广大者，但结果都被张四姐打败，打得可谓是酣畅淋漓，大快人心。

张四姐人物形象的突破性主要表现在以下几个方面。

主动出击。张四姐在天上斗牛宫得知崔文瑞有难，要去救他，趁机结为夫妻。虽然宝卷中还蒙着金童玉女的外衣，但张四姐看上崔文瑞，主动找上门"逼婚"，这种毫不掩掩藏藏、将赤裸的爱情奉献给意中人的大胆泼辣的女性形象，在河西宝卷中很少见。《天仙配宝卷》中的七仙女虽然也是下凡嫁给了凡人董永，但她毕竟是受之于父母之命（董永卖身葬母的孝行感动了玉皇大帝，又因七仙女在天宫犯了错，玉皇就发落她去凡间受苦，帮董永还债）。而张四姐则是看准目标，私自奔逃下凡，而且是主动追求的。这样率直、认真而又火辣辣地表达女性心灵深处最隐秘的感情的爱情故事，在河西宝卷中确实属于破天荒的首次。

捍卫爱情。美满的爱情来之不易，要保住它更非易事。张四姐、崔文瑞的幸福家庭遭到了恶势力的重重破坏，首先是地主豪绅王半城勾结官府，设计谋财害命，把崔文瑞下狱。张四姐面对强敌，毫不畏惧，她棒打牌军，击退围军，吊打知县，拯救犯人，痛杀王钦，用宝瓶吸呼杨众将，张四姐杀得他们人仰马翻，现实中一般人做不到，张四姐做到了，令人心大快。她接着又先后收服了火龙太子，战胜哪吒，打败孙悟空，用仙法对仙法，在和仙界的神通广大者的激烈斗争中，在变幻莫测的法术较量中，张四姐同样杀得他们个个败退。仙界不易做到的事，张四姐也做到了。

另外，张四姐在和包公的斗争中："四姐又施擒拿法，捉住明公包大人。喝叫家童狠狠打，四十银棍当心点"。[40] 在民对官的斗争中，普通老百姓不敢做的事，张四姐做到了，何况是和包公这样一向以清正廉洁著称、位高权重之人作斗争，更显出了张四姐的大胆、泼辣。

张四姐为了捍卫爱情，天不怕、地不怕，谁反对就和谁斗，毫不妥协，并且都是以胜利告终。从斗争中获得美满幸福的生活，反映了河西人民的美好愿望，张四姐给人们带来勇气，带来希望，也正因为此，张四姐形象受到大众的热烈欢迎。

团圆不同。中国传统小说大都是以大团圆结局，《张四姐大闹东京宝卷》也不例外，但是该宝卷的团圆和其他宝卷的团圆不同，张四姐虽然同意回到天宫，但是她却大胆地提出一个条件，那就是让崔文瑞同回天宫，玉帝答应了。虽然不是武斗智斗，但这也是张四姐同玉皇、王母斗争的结果，这是来之不易的别具一格的团圆。这个团圆比董永和七仙女一个地下、一个天上两相分离的结果要好很多，也比牛郎织女每年"七夕"相会要强很多，张四姐和崔文瑞同上天宫的这种团圆也是一种突破。

张四姐斗争的胜利，实是对河西青年追求幸福的爱情唱了一曲响彻云霄的凯歌。

《三神姑下凡宝卷》中讲道："却说斗牛宫王母娘娘生下九天仙女，自张四姐下凡大闹东京，王母将四姐收上天宫。三姐暗想：妹妹有下凡之心，难道我无下凡之意？到宝藏库里偷拿婚姻簿子察看一遍，言说贯州城的左金童和我有三年婚姻，就偷宝贝下天宫去了。"[41] 可见《三神姑下凡宝卷》是后人根据《张四姐大闹东京宝卷》杜撰出来的，并且大概故事情节和《张四姐大闹东京宝卷》相似。

《沉香宝卷》（又名《劈山救母宝卷》、《宝莲灯宝卷》）讲的是华山三圣娘娘与凡人刘锡结为夫妻，华三娘怀孕"玷污了家门"，因此被哥哥二郎神杨戬押在黑云洞受苦，华三娘助夫"得中"状元（实际是逼唐王所为），并敕封洛阳太守，刘锡又娶丞相之女王桂英（三娘支持）。后三娘生一子名沉香，由桂英抚养，桂英视之如亲生。沉香长至十岁时，在学堂打死秦国舅之子存郎，由桂英之子秋哥（时年八岁）顶罪。沉香得知自己的身世，外出寻母，并拜霹雳大仙为师，学艺三年，脱凡为仙。他先后打败杨戬和孙悟空，救出母亲华三娘，并又返回洛阳救出因他之事而入狱的父亲刘锡、弟弟秋哥和外公王丞相，一家人团圆。后又扶助太子连微登基，擒拿阴谋篡权的唐为公兄弟，一家人得到皇帝敕封。愿满功成时，三娘灾殃已满、金龙太子人间磨炼已成，二人一同返回天界。从此，刘锡、桂英、秋哥一家三口和睦为善。

3. 民间传说

　　传说既不是真实人物的传记，也不是历史事件的记录（其中可能包含着真实历史的某些因素），而是人民群众的艺术创作。许多传说把比较广泛的社会生活内容通过艺术概括而依托在某一历史人物、事件或某一自然物、人造物之上，达到历史的因素和历史的方式与文学创作的有机融合，使它成为艺术化的历史，或者是历史化的艺术。一些影响深远的民间传说常与当地的风土人情相结合，并在流传过程中提炼加工，民间传说往往具有传奇的特色，故事情节既与人间现实有直接的联系，其发展又合乎生活的内在逻辑，同时，通过偶然、巧合、夸张、超人间的情节来引起故事的发展，从而使真实情景和奇情异事达到了有机的统一，既富于生活气息，又离奇动人，民间传说的创作特色，为小说、戏剧的创作提供了有益的借鉴。

　　我国古代的民间传说是一宗极其丰富的儿童文学遗产。如家喻户晓的中国古代四大传说：《牛郎织女》、《孟姜女》、《梁山伯与祝英台》和《白蛇传》。这一类带有幻想成分的人民口头创作，一直流传在孩子们中间，滋养并丰富了古代儿童的精神生活。

　　河西宝卷中这类故事比较有代表性的是《孟姜女哭长城宝卷》（又名《绣龙袍宝卷》、《长城宝卷》）、《天仙配宝卷》、《白蛇宝卷》等。这些故事在我国民间大都耳熟能详，不唯河西所独有。

　　《孟姜女哭长城宝卷》讲的是范其郎被抽壮丁去修长城，因他读书识字，会兵法，能点兵而受到重用。秦将因嫉妒他才华出众，怕他压过自己，设计陷害范其郎，假装让他回家探亲，背地里却奏知秦王说范其郎残害民兵、临阵逃脱。范其郎回家途中与孟姜女结为夫妻，婚后三天，范其郎被秦兵抓去山海关，被活活打入城墙之中。孟姜女去寻夫，被秦将逼嫁，孟姜女将计就计要绣龙袍，并让秦将拿假龙袍献给皇上，结果秦将被杀。孟姜女献龙袍，又被秦始皇看上，孟姜女又提出三个条件要寻夫骨，结果哭倒长城找到范其郎的骨头，厚葬之，并让秦始皇封了官，等孟姜女的三个条件都实现后，孟姜女和丈夫的棺材一同沉入大海，后秦始皇得相思病而死。至此，孟姜女也就完全为丈夫报仇雪恨了。

《天仙配宝卷》讲的是七仙女和董永的故事。董永卖身葬母的行为感动了玉皇大帝，又因七仙女在天宫犯了错，玉皇大帝就罚她到凡间受苦，让她与董永结为夫妻，协助董永在三年内销银赎身。七仙女夜以继日地织布，终于在三年内把银销完（即把账还清）。七仙女返回天宫，董永得中状元，娶尤公之女尤赛金、丞相之女赵金定。七仙女生一子名董仲书，送下凡间，董仲书长至十三岁，得知自己身世，受算卦先生袁天罡指点，得以见到自己的母亲。七仙女给他仙瓜、银盘各一个和天书一卷，让他把仙瓜种子种路边，并说日后瓜长成藤会带他去天宫，把他加封为神。董仲书把银盘送给袁天罡，银盘却把袁天罡的卦书烧尽，从此，袁天罡算卦不灵。后因董仲书用天书驱鬼有功，被唐太宗封为护国状元，一家人均被加封，合家欢乐。

《白蛇宝卷》讲的是白素贞和许仙的故事。修炼千年的白蛇白素贞和修炼数百年的青蛇小青变为女儿身，结为姐妹。二人下山来到杭州，白素贞看上许仙，并与许仙结为夫妻。因小青偷了钱塘县的官银，连累许仙被官府抓去，白素贞颇费周折救出许仙。三人到镇江安了家，并开了一家药材铺，治病救人，过了一段安静的日子。金山寺的法海和尚知道白蛇与许仙结合的事情后，心生嫉妒，一心要收服白蛇，要把白蛇赶出佛地。于是法海唆使许仙在端午节让白素贞饮雄黄酒，白素贞现出原形，许仙吓死。白素贞历尽艰辛到长寿山寻找到灵芝草，救活了许仙。白素贞圆满地解除了许仙的疑心，两个人又恩爱如初。法海见此计不成，便又生一计，把许仙骗到金山寺，百般威吓，见许仙不听他的，便把许仙软禁了起来。白素贞和小青斗败法海，救出许仙。法海仍不死心，趁白素贞生子满月之际，混进去用木钵收了白素贞，压在雷峰塔下。后白素贞之子徐继祖长至十七岁得中状元，救出母亲，一家人团圆，并受了皇上的敕封。

4. 历史故事

历史是指对人类社会过去的事件和行动，以及对这些事件行为有系统的记录、诠释和研究。历史可提供今人理解过去，作为未来行事的参考依据，与伦理、哲学和艺术同属人类精神文明的重要成果。

"鉴于往事，有资于治道"。从许多历史人物的故事里，发现一种特定、典型的成功者规律，从每一段历史故事中，找寻蕴涵其中的生命智慧，帮助我们强健内在的意志、省思自我人格的发展，避免危机和缺憾的造成，大概是人们学习历史的目的和动机。

儿童在聆听这些故事、了解历史的同时，也在内心中形成一种激励动力，如向历史名人学习的动力，并形成自己的世界观，如对善恶的辨别及爱憎，孝悌思想、忠义思想的潜滋暗长等。直到现在，在教育儿童的教材里，仍然有历史名人故事，可见，历史名人故事对孩子的影响力是很大的。

历史，是客观存在的事实，真相只有一个。然而记载历史、研究历史的学问却往往随着人类的主观意识而变化、发展完善，甚至也有歪曲、捏造。

因为河西宝卷属于人民口头创作的民间文学，所以不是严肃正统的历史，而是河西宝卷人民根据历史事实，结合当地的风土人情，融进自己的思想甚至想象，编造、增加一些故事性的情节，而形成的"歪曲、捏造"的历史。

尽管如此，河西宝卷中的历史故事也还是能反映出历史的影子，折射出当时当地的社会现状，同时也表达出了人民的爱憎感情倾向。

值得注意的是河西宝卷中的历史故事还糅进了很多儿童文学的因素，如《康熙私访宝卷》用大量笔墨塑造了周富贵、张保童、宋进朝等儿童形象，与其说宝卷是在讲康熙私访的故事，不如说是在讲儿童保护康熙的故事。

（1）帝王故事

河西宝卷中有一类是反映帝王故事的，这类故事大都选取帝王民间私访的题材，因为老百姓不熟悉宫廷生活，但他们又渴望皇帝能够深入民间、体察民情，他们希望将民间疾苦和自己的一腔热血一股脑倾诉给皇上，大有"惟歌生民病，愿得天子知"之意。"康乾盛世"人所共知，二人的野史传闻比较多，人们喜欢捕风捉影，康熙、乾隆又是人们津津乐道的明君，再者因为清朝距今时间间隔比较短，所以宝卷选取康熙、乾隆两位皇帝是很自然的事情。

《康熙宝卷》（又名《康熙私访山东宝卷》）采用大故事套小故事的形式，讲的是山东济南府大旱十三年，而上奏的本章都被阴谋篡权的索三压下，皇帝毫不知情，亦没有粮银救济，百姓苦不堪言。济南官员王复同因欲进京奏本而险些被索三杀害，幸亏由吏部天官施不全相救。由此事而引出康熙私访山东，并由此引出一系列的事件。康熙和王进忠到济南后被抢钱的百姓冲散，又通过唐四海老汉指引，二人在周富贵家会合。康熙认周富贵做干儿子，富贵去当衣服换银子，索景要衣服而不付银子，并让知县把康熙押进监狱。康熙命富贵进京送信，施不全救出康熙主仆二人。康熙在逃难的路上遇见张保童，张保童等一行人为康熙保驾护航，又有康熙和张金定私通等糗事，后来由众人保驾，康熙安全回宫，并斩杀了索三、索景等奸臣贼子。

《康熙访江宁》讲的是康熙和江南才子戴圣俞的故事。皇粮庄庄头之子尹世忠仗势欺人，打死李老汉，并欲抢走李老汉的女儿杏花。杏花投河，被王阿毛救出。李老汉暴尸三天，无人埋葬，戴圣俞打抱不平，要卖桥埋葬老汉。时康熙私访到此，出钱把老汉埋葬了。戴圣俞和康熙一见如故，交了朋友。尹世忠再次抢杏花女，戴圣俞、康熙挺身而出救下杏花。不料杏花才出狼穴又入虎口，因告状走错衙门又被巡抚汤斌抓去，戴圣俞以诗画为条件把杏花救出。戴圣俞因此受难，曹寅解围。最后，康熙铲除奸臣、恶霸，戴圣俞面对皇上，不卑不亢，并给康熙提了许多治国安民的建议，但他却拒绝当官从政。

《乾隆宝卷》讲的是乾隆皇帝私访广西县，认下陈氏做干女儿。陈氏的丈夫周天保打死了仗势欺人的黄员外的大儿子及十八个随从，黄家花了几百两雪花银买转官府，把周天宝定了死罪。陈氏为救夫，女扮男装进京找干爹，途中又遇周老汉父子谋财害命，陈氏被神灵搭救。乾隆由梦境指点在午门救下了将被斩首的陈氏。周老汉父子被斩，周天宝得救，黄员外纵子行凶，依法惩办。

《唐王游地狱宝卷》大概故事情节是：泾河龙王因违反天旨，错行风雨，玉帝命魏征斩杀之。龙王向唐太宗求救，太宗答应。但魏征在打盹时还是把龙王杀了，龙王冤魂至阎王处状告太宗。于是唐王魂魄被拿至地狱，唐王遍游十八层地狱，多亏魏征写信给朋友判官崔角，唐王才得以顺利出离地府。唐王还阳后，谨记判官之言，为超度脱身，选招去西天取经之人。显然，这是受到《西游记》的影响而创作的宝卷。

《风雨会宝卷》讲的是唐玄宗、杨贵妃和梅妃（江采苹）的故事。杨贵妃把玄宗哄得团团转，排斥异己，把"情敌"梅妃打入冷宫，并放火烧之，所幸梅妃逃出，到白云山当了尼姑。杨贵妃仗着兄长的势力，又无耻勾结安禄山，终于东窗事发，安禄山勾结外敌发动叛乱。唐玄宗在大臣和军士们的逼迫下也只好将杨贵妃兄妹赐死。安史之乱给唐朝致命的一击，唐玄宗成了太上皇之后，过着凄清的生活，后与梅妃重逢。

宝卷以唐太宗、唐玄宗为素材也是因为此二人是历史上有名的皇帝。唐太宗因为在玄武门之变中杀了哥哥李建成、弟弟李吉成，从此心中便留下阴霾，唐太宗游地狱遇见建成、吉成的鬼魂向他索命，大概也是因民众认为他应该心虚的缘故。唐玄宗、杨贵妃和梅妃的故事更是家喻户晓，被人津津乐道。

（2）历史名人故事

①包公

河西宝卷中塑造的包公形象值得探讨，那就是包公在有些宝卷中的形象似乎不是人们普遍认为的清正廉明的"包青天"，更多的是以负面形象出现的。

《张四姐大闹东京宝卷》中张四姐为了捍卫自己来之不易的美满婚姻，救夫烧狱。包公要捉拿这个"叛逆"的张四姐，不料却被张四姐捉弄，丢脸而返。包公又调遣呼杨两家军将，亦无法收服四姐，于是包公又"上穷碧落下黄泉"，分别到阴曹地府、西天如来处、玉皇大帝处查找张四姐的出处，终于在王母娘娘处查得，张四姐的事情也最终得以平息。《三神姑下凡宝卷》的大致情节与《张四姐大闹东京宝卷》基本相似，兹不赘述。

《鹦鸽宝卷》中包公从张三手里买下鹦鸽，鹦鸽乖巧作诗三首，包公违背放鹦鸽走的承诺，又把它献给皇上，致使鹦鸽不得回家，鹦鸽母亲死在家中。故鹦鸽在为母亲哭丧时说："二怨那包大人不是清官，为求荣将你儿献给皇宫。"[42]

　　宝卷中包公求荣的心理也可见一斑，他每圆满解决一桩案件后，必奏知皇上——大概是在向皇上表忠心，讨得皇上的欢心，更或许是在向皇上邀功请赏。皇上又似乎很宠信他，每次皇上必是龙颜大喜，对包公大加赏赐。如《鹦鸽宝卷》中包公把红嘴绿毛、会人语、能作诗的鹦鸽献给皇上后，博得了皇上的欢心，"宋天子听此言龙心大悦……进活宝对寡人一片忠心，免爱卿三个月不上朝班。圣旨下赐包公金银绸缎……"难怪鹦鸽骂包公时说"二怨那包大人不是清官，为求荣将你儿献给皇宫"。

　　还有一些宝卷塑造了"妖魔化"的包公形象。在这些宝卷中包公更像是神或妖，并且宝卷中多次提到他有两件宝贝——阴床、狼牙棒（或叫拨活板），过阴床能上天入地，狼牙棒能让死人复活。在这些宝卷中，包公断案大都要借助"过阴床"，到阴曹地府察看生死簿，丝毫看不到他实地调查、靠智慧断案的影子。似乎包公秉公断案是靠察看生死簿而得来，以至生死簿被篡改后，包公便不能明辨是非、秉公断案，致使造成错断案情、误杀好人等事情时有发生。

　　《包公宝卷》讲的是包公错断严察山三下阴曹和王恩害石义红葫芦告状的故事。两个故事本没有什么联系，只因都是包公接手的案件，所以写在了一个宝卷里。第一个故事又名《包公错斩彦查散》、《闫又三宝卷》，大概内容为：吏部尚书柳天官之女刘金婵在正月十五观花灯时，因经血冲撞了神灵，被大风刮至黑松林，又被卜虫子骗到家中，谋财害命。卜虫子夫妇因怕刘金婵冤魂，将刘的衣物丢在六坡桥下。恰好严察山从此经过，严察山是户部尚书严维之子，是刘金婵的姑表兄，严捡到衣物，送至刘金婵家中。柳家人认为是严察山害死了刘金婵，状告至包公处。包公因严察山苦打不招，于是下阴曹察看案情，又因生死簿被卜虫子的舅舅张洪篡改，致使包公两次下阴曹都不能明察案情，错断为严察山害死刘金婵，把严察山屈打成招，处以斩刑。又因严察山尸首不倒，冤情至深，包公又第三次下阴曹，遇刘金婵冤魂诉说案情真相，生死簿秘密暴露，真相大白。包公又用狼牙棒让严察山、刘金婵起死回生，并为二人做媒，至此，事情得以圆满解决。

第二个故事即王恩害石义红葫芦告状讲的是：石义进京赶考，表兄王恩随从。王恩欲谋财害命，将石义推入井中，石义被人搭救。后石义又遇王恩，二人打柴为生。时宋天子之百花公主被孽龙掳去，石义捡到公主的一只绣花鞋，于是石义、王恩奉王命寻找公主。石义找回公主，却又遭到王恩残害，石义被王恩堵在孽龙洞里。石义在洞中因救了龙王三太子，老龙王送红葫芦答谢，红葫芦乃是龙王的亲生女三公主，一路扶持石义来至京城。刚到京城，石义又被王恩用毒酒毒死，尸首被丢进琉璃井中，红葫芦到包公处申冤告状，包公救出石义，并使其还魂，真相大白，石义被封为驸马，王恩被处以斩刑。

《乌鸦宝卷》中赵龙刚到包公处告状，因其哑巴，不能说出事情真相，致使包公错误断案，差点斩杀赵龙刚，所幸有狐仙及时出现在刑场，让赵龙刚由哑巴而变为能说话，才使真相大白，包公又受梦境点化，最终无头冤案得以昭雪。

《落碗宝卷》中继母马氏诬告定僧杀了刘自明，包公"过阴床"，到阴曹地府查得前因后果，又让刘自明、刘自忠兄弟还阳，包公清明断案，定僧之冤得以昭雪，马氏母子得到应有的惩罚。

当然，包公形象也不全是作为对立面而存在的，毕竟在大众心里包公还是清正廉明的化身，人们也希望有这样一位为民请命的官员来作为老百姓的保护神。所以，他们相信：不管多么复杂的案件，也不管你有多大的冤情，找到包公就是找到了救星，问题都能得到圆满解决。

《吴彦能摆灯宝卷》中丞相吴彦能抢走民妇罗凤英，并假扮包公几度欲害死罗凤英的丈夫田仲祥，多亏有神灵相救，田仲祥才得以活命。吴彦能又命王明杀死田仲祥的两个孩子，王明动了恻隐之心，赠银让两个孩子逃走了。后来，田仲祥由神人指点，状告至包公处，包公不畏权势，秉公断案，先斩后奏，铡了吴彦能，田仲祥一家得以团圆。

《杨金花夺印宝卷》中杨金花校场夺印，唯有包公一人敢用性命做担保，说明包公慧眼识英才，杨金花打败了狄龙、狄虎，包公看到了她的潜力。杨金花女扮男装校场夺印致使杨门犯下欺君之罪，皇帝要斩杨门，包公在苗爷为杨家求情被革职为民、朝中大臣再无一人敢站出来的情况下，他打抱不平，冒着被革职为民的危险为杨家求情保本，救下杨家一门。卷尾写道："自古英雄多遭难，救难还要包青天！"[43]

②昭君和薛仁贵

《昭君和北番宝卷》（又名《昭君出塞宝卷》）讲的是昭君因没有贿赂画师毛延寿而被画丑，继而被送去和番，昭君到达番营后，保持节操，推诿十六年不与番王成亲，后跳河自尽。这显然是河西人民自己杜撰的。

据今人考证，昭君出塞的路线大致是今内蒙古的包头市、杭锦旗、东胜县、陕西榆林县、甘肃庆阳县，而至陕西西安市，所以也就难怪河西人民把昭君看做是当地人，把她当做当地人民的保护神。如在《二度梅宝卷》中陈杏元去和番，跳悬崖自尽的时候，被昭君娘娘相救，可见河西人民早已把昭君奉为神灵。又因为河西地区屡遭外敌入侵，战乱频仍，人民长期生活在外敌的铁蹄下，生活自然是苦不堪言，人们渴望和平，王昭君便是和平的使者，她去和番的目的就是要为人们带来和平，所以河西人民把她当做当地的保护神是很自然的事。

还有著名军事家、政治家、唐朝名将薛仁贵，他征讨高丽、大败回纥、降服高丽、征讨吐蕃、大破突厥等，立下了赫赫战绩，更有"跨海保主征高丽，白袍一举成威名"、"看守玄武十二年，危难忠胆救高宗"、"将军已然不惑年，统率强兵平四方"、"将军三箭定天山，战士长歌入汉关"、"薛礼率兵猛出击，两千兵马灭高丽"、"清正廉洁父母官，爱民如子薛仁贵"、"英雄带病北伐敌，露面击溃十万军"等佳话传世。在战乱频仍、外敌屡侵的河西，人们当然十分仰慕这位戎马辉煌的民族英雄，于是自然就有了《薛仁贵征东宝卷》在河西的流传。

《薛仁贵征东宝卷》大概内容是：薛仁贵屡立战功，却被张士贵的女婿何宗贤占去功劳，自己只能被埋没当伙头军，最后纸里包不住火，薛仁贵终于被大唐众贤臣发现。

（二）含有丰富儿童文学资源的宝卷作品

1. 佛道故事

佛教传入中国，它对中国超现实主义文学的重要影响之一是刺激了中国人的想象力，大大丰富了那个只存在虚幻之中的彼岸世界。[44] 佛教文学中许多新奇的幻想，如打破神人界限，打破生死界限，打破时空界限等，多是关于彼岸世界的描绘。以后中国民间传说、童话中大量出现的所谓天堂、地府、龙宫、蓬莱仙境以至梦境，及与此相联系的佛法、魔法如腾云驾雾、翻江倒海、长生、变化等，大都是从佛教文学中借鉴、演化而来。而天堂、地府、佛法、魔法等，从自觉后的文学观点来看，无非都是一种幻想，一种假定。文学中描绘的彼岸世界越是丰富多样，越是美丽，表明超现实文学使用的假定手法越是丰富，越是成功。从这种意义上看，中国非写实类文学、中国童话的发展，离开佛教和佛教文学是颇难想象的。

到了唐朝三教合流，中国民间自古以来又都是多神论者，所以反映在作为民间文学的河西宝卷中，就是儒释道三教的杂糅，宝卷中各色神灵粉墨登场，既有如来佛祖、观音菩萨，玉皇大帝、王母娘娘，又有太白金星、骊山老母、过海八仙、黑风老祖；还有阎王、仙姑、关爷、灶神等等，人们充分发挥了他们的想象力，以至各色神等应有尽有。

一切宗教，既要尽可能广泛地吸收教徒，包括吸引广大没有文化的人民大众，只靠宣讲枯燥无味的教义是行不通的，这就要利用形象的文学手段，用通俗的讲故事的方法，从民间文学中采其已有的东西，或把民间传说纳入自己的体系，为自己服务。佛教也不例外。古代印度本是一个神话、传说、寓言十分丰富的国家，早在佛教产生之前，它们就在民间滋生、成长、传播，其中一些比中国古代神话、传说更接近民间童话。佛教产生以后，这些神话、传说、故事很多被佛教所采用，加以改造，成为佛经故事的一部分。佛教的扩展，首先就是这些故事的传播。从这个意义上可以说，佛教和伴随着佛教一起传播的，并不全是佛教产生以后的文化。佛教对魏晋六朝小说的影响，从某一个角度可以说是自远古以来，中、印两个古老民族所创造的文化、文学的沟通和融合。中国志怪小说借鉴佛经故事，实际上是在借鉴长期以来在印度文学中占有重要地位的神话、寓言、民间传说等。明白这一点就不难理解佛经中何以有那么多的民间故事，而且不难理解这些为宣扬深奥的教义、和儿童向上精神格格不入的宗教故事为什么能在一定程度上为儿童所接受，并在促进中国古代童话的形成和发展中起重要的作用。

佛经文学故事的广泛传播使中国文学在不少方面受到启示，从而借鉴佛经文学故事的内容和形式，创造一些中国人自己的佛教故事。这些故事常常以宣扬佛教教义为内容，形式上则广泛采用佛经故事甚至中国古代神话、传说的结构和手法，如拟人、象征、夸张、变形等，一定程度上把远古以来出现的童话因素凝聚在一起，使其在某些方面接近后来的民间童话。佛经故事在中国的传播过程中，有着许多不同的变化。开始，它们作为佛经教义的一部分，与整个佛经的联系非常紧密。后来，这种联系渐渐松弛，人们常常脱离具体的宗教说教，只把它们当成一般的民间故事予以欣赏。其中有些在流传中发生变异，人们根据实际需要加进一些中国人自己的思想、情感，这样它在事实上便成了中国民间传说的一部分。

在以后的流传中，许多读者和听众，特别是少年儿童，他们接受这些故事，却常常抛弃附加在这些故事上的宗教说教，直接欣赏形象本身包含的情趣和哲理；或者，他们接受的只是故事框架，故事中实际渗进的，却是他们多少能够理解并符合他们审美趣味的内容，许多佛经故事就是这样演化成中国自己的民间故事或童话的。

河西宝卷就是佛教在中国通俗化传播的产物。宝卷来自变文，变文出自俗讲，而俗讲又是佛经的通俗化，所以宝卷和佛教有着非常密切的联系，它以反映佛教思想为主。河西宝卷中的佛道故事主要有《观音宝卷》（《香山宝卷》、《观音济度宝卷》）、《目连救母幽冥宝传》、《仙姑宝卷》、《湘子宝卷》（《新镌韩祖成仙宝卷》、《三度韩愈宝卷》）、《何仙姑宝卷》等。

《观音宝卷》大概内容是：慈航尊者观见周末人世一片混乱，于是请求瑶池金母、无极天尊让她下凡普度众生，后来到凡间托生为庄王第三女妙善公主，此女生来便一心向佛，长至16岁，庄王要她彩楼招亲，她坚决不从，庄王先后罚她去花园挑水浇花、到白雀寺受苦、火焚白雀寺，但都没有动摇妙善修行向佛的意志和决心。庄王又施予绞刑，因有神灵保佑，妙善绞而不死。公主魂灵在黄龙真人的引导下，遍游十层地狱，妙善还阳后到香山修行，后来又以自己的手眼救治父病，劝父修道，并劝两个姐姐和姐夫修道，后一家人均到香山修行，慈航愿满功成。

《目连救母》大概内容为：该卷上半部分主要是讲家庭社会生活，傅天斗和李氏夫妇吃斋行善，生一子名傅崇，傅崇与妻王氏又生子傅仁、傅义，此二子受傅崇表兄李伦的教唆，作恶多端，五雷击顶而死。后傅崇妻王氏又生一子名傅象，傅象娶妻刘氏，生一子名萝卜，萝卜乃西方佛子，外出修行寻道，其父傅象去世，其母刘氏在家因受李狗和刘假的挑唆，开斋杀生（傅府三代不曾杀生开斋），触怒佛祖，刘氏魂魄坠入地狱。该卷下半部分主要讲目连（萝卜）救母的过程，着重借目连之眼睛写阿鼻地狱的阴森恐怖，讲述遭罪者生前所犯下的种种罪孽，以及与此相应的种种酷刑，惨不忍睹。此宝卷形式上写佛教中的因果报应，以地狱之恐怖来警示人们要向善敬佛。

《湘子宝卷》（《新镌韩祖成仙宝卷》、《三度韩愈宝卷》）主要讲湘子的出身、遇仙求道的过程，主要内容是湘子和妻子林英的前世今生及湘子度林英的全部过程，还讲了湘子度叔父韩愈及婶母的过程。

《何仙姑宝卷》主要写吕祖师度何仙姑的过程，采用一问一答的形式，在问答中显示出何仙姑的聪明智慧、她对修行求道的理解以及她一心向道的决心和意志。

其中《仙姑宝卷》是张掖人民反映当时当地现实生活的创作，属于河西人民自己的创作。《仙姑宝卷》主要由仙姑修行、仙姑修板桥、骊山老母度仙姑、仙姑炼魔、仙姑得道成仙、仙姑显骨、仙姑设桥渡汉兵、夷人焚庙、仙姑三殃夷人、夷人修庙、仙姑救周秀才、仙姑将逆妇变狗、仙姑救王志仁、仙姑救单氏母子、玉帝降敕与仙姑、八洞神仙庆仙姑、仙姑近代显应等若干片段组成。

方步和曾对仙姑的产生的年代做过考证，认为"《仙姑宝卷》是明代万历年间（1573—1620年）的作品"。[45]这里对仙姑的产生年代不做过多探讨，笔者试根据该宝卷的内容来分析它的现实意义。

由于河西地区自古以来战乱频仍，当然在战乱中，受苦受难最多的是当地的老百姓，生活在水深火热中的河西人民渴望过上和平安定的生活，这是不言而喻的。他们就把愿望寄托在仙姑身上，于是就有了"仙姑设桥渡汉兵"，帮助霍去病渡过黑河水的故事，更有了"仙姑三殃夷人"的故事，仙姑先后三次用瘟疫、蛇蝎、蛤蟆，石头冰箭，把"鞑子"杀得无处躲藏，仙姑替河西人民出了一口恶气。

仙姑还是老百姓的保护神。《仙姑宝卷》中讲了仙姑为老百姓救苦救难的几个故事，如第八品仙姑救了受欺贫爱富的岳父陷害的周秀才，第九品仙姑惩罚了虐待瞎婆婆的媳妇并把她变成狗，第十品仙姑救了行善而免遭墙压的王志仁，第十一品仙姑救了被伯父逼田产而走投无路的单氏母子。这几个故事无疑反映的都是当时现实社会中实实在在存在的问题。仙姑不用人们念经求她，她就随时随地出现在有急有难的人身边，不请自到。和观音菩萨比起来，一个高高在上，一个深在基层。河西人民当然喜欢生活在自己身边的仙姑，这也是仙姑的故事一直盛传不衰的原因。

"宝卷能反映现实生活，表达群众的喜怒哀乐，直接为群众服务，这是河西宝卷的进步和提高。《仙姑宝卷》是反映张掖人民现实生活十分宝贵的历史镜子。"[46]

《仙姑宝卷》反映了河西宝卷儒释道三教合流的特色。宝卷中的仙姑，是张掖黑河北岸的村姑。她有青春的智慧，少女的情怀；拜人为师，尊师重道；修持诚心，百折不挠。她立志为张掖人民修桥，言而有信，终致桥成。还有第九品"仙姑将逆妇变狗"中写道"万恶淫为首，百行孝为先。一心行孝敬，头上有青天"。这些基本表现都是中华民族的基本品德，这些品德都是千百年来传到河西的以儒学为中心的中原文化培育出来的。

仙姑又是道教的仙姑。在河西，道教也源远流长，传说老子"骑青牛入流沙"，他曾在张掖做过好事：黑河水是他引来，黑河边的平原是他所开等。河西道观林立，道教势力不小，《仙姑宝卷》中的仙姑就是河西道教孕育出来的仙女。她的精神感动了"骊山老母"，老母收徒，仙姑拜她为师。经过虎、蛇、魔等的生死考验，仙姑终于在玉皇大帝跟前挂了号，并被封为道教中的仙人。

仙姑还是个佛教徒。佛教最早经河西传入中原，所以河西地区受佛教的影响至深，在佛教盛行的河西，原属道教仙人的仙姑，周围也出现了"金刚大神"、"十帝阎君"等佛家的东西，仙姑本人也被披上袈裟，兼任起佛家的尼姑来。如在《仙姑宝卷》第九品中，仙姑化身尼姑，学目连母亲变狗的故事，把虐待婆婆的媳妇变成"青狗毛身"，严厉惩罚了虐待婆婆的恶行。

2. 社会生活故事

河西宝卷中的社会生活故事，反映了当时的社会背景和当地的社会状况，折射出儿童生活的大背景、大环境。值得提出的是，河西宝卷中的这类故事，塑造了不少儿童形象，讲了很多儿童的生活经历，不但为我们提供了儿童文学素材，而且还为我们勾勒出了产生儿童文学的社会现状，为我们更好地了解和研究儿童及儿童文学有重要意义。

这类宝卷虽然不是专为儿童而宣讲的，但是它对儿童所产生的教化作用，依然是不可小视的。如反映孝悌思想的宝卷，在教育大人的同时，也在孩子心目中种下了孝悌思想的种子。因为孝悌是被社会普遍认可和赞扬的行为，受到这种激励，小孩由刚开始模仿会逐渐演变成后来的人们所希望成为的"孝子"。再如反映中状元复仇的宝卷，也会对孩子产生很大的影响。在孩子眼里，原先的贫苦老百姓考中状元后，就可以平步青云，就可以光耀门楣，就可以报仇雪恨，就可以荣华富贵，就可以三妻四妾，甚至就可以为所欲为。这在孩子心目中就埋下了中状元好的思想之根，这就会形成一种激励机制，让孩子向这些状元学习，并且这要比"书中自有黄金屋，书中自有颜如玉"的说教要具体形象得多。

根据宝卷中所反映的故事主题，现把河西宝卷中反映社会生活故事的宝卷分为以下几类。

（1）婚变

现举几个比较有代表性的例子，如《红灯记宝卷》（又名《红灯宝卷》、《孙吉高卖水宝卷》），故事内容大致是这样的：孙继高、赵兰英分别是明正德年间二丞相孙宏、赵朋的孩子，二人定有婚约。后孙宏去世，孙家败落，孙继高卖水为生。赵朋听信后妻马氏谗言，逼孙继高退婚，并把孙继高陷害下狱。赵兰英得知后，坚持"好女不嫁二夫"，并撕毁退婚文约，由爱姐（孙继成之女，年七岁）指引，以红灯为记号，寻至婆婆家，又进京，历尽艰辛，找到哥哥孙继成（时孙继成已经高中状元，并娶高丞相之女高玉萍为妻），一行人回家报了仇，一家人受到皇上敕封，皆大欢喜。

《二度梅宝卷》大概故事内容是：梅魁遭奸臣卢杞、黄嵩谗害致死。梅魁之子梅良玉外逃，投奔准岳父侯鸾，侯鸾反目，将梅良玉害死（由家人喜童代替梅良玉死）。后梅良玉寻死被陈日昇救下，孝心感动上苍，梅开二度，暴露真实身份后，与陈日昇之女陈杏元订婚，又因奸臣陷害，由陈杏元去番国和亲，梅良玉、陈春生（陈日昇之子）护送。陈杏元跳崖明志，昭君娘娘神灵相救，被邹家收为义女。梅良玉、陈春生在逃避抓捕途中失散，梅良玉由冯乐天举荐，跟随邹爷河南赴任，几经周折，梅良玉、陈杏元重逢，后梅良玉、陈春生分别得中状元、榜眼，联合众举子扳倒了卢杞、黄嵩，并斩侯鸾，终于报仇雪恨，众人皆大欢喜。

这类宝卷还有《双喜宝卷》（又名《王志福探地穴宝卷》）、《如意宝卷》、《金凤宝卷》、《鸳鸯宝卷》等。这类宝卷的故事内容和叙事模式大概如下：

家庭小康，父死，遭变（一般是大火或天灾），孤儿寡母生活困难，儿子原先与一富家小家订婚，男儿去认亲，富家婚变（嫌贫爱富），男儿遭磨难，小姐（未婚妻）得知，大义凛然，坚持"好女不嫁二夫"，积极采取行动救夫，费尽周折，历经磨难，男儿或小姐高中状元，报仇雪恨，大团圆结局。在此过程中，男儿一般显得比较懦弱无能，基本没有什么反抗能力，更少采取什么果敢措施，他们一般任由命运摆布或听从小姐安排，比较被动，一旦得势（高中状元或攀附权贵如被招为驸马），则极力报复，手段狠毒残忍，女则退居幕后（如被封为一品或二品夫人等）。女子则显得果敢决绝，誓死捍卫"好女不嫁二夫"的尊严，虽和未婚夫素未谋面，但已经认定订婚便是已定终身，毫不含糊地与家庭决裂，积极采取行动与命运抗争，走出家门，投奔婆家或自己行动（如进京赶考），费尽周折，历尽磨难，成功救夫。

得势后，男则大势招摇，到处打击报复，并有三妻四妾，女则退居幕后，一向表现英勇果敢的女子会变得对丈夫百般温顺，失去原有本色。这不能不说是封建社会男尊女卑思想影响下的产物，也是以男人为主体的创作者的一种心理需求，是他们在困顿中渴望借助外力飞黄腾达的表现，同时也折射出那时社会对女子的要求（其实是男子对女子的要求）和女子附属品的社会地位。

（2）孝悌

孝悌思想是儒家文化的核心内容，也是中华民族的传统美德，它在河西宝卷中有着非常浓厚的反映，甚至这种思想达到一种病态的、无以复加的地步。卖儿孝母，割肉奉亲的事例时有发生，现举例说明之。

《红灯记宝卷》中龙氏为了买棺材埋葬婆婆，卖了自己的头发，又把自己的女儿爱姐卖与他人。

《回郎宝卷》中讲道：河南三年大旱，曹三与妻子刘氏为了孝敬母亲，卖三岁儿童回郎，无人买，刘氏便杀死回郎，煮其肉让婆母吃。

《卖妙郎宝卷》（又名《卖妙郎》、《忠孝宝卷》）中刘迎春因丈夫周文选进京赶考三年没有音信，她为了埋葬婆婆、养活公爹，把儿子妙郎以三两银子、两斗米卖给他人，并割下自己身上的肉，做肉饭给公爹吃。

《割肉奉亲宝卷》（又名《葵花宝卷》），孟日红的丈夫高彦祯进京赶考三年没有音信，家中又遭三年年荒，孟日红和婆母在家艰难度日，很是难过，因婆母想喝肉汤，孟日红割下自己身上的肉，做成肉汤给婆母吃。

《赵五娘卖发宝卷》中赵五娘的丈夫蔡伯喈进京赶考三年未归，家乡又闹年荒，赵五娘为孝敬公婆，让公婆吃米面，自己却偷偷吃米糠充饥。赵五娘为了安葬公公，把自己的头发剪掉卖了。

《土地受鞭》中郑氏，丈夫去世，为了孝敬婆母，她卖掉自己的孝感儿，又割自己身上的肉给婆婆吃。

再如《牧羊宝卷》中的赵锦堂，与婆婆相依为命，历尽千辛万苦，任劳任怨，誓不改嫁等。

大都是儿媳妇孝敬公婆，并且丈夫要么外出、要么去世。这类宝卷有劝善的作用，直到现在，河西还有这样的习俗，谁家儿女不孝、媳妇不敬，就以"念卷"的方式教育当事人，当事人受到启发，以至翻然悔悟。

（3）继母

河西宝卷中反映社会生活中继母（或婶娘）狠毒的事例也很多，在让人领会因果报应、善恶有报思想的同时，从中可以折射出当时的社会现状，儿童的悲惨命运也可见一斑。

《绣红罗宝卷》中张进荣与杨海棠夫妇生一子名仙哥，杨海棠被抓去阴间绣红罗，一直绣了十二年。张进荣娶后妻沈桂英，沈桂英不贤，百般折磨仙哥，一心要杀死仙哥，手段几近残忍，用马鞭子毒打，欲将仙哥丢进开水锅中，用毒药欲毒死仙哥，拿钢刀杀仙哥却错杀了自己的亲生子长寿宝。仙哥因有神灵保护，沈桂英害死仙哥的阴谋均未能得逞。后仙哥被神仙搭救，被招为驸马后，才脱离苦海。

《继母狠宝卷》（又名《李玉英申冤宝卷》）中讲道：明正德年间，锦衣千户李雄与妻子何氏生下三女一男，排行为玉英、承祖、桃英、月英，何氏早亡。李雄又娶后妻焦氏，焦氏不贤，与其兄焦榕欲谋害四个孩童。时李雄为先锋平定陕西杨九儿叛乱，不幸战死沙场、为国捐躯。焦氏便让承祖去寻找父骨，实际上意在谋害承祖。承祖十岁孩童远走千里，几死途中，费尽艰辛，最后终于找到父骨并背父骨而返，至家，却被焦氏用毒酒害死。因棺材小，承祖的双脚竟被砍下。三个女儿命运也尤为悲惨，桃英被卖身为奴，月英乞讨为生，玉英被焦氏诬告与人通奸而入狱。后玉英在狱中写诉冤本章，奏知皇上，才得以平反昭雪、报仇雪恨。

《落碗宝卷》中刘自明受后妻马氏调唆，与弟刘自忠反目并分家，后刘自明酒后杀人，弟刘自忠替兄死，撇下妻子李氏和一双儿女定僧、爱姐。马氏母子陷害李氏，李氏无奈，带爱姐出家。定僧在家受到马氏母子的百般折磨和毒打，如马氏把碗烧红，让定僧去端，把定僧烧得皮焦肉烂，碗打在地上，刘自明不知缘故，还认为是定僧不好，打骂定僧。马氏母子欲杀死定僧，不料却错杀了刘自明，马氏便诬告定僧杀了刘自明，所幸包公清明断案，定僧之冤得以昭雪，马氏母子得到应有的惩罚。

此外《白虎宝卷》中的观音保、观音奴，《蜜蜂宝卷》里的董良才、《桂花桥》里的定邦、《朝山宝卷》（又名《金龙宝卷》）中的金豹、兰花（二人被嫂嫂残害）等都是被残害和遗弃的孩子。从这些事例中，可以看出继母狠毒的终极原因是为了争夺家产。继母为了巩固自己的地位，为了让自己的孩子继承家产，于是就有了残害前妻孩子的狠毒一幕。

当然，河西宝卷对视前妻遗子如亲生的"好媳妇"也有反映，如《沉香宝卷》中王桂英对待华三娘之子沉香如亲生，沉香犯了人命案，桂英让自己的亲生儿子秋哥去顶罪。《天仙配宝卷》中尤赛金待七仙女之子董仲书也很好，恩养他长大成人。《稽山赏贫》中邓春荣之妻杨氏，面对贼寇追击，选择弃儿留侄，即抛弃了自己年过四十才得到的独生子，而把父母双亡的侄儿留在身边。当然，这些"好媳妇"最后都善有善报。

（4）复仇

在河西宝卷中状元的实例可以说比比皆是，中状元与复仇紧密相连，下层百姓怨气冲天，只能通过中状元，才能平步青云，也只有通过中状元才能得见天子，皇帝亲自替百姓平反昭雪，仇才能得报，才能报得痛快淋漓、大快人心。可见人们对皇帝寄托了很大的期望，并认为皇帝是清明的。河西宝卷中的皇帝似乎没有一个昏君，全是清楚明智、勤政爱民的好皇帝，是人民头顶上的湛湛青天。这其实也是人们反贪官不反皇帝的一个表现。

一般是儿子为父辈复仇。儿子得中状元，得以复仇。

《丁郎宝卷》（又名《丁郎寻父宝卷》、《仲举宝卷》）讲的是：年七欲霸占高仲举的妻子于月英而陷害高仲举，高仲举入狱，后又逃出，被胡爷收留，并娶张爷之女。于月英生下儿子丁郎，并剜眼明志断了年七的非分之想。丁郎长至九岁，外出寻父，找到高仲举，高仲举因怕遭祸，竟不认丁郎。丁郎在胡爷家做工，被张小姐识破，高仲举才认亲。高仲举回家寻找于月英，又遭年七陷害下狱。丁郎十二岁进京赶考，得中状元，救出父亲，报仇雪恨，全家团圆。

《二度梅宝卷》也是如此，梅魁遭奸臣卢杞、黄嵩谗害致死，梅魁之子历尽艰辛周折后，得中状元，替父报仇雪恨。

不过，也有儿子没有中状元而为父报仇的，但也没有离开高官的帮助。

如《洪江宝卷》（又名《红匣记》）中陈光蕊状元在上任途中被水贼李洪所杀，妻子殷满堂（丞相之女）被李洪抢去。殷氏生一子，为避免孩子遭李洪残害，就用一个红木匣让孩子顺水漂去。孩子被和尚搭救，取名江流，江流和尚长至十二岁，和母亲重逢，得知身世，找到外公殷丞相，拿下李洪，为父亲报了仇。

（5）负心

这类故事情节一般是男人走出家门，颇有周折，发迹变泰（如得中状元），在外又娶有地位、有身份之妻子（如一般是被丞相招为女婿，或被招为驸马），又有不得已的原因（如岳父或后妻百般阻挠）而不能与贫贱家人团聚（这大概是男人为自己的负心寻找的理由），而妻子在家扶老携幼，艰难度日，最后只能是通过前妻或儿子找上门去认亲，一家人才得以团圆，表面上皆大欢喜（在当时当地似乎不能也无法去惩罚这个负心的男人）。

《丁郎宝卷》中高仲举在外又娶妻生子，似乎已经把在家受苦受难的前妻和孩子全然忘记，九年后，儿子丁郎外出寻父，找到高仲举，高仲举因怕遭祸，竟不认丁郎。

《绣红灯宝卷》中的温彦赞高中状元后，被招为驸马，贪恋荣华富贵，抛下在家受苦受难的父亲和妻子，竟说家中没有父母、妻子。七年后，妻子杨月珍寻夫找上门去，又被国母毒死，后又还魂，几经波折，由皇帝主持正义，才得以夫妻团圆。

《割肉奉亲宝卷》（又名《葵花宝卷》）中高彦祯得中状元后，被丞相梁记招为驸马，高彦祯私让家人梁才去搬家眷，却被梁记百般阻挠，而不能与家中母亲和妻子团聚。后孟日红找上门去，又被梁记毒死，投入枯井，长出一硕大葵花。孟日红被仙姑娘娘搭救，改名陈孟光，投军从容，因收服刘耀有功，得到皇帝嘉奖，和高彦祯重逢，痛斥高彦祯后，也只能以夫妻团圆而告终。

《赵五娘卖发宝卷》中蔡伯喈得中状元后，被牛太师招为女婿，隐瞒下自己家中的情况，三年与家音信不通，在这三年中，他家乡遭年荒，其妻赵五娘和公婆艰难度日，父母相继去世，赵五娘历尽艰辛找上门去，才得以夫妻团圆。

（6）贪官

河西宝卷有一条隐藏的"潜规则"，那就是"反贪官不反皇帝"，这和《水浒传》的思想大致是一致的。宝卷中的贪官昏官比比皆是，几乎很少有清官，但宝卷中的皇帝都是很开明的。普通百姓通过高中状元，直接接触到皇帝，借助"皇威"得以报仇雪恨，并由于受到皇帝的恩赐，一家人从此过着幸福的生活。

《绣红灯宝卷》中温员外的后妻王花儿不贤，与谷和尚通奸，被家人杨招撞见，王花儿与谷和尚杀死杨招，栽赃温员外，又王花儿送给知县白银五十两，于是知县收了贿赂，不问青红皂白把温员外定成死罪，押在监牢里。杨月珍历尽艰辛找到丈夫温彦赞，却被国母毒死，因有神灵保佑得以还魂不死，后由皇帝主持正义，并被皇帝收为义女，才得以和丈夫团聚，并和公主不分大小。

《绣红罗宝卷》中仙哥的继母沈桂英欲杀之，却错杀了自己的亲生儿子长寿宝，沈桂英送银五十两贿赂知县，知县糊糊涂涂断案，把仙哥判成死罪。后来仙哥被招为驸马，冤案才得以平凡昭雪。

《继母狠宝卷》（又名《李玉英申冤宝卷》）中李玉英的继母焦氏诬告其与人通奸，衙门的都堂官因通了私情，听信焦氏一面之词，荒谬判案，把李玉英屈打成招，并定了剐刑，押入死囚牢中。后玉英在狱中写诉冤本章，奏知皇上，嘉庆天子仔细审理此案，李玉英姊妹才得以平反昭雪，焦氏、焦榕一行得到应有的惩罚，皇帝替百姓申冤报了仇。

《朝山宝卷》（又名《金龙宝卷》）中梅氏（嫂嫂）杀死了兰花（丈夫的妹妹），诬告是金豹（丈夫的弟弟）所为，知县一开始似乎要秉公断案，梅氏将白银献上后，知县便不问青红皂白，把金豹屈打成招，押入大牢。后来桂哥（金龙之子）得中三甲进士，新婚之夜和兰花（桂哥的小姑）相认，众官员将桂哥、兰花之事奏知皇上，天子龙颜大喜，准桂哥回乡祭祖，桂哥一家人得以团圆。

（7）侠义

河西宝卷中的侠义故事有些是取自名著中的片段，如《武松杀嫂宝卷》、

《野猪林宝卷》是《水浒传》中的片段，《孙悟空大闹天宫宝卷》是取自《西游记》中片段，这些宝卷和原著的大致情节相似，但其中很多细节是后来人加进去的，这也反映了河西人民的智慧。

还有反映杨家将的宝卷，如《杨金花夺印宝卷》讲的是杨门之后、穆桂英之女杨金花智勇双全，女扮男装，在校场大显神威，三箭三中金钱眼，打败狄青父子五人，杀狄青二子。杨门因欺君获罪，经过周折，被赦免，十二女将戎马疆场再立功勋。

此外，《马钱龙游国宝卷》反映的是宫廷政变的前后过程，形式上颇似武侠小说，头绪纷繁，人物众多。大意就是马钱龙太子遭受重重磨难，后由众人保护、帮助，最终登上皇位，消除政敌，报仇雪恨。《五女兴唐宝卷》中的女性则能文能武、个个出色，为了丈夫，打打杀杀，终至团圆。宝卷最后结语说："兴唐宝卷到此终，歌颂众位女英雄。披肝沥胆为丈夫，一群痴情重义人。"[47] 可见她们的初衷和最终目的都是为了自己的丈夫，并无其他动机，这也很符合民间文学的特色。

河西宝卷中的《说岳全传》也是这类侠义故事，讲的是岳飞、岳雷等岳家军的故事，兹不赘述。

（8）其他

①贞洁观

受"三从四德"、"三纲五常"等封建思想的深刻影响，人们的正统婚姻观就是：未婚女子认为"好女不嫁二夫"，如《红灯宝卷》中的赵兰英、《二度梅宝卷》中的陈杏元、《如意宝卷》中的崔彩莲、《鸳鸯宝卷》中的夏桂英等都是这样的代表。已婚女子不管丈夫怎样也誓不改嫁，如《牧羊宝卷》（又名《放饭宝卷》）中的赵锦堂、《白玉楼宝卷》（又名《苦节图宝卷》）中的白玉楼、《赵五娘卖发宝卷》中的赵五娘、《牡丹宝卷》中的石桂英等。再如《坠楼全节》中张满贞为保贞洁而坠楼，并削发做尼姑以明志。人们认为只有这样才是贞洁，才是贤德的女子。这也反映了中华民族传统的贞洁观念。

②家庭伦理

家庭是社会的缩影，河西宝卷中反映家庭生活的宝卷也很多，从内容上看，它主要反映婚姻家庭生活中婆媳之间、妯娌之间、妻妾之间、姑嫂之间、夫妻之间、继母与前妻子女之间以及兄弟之间等诸多家庭矛盾，比较生动地给人们展示出当时的社会家庭生活画面。宝卷发挥着它积极的劝善作用，这类宝卷主要是劝人们：婆媳要视如至亲、妯娌要和睦相处、姑嫂要互敬互爱、妻妾要谦让温顺、兄弟要生死相依等社会家庭伦理观念。宝卷会让挑起事端造成家庭不和的人受的应有的惩罚，如利用变猪狗、遭雷击等超自然的现象，来表达人们的爱憎观念，维护传统道德。

除了上述的有关家庭方面的诸多宝卷外，家庭生活气息比较浓烈的宝卷还有《和家论宝卷》、《紫荆宝卷》、《四姐宝卷》（又名《方四姐宝卷》）等，兹不一一赘述。

③善恶有报

河西宝卷以因果报应的形式来表达人们惩恶扬善的目的，并且常常借助超自然（鬼、神）的力量来完成人们的这一愿望。

变狗、遭雷击等现世现报现象在宝卷中多有反映。《朝山宝卷》（又名《金龙宝卷》）中金虎、梅氏夫妇因杀死妹妹兰花、诬告弟弟金虎，遭到报应，一场大火把处心积虑得到的家产全部烧光，二人讨饭度日，大概人们觉得仍不解恨，又有响雷把二人烧成焦炭。

《仙姑宝卷》第九品仙姑将逆妇变狗讲的是：一妇人死了丈夫，想改嫁，无奈婆婆双目失明，需要人照顾，于是媳妇就想害死婆婆。仙姑就把这个不贤孝的媳妇变成了一条狗。

《雷打花狗》讲的是周大可听信妻子李氏调唆，拿走家产而抛弃王家二老，不久李氏遭到报应变成花狗。周大可不知悔改，后来周大可和花狗一同被雷击死。

《古庙咒媳》中钱氏和周氏两妯娌不和，以至吵闹分家，分家后都不孝敬婆婆，后来两人遭到报应，都被雷击死。

《活人变牛》中尹氏不孝，经常虐待婆婆，观音大士把她变成一头牛，被牵至县衙，乱棒打死，抛至荒山。

此外，还有《白虎宝卷》中的刘氏变成黑狗、《桂花桥》中的林氏吐血而死、《方四姐宝卷》中残害四姐的恶婆婆、姑嫂及大伯，还有《苦节图宝卷》中的钱氏等都得到了现世报应。

当然还有讲前世今生的因果的宝卷，如《新刻岳山宝卷》（又名《李熬度母宝卷》）中巡按李熬打了书班四十大板，把书班打死。书班之冤魂到阎王处告状，阎王讲述他俩的前世今生：前世，李熬是王倩的仆人，王倩酒后把李熬一脚踢死。李熬前世正直淳朴，今生该得巡按之职，他今生打死书班，正是冤冤相报，至此，两人互不相欠。

④超自然神灵

河西宝卷中反映社会生活的故事，往往利用超现实主义的浪漫手法，主人公必是大难不死或死后又复活，如主人公在法场被砍头时，就会有神灵相救，一阵风把主人公带到安全的地方。《金龙宝卷》中金龙在被处斩时，由真武爷一阵黄风把他刮到荒郊野外，并为他指路赠银。又如主人公在死后，又能还魂。《金龙宝卷》兰花被嫂嫂梅氏害死后，被真武老爷从井中救出，并把她送到汾州府地界。黄氏被金虎、梅氏打死后，被玄天大帝救活。这样的事例在宝卷中多得不胜枚举。

总之，主人公在走投无路或千钧一发的时刻，往往有神灵相救，帮助并指引主人公走向"成功"之路。这类宝卷往往还不忘在开头或结尾加上一个金童玉女或星宿下凡，抑或是因果报应的俗套。

四、河西宝卷中的儿童形象

儿童文学是文学的一个重要分支，然而在文学领域，特别是在古代文学中，把儿童文学单独作为研究对象的论著至今还很少。一是因为在古代人们更多的是把儿童当做血脉延续的工具，儿童本体不受重视，一直处于成人从属品的地位；二是由于"父为子纲"封建伦理纲常的影响，儿童的言行、命运甚至是生死完全听命于家长，使得儿童几乎完全丧失独立的人格和尊严。

但是，儿童作为家庭和社会实际存在并不可或缺的一部分，他们在宝卷中也占了一定的分量，并扮演了非常重要的角色。本文试对河西宝卷塑造的儿童形象进行梳理分析，进一步理解儿童形象在河西民间文学题材中的个性和形象，从而为拓展河西文化的内涵做一些有益的探讨。

"在中国古典文学发展的历史脉络中，'儿童'往往以面目朦胧的群体性形象的形式，时隐时现地游荡在几乎被成人形象填满了的文本空间里，起着一点点微弱的点缀作用或纯粹的叙事功能。"[48] 但河西宝卷中的"儿童"突破了群体性形象，以单个的富有个性的面目示人，这不能不说是一大进步。

在儿童处于成人从属品地位的社会，在儿童没有自己独立的人格和尊严的社会，河西宝卷难能可贵地用大量篇幅塑造了鲜活的儿童形象，如《康熙私访宝卷》用大量笔墨塑造了周富贵、张保童、宋进朝等儿童形象，与其说宝卷是在讲康熙私访的故事，不如说是在讲儿童保护康熙的故事。

在"不孝有三，无后为大"，以男童为血脉主体的社会，河西宝卷又一次突破陈规，塑造了丰满的女童形象，如《红灯宝卷》通篇都能看到爱姐那聪明可爱的身影。

（一）典型儿童形象分析

河西宝卷大都讲的是古代的故事，那时候人们十六岁左右便订婚结婚了。所以这里探讨的儿童界定为十五岁以下的未成年人，取与成人相对的意义，泛指为宝卷中所反映社会中的未成年人。在河西宝卷中有的儿童没有注明具体年龄，本文主要以儿童区别于成人的社会关系为标准进行取舍。

笔者试以《康熙宝卷》、《红灯宝卷》为例，来分析体现儿童本色的河西儿童形象。

1. 周富贵

周富贵小小年纪便挑起养家糊口的重担。《康熙宝卷》[49] 里的周富贵和寡母相依为命，靠卖酥饼为生。周富贵小小年纪便会卖酥饼挣钱养活自己和母亲，此人甚是聪明，因卖酥饼卖了一天也没卖出去。他猜想着如果改变吆喝方式，给酥饼改个名字，或许能吸引顾客前来购买，于是他吆喝道"卖将军盔儿来"，这便吸引了康熙皇帝要买他的"将军盔儿"。

丰富的人生阅历打造了孩子的一双"火眼金睛"。周富贵看到康熙皇帝"面带红光，两耳垂腮，身穿绸缎，手拉大马"，便在心中断定"他不是公侯便是王爷，必定是官长、富豪之人家"。这符合常年在集市上做买卖的小孩子的做事方式和心理活动。当周富贵像大人一样盘问康熙"且问客官姓甚名谁，哪里人氏？到此作何生意？"可以想象一个小儿端着酥饼，站在路旁一本正经地盘问两个人高马大之人。康熙一一做了回答，并说自己是"赵大太爷"，周富贵听康熙说是"赵大太爷"，便有些不高兴，便问"哎呀，好大的个班辈！我且问你，你是你的赵大太爷，还是我小娃子的赵大太爷？"听康熙说他是普天之下一十三省文武百官的赵大太爷时，周富贵心想：莫非你有几个钱呢！我思想我若有几个钱儿时节，人还称叫个周小太爷。

　　封建传统教化的结果——孝悌（遇事向母亲请教）。康熙要住店时，周富贵说"等我问过母亲，叫你站你才得站，不叫你站你还不得站"。康熙称赞他"这孩子倒也是个孝子"。

　　稚嫩的心灵不乏细心的考虑。周富贵受康熙委托，去索景处当马褂，遭索景欺，周富贵的表兄宋进朝打死索景七个伙计，康熙、王进忠受牵连下狱。周富贵在康熙和王知县两人之间周旋，既套出了康熙的身份，又让王知县派人保护他进京送信。周富贵虽是孩子，但稚气中又有细心，当他得知康熙身份时，怕王知县为难康熙而不肯交出"信"，王知县保证不难为康熙，周富贵才拿出龙票。一路艰辛，进京送信，尽管有些误打误撞，但救康熙，周富贵功不可没。

　　诚恳是孩子的天性。周富贵有意让康熙住在自家店，首先实话实说"我有一座破烂店房，不嫌肮脏了，请你住在我店里，你看如何？"

　　童言无忌映出孩子的本真。周富贵母子拿出家中仅有的东西，为康熙和王进忠二位做了"丰盛的晚餐"——"白水饼子糖酱鸡"，周富贵看见康熙只顾自己吃，而没让王进忠吃，便生气地一跺脚道"这才是个吃独食的"，并说："你莫问我，我且问你，慢说你是个掌柜的，他是你的小伙计；就是康熙爷，他的镇殿将军出了门的时节，他也把牌坊搡倒了，也不论君臣父子了。难道说你的肚饥了，他的肚不饥吗？"这些话说得让康熙君臣二人吃了一惊，康熙说"这孩子言之有理"，忙让王进忠一块吃，并让周富贵母子也吃了。可见在孩子眼里，大饥荒之年，有饭就应该大家同吃，君臣父子在孩子眼里没有那么重要，足见孩子的诚恳和善良。

2. 张保童

穷人的孩子早当家。《康熙宝卷》中的张保童和寡母张氏靠赶驴驮脚为生。因为他靠赶驴驮脚为生，所以对当地地理环境、路线都比较熟悉，也由于他的职业关系，他听到顾客、路人、店主、伙计等的议论也很多，所以他能给康熙信口讲当朝发生的大事，这些大概都是他听来的——就像现在的出租车司机，没事也和顾客闲聊一阵。

孩子心中自有一台正义的天平。张保童批判索三贪赃枉法、图谋篡权，康熙觉得这小孩说出此等话大通道理，就试探说"怕是你做高官和他一样"，"保童说天降我但能做官，在朝里单访着杀的赃官"。在孩子张保童的心理有着做官做人的正义准则，那就是坚持正义、惩恶扬善。

封建孝悌思想的延伸——忠心耿耿。张保童、王进忠、孙龙、孙虎八拜结交，特别是孙龙为了救出素昧平生的康熙，牺牲生命。孙龙死后，诸人除了孙虎外，也没有表现出应有的悲痛，这是不是对皇上效忠的思想在起作用呢？也许他们认为牺牲孙龙，救出康熙值得。这是封建愚忠思想在孩子身上的反应，它应该是孝悌思想的延伸。

有勇有谋体现孩童的智慧。康熙率领老百姓抢粮被下狱后，张保童定下火攻计，由孙龙点燃草厂，引人救火，王进忠、张保童、孙虎三人闯进监狱，救出康熙。事后孙虎双眼流泪，恐怕哥哥孙龙凶多吉少。而孙保童因和自己的瘦毛驴感情深厚，失去毛驴后，他扼腕叹息说"可惜了我的干龙"。

天真无邪乃孩子的本性。康熙因私通张金定，被张豹捉奸，羞于见人，不敢出屋。为顾全康熙颜面，在康熙回京时，张保童出主意，为康熙特制了一顶小轿，轿内挂彩，外修栏杆，并让人把轿门也钉上，却无人敢钉，孙架干说："哎呀，唬死我了！"王进忠说："哎呀，不敢钉！"而张保童却说："拿来我钉！"并且"叮叮当当把轿门钉住"。在常人眼里，这是万万不敢做的，而天真无邪的张保童却毫无顾忌地做了。因为他内心没有"鬼"，坦坦荡荡，所以他如没事人一般，也根本不会担心自己会得罪皇帝。只有在乡野的没有受过教化的孩子才能如此。

张保童在和康熙一起吃饭时，"不知君臣礼仪，平平势势坐在上席，抓把手筷，吃了个美味香甜"。并且吃饭时，"满脸笑嘻嘻"。张保童看到康熙吃过饭睡着了，自己也很困乏，怕自己睡着了、康熙跑掉又找不着，"就从腰里取下一根带扣，把康熙的腿腕子绑住，一头拴在自己手上，头枕着康熙爷的腿也睡着了"，王进忠和孙虎把门关住，一个睡在门里，一个睡在门外。尽管如此，康熙还是很轻易地跑了出去。我们似乎可以看到一个憨态可掬的孩子的睡相。也只有小孩子才做得出在大人看来是对皇帝大不敬的事情，而在孩子心里，这样绑住，皇上就跑不掉了，就能保护皇上了。

此外，宝卷还塑造了"上无兄下无弟单门独户，我每日在山中打虎为生"、打抱不平、敢作敢当的宋进朝形象。宋进朝看到周富贵被索景欺负，他便为表弟周富贵打抱不平，一出手就打死索景七个伙计。当被告官审问时，他又敢作敢当道"就是小人打死的"。施不全评价他"你真乃是一条好汉"。

3. 孙爱姐

爱姐的形象有多面性：

孝悌的爱姐——主动请卖。《红灯宝卷》[50]中孙爱姐的父亲孙继成进京赶考三年没有音信，叔叔孙继高被人诬告下狱，奶奶徐氏气病而死，家中只剩下爱姐和其母亲龙氏。当时又值年荒，所以爱姐家中生活很是艰难。龙氏为安葬婆母而卖了头发，但仍然没钱买棺材，于是爱姐便请求母亲把自己卖了，并说："为葬奶奶，儿至死不怨娘。"爱姐时时宽慰母亲，并跑前跑后、忙里忙外，作为一个年仅七岁的小姑娘，确实是难能可贵的。

人小鬼大的爱姐。龙氏要请钱婆去买棺材，爱姐说："叫她何用？人说钱婆的鬼多。方才领我上街去卖，未卖来半文铜钱。你叫钱婆去买棺材，钱婆问你是哪里来的银子，你拿何言答对？"于是龙氏就让爱姐去买棺材。钱婆替龙氏去卖爱姐，正巧遇上赵兰英要买，在赵兰英盘问爱姐身世时，爱姐心中暗想："奶奶活着时，常说二叔的外父家就在南门里头居住。这离南门不远，恐怕就是赵家的花园，这个姑娘必然就是二婶婶。听说二叔就是被他们害死了，他父女对我孙家有海深的冤仇。我对她不说实话，也就不会害我；

若是买下，不是害死，就是打死。乘她不知，与她说几句谎话，哄过一时，把我送出花园才好。"于是她就瞎编乱造地说自己的身世，但毕竟是个小孩，说谎也是漏洞百出，一会说父亲叫李带，一会说父亲叫张荣。赵兰英吓唬她说："你说了实话还则罢了，你若不说实话，月姐把鞭子拿来打，看她说也不说。"爱姐一下被唬得哭起来，一股脑儿道出实情。赵兰英给了爱姐三十两银子，怕被钱婆得了去，于是让丫环梦月使眼色给爱姐，示意让其先走，爱姐看到梦月"挤了个眼儿"，就立刻会意，拿了银子，撒腿就跑。为了让赵兰英能找到婆婆家，爱姐出主意：以红灯为记号挂在自家门前。又因为正月十五家家都要挂红灯，爱姐便穿上孝服，当街喊了起来："高叫邻居你们听，今晚奶奶把殡出，你们莫要挂红灯。红白事情不能混，否则招来祸不轻。打得狸猫不逼鼠，驴不推磨牛不耕。当家之人害眼睛，仆人也要害腰疼。"爱姐喊罢，邻居们都关门闭户，生怕招了"灾星"，于是爱姐在自家门前挂起红灯。

聪明乖巧的爱姐。爱姐不但买了上好的棺材，而且还请人把棺材抬回家中，并且在办事的过程中，显得很老练，很会说话。王小全要给她找回几个大钱，爱姐说："你不用找了，你看我家没有大人，就劳你的伙计与我送回家去。"说得王小全直夸爱姐："人都说孙爱姐是个会说话的小女子，到今一看果然第一。"众人把棺材送到爱姐家后，爱姐又说："众位哥哥慢慢走，我再劳烦你们把我奶奶入了殓吧。"入殓完毕，爱姐说："我家无人，就是孝布也没有，我与众位磕个头吧。"众人欣然帮了爱姐的忙，还夸奖爱姐是"真正可爱的孩子"。

此外，爱姐还为在狱中的二叔送饭。她连哭带说，感动了监门禁子，得以见到叔叔。她又用十枚铜钱打点管监狱的老头苗元，让其好好看待二叔。这些作为远远不像一个七岁小女孩所能办到的。

童言无忌的爱姐。爱姐和母亲龙氏为奶奶守灵，爱姐说："娘啊，我今夜晚上怪害怕的。"龙氏教育她说："孩儿千万莫说害怕，害怕就不为孝子。"于是，爱姐就不再害怕了——犹如小孩怕打针，大人以"勇敢"鼓励，小孩逞其"勇敢"而强忍泪水，其实心里还是害怕的。守灵时，爱姐看到奶奶嘴里冒气，其实是尸首腐烂所致，因小孩不知，于是爱姐说："娘呀，你看奶奶又活了！"

（二）儿童形象分类

1. 忠义思想影响下的儿童

《沉香宝卷》中八岁的孩子秋哥，替同父异母的哥哥沉香顶罪，秋哥不但没有害怕，而且自愿前往替哥哥去死，当王桂英忍痛让秋哥替哥哥偿命时，"这秋哥听娘说满口答应，替哥哥去偿命高高兴兴。我死后你莫要挂念于我，留哥哥在家里孝顺双亲。"[51] 秋哥面对亲情的大义凛然，面对死亡的从容不迫，是很多成年人都做不到的。

《如意宝卷》里王知县受崔老爷指使，让牢头王成毒死陈盛元，又因陈盛元的父亲是王成的老主人，对王成有恩，王成想知恩图报，于是和妻子焦氏商议让自己的儿子王端风替陈盛元死，焦氏不答应，"夫妻俩已然间吵闹争竞，转来了王端风孝道儿童。急忙忙走上前双膝跪倒，儿情愿到监中去替主人！儿才听父亲说受他恩重，尊一声父和母细听分明。人活上一百岁终有一死，儿死后落一个万古留名！"[52] 孩子受知恩图报思想影响至深，他认为替主人死，死得其所。

《二度梅宝卷》里梅良玉的父亲梅魁因遭奸臣卢杞、黄嵩陷害，梅良玉为躲避被杀的灾难，逃往山东投奔岳父侯鸾，梅良玉不听店家劝阻，一心要去找岳父侯鸾。梅良玉的家童王喜童怕梅公子有危险，就出主意主动和公子换衣服，替公子去拜见侯鸾，并做好了赴死的准备，买了毒鼠药砒霜藏在袖内。侯鸾一见犯官之子，反目不认亲，并拿下"梅良玉"，准备押往京城，喜童到监中就吞毒药身亡了。喜童在进监狱前，还不忘给梅良玉使个眼色，示意其赶紧离开是非之地。可见他对主人忠心耿耿，甘愿为主人去死。

2. 继母阴影下的儿童

《绣红罗宝卷》中仙哥的母亲杨海棠到阴间绣红罗十二年未归，仙哥受到继母沈桂英的百般残害，如用马鞭毒打、欲将其投入开水锅中、在其饭中下毒、诬告其杀死长寿宝等。仙哥因有神灵保护，沈桂英害死仙哥的阴谋均未能得逞。后仙哥被神仙搭救，被招为驸马后，才脱离苦海。

《继母狠宝卷》（又名《李玉英申冤宝卷》）中玉英、承祖、桃英、月英四人的母亲早逝，他们受到继母焦氏的虐待。四人的父亲李雄因平定陕西杨九儿叛乱，不幸战死沙场、为国捐躯。焦氏便让承祖去寻找父骨，实际上意在谋害承祖。承祖十岁孩童远走千里，几死途中，费尽艰辛，最后终于找到父骨并背父骨而返，至家，却被焦氏用毒酒害死，因棺材小，承祖的双脚竟被砍下。三个女儿命运也尤为悲惨，桃英被卖身为奴，月英乞讨为生，玉英被焦氏诬告与人通奸而入狱。后玉英在狱中写诉冤本章，奏知皇上，才得以平反昭雪、报仇雪恨。

《落碗宝卷》中定僧也受到婶娘马氏母子的百般折磨和毒打，马氏把碗烧红，让定僧去端，把定僧烧得皮焦肉烂，碗打在地上，刘自明不知缘故，还认为是定僧不好，打骂定僧。马氏母子欲杀死定僧，不料却错杀了刘自明，马氏便诬告定僧杀了刘自明，所幸包公英明断案，定僧之冤得以昭雪，马氏母子得到应有的惩罚。

《白虎宝卷》讲的是观音奴、观音保兄妹二人，父亲张龙早逝，和母亲姚氏跟随张虎和刘氏生活。刘氏不贤，欲害他们。姚氏为躲避刘氏杀害，逃出家门。刘氏母子欲置二孩童于死地，百般残害。刘氏在饭中下毒给他们吃，土地神把碗打落，二人逃过一劫，却遭到刘氏一顿毒打。大雪纷飞，刘氏让他们去山中拾柴，观音奴被一只突然出现的白虎叼走。观音奴认白虎老头为义父，后逃出，婚配何梅生。观音保在寻死时，被一个白发老翁救下，被李员外收留，后考中了状元。

此外《蜜蜂宝卷》里的董良才、《桂花桥》里的定邦、《朝山宝卷》（又名《金龙宝卷》）中的金豹、兰花（二人被嫂嫂残害）等都是被残害和遗弃的孩子。从这些事例中，可以看出继母残害前妻孩子的终极原因是为了争夺家产。继母为了巩固自己的地位，为了让自己的孩子继承家产，于是就有了残害前妻孩子的狠毒一幕。这些孩子实质上是争夺家庭财产的牺牲品。

3. 作为牺牲品的儿童

①父母行孝的牺牲品

《回郎宝卷》讲道，河南三年大旱，曹三与妻子刘氏为了孝敬母亲，卖三岁儿童回郎，无人买，刘氏便杀死回郎，煮其肉让婆母吃。

《红灯记宝卷》中龙氏为了买棺材埋葬婆婆，卖了自己的头发，钱还是不够使用，于是又把自己的女儿爱姐卖与他人。

《卖妙郎宝卷》（又名《卖妙郎》、《忠孝宝卷》）中刘迎春因丈夫周文选进京赶考三年没有音信，她为了埋葬婆婆、养活公爹，把儿子妙郎以三两银子、两斗米卖给他人。

《土神受鞭》（选自《闺阁录全卷》）中郑氏在丈夫死后约一月，生一子名孝感。婆婆有病，想喝肉汤，因家贫无钱买肉，于是郑氏忍痛以五串钱把三岁儿子孝感卖了。

《卖妙郎》（又名《忠孝宝卷》）中柳迎春的丈夫周文昌进京赶考，三年与家中音信不通。柳迎春扶老携幼，艰难度日。在闹饥荒之年，为孝敬公婆，柳迎春以细米二斗、纹银十两把七岁的儿子妙郎卖给了田家。

②夫妻矛盾的牺牲品

《仲举宝卷》中王英受年七指使要杀害高仲举，王英的妻子刘氏劝说丈夫积德行善，却被丈夫打骂了一番，刘氏"思想着这件事好不难过，若犯了必定是连累我身"，于是她就下狠心把自己三岁的孩子活活勒死，自己也上吊死了。

《白马宝卷》中熊子贵休了妻子杜金定后，骡马倒弊，五谷不收，家财被大火烧尽，没过几日，便把自己的一双儿女玄玄和观音全卖了。

③时代战乱的牺牲品

《稽山赏贫》（选自《闺阁录全卷》）中邓春荣、杨氏夫妇面对贼寇追击，在逃难困乏之时不得不抛弃两岁的亲生子光后。

4. 有曲折经历的儿童

《丁郎宝卷》（又名《丁郎寻父宝卷》、《仲举宝卷》）中的丁郎在其还没出生时，其父亲高仲举因遭年七陷害而外逃。丁郎长至九岁，外出寻父，刚一出门就遇到仇人年七，险些遇害。找到父亲高仲举后，高仲举因怕遭祸，竟不认丁郎。丁郎只好在胡爷家做工，打板叫号，后由张小姐识破，高仲举才认下丁郎。高仲举回家寻找于月英，又遭年七陷害而入狱。丁郎十二岁进京赶考，得中状元，救出父亲，报仇雪恨，全家团圆。

《金龙宝卷》中的桂哥（金龙与黄氏之子），原是左金童下凡，六岁时被怪风刮走，与家人失散。桂哥被风刮到山西汾州荒郊野外，受太白金星指引，被山东客人刘朝相收留，改名刘英。八年后，与父亲相遇相认，后桂哥进京赶考，得中三甲进士，娶赵学士义女。洞房花烛，发现新娘子原来是自己的姑姑兰花，后又在回家探亲途中，陆续遇到叔叔金豹和母亲黄氏，一家人团圆。

《金龙宝卷》中的兰花（金龙之妹），貌端星下凡，八岁时，父母早逝，跟随哥嫂生活，因为大嫂黄氏打抱不平，得罪二嫂梅氏，被二嫂哄到花园，推到井里，被武当山真武大帝救出，送到百里之外的潼关地界，又被过路之人赵学士收为义女。后洞房花烛时，发现新郎竟是自己的侄儿桂哥，后与家人团圆。

《金龙宝卷》中的金豹（金龙、金虎的弟弟），卷游大将下凡，十二岁时因向二嫂梅氏追问兰花妹妹的下落，被梅氏诬告其杀死了兰花，金豹被屈打成招而入狱。后来，万历爷登基，大赦天下，金豹才得以出狱。在流浪途中，与大哥等人相遇，与家人团圆。

《白虎宝卷》中的观音奴、观音保、《洪江宝卷》（又名《红匣记》）中的江流和尚、《马钱龙游国宝卷》中的马钱龙等都是有着曲折甚至传奇经历的儿童。

此外，宝卷还塑造了聪慧异常的儿童如《红罗宝卷》中的花绣宝，善良的儿童如《白虎宝卷》中的爱姐，贞洁的儿童如《坠楼全节》中的张满贞等。

五、小结

河西宝卷的佛道故事中为民除害、在河西土生土长的仙姑；神话故事中泼辣大胆、人神一身的张四姐；民间故事中哭倒长城的孟姜女；痴情蛇妖白素贞；历史故事中入冥游历的唐太宗，微服私访的康熙帝，功过参半、半人半神的包公；社会生活故事中阴险毒辣的继母；寓言故事中伶俐孝顺的鹦鸽；去阎王处打官司的猫鼠等。都给人们——特别是儿童留下了深刻的印象。至今，这些形象和故事或被直接引用，或通过间接变异，应用于儿童图书中或视频画面里，仍然备受儿童欢迎。

佛道故事、神话传说大大启发了儿童的想象和幻想，促进了中国浪漫主义文学的发展，并直接影响了中国早期童话的形成。民间传说、社会生活故事又在无形中塑造着儿童的心智，影响着儿童的成长。儿童在潜移默化中，接受了这些故事中所传授的思想，如孝悌思想、忠义思想等。寓言故事以活泼的文学样式告诉孩子们一个浅显的道理，使儿童在接受故事的同时，也获得了故事所传达的教义。河西宝卷中的这些故事符合儿童的审美需要，丰富了当时儿童的精神生活，并在一定程度上起到了教育儿童的作用，所以说它包含丰富的儿童文学资源，当之无愧。

河西宝卷不仅为我们提供了研究儿童的素材，而且为我们展现了那时那地儿童生活的大背景，对我们更好地了解儿童、研究儿童文学具有重要意义。

总之，通过对河西宝卷中儿童文学的探讨，我们可以管中窥豹——古代儿童文学就是这样自发地创作并为儿童所接受的。无论是这些故事的叙述内容还是它们的表现形式，都对今天儿童文学的自觉发展有着不可低估的影响。

河西宝卷塑造了以孝悌为核心、以智勇为标志、以善恶为特征、被赋予了神异色彩的一系列儿童形象，表现了儿童身上特有的童年精神气质，并保存了他们童年时代的纯真、欢乐和遐想，用儿童简单、纯真的心灵来映照现实生活，从他们缺少社会偏见，没有世俗束缚的眼光中，反映事物的本质特征。尽管每个儿童各自的经历不同，但都体现了儿童天生的本能、性情和冲动，体现了孩子纯真的笑脸，也体现了儿童形象自有的纯真美。

尽管故事内容中充斥着报应、死亡、和怪异色彩，过分宣扬了善恶有报的轮回思想，但独特鲜活的儿童形象通过丰富的想象和灵活的艺术手法，使具有个性化和浪漫性的儿童形象仿佛置身于我们中间。河西宝卷中那些儿童形象身上所具备的孝悌、勇敢、机智、善良的好品德，早已深深印在儿童听众的心中，使他们在咀嚼、叹赏河西宝卷中与他们同龄的儿童形象美的同时，也在自己心中树立了一个个学习的榜样。在河西宝卷中这些儿童身上哪里还有成人附属品的痕迹？我们分明感到的是这些儿童身上焕发出来的人格魅力和对生活的不已追求。

"儿童是人生个体生命的开始，是人类群体希望之所在。不管在什么时代、什么社会、什么民族，儿童总是与希望、未来和理想联系在一起的，因而也总是被视为需要特别加以呵护的对象。"[53] 通过对河西宝卷中儿童文学的发掘搜寻和整理爬梳，笔者希望用文学作品中的儿童形象感化、教育现实中的人们，使现实中的儿童确实能够得到特别呵护，让他们真正承担起人类未来希望的重任。

注释

[1] 严既澄：《儿童文学在儿童教育上之价值》，收入少年儿童出版社编选：《儿童文学论文选集（1913—1949）》，少年儿童出版社 1962 年版，第 211 页。

[2] 周邦道：《儿童的文学之研究》，收入少年儿童出版社编选：《儿童文学论文选集（1913—1949）》，少年儿童出版社 1962 年版，第 448 页。

[3] 周作人：《儿童的书》，收入少年儿童出版社编选：《儿童文学论文选集（1913—1949）》，少年儿童出版社 1962 年版，第 469 页。

[4] 鲁兵：《教育儿童的文学》，收入锡金编选：《儿童文学论文选（1949—1979）》，中国少年儿童出版社 1981 年版，第 89 页。

[5] 蒋风：《儿童文学概论》，湖南少年儿童出版社 1982 年版，第 3 页。

[6] 刘绪源：《儿童文学的三大母体》，华东师范大学出版社 2009 年版，第 82 页。

[7] 冰心：《〈1959—1961 儿童文学选〉序言》，收入锡金编选：《儿童文学论文选（1949—1979）》，中国少年儿童出版社 1981 年版，第 138 页。

[8] 曹文轩：《儿童文学概念的更新》，转引自孔宝刚：《儿童文学理论与实践》，复旦大学出版社 2007 年版，第 4 页。

[9] 陈子君：《关于进一步发展儿童文学创作的基本理论问题》，收入贺宜编选《儿童文学研究》（第十九辑），少年儿童出版社 1985 年版，第 34 页。

[10] 班马：《中国儿童文学理论批评与构想》，湖北少年儿童出版社 1990 年版，第 32、62 页。

[11] 转引自孔宝刚：《儿童文学理论与实践》，复旦大学出版社 2007 年版，第 4 页。

[12] 林文宝：《海峡两岸对话中国当代儿童文学》，转引自孔宝刚：《儿童文学理论与实践》，复旦大学出版社 2007 年版，第 5 页。

[13] 王泉根：《儿童文学教程》，北京师范大学出版社 2009 年版，第 7 页。

[14] 林文宝：《海峡两岸对话中国当代儿童文学》，转引自孔宝刚：《儿童文学理论与实践》，复旦大学出版社 2007 年版，第 5 页。

[15] 陈学佳：《儿童文学的问题》，收入赵景深编选：《童话评论》，上海新文化书社 1924 年版，第 168 页。

[16] 王泉根：《中国古代儿童文学探赜》，《云南民族学院学报》（哲社版）1992 年第 3 期，第 80—84 页。

[17] 王泉根：《中国儿童文学现象研究》，湖南少年儿童出版社 1992 年版，第 15—24 页。

[18] 茅盾：《关于"儿童文学"》，收入少年儿童出版社编选：《儿童文学论文选集（1913—1949）》，少年儿童出版社 1962 年版，第 217、218 页。

[19] 孙毓修：《童话序》，转引自李利芳：《中国发生期儿童文学理论本土化进程研究》，中国社会科学出版社 2007 年版，第 33 页。

[20] 周作人：《古童话释义》，收入少年儿童出版社编选：《儿童文学论文选集（1913—1949）》，少年儿童出版社 1962 年版，第 425 页。

[21] 胡从经：《晚清儿童文学钩沉·小引》，少年儿童出版社 1982 年版，第 233 页。

[22] 同上书，第 2 页。

[23] 朱自强：《中国儿童文学与现代化进程》，浙江少年儿童出版社 2000 年版，第 26—27 页。

[24] 同上书，第 6—7 页。

[25] 同上书，第 55 页。

[26] 韩进：《中国儿童文学产生于五四时期——兼与胡从经同志商榷》，收入贺宜编选：《儿童文学研究》（第二十八辑），少年儿童出版社 1988 年版，第 107—109 页。

[27] 韩进：《十年来关于"中国儿童文学的发生"之论争》，收入胡建玲、孙谦编选：《中国新时期儿童文学研究资料》，山东文艺出版社 2006 年版，第 187—193 页。

[28] 李丽：《中国儿童文学究竟"诞生"于何时？》，《北方论坛》1987 年第 6 期，第 49 页。

［29］李利芳：《中国发生期儿童文学理论本土化进程研究》，中国社会科学出版社2007年版，第36页。

［30］殷海光：《中国文化的晨望》，中国和平出版社1988年版，第110—111页。

［31］同上书，第110—111页。

［32］郑振铎：《中国儿童读物的分析》，收入少年儿童出版社编选：《儿童文学论文选集（1913—1949）》，少年儿童出版社1962年版，第246—247页。

［33］同上书，第248—249页。

［34］同上书，第257页。

［35］王确：《文学概论》，人民教育出版社2003年版，第363页。

［36］方步和：《河西宝卷真本校注研究》，兰州大学出版社1992年版，第369页。

［37］钟敬文：《民间文学概论》，上海文艺出版社1980年版，第82页。

［38］蒋风：《中国儿童文学发展史》，少年儿童出版社2007年版，第3页。

［39］陈伯吹：《论动物故事》，收入少年儿童出版社编选：《儿童文学论文选集（1913—1949）》，少年儿童出版社1962年版，第273页。

［40］西北师范大学古籍整理研究所、酒泉市文化馆：《酒泉宝卷》（上），酒泉市印刷厂2001年版，第322页。

［41］徐永成：《金张掖民间宝卷》（一），甘肃文化出版社2007年版，第148页。

［42］酒泉市文化馆：《酒泉宝卷》（中），酒泉市印刷厂2001年版，第50页。

［43］段平：《孟姜女哭长城——河西宝卷选》，兰州大学出版社1988年版，第153页。

［44］吴其南：《中国童话发展史》，少年儿童出版社2007年版，第44页。

［45］方步和：《河西宝卷真本校注研究》，兰州大学出版社1992年版，第348页。

［46］同上书，第352页。

［47］张旭：《山丹宝卷》（下），甘肃文化出版社2007年版，第442页。

［48］王黎君：《个体独立与多元呈现——中国现代文学中的儿童形象论》，收入方卫平编选：《中国儿童文化》（第三辑），浙江少年儿童出版社2007年版，第60页。

［49］西北师范大学古籍整理研究所、酒泉市文化馆：《酒泉宝卷》（上），酒泉市印刷厂2001年版，第93—155页。

［50］张旭：《山丹宝卷》（下），甘肃文化出版社2007年版，第86—127页。

［51］西北师范大学古籍整理研究所、酒泉市文化馆：《酒泉宝卷》（上），酒泉市印刷厂2001年版，第278页。

［52］酒泉市文化馆：《酒泉宝卷》（中），酒泉市印刷厂2001年版，第15页。

［53］刊号王泉根：《"以善为美"的美学旗帜——论儿童文学的基本美学特征》，收入束沛德、高洪波编选：《中国儿童文学年鉴》，江苏少年儿童出版社2004年版，第241页。

敦煌《五更转》与河西宝卷《哭五更》之关系研究

兰州大学文学院 吴清

敦煌《五更转》是指存在于敦煌写卷中的、以"五更"为序来写作的诗歌作品。任半塘先生将其整理为12套（其一为《五更转兼十二时》，《五更转》作为带过曲出现），共74首。在写卷中，它们并非全部以《五更转》为题，由于具有相似的篇章结构，均由一更咏至五更，故任先生将其统一称做《五更转》，作为"定格联章体"歌词的一部分。河西宝卷是广泛流传于甘肃河西地区的说唱文学作品，多插唱民歌小曲，《哭五更》是其中最主要的一种。笔者查阅多种宝卷选本（按：所查宝卷包括段平整理之《河西宝卷选》、《河西宝卷续选》，方步和之《河西宝卷真本校注研究》，另有《金张掖民间宝卷》三册，《酒泉宝卷》三册，《凉州宝卷》一册，《山丹宝卷》两册，《临泽宝卷》一册），去其重复，共搜得111个卷本，其中插唱《哭五更》的卷本76卷，共计121首。这些小曲除极少数标作《五更调》或《五更词调》外，绝大多数称做《哭五更》，因此我把《哭五更》作为这些小曲的统称。《五更转》与《哭五更》流传于相同的地域环境，具有类似的结构形式，探究二者的内在联系，不论对于河西宝卷的研究，还是敦煌文学的研究，都将有所裨益。本文欲探讨两者的源流关系，并着重分析二者的相似性和差异性，以便对"五更"这一曲体有一个更清晰的认识，并希望对河西宝卷和敦煌文学的研究提供一些帮助。

一、《五更转》与《哭五更》之源流关系

敦煌之《五更转》与河西宝卷之《哭五更》均属于"五更"曲体的一种。"五更"曲体或称"五更调"，是中国同宗民歌的一种。所谓"同宗民歌"，是指由一首民歌母体，由此地流传到彼地乃至全国各地，演变派生出的若干子体民歌群落。[1]冯光钰将中国的同宗民歌分为六种类型，《五更调》属于第四种——"框架结构相同而词曲各异的同宗民歌"。即在结构上都以"五更"为序，但在不同时期、不同地域流传的调子和内容各不相同。这类民歌在中国源远流长，它的发展历史大致可以分为五个阶段。

第一阶段：南北朝时期。现存最早的以"五更"为序创作的诗歌作品是南朝(陈)伏知道的五言古诗《从军五更转》，收入《乐府诗集》的"相和歌辞"。诗前有编者郭茂倩按："伏知道已有《从军辞》，则《五更转》，盖陈以前曲也。"[2]由此可知，《五更转》创调之始，应该在此之前。"相和，汉旧歌也。丝竹更相和，执节者歌"[3]，"相和歌辞"从一开始就是诗与乐结合的艺术。由此可以推断，作为"相和歌辞"之一的《五更转》，创调伊始也必然是诗乐结合，流行于民间。这种传统几乎贯穿了它整个的发展过程，余风所及，直至现代的民歌和河西宝卷中的《哭五更》。

第二阶段：唐宋时期。这一时期的"五更"曲体几乎全部集中在敦煌写卷中，即敦煌出土的12套《五更转》作品。经前贤考证，这些《五更转》大部分抄写于唐五代时期，抄写者多为僧侣。这表明，在唐五代时期，"五更"曲体已经在敦煌地区广泛流传。其题材范围，已由军事题材扩展到宗教、

闺怨、社会生活等多个方面。尤其是宗教题材，是这一时期五更曲的主流。其句式也由单纯的齐言发展为齐、杂言兼备。唐代《五更转》开始成为宫廷雅乐。据《唐会要》记载，太常梨园别教院所教法曲乐章等十二章内，有《五更转》乐一章，惜已不传。[4] 对于从南朝到唐代这种突飞猛进的发展态势，可以有两种理解：第一，从南北朝到唐五代，"五更"曲体确实经过了巨大的发展，甚至可以说是飞跃，只可惜文献资料没有记录到它发展的具体情况；第二，"五更"曲体在民间漫长的流传过程中，其实早已具备多样的内容和形式，只是发展在民间也散失在民间，中原文献资料的匮乏造成了五更曲体直到唐五代时期方才成熟的假象。由于这两种解释都没有直接的证据可以证明，姑且存疑。

到了宋代，"五更"曲体几乎销声匿迹。只有苏轼作过"五更诗"《江月五首》，从一更至五更，咏月亮的东升西落。但据苏轼自己所言，他作此诗并非受了《五更转》的影响，而是得到杜甫"四更山吐月，残月水明楼"的启发。另《野客丛书》引用伏知道的《从军五更转》，并说"似此五转，今教坊以五更演为五曲，为街市唱，乃知自有。"[5] 由此可见，宋代五更曲已经从宫廷进入民间。除此之外，有宋一代，没有关于五更曲的记载。尽管敦煌《五更转》已经具备杂言的形式，但宋词中却找不到以"五更"为序来写的长短句。

第三阶段：金元时期。这一时期，"五更"曲体在宗教内部极为繁盛，延续了敦煌《五更转》的传统，只是所属宗教由佛教变成了道教。比如，金代山主有《临江仙》五首，以联章形式，从一更至五更，依次叙述修禅之事。全真教的王喆有《五更令》，马钰有《无梦令》五首。元代也有无名氏写过《梧桐树》五首，王玠有小令 [南吕·金字经] 与 [商调·挂金索]，利用曲的形式来咏五更修炼之事。"五更"曲体用于通俗的宗教宣传，是其早期发展的主要形式。从唐宋到金元，均延续这一传统。

第四阶段：明清时期。这是"五更"曲体空前繁荣的时期。由于商贸的发展和休闲阶层的需要，"五更"曲体作为民间的俗曲小调迅速传播开来，成为群众耳熟能详的歌调之一。这一时期的五更曲，由单一地域流传到全国各地，由有限的题材扩展到多样的题材范围。明清的多种民歌集中，都收录有五更曲。如明代冯梦龙编辑的《挂枝儿》曲集卷一中，有一篇题作《五更天》的小曲联套；乾隆九年刊刻的俗曲集《万花小曲》，收有"银纽丝"联套，其中有《五更》一套；道光年间刊刻的《白雪遗音》，也有《盼五更》一套和《五更》一套；蒲松龄作的聊斋俚曲也包括《闹五更》。其题材，既有抒写男女怨慕离别的情词，也有历史故事题材，如《三国五更》，还有用五更联套来衍述故事的作品，如聊斋俚曲中的《闹五更》。明清时期大量出现的宝卷，其中多处插唱《哭五更》、《五更禅》、《闹五更》等民间小调。明末爱国文人于谦重拾军事题材，也写了一首《从军五更转》，延续了"五更"曲体最古老的题材。关于"五更"曲体的规式，关德栋先生认为："从现有资料中保存的各家规式看，不标曲调直接用一种所谓'五更调'谱成的曲子，数量固然较多；而用一曲调的重头小曲五支组成的小曲联套，数量也颇不少。"[6]明清宝卷中的"五更"曲体也很好地印证了这一说法，此点下文将有说明。

第五阶段：近现代时期。继承明清的传统，这一时期，"五更"曲体作为民歌的主要规式之一，得到了长足的发展。一方面，它紧贴时代脉搏，群众利用这种格式填入新词，宣讲时事。清代末年，这种风潮已经初见端倪。《官场现形记》的作者李伯元曾作过一首题为《爱国歌》的"叹五更调"，第一更唱词为："一更里，月初升，爱国的人儿心内明，锦绣江山须保稳，怕的是人家要瓜分。"抗日战争时期，广大人民群众用"五更"曲体旧瓶装新酒，进行抗日宣传。新中国成立之后，"五更调"也被用来歌唱土改、农村新气象等。另一方面，"五更调"流传到祖国大江南北，与各地的地方小调融合，生根发芽，形成富于地方特色的新的五更调，获得了崭新的面貌，呈现出一派欣欣向荣的景象，至今仍传唱不衰。如东北的《月牙五更》、扬州的《五更相思》、甘肃的《五更盘道》等。大部分的河西宝卷产生于这个时期，其中的《哭五更》，便是"五更"规式与河西地方小调结合的产物。

通过上述对"五更"曲体发展历程的记述可以看出，"五更"曲体主要呈现两个发展方向：一是作为宗教歌词由信教人士传播；二是在民间作为民歌的一类由群众传唱。这两个发展方向在不同的时代有主流、支流之分，同时有穿插有交集。值得注意的是，文人对这一曲体的重视程度不够，千余年间，文人创作的"五更调"寥寥可数，这也是导致有关"五更"曲体的文献记载严重匮乏的原因之一。敦煌的《五更转》与河西宝卷中的《哭五更》就是"五更"曲体在不同历史时期呈现的不同形态，体现了"五更"曲体的发展走向。对这两者的源流关系的体认到此就应该很清晰了：

①《五更转》与《哭五更》同源，二者有着共同的先祖

它们都是从南朝的相和歌辞——《从军五更转》的母体中产生出来（当然，可能有更早的五更作品，只是没有保存下来），经过不断的发展，形成了《五更转》与《哭五更》这两种结构相同但名称各异、形式内容同中有异的诗歌体式。究其根源，它们都是中国古老的"五更"曲体的一部分。

②《五更转》与《哭五更》的直接来源并不相同，二者不存在继承关系

《五更转》这一曲调应是由中原地区传入敦煌的，并非在此地土生土长形成。根据现有的资料，除任半塘先生考证出《顿见境》和《南宗定邪正》两篇为僧人神会所作之外，无法证实其他的敦煌《五更转》为敦煌本土人士创作。纵观数以万计的敦煌写卷，从中原地区传入者数不胜数，韦庄的《秦妇吟》就是在中原地区已经失传的情况下，由于敦煌写卷的存在得以重现世间的。中原地区已有《从军五更转》在前，敦煌的《五更转》极有可能是由中原传入敦煌，并在此地生根发芽、广泛流传的。

河西宝卷的情况类似。车锡伦先生通过考证甘肃地区早期的民间宗教宝卷《销释真空宝卷》（20 世纪 30 年代初发现于宁夏，明代后期写作）和《敕封平天仙姑宝卷》（康熙三十七年刊于张掖），得出结论："明代后期，宝卷已随着民间宗教传入甘肃地区；编刊于张掖地区的《敕封平天仙姑宝卷》说明清康熙末年河西地区已存在宣卷和宝卷，它们的传播方式和演唱形式均与内地的宣卷和宝卷相同。"[7] 这说明，河西宝卷并非本土的产物，而是"舶来品"。《销释真空宝卷》插唱曲调两种，分别是《五更梧叶儿》和《五更黄莺儿》，均为"五更"曲体。《敕封平天仙姑宝卷》是目前能见到的时代最早的、由甘肃人编写、讲述甘肃故事并在甘肃刻印的宝卷，其编者谢尘是兰州人，平天仙姑是张掖民众普遍信仰的地方神。这部宝卷插唱多种曲调，

其中包括两首《哭五更》。那么，既然宝卷是由中原传入河西，我们也就不能认为包括《哭五更》在内的多种曲调都是在河西地区土生土长的。应该说，《哭五更》由中原传入在前，成为河西的地方小调在后。

另有一条直接的证据，可以参看车锡伦先生的《明清民间教派宝卷中的小曲》一文。此文中，车锡伦先生收集到 52 种使用小曲的宝卷，它们使用的曲调共 223 种。[8] 笔者从中辑录出包含五更曲体的宝卷 27 部，小曲 42 首。这些小曲中，有些是用五更规式来写、用其他曲调来演唱，如《五更梧叶儿》、《五更哭皇天》、《朝天子》（五更）；有些是两曲轮唱、其中一首是五更曲，如《五更禅后带梧桐叶》。直接用"五更"曲调（包括［五更调］、［哭五更］、［闹五更］、［五更禅］、［喜乐五更］，它们可能不是一个曲调，这在宝卷中这是一个常用的曲体，故将它们集中在一起。——车锡伦先生原注）来写的有 20 首。其中 14 首直接标作《哭五更》，占全部五更曲体的三分之一。这些宝卷，当然不是全部出自河西地区，事实上这 52 部宝卷按时间排序，《敕封平天仙姑宝卷》排到第 44 位。可见，《哭五更》这一曲调出现在宝卷中，并不是宝卷流传到河西地区之后才有的事。从宝卷中开始使用曲调起，《哭五更》就已经存在于宝卷中，与宝卷这种文艺形式紧密的结合在一起。只是进入到世俗宝卷的阶段，《哭五更》这个曲调在其他地区的宝卷中已不多见，而在河西宝卷中，它却成为最主要的曲调。

事实上，《哭五更》的直接来源是明代的"时尚小令"。明代笔记《万历野获编》卷二十五"时尚小令"一条记载：

元人小令，行于燕赵，后浸淫日盛，自宣正至成弘后，中原又行《锁南枝》、《傍妆台》、《山坡羊》之属。李崆峒先生初自庆阳徙居汴梁，闻之以为可继《国风》之后，何大复继至，亦酷爱之。今所传《泥捏人》及《鞋打卦》、《熬鬏髻》三阕，为三牌名之冠，故不虚也。自兹以后，又有《耍孩儿》、《驻云飞》、《醉太平》诸曲，然不如三曲之盛。嘉、隆间，乃兴《闹五更》、《寄生草》、《罗江怨》、《哭皇天》、《乾荷叶》、《粉红莲》、《桐城歌》、《银纽丝》之属，自两淮以至江南，渐与词曲相远，不过写淫媟情态，略具抑扬而已。比年以来，又有《打枣竿》、《挂枝儿》二曲，其腔调约略相似。则不问南北，不问男女，不问老幼良贱，人人习之，亦人人喜听之。以至刊布成帙，举世传诵，沁入心腑。[9]

这《闹五更》是五更曲体的一种，它是作为明代民歌之一得到"举世传诵"的。车锡伦先生将宝卷的发展分为三个阶段：早期佛教宝卷、民间教派宝卷、世俗宝卷。民间教派宝卷出现的标志是明正德初年刊刻的罗祖《五部六册》，而正德、嘉靖两个年号仅相差十余年。《闹五更》兴起于嘉靖、隆庆年间，正是民间教派宝卷刚刚形成的时候。此时，举世传唱的《闹五更》由民歌小曲而进入同样来自民间的宗教人士编写的宝卷，形成《哭五更》、《五更调》等变体，应该是可能的。

③《五更转》与《哭五更》在同一个地区流传，具有共同的地域性

敦煌位于甘肃的西北部，是河西五市的一部分。敦煌与河西有着相同的地缘文化和人文环境，生活在此地的人们具备相似的社会心理和共同的文化传承。《五更转》和《哭五更》都存在于这一地区，都曾在此地长期流传，它们无论在结构上还是内容上都有一定的相似性，这是容易理解的。

以上分析表明，河西宝卷中的《哭五更》并不是由敦煌《五更转》逐步发展而来，它们远源相同但近源各异，是同源异流的。这样一来，探讨《五更转》与《哭五更》的相似性和差异性，就不能建立在"本是同根生"的基础上，而应该建立在"同一地域流传"的基础上了。

二、《五更转》与《哭五更》形式之异同

厘清了敦煌《五更转》与河西宝卷《哭五更》的源流关系，就能够科学地认识两者形式的异同。虽然它们同源异流，但是都深受同一地源文化的影响，这使得它们比起其他的"五更"曲体来，关系要亲近得多，其形式有着内在的一致性。

敦煌 12 套《五更转》，章句结构形式主要有五种：

第一种："3、7、7、7"句型。每更一首，每套五首。这一类作品共三套，分别是《识字》、《无相》、《太子成佛》。现举一例如下：

"一更初。自恨长养枉身躯。耶娘小来不教授。如今争识文与书。"[10]

——《五更转·识字》第一更

第二种："7、7、7、7"句型。每更首数不等，各首独自押韵。《缘名利》每更两首；《五更转·假托"禅师各转"》第一更一首，二、三更各两首，第四更三首，第五更有十个七字句。

这种格式往往与第一种格式融合，产生一些变体。如《维摩托疾》为"3、3、7、7、7"式，两个三字句可看做是第一个七字句的变化。另《警世》一套，每更 22 句，除第一句是三字句外，其余均为七字句。

举例如下：

"一更初夜坐调琴，欲奏相思伤妾心。每恨狂夫薄行迹，一过抛人年月深。

君自去来经几春，不传书信绝知闻。愿妾变作天边雁，万里悲鸣寻访君。"[11]

——《五更转·缘名利》第一更

"一更初。一更初。医王设教有多途。维摩权疾徙方丈。莲花宝相坐街衢。"[12]

——《五更转兼十二时·维摩托疾》第一更

第三种："5、5、7、3；5、5、7、3；5、5、7、5"句型。每更三首，第一首为主曲，二、三首为辅曲，三首押同一韵部。每套共十五首。如《太子入山修道赞》。第三首有时也可以是"5、5、7、3"句型，如《太子入山修道赞》的第四、五更就是如此。举例如下：

一更夜月凉。东宫建道场。幡花伞盖日争光。烧宝香。

共奏天仙乐。龟兹韵宫商。美人无奈手颐忙。声绕梁。

太子无心恋。闭目不形相。将身不作转轮王。只是怕无常。[13]

——《五更转·太子入山修道赞》第一更

第四种："3、7、7、7；3、3、3、3、7、7"句型。每更两首，两首句数不等。这类作品包括《顿见境》、《南宗赞》、《南宗定邪正》三套。虽然也是三字句和七字句的融合，但是这种格式比较固定，作品较多，因此单独列出，作为一种独立的句型。需要注意的是，《南宗赞》每更第一首有两个三字句，是"3、3、7、7、7"句型，第一个三字句重复上一更的第一句，这可看做一种变体。举例如下：

一更初。涅盘城里见真如。妄想是空非有实，不言为有不言无。

非垢净，离空虚。莫作意，入无馀。了性即知当解脱，何劳端坐作功夫。[14]

——《五更转·顿见境》第一更

二更长。三更严。坐禅执定苦能甜。不信诸天甘露蜜，魔军眷属出来看。

诸佛教，实福田。持斋戒，得生天。生天终归还堕落，努力回心取涅槃。[15]

——《五更转·南宗赞》第三更

第五种："7、5、7、5；5、5、7、5"句型。每更两首，由五字句和七字句交叉完成。敦煌《五更转》中有一套《七夕相望》，正是这种格式。举例如下：

一更每年七月七，此时受夫日。在处敷座结交伴，献供数千般。

□晨达天幕，一心待织女。忽若今夜降凡间，乞取一交言。[16]

——《五更转·七夕相望》第一更

河西宝卷中的《哭五更》，其章句结构有明显的主流、支流之分。

第一种：有一种"7、7、7、7、4、7"的句型，是《哭五更》最主要的结构形式，绝大多数的《哭五更》都用这种形式来吟唱。其中的四字句是衬句，在古老的宝卷中写作"我的佛爷"，后世宝卷则多写作"我的天哪"、"我的娘呀"、"我的儿啊"等，根据主人公思念的对象不同而有所变化。最后一个七字句有时是前一个七字句的重复，有时是重新写出的一句。举例如下：

一更里来好伤心，先前夫主真可恼。百年家财无着落，因你不仁失散去。我的天呀！因你不仁失散去。[17]

———《白马宝卷》

这种格式也有一些变体，最常见的是把一个七字句变成两个三字句。以上面的《哭五更》为例，第一句很容易变成"一更里，好伤心"，丝毫不影响句意。实际上，中间的"来"字也可以视做衬字，是在唱诵的过程中顺口加上去的音节。这种变化了的七字句，可以是第一句、第三句或第四句，第二句变化的情况没有发现。如《张四姐大闹东京宝卷》中有一首："一更里来好心痛，文瑞独住破窑洞。娘在西，儿在东，一日光阴无度用。我的天哪！今日五更好难行。"[18]第二种变体是把七字句变成六字句或八字句，这是由于在吟唱的过程中添字减字而造成。如《风雨会宝卷》有一首《哭五更》第四句是八字句："舍不得贵妃投绫亡。"[19]第三种变体是每更两首，每首的句式都遵循"7、7、7、7、4、7"的格式，应是为了更强烈地抒发感情才选择这种反复吟唱的形式。《救劫宝卷》其中一首《五更调》就是如此。第四种变体是增加两个七字句，由六个七字句再加衬句和最后一个七字句，如《牡丹宝卷》："二更里来好凄凉，怀抱娇儿使人愁。母子凄苦号啕哭，饥寒交迫身打战。思着前来想着后，男子全无营生干。我的天呀！男子全无营生干。"[20]

第二种："3、3、7、7、7、3、3、3"句型。每更一首，每首八句。如《仙姑宝卷》中的第一首一更词："一更里，好伤心。将军独坐在中营。河宽水大隔住人，十万大兵无吃用。（我的佛爷）十万兵，十万命。我的天！"[21]

第三种："3、3、6、7、7、7；3、5、3、4"句型。每更两首，第一首七句，第二首四句，句式复杂多变。如《鹦哥宝卷》第一首一更词："一更里，好心焦，泪珠儿湿羽毛；谁料铁笼将身罩，双门又上大铁锁，没有钥匙怎逃脱？天地无边没通道。主人家，不肯将我放，小哥儿，怎能归巢！"[22]第一首是主曲，交代主人公的遭遇和心情，第二首是辅曲，延续第一首的感情余波，继续渲染，加深了感情的烈度。

第四种："7、7、7、7、4、7；10、8、8、4、7"句型。每更两首，

在一首传统的《哭五更》之后，另加一首特殊句式的《哭五更》。"十字佛"是宝卷的另一种主要曲调，但在《哭五更》中，十字句是相当少见的。如《红匣记》中有一首："一更里来好孤凄，想起爹娘泪悲涕，婆婆带病留店中，丈夫尸首到哪里？我的天爷，一肚冤屈有谁知？ 叹丈夫文才高来命运低，奉圣旨江州上任去，遇水贼害得一命毕。南无佛呀！糊糊涂涂断了气。"[23]

第五种："5、5、7、5、7；5、5、7、5、7"句型。每更两首，每首句式相同。如《落碗宝卷》："一更鼓儿天，一更鼓儿天。定僧哭的好断肠。说是叫亲娘，不言不语在何方？手脚拿绳绑，手脚拿绳绑，不能翻身把天望。说是叫艾姐，不知你到哪里去？"[24]

除上述五种之外，还有几首句式比较松散，每一首的句数不定，或者在各首对应的句子上字数不定，无法归纳出统一的格式。如《救劫宝卷》中有一首《五更调》，每更八句，除了前三句都是"8、5、7"句型外，后面五句的字数每一更都不相同。

通过比较可以看出，敦煌的《五更转》与河西宝卷中的《哭五更》在结构上自有相似之处。首先，《哭五更》的主要形式"7、7、7、7、4、7"式，与《五更转》的"7、7、7、7"式极其类似。最后的四字句和七字句是听卷群众的"接佛声"，是在宣卷的过程中为了仪式的需要加上去的，久而久之便成为固定的形式。其次，两者都以三字句和七字句为主，并在此基础上，通过这两种句式的融合，产生了诸多变体。

《哭五更》的独特之处在于：第一，有明显的歌唱痕迹，衬字较多。"呀"、"了"、"么"这些衬字经常在句中出现。看此例："一更里来夜黄昏，父母孩儿两离分。上庙啊进香么风刮散，不知么今晚啊何处站。我的儿啊，不知我儿何处站。"很明显是因为歌唱才产生这样的句子。由于资料的缺乏，我们无法判断《五更转》是否曾用于歌唱，但《哭五更》用来歌唱是毋庸置疑的。而且不同的地方唱法各异，由诸位前贤搜集到的曲谱可以证明。第二，《哭五更》的句式更加丰富。《五更转》中，只有3字、5字、7字三种句式，《哭五更》除此之外，还有4字句、6字句、8字句、10字句，大大丰富了五更曲体的形式。第三，《哭五更》有更多的河西地方特色。

很多地方性词汇夹杂在诗句中，口语化倾向明显，与此相比，《五更转》就显得文雅得多。

三、《五更转》与《哭五更》表现主题之异同

相对于敦煌《五更转》与河西宝卷《哭五更》的形式而言，它们的表现主题则发生了较大的变化。一个曲调的流传，最稳定的是结构。历代的传唱者都会在相对固定的形式中，加入富于时代特色的内容，这正是造成同一个曲调表现主题各异的重要原因。

对于《五更转》来说，其最重要的主题是佛教主题。12 套《五更转》中，有 5 套写的是佛教打坐参禅修炼诸事，有 2 套写悉达多太子捐弃尘世、入山成佛之事，最后一套《警世》是佛教教化世人"四大皆空"的宗教歌。如此一来，《五更转》约三分之二的部分都是在宣传佛法，弘扬教义。剩余四套，《缘名利》一套，写闺中女子思念远在边关的丈夫，是典型的闺怨主题；《七夕相望》一套，写七夕之夜，女子向牵牛织女求取姻缘，主题依然逃不脱儿女情长；《识字》一套，是一男子因不识字导致一事无成的悔恨之作；《维摩托疾》一套，是颂德政的作品。

如果分别用一个字来概括《五更转》与《哭五更》的主题，《五更转》因其丰富的宗教内容当用一个"静"字，那么《哭五更》必然要用一个"悲"字。《哭五更》是典型的悲调，这从调名中的"哭"字也可以轻易地看出来。它表现的主题是人伦情感。妻子思念在外的丈夫，为自己的苦楚无处倾诉而难过；丈夫思念妻子，念及旧人的好而悔恨当初；儿女思念母亲，牵挂家中老母无人照管，或是自怜身世；在阴间看到一幕幕惨不忍睹的画面，后悔阳世的恶行；将军在战场受阻，担心士兵的安危，牵挂家乡的父母妻儿……凡此种种，均以追忆往事为出发点，通过细致刻画主人公的内心世界，表现其纷繁复杂的感情，思念、悔恨、难过、心惊，伴着孤凄之感和哀叹之声，一波又一波地袭来，一更深似一更，痛哭一夜乃至。情感的落脚点根据所叙之

事的不同而有所区别。

《哭五更》中不乏对夫妻情感的表达，尤其是妻对夫的唱词很多，这从表面上看类似于"闺怨"的主题，但实质是不同的。丈夫或者出门在外或者已然离世，妻子想念丈夫，不是念及夫妻情深，而是建立在"有恨无人省"的基础上。被公婆冤枉的委屈、抚养儿女的艰辛，都无人可以告诉，只好望月兴叹、闻鼓伤怀，愁肠千转。这与《五更转》的儿女情长是有区别的。

不过，河西宝卷中的五更词也并非全是悲调。在《金张掖民间宝卷》中有一部《刘全进瓜宝卷》，其中一首五更词写刘全的大瓜结成后欣喜若狂，题目也不叫做《哭五更》，而是叫《五更调》。当然，这只是个例。

另外一点，《哭五更》的叙事功能比起《五更转》来有所加强。《五更转》虽然抄写在经卷上，但它与该本经卷的其他文章是没有联系的，它是一种独立的文体。这种文体中，叙述故事的比较少，只有《七夕相望》、《太子入山修道赞》、《太子成佛》三篇。而《哭五更》是镶嵌在河西宝卷中的曲词，它已经不是独立的文体，与宝卷有着极其紧密的联系。所有的《哭五更》中，都有叙事成分存在，用具体事件来引导感情的迸发。它往往是对宝卷散文部分叙事内容的深化，有时也会承接上文，加进新的叙述内容，成为宝卷故事整体不可或缺的一部分。宝卷无形中加深了《哭五更》的叙事容量。

《五更转》与《哭五更》在表现主题上的相同之处在于，它们都有着宗教的背景。《五更转》由僧侣抄写在经卷上，多反映宗教生活，它的宗教背景自不待言。宝卷渊源于佛教"俗讲"，它经历了从教派宝卷到世俗宝卷的发展历程。单从《哭五更》这个曲调来看，其中的四字衬句在古老的宝卷中写作"我的佛爷"，这正可以看出宗教对这一曲调的深刻影响。有些《哭五更》描写阴间的种种情景，也体现了民间教派信仰对广大信教群众的影响。古老的宝卷是被当做教派的经典秘籍被群众信封和传布的，直到今天，虽然它的娱乐功能已经大大强化，但在民间，它在开卷之前和宣卷过程中依然有简单的仪式存在，也依然具有劝化世人的作用。这一点，是《五更转》与《哭五更》在表现主题上的关联之处。

综上所述，敦煌《五更转》与河西宝卷《哭五更》同源异流，在形式与表现主题上既有区别又有联系，是同一母体曲调在同一地区、不同时期的两种变体。

注释

［1］冯光钰：《中国同宗民歌》，中国文联出版公司 1998 年版，第 1 页。

［2］郭茂倩：《乐府诗集》，中华书局 1979 年版，第 491 页。

［3］沈约：《宋书》，中华书局 1974 年版，第 603 页。

［4］王溥：《唐会要》，中华书局 1985 年版，第 614 页。

［5］王楙：《野客丛书》，中华书局 1987 年版，第 208 页。

［6］关德栋：《曲艺论集》，上海古籍出版社 1958 年版，第 199 页。

［7］车锡伦：《明清民间宗教与甘肃的念卷和宝卷》，《敦煌研究》1999 年第 4 期。

［8］车锡伦：《明清民间教派宝卷中的小曲》，《汉学研究》2002 年第 6 期。

［9］沈德符：《万历野获编》，文化艺术出版社 1998 年版，第 692 页。

［10］任半塘：《敦煌歌辞总编》，上海古籍出版社 2006 年版，第 1284 页。

［11］同上。

［12］任半塘：《敦煌歌辞总编》，上海古籍出版社 2006 年版，第 1486 页。

［13］同上书，第 1458 页。

［14］同上书，第 1424 页。

［15］同上书，第 1429 页。

［16］同上书，第 1225 页。

［17］徐永成：《金张掖民间宝卷》，甘肃文化出版社 2007 年版，第 228 页。

［18］段平：《河西宝卷选》，兰州大学出版社 1988 年版，第 43 页。

［19］同上书，第 859 页。

［20］徐永成：《金张掖民间宝卷》，甘肃文化出版社 2007 年版，第 260 页。

［21］同上书，第 14 页。

［22］段平：《河西宝卷选》，兰州大学出版社 1988 年版，第 284 页。

［23］徐永成：《金张掖民间宝卷》，甘肃文化出版社 2007 年版，第 89 页。

［24］同上书，第 479 页。

酒泉宝卷与话本小说的文体共性初探

兰州大学文学院　孙小霞

　　宝卷是一种古老的俗文学形式，同宗教和民间信仰关系密切。考察宝卷的渊源，由于文献资料匮乏，因此只能借助于现存的宝卷文本，根据其内容和形式体制方面的特征进行推断。扬州大学的车锡伦堪称宝卷研究的集大成者，他在前人已有成果的基础上潜心研究宝卷二十多年，著成《中国宝卷总目》一书，并发表了一系列相关学术著作。根据车锡伦的研究，宝卷应是渊源于唐代佛教僧侣悟俗化众的俗讲，到了宋代，这种活动仍有延续，同时，佛教信徒结社念佛之风盛行，由此孕育了宝卷。宝卷的发展，可以分为三个时期：宋元到明正德以前是宝卷产生、发展时期；正德到清康乾时期，宝卷发展达到顶峰，宝卷为教门利用，称为教派宝卷时期；嘉庆以后，宝卷演变成纯文学作品，民间艺人演唱宝卷，即宣卷时期。[1]宝卷内容丰富，但凡民众日常生活中的"案件侦破、经济贸易、婚丧嫁娶、交友访贤、吟诗作对乃至历史上和宗教中的传奇故事、念经做法、人仙对阵、天堂地狱、朴刀杆棒、烟粉灵怪、铁马金钩等一应俱全"。[2]传统上我们把宝卷按内容分为宗教宝卷和民间故事宝卷两个大类。宗教宝卷为宗教学研究提供了许多弥足珍贵的资料，民间宝卷则为我们了解那一时期各地的民间鬼神信仰、民众生活、风土人情等打开了一扇窗。

宝卷的传播有两条途径：一是靠文字传播，这就是我们今天所能见到的宝卷；另一是通过口头流传，讲唱宝卷，即所谓宣卷。明清以后，宣卷曾是一个全国性的现象，各地都有不同形式的宣卷活动，保留下一批宝卷文本。甘肃河西走廊地区的酒泉、敦煌、张掖、武威等地至今还保存着许多珍贵的宝卷卷宗和零星可见的宣卷活动遗存，我们将其命名为河西宝卷。

河西宝卷作为中国宝卷的一个组成部分，一方面它的文本形式和演唱仪轨同其他地方的宝卷基本相同，另一方面又因为地处西部，独特的人文环境赋予了其不同于其他地方宣卷和宝卷的地域特色。

车锡伦研究认为：大约在明末清初的时候，宣卷随着民间宗教传到甘肃，并逐渐演变成为当地的一种民间说唱文学形式，即我们所说的念卷。当清政府查办各地民间宗教时，河西走廊的偏远农村因为被沙漠戈壁包围，成了很好的避风港，由此宝卷和念卷在河西走廊的酒泉、敦煌、张掖、武威等地得以生存并一直延续至今。20世纪80年代中期开始，甘肃的一批学者深入河西走廊地区的许多农村实地走访，搜集整理到一批珍贵的河西宝卷资料。但随着现代物质文明的冲击，电影、电视等现代传媒方式也进入了寻常百姓家，河西宝卷的生存空间越来越小，这种民间文化正面临着灭绝的危险。鉴于这样的情况，2006年甘肃省酒泉市肃州区、武威市凉州区提起申报，2006年5月20日，经国务院批准，河西宝卷被列入第一批国家级非物质文化遗产名录。2007年6月5日，又经国家文化部确定，甘肃省酒泉市肃州区的乔玉安为该文化遗产项目代表性传承人，并被列入第一批国家级非物质文化遗产项目226名代表性传承人名单。

现已整理出版的河西宝卷文本集有段平《河西宝卷选》[3]、方步和《河西宝卷真本校注研究》[4]、酒泉市文化馆编《酒泉宝卷》（上、中、下三编）[5]、徐永成《金张掖宝卷》[6]、张旭《山丹宝卷》[7]。这些宝卷集对保存现有的河西宝卷和研究这一非物质文化遗产发挥了重要的作用。通过阅读这些文本，笔者发现河西宝卷中民间故事类的宝卷在形式、内容和叙事手法三方面均与差不多同时期产生的话本小说存在很多共通的地方，欲对二者间的这种相似性及其相互关系进行比对和阐明。但河西宝卷卷本庞杂，话本小说亦篇目众多，目前我所能做者也仅一二，遂本文先撷取河西宝卷中的酒泉宝卷和目前学术界比较公认的确信为宋元时期话本小说的篇目，通过将二者进行文本的比较分析，以说明宝卷在外在的形式、题材的取舍和创作手法三方面均借鉴了宋元时期已经相当成熟的白话短篇小说，如果排除酒泉宝卷当中的宗教因素不作考虑，这些宝卷甚至可以归入话本的家族当中去。

在本文展开之前，很有必要先对宝卷的研究历史和研究现状做一番梳理，对相关结论进行必要的取舍，以作为本文展开的立足点和出发点。

一、宝卷研究现状综述

宝卷是中国民间文献中尚未充分发掘和整理的一宗遗产。宝卷研究自20世纪20年代发端，历经近一个世纪的发展，已经形成为一门专门的学科"宝卷学"[8]。宝卷学有两个大的分支，宝卷的宗教学研究和宝卷的文学研究，二者各有侧重又相互交融。但不管是哪种研究，对宝卷的起源、形成及发展脉络的考察，对宝卷文本的搜集整理及分析解读都是无法规避的问题。车锡伦《中国宝卷研究的世纪回顾》一文按时间顺序对20世纪的宝卷研究情况做了梳理，资料翔实，但由于车文是以时间为线，自然对这些研究的侧重点的介绍在清晰性方面稍有欠缺，加之近几年又相继有部分新成果问世，所以本文在车文基础上加以补充和梳理，按照研究内容，将20世纪至今的宝卷研究情况大致介绍如下，以期能对后来的研究者有所帮助。

（一）宝卷的起源、形成及发展研究

1924—1925 年顾颉刚在主持《歌谣周刊》孟姜女故事的讨论工作时，

全文刊载了民国乙卯岭南永裕谦刊本《孟姜仙女宝卷》，并指出"宝卷的起源甚古"，认为罗振玉《敦煌拾零》所收"佛曲"三种是"唐代的宝卷"。这是现代学者第一次将眼光投向宝卷。

1938年郑振铎《中国俗文学史》一书出版，书中列专章介绍宝卷，把他此前发表的相关著作中有关宝卷的研究进行了总结并做了某些修订。在这本书中，郑振铎就宝卷的渊源及形成，作了如下阐述：

> 当"变文"在宋初被禁令所消灭时，供佛的庙宇再不能够讲唱故事了。但民间是喜爱这种讲唱的故事的。于是在瓦子里便有人模拟着和尚们的讲唱文学，而有所谓"诸宫调"、"小说"、"讲史"等等的讲唱的东西出现。但和尚们也不甘示弱。大约再过了一些时候，和尚们讲唱故事的禁令较宽了吧（但在庙宇里还是不能开讲），于是和尚们也便出现于瓦子的讲场中了。这时有所谓"说经"的，有所谓"说诨经"的，有所谓"说参请"的，均是佛门弟子们为之。
> ·················
> 这里所谓"谈经"等等，当然便是讲唱"变文"的变相。可惜宋代的这些作品，今均未见只字，无从引证，然后来的宝卷，实即"变文"的嫡派子孙，也当即"谈经"等的别名。宝卷的结构，和"变文"无殊；且所讲唱的，也以因果报应及佛道的故事为主。[9]

认为宝卷的产生时代在宋代，明确指出宝卷"实即'变文'的嫡派子孙，也当即'谈经'等的别名"。

1937年，复刊后的《歌谣周刊》就影戏和宝卷的关系问题展开讨论。佟晶心《探讨宝卷在俗文学上的地位》一文是此次讨论的起点。在宝卷的起源问题上，佟晶心沿用郑振铎的观点，认为"宝卷的前身是变文"，同时，他又进一步指出"宝卷与影戏有'父子关系'"，"中国现代的乡土俗戏将要因研究宝卷而得到他们的父子的关系"。这一全新的观点引起了研究者们的兴趣，于是围绕佟文的观点，大家各抒己见，但讨论的重点是宝卷与影戏的关系问题。

1957 年，李世瑜发表《宝卷新研——兼与郑振铎先生商榷》一文，就宝卷的渊源、分类、发展诸问题提出不同看法，就郑振铎"宝卷是'变文'的嫡派子孙，也当即'谈经'等的别名"的结论提出商榷。李文指出，宝卷是一种独立的民间作品，是从变文、说经等演变而成，是变文、说经的"子孙"，"变文是为佛经服务的，而宝卷则是为流传于民间的各种秘密宗教服务的"。这一时期稍后，日本学者泽田瑞穗的《增补宝卷研究》一书出版，内容涉及"宝卷的名称"、"宝卷的发展变迁"、"宝卷的分类"、"宝卷与宗教的关系"等诸多方面。书中明确对郑振铎关于宝卷起源的论断提出质疑：

因为这样一种尚不明确的"谈经"，就把它同明朝以后的宝卷简单地联系在一起是有些勉强的；把宝卷定为"谈经的别名"，更有自以为是之嫌。[10]

泽田瑞穗根据古宝卷的特点，认为宝卷是"直接继承、模拟了"唐宋以来佛教的"科仪和忏法的体裁及其演出法，而为了进一步面向大众和把某一教门的教义加进去，而插入了南北曲以增加其曲艺性，这就是宝卷及演唱宝卷的宣卷"[11]。

刘祯《宋元时期非戏剧形态目连救母故事与宝卷的形成》一文继续支持了泽田瑞穗的这一观点，就宝卷的起源和形成问题，指出"俗文学史上直接以'宝卷'命名的这一文学形式至迟在元代后期已经形成，宝卷是宗教忏法科仪类文学化、俗化的果品"、"是宗教忏法、科仪与文学韵文结合、俗化而直接产生的。变文的产生与此相似，故二者的文学形态极其相近。二者文学形态相近反过来又说明，变文、宝卷的产生虽时代不同，所依存的社会环境与自身具备的文学条件有其共性。"[12]

然而，郑振铎"宝卷是变文的嫡派子孙"的起源观似乎还是更有影响力的。王正婷《变文与宝卷关系之研究》[13]一文，就从宝卷的文学形式、讲唱模式、讲唱者、讲唱地点、取材等方面入手，全盘地梳理了宝卷和变文之间的契合点，对二者的密合程度作了详细论证，以期明确二者之间一脉相承的文学关系，证明郑振铎"宝卷是变文的嫡系子孙"的说法的合理性和正确性。

真正的突破来自于车锡伦的研究。他撰文为宝卷正名，代表论著有《中国宝卷的发展、分类及其社会文化功能》、《中国宝卷的渊源》、《中国宝卷的形成及其演唱形态》等。这些文章中指出，鉴于郑振铎在中国俗文学史研究领域中的权威地位和影响力，他的关于宝卷的一系列观点在未加论证的情况下经有关书刊一再引用承袭，已被研究者视为定论，但是这些结论显然是有缺陷的：一是广义的变文（研究者把"变文"作为敦煌说唱文学作品的统称）本身是一个涵盖了多种演唱形式和体裁的笼统概念，二是由于对宝卷的产生、流传、演唱以及与之相关的社会文化背景等缺少研究，因而轻易地同说经等混为一体。[14] 由此驳斥了学术界沿袭多年的郑振铎所提出的"宝卷是变文的嫡派子孙"、是"谈经等的别名"的观点。

他认为"宝卷的渊源可以追溯到唐代的俗讲"。《中国宝卷的渊源》一文通过分析现存的最早时期的宝卷和有关唐代俗讲的文献资料，指出俗讲和宝卷二者在说唱形式、"开卷"和"结经"仪式以及内容方面存在共性。

其一，从这些早期的宝卷来看，它们同俗讲一样是佛教僧侣悟俗化众的说唱形式，且在民间的法会道场按照一定的宗教仪轨演唱。《消释金刚科仪（宝卷）》用之于"金刚道场"，《目连救母出离地狱生天宝卷》用之于"盂兰盆道场"，《佛门西游慈悲宝卷道场》用在说唱《生天宝卷》的盂兰盆道场之前。它们"开卷"和"结经"的仪式，同俗讲的仪式极其相似。

其二，这些宝卷在内容上也分为讲经和说唱因缘两大类。《消释金刚科仪（宝卷）》演绎《金刚般若波罗密多经》，《目连救母出离地狱生天宝卷》、《佛门西游慈悲宝卷道场》分别讲唱目连救母和唐僧取经的故事。

因此，可以说宝卷的产生是佛教俗讲的直接继承。但是，由于宝卷的产生也受到了佛教忏法的影响，整个演唱过程仪式化，体现在宝卷文本中，不仅结构形式严整，说、唱、诵词语也格式化了。由于受宋元词曲的影响，宝卷中出现了长短句的偈赞，也偶唱流行的散曲。[15]

由此得出"佛教的俗讲是中国宝卷的渊源，它是佛教僧众向世俗民众讲经说法的活动"，"宋代，在佛教信徒的法会道场、结社念佛的活动中，孕育和产生了宝卷"，"宝卷继承了佛教俗讲的传统，而同南宋时期勾栏瓦子中出现的说唱技艺'谈经'等无关"，"宝卷继承了俗讲的传统，也可以称做俗讲的嫡派子孙"[16]的结论。基于论据的充足，论证的严密，这个结论是更有说服力的。

关于宝卷产生的确切年代，由于很难找到直接的文献记载，因此确定最早的宝卷便成了推断宝卷产生年代的主要依据。20世纪30年代郑振铎的研究就已经大略指出"相传最早的宝卷的《香山宝卷》为宋、普明禅师所作"，"宝卷之已于那时出现于世，实非不可能"。马西沙《最早一部宝卷的研究》，依据《佛说杨氏鬼绣红罗化鹦鸽宝卷》中所署的编写、刊刻时间，推定这本宝卷是编成于金崇庆元年（1212年，南宋嘉定五年），再刊于元初至元二十七年（1290年）。刘祯《宋元时期非戏剧形态目连救母故事与宝卷的形成》也就宝卷的产生年代做了推断，认为"《生天宝卷》是现今存世最早的宝卷之一，也是宝卷中最具代表性的作品之一。它的形成表明，俗文学史上直接以'宝卷'命名的这一文学形式至迟在元代后期已经形成"。[17]车锡伦《中国最早的宝卷》对马西沙的考证结果提出异议，认为这部宝卷所署刊刻年代乃伪托，车文在逐一分析前人提出的几部早期宝卷后认为只有题为"宣光三年"的《目连救母出离地狱生天宝卷》的年代可靠，由此推论中国宝卷产生于元代。后来，车锡伦又在《佛教与中国宝卷》（上）一文中通过比对《目连救母出离地狱生天宝卷》与产生于南宋的《消释金刚科仪》的演唱形态，因为二者的相似性，认为也可以说宝卷这种演唱形式形成于南宋时期。

（二）田野调查及相关成果

宝卷的田野调查涵盖了宝卷文本的搜集整理、调研民间宣讲宝卷的情况、宝卷曲调收集等方面的内容。宝卷的田野调查起步早，成熟晚，虽然自顾颉刚起就开始对民间流传的宝卷文本进行搜集整理并对民间宣卷情况有所介绍，但对宝卷进行系统的田野调查却是比较晚近才开始的一项工作。以下为了叙述的清晰，从两方面来介绍田野调查的成果。

1. 宝卷文本的搜集整理、编目

从20世纪二三十年代顾颉刚、郑振铎等人对宝卷的简单介绍到现在兴起的宝卷热，宝卷文本的搜集整理是不可或缺的一个重要环节。这是一切相关理论成果的基础。

《孟姜女宝卷》应该算是最早出现整理本的宝卷，20世纪20年代，顾颉刚在《歌谣周刊》"孟姜女故事研究"专号上将这本宝卷分六次做了刊载。1927年，由郑振铎主编的《小说月报》号外《中国文学研究》专号上刊出他的《佛曲叙录》，其中介绍了36种宝卷，这应该算是宝卷在文学界的第一次大规模抛头露面。

此后，由于郑振铎的倡导，20世纪三四十年代有许多学者开始注意搜集整理宝卷，如傅惜华、赵景深等人皆有所收藏。40年代末，傅惜华整理出版了第一部宝卷综合目录《宝卷总目》。傅本《总目》共收宝卷246种，对当时已经发现的宝卷及时做了总结。

五六十年代又有两本宝卷目录问世，分别是胡士莹《弹词宝卷书目》和李世瑜《宝卷综录》。其中胡目仅收有宝卷200余种，且大多是作者曾收藏过的宝卷。李目则在前人编目的基础上收编国内公私收藏的宝卷共计618种、版本1487种，并以表格的形式著录每种宝卷的"卷名"、"册数"、"卷数"、"年代"、"版本"、"收藏者"、"曾著录篇籍"等项内容，对"同卷异名"的宝卷也做了整理归纳，书前长篇"序列"介绍了宝卷的发展、前人整理研究宝卷的文献、宝卷的流通及本书的编例等，是一部宝卷综合目录。但条件所限，李目未收编海外收藏的宝卷，国内收藏的宝卷也有不少未录入。即使如此，李目所著录的宝卷也已远远超过前人所编的宝卷目录，成为此后涉及宝卷研究者必备的工具书。

20世纪80年代后，许多机构也开始对其收藏的宝卷进行整理编目，有些还作了公开介绍。国内如谢忠岳的《天津图书馆馆藏善本宝卷叙录》；李鼎傲、杨宝玉的《北京大学图书馆馆藏宝卷简目》；程有庆、林萱的《北京图书馆馆藏宝卷目录》；王见川的《世界宗教博物馆搜藏的善书、宝卷与民间宗教文献》等，国外如日本相田洋的《有关日本国会图书馆所藏的宝卷》等。

20世纪80年代随着河西宝卷的被发现的研究者陆续对河西地区的宝卷进行了搜集整理，相应地出版了一批河西宝卷的选集。这其中工作做得最多的应该是段平先生。他收集整理的《河西宝卷选》先由台湾新文丰出版公司于 1983 年在台湾出版，全书三册共收宝卷三十来种，后于 1988 年由兰州大学出版社在大陆出版，但此次出版却只选了《孟姜女哭长城宝卷》、《二度梅宝卷》、《杨金花夺印宝卷》、《白玉楼宝卷》、《丁郎寻父宝卷》、《红灯计宝卷》、《救劫宝卷》、《鹦鸽宝卷》八种。此外，酒泉市文化馆所编《酒泉宝卷》[18]上、中、下三编共收宝卷 30 种，编者力求展现宝卷原貌，"基本上遵循忠实原作、慎重着笔、拾遗补缺、方便读者的原则"。方步和编著《河西宝卷真本校注研究》收宝卷 10 种，名为"真本"，也是旨在保留宝卷原貌，"宝卷中的名利、宗教、忠孝节义、民族矛盾等内容，以及有的语言不雅等，为使研究者能亲睹河西人民的历史心态和真实，均仍其旧"[19]，所选宝卷后均有校、注、评。

车锡伦《中国宝卷总目》是目前已有的宝卷目录之集大成者。他自 1982 年起开始研究中国宝卷，历时十五年而著成《中国宝卷总目》一书。该书先于 1998 年在台湾作为非正式出版物由台湾"中央研究院"印行一次，颇获关注，但仅印行了 600 册，且多流行海外，大陆难得一见，直到 2000 年才由北京燕山出版社在大陆正式出版。车目是在前人宝卷编目的基础上，广泛搜集国内外收藏而编成的一部现存宝卷总目，共著录国内外公私收藏宝卷 1585 种，版本 5000 余种，宝卷异名 1100 余个，宝卷以较通行的卷名为正名入编，"同卷异名"者于卷后分别注出，宝卷的版本按出版、抄写的年代顺序分条介绍，宝卷的收藏者附载于每种版本介绍之后。较之前人的目录，车目可以说是近乎完备，但由于宝卷突出的民间流传性质，因此，民间究竟还有多少收藏与流通，还是很难估测的。所以，真正研究宝卷的学者，除该书以外，尚需多留心于民间的传播活动。

2000 年以后，随着宝卷被列入非物质文化遗产保护名录，各地相继成立专门的搜集整理小组，又整理出版了一批宝卷作品集。2007 年江苏文艺出版社出版尤红主编《中国靖江宝卷》，收入根据录音或抄本整理搜集的靖江地区流传的讲经宝卷共计 54 种，其中圣卷（主要是讲民间信仰的各种神仙、菩萨修道成仙成圣的故事）25 种、草卷（又名小卷，虽也有一些神仙菩萨，但主要的内容是讲民间传说及历史故事，或改编小说评弹故事）18 种、科仪卷（科仪卷是用于做会时的科仪规范）11 种。上海文化出版社出版梁一波主编《中国河阳宝卷集》，集中所收宝卷列为三大类：第一类，道佛叙事本，共 40 卷；第二类，民间传说故事本，共 96 卷；第三类，道佛经义仪式本，27 卷，此外还收录河阳宝卷曲谱 24 首。甘肃文化出版社出版徐永成著《金张掖民间宝卷》三卷，共收录各类卷本 51 部，及张旭主编《山丹宝卷》上下两册，共收录山丹流传的各类宝卷 43 本。

此外，由于宝卷与宗教的密切关系，也有一些宗教文献专著中收集有宝卷文本。濮文起编《中国宗教历史文献集成》第五编《民间宝卷》部分共二十册，收录有明初至民国的民间宝卷三百五十八种。

以上是大陆学者在宝卷卷目搜集整理方面所做的工作，台湾在这方面也有一些成果问世。1999 年台湾新文丰出版公司出版的由王见川、车锡伦、宋军、李世伟、范纯武编《明清民间宗教经卷文献》及 2006 年出版的其续编，前后共二十四册，也有大量宝卷文献，而且有很多重要的版本，甚至孤本。这些资料现在一般的图书馆都没有收藏，很难看到。另有王泛森等主编，台湾中央研究院历史语言研究所俗文学丛刊编辑小组编辑，2004 年新文丰出版公司出版《俗文学丛刊·第四辑·说唱类·宝卷》也收有宝卷五十来种。

2. 同宣卷相关的调研成果

宣卷是宝卷得以普及的一个途径，也是研究宝卷的产生、发展和流变的重要信息渠道。

1934 年顾颉刚在《歌谣周刊》第三卷第一期上发表《苏州近代乐歌》一文，文中对苏州宣卷作了介绍，指出"宣卷是宣扬佛法的歌曲，里边的故事总是劝人积德修寿"，宣卷的听众以妇女为主，地点一般是在家中，"做寿时更是少不了的"，滩簧盛行之后，宣卷人"改革旧章"，曹少堂始倡为"文明宣卷"。这是对近现代苏州民间宣卷最早的综合介绍，也是近现代学者第一次放眼民间宣卷。1935 年，《剧学月刊》第四卷第十期上发表李嘉瑞《宣卷》一文，此文介绍了作者从文献中钩稽出的有关清末上海、苏南农村宣卷的记载，有助于了解江浙地区民间宣卷和宝卷的发展情况。

20世纪50年代，始有学者对宝卷演唱活动进行专门性的调查。这一时期，学者在对江苏南部戏曲调查中获得了一些宝卷曲目。50年代初，苏南文联组织文艺工作者对江苏南部地区包括今属上海市的部分县区的民间歌谣和民间音乐进行了普遍的调查，其中民间戏曲、说唱音乐部分的成果，后以"江苏省音乐工作组"的名义编辑出版为《江苏南部民间戏曲说唱音乐集》。这本书中《宣卷曲调》部分，收有采集自苏州、吴江、昆山、常熟、无锡、江阴、宜兴、常州、金坛、丹阳、青浦（今属上海市）等地的各类宣卷曲调共45种。戈唐《宣卷曲调介绍》一文，就苏州宣卷的基本曲调及其特点、同戏曲音乐和民歌小调的关系做了介绍。张颔《山西民间流传的宝卷抄本》，介绍作者1946年在介休县调查时发现的民间抄本宝卷31种和当地民间念卷活动的特点，这是对山西念卷和宝卷的首次调查报告。

20世纪80年代之后，宝卷的田野调查卓有成绩。这一时期的田野调查关注点主要集中在两个方面，一是对各地民间流传的宝卷文本进行了不遗余力的搜集整理，出版了一系列宝卷卷本集，上文已有介绍。二是对各地的宣卷情况进行了摸底式的大调查，调查所涵盖的范围涉及宣卷的仪式、宣卷所用底本的情况、宣卷人的情况等方面，此外，一些与宣卷相关的民俗活动也被作为调查内容而有所提及。这一时期的调查中，甘肃、江苏两地的成绩最为显著。

甘肃研究者发表了一批甘肃河西走廊地区民间念卷和宝卷的调查研究成果。兰州大学中文系的段平先生从1983年开始，先后三次率领毕业班学生深入河西农村，调查念卷活动，搜集宝卷抄本，先后发表《河西宝卷的调查研究》、《对河西念卷活动的剖析》、《河西宝卷的曲调演变》、《流传在河西的孟姜女宝卷》等一系列调查报告和相关研究论文，后结集为《河西宝卷的调查研究》（内收论文12篇）一书，于1992年由兰州大学出版社出版。河西学院（原张掖师专）的方步和教授也一直致力于河西宝卷的调查研究工作，他的《河西宝卷的调查》（后收入《河西宝卷真本校注研究》一书）一文，从河西宝卷的传播方式、河西宝卷的题材、河西宝卷的基本形式等方面入手对河西宝卷做了详细的介绍。另外，扬州大学的车锡伦先生也颇热心于河西宝卷的研究，他的《明清民间宗教与甘肃的念卷和宝卷》一文，通过他发现的清康熙三十七年（1698 年）编刊于张掖的《敕封平天仙姑宝卷》，说明早期甘肃念卷和宝卷的情况，指出"他们的传播方式和演唱形式与内地的宣卷和宝卷相同。河西宝卷的来源，和敦煌变文并无直接关系，在演唱形式和仪式特征上，更接近于唐代俗讲，而他们之间也只是渊源关系。河西宝卷和中国宝卷发展的一般过程一样，有一个从宗教宝卷向民间宝卷的发展过程。在这一发展过程中，河西宝卷的地域性民俗文化特征是十分明显的"。

江苏吴方言区的宣卷和宝卷的调查研究也有新的进展，发表了一批调查研究报告和论文。金天麟、唐碧、车锡伦的《浙江嘉善的宣卷和赞神歌》，金天麟的《调查嘉善县宣卷的报告》，车锡伦的《江苏靖江做会讲经的"醮殿"仪式》（调查报告）、《江苏靖江做会讲经的"破血湖"仪式》（调查报告）、《江苏张家港港口镇的"做会讲经"》（调查报告），段宝林等的《俗文学的活化石靖江宝卷》，桑毓喜的《苏州宣卷考略》，乔凤歧的《苏州宣卷和它的仪式歌》等，这些在不同地点、从各个角度所作的调查，比较深入具体地反映了江苏各地民间宣卷和宝卷的情况。对江浙宣卷和宝卷的研究也有进展：方梅的《江浙宝卷中的神鬼体系及其内涵浅探》，介绍江浙民间宝卷的信仰特征和内涵；车锡伦的《江浙吴方言区的宣卷和宝卷》，依据田野调查和文献资料介绍明代江浙地区的宣卷和宝卷、清代江浙的民间宗教宝卷、江浙地区民间宣卷的形成、近现代江浙地区民间宣卷的发展、江浙地区民间宣卷与宗教和民间信仰活动等问题，指出江浙民间宣卷在清康熙年间已经出现，道光年间盛行，大盛于太平天国运动失败之后，从而更正前人认为江浙民间宣卷是清同治、光绪年间才发展起来的结论。

也有一些对其他地方宝卷及念卷情况的调查报告，如车锡伦的《山东的宣卷》（附录"关于宣卷和宝卷的区域性研究"）、《山西介休的念卷和宝卷》（调查报告）（附录《敕封空王古佛宝卷》简介）等，在此不一一赘述。

（三）宝卷作品研究

由于相关的文献资料缺乏，从现存的古本宝卷当中寻找零星可见的信息成了推定宝卷的起源、形成以及相关问题的较可取也较有效的途径。但由于前期的佛教文学宝卷大都经过多次改编在清及近现代民间演唱，明清民间教派宝卷中又极少文学故事宝卷，所以宝卷文学作品的研究基本上是对清及近现代民间流传宝卷的研究。

20 世纪 20 年代，顾颉刚在《歌谣周刊》全文刊载《孟姜仙女宝卷》，第一次把宝卷介绍给文学界。与此同时，郑振铎也开始搜集和研究宝卷，并对宝卷的文学价值给予了很高的评价。"宝卷里有许多是体制弘威、情绪深挚的，虽然文辞不免粗率，其气魄却是雄健的，特别像《香山宝卷》、《刘香女宝卷》一类的充满了百折不回的坚贞的信仰与殉教的热情的，在我们文学里当罕其匹。而像《土地宝卷》，描写大地和天空的争斗的，也是具有极大的宏伟声气，恐怕要算是中国第一部叙述天和地之间的冲突的事的"[20]。此时他尚把敦煌发现的说唱文学作品同宝卷一道称之为"佛曲"，认为"佛曲是一种并非不流行的文艺著作，自唐五代以来，时时有作者，其中颇有不少好的东西，如《梁山伯祝英台》，如《香山宝卷》，其描写都很不坏，其与民间的影响却更不小"[21]。他认为佛曲、变文和宝卷、弹词、鼓词"不类小说，亦不类剧本，乃有似于印度的《拉马耶那》，希腊的《伊里亚特》、《奥特赛》诸大史诗"[22]。1938 年郑振铎的《中国俗文学史》出版，书中指出"相传最早的宝卷的《香山宝卷》，为宋、普明禅师所作。普明于宋崇宁二年（公元 1103 年）八月十五日，在武林上天竺受神之感示而写作此卷，这当然是神话。但宝卷之已于那时出现于世，实非不可能。北平图书馆藏有宋或元人的抄本的《销释真空宝卷》。我于前五年，也在北平得到了残本的《目连救母出离地狱生天宝卷》一册。这是元末明初的金碧钞本。如果《香山宝卷》为宋人做的话不可靠，则'宝卷'二字的被发现于世，当以'销释真空宝卷'和《目连宝卷》为最早的了。"[23]郑振铎还把宝卷分类为"佛教的宝卷"和"非佛教的宝卷"两大类，两类下面又各分小类。郑振铎在书中引用了大量他所珍藏的宝卷原文，这些珍本宝卷至今研究者难得一见。

1934 年，向达发表《明清之际的宝卷文学与白莲教》一文，文章认为宝卷这种文学作品"总自有其宗教上的目的，并不能视为文学的作品，倒是研究明清之际白莲教一类秘密教门的一宗好材料"[24]。这一发现，为宝卷研究又打开了另一扇大门——在宝卷的俗文学价值之外，人们又开始注意到宝卷与宗教的关系以及宝卷的宗教学价值。

鉴于宝卷与宗教之间的密切关系，20世纪五六十年代的中国大陆尚将宝卷等排斥在民间文学之外，但由于许多著名的民间传说故事却又多是以宝卷等俗文学作品为载体历代传承，离开了这类作品便无法完整研究这些传说故事的发展。于是，一些研究者便整理、编辑了这类俗文学作品的专题集，其中也多收入相应的宝卷作品。如《孟姜仙女宝卷》、《长城宝卷》收入路工编的《孟姜女万里寻夫集》；《董永卖身宝卷》、《沉香宝卷》收入杜颖陶编的《董永沉香集》；《雷峰宝卷》收入傅惜华编的《白蛇传集》等。这些作品集都被一再付梓，流传极广。关德栋的《宝卷漫录》介绍了《螳螂做亲宝卷》、《菱花镜宝卷》、《梨花宝卷》、《双金花宝卷》四种江浙地区民间宝卷内容和形式的特点，并与弹词等民间演唱文艺做了比较研究。

20世纪80年代以后，随着西方文学理论的传入，有学者开始运用结构主义等方法分析研究宝卷文学作品。薛宝琨、鲍振培的《中国说唱艺术史论·明清宝卷通论》[25]"十二种故事宣卷的结构分析"部分，对民间宣卷的12种俗文学故事宝卷类型和母题运用结构主义的分析方法进行研究，视角新颖独特。

曾有志的《宝卷故事之研究》[26]将故事学中的常用概念"情节单元（母题）"一词引入到宝卷故事研究中来，从256种宝卷中选取80余种故事宝卷，将其按故事内容分类后抽出宝卷故事的情节单元，又将这些情节单元分类然后分析它们在宝卷结构和主题意识上的运用，指出情节单元的作用是建构宝卷故事的高潮和转折，强化人物的形象，凸显宝卷教化的意念。从这一角度研究宝卷，可以迅速掌握宝卷故事的特征。

除了上述对宝卷文学作品所做的综合研究之外，也有从取材角度入手对相同题材的宝卷文本和相关民间传说故事作比较研究的。如研究白蛇传故事宝卷的，有陈伯君的《论宝卷雷峰塔的悲剧思想》、车锡伦的《金山宝卷和白蛇传故事研究中的几个问题》等；研究孟姜女故事宝卷的，有杨振良的《孟姜仙女宝卷所反映的民间故事背景》、范长华的《浅谈明代中晚期至清末宝卷与宝卷中孟姜传说的递变》等；另外，在一些传说故事的研究专著（含学位论文和专题论文）中，也常涉及有关的宝卷研究，如［英］杜德桥的《观音菩萨缘起考——妙善传说》，陈芳英的《目连救母故事之演进及其有关文学之研究》，朱恒夫的《目连戏研究》，刘祯的《中国民间目连文化》，杨振良的《孟姜女研究》，车锡伦、周正良的《驱蝗神刘猛将的来历和流变》等。在这些著述中，宝卷文学作品被纳入相关传说故事的发展、流变过程中进行研究，既横向拓展了这些传说故事研究的领域，又纵向推进了宝卷文学研究的深度。

在一些俗文学研究专著中，也有列专章介绍宝卷的。段宝林的《中国俗文学概论》第七章简要介绍了宝卷的发展、分类，宝卷的特征及价值。武文的《甘肃民间文学概论》第六章"小戏及讲唱"下列"宝卷的讲唱"，简要介绍了河西宝卷的分类，并以《二度梅宝卷》为例分析了宝卷创作中的"连环式"手法，认为宝卷结构"具有一波未平一波又起，环环相扣的特征。故事情节中往往有伏笔、巧合、悬念、系扣子造成悬念，然后一步一步地把故事推向高潮。"［27］

作为俗文学的一种，宝卷文学与中国古代其他通俗文学也有着千丝万缕的联系。刘荫柏《〈西游记〉与元明清宝卷》，通过罗列各个时期十几种宝卷中出现的唐僧取经故事和人物，或宝卷中与《西游记》相似的情节，指出《西游记》成书与宝卷有关，同时它又对明清宝卷发生甚深的影响。陈毓罴的《新发现的两种〈西游宝卷〉考释》考证新发现的《佛门西游慈悲宝卷道场》、《佛门取经道场·科书卷》是元代的作品，源于《西游记平话》。陈宏的《〈二郎宝卷〉与小说〈西游记〉关系考》重新考订《清源妙道显化真君二郎宝卷》的刊行年代，认定其应产生于万历四十五年之后，晚于百回本《西游记》刊行三十余年，二者故事形态的差异当是由于"一定程度的民间再创造以及传播过程中的一些误记因素，但故事形态的差异性，却证明《二郎宝卷》中西游故事的原型很有可能是在百回本《西游记》之前民间流传的西游故事"。［28］万晴川的《民间秘密教门经卷书写与古代小说》认为"民间教门经卷的书写深受小说的影响，在叙事体制、结构模式、描写方式等方面，都留下了模仿通俗小说的痕迹"[29]，而其所说的"经卷"，就包括像《佛说皇极金丹九莲证性皈真宝卷》一类的宝卷。

车锡伦的《中国宝卷的发展、分类及其社会文化功能》认为民间宝卷具有信仰、教化、娱乐的社会文化功能："宝卷引导人们追求的是道德、行为的修养和完善，'去恶扬善'，以调适平民社会人际关系的和谐、社会的安定。而由天界、人间、地狱中的各路鬼神，来执行'善有善报，恶有恶报'的判断和赏罚"。[30]这种因果报应又可作宿命论的解释，"让平民百姓把希望寄托于今生的善终或来生的善报，因而取得心灵的慰藉和生活的信心"。[31]因此，宝卷采取模式化的故事结构和演唱形式，并让听众参与"和佛"，后来又模仿其他民间演唱文艺的艺术方法，来增强其教化、娱乐作用。

综上所述，宝卷应是渊源于唐代的佛教俗讲，孕育于宋代的结社念佛、法会道场，据现存最早的宝卷文本推定，宝卷产生的确切年代应该是在南宋时期，此后的元明清三代都较为盛行。由于宝卷在明代被民间秘密宗教利用，故早期宝卷多宣扬宗教义理，从文学角度无甚可观，但是宗教研究的重要资料。清代严厉查封民间宗教，宝卷遂逐渐转向文学性的讲说，成为俗文学的一个组成部分。

二、酒泉宝卷与宋元话本小说的文体共性剖析

根据车锡伦的推论，宝卷传入甘肃河西地区的年代应是在明末清初，是伴随着民间宗教一同传入的[32]。大概那时候在河西走廊地区流传和宣讲的宝卷，为民间宗教服务的性质还比较浓重，但是到了后来，河西宝卷更多地成了身处沙漠隔壁包围之中的河西人民闲暇之余借以放松身心，陶冶性情，教化劝善，宣扬孝道的一种工具。尽管其中不免夹杂某些糟粕的东西，但在一定的历史时期和特殊的环境下，河西宝卷对河西人民所发挥过的作用还是不可小觑的。即使在今天，发掘整理和研究河西宝卷，也有其特殊的时代价值。

对于河西宝卷的研究，前人所做的工作已经很多，但这些研究工作主要是集中在宝卷文本的发掘整理、分析解读，民间宣卷的实地调研，以及与之相关的一些考据工作，例如考证宝卷传入河西地区的年代、考证某些宝卷的编写及刊刻年代等等。这些研究为拓展河西宝卷的研究视野和更进一步的研究奠定了基础，珍贵而令人欣喜。但是尽管如此，因为关注点的不同，对河西宝卷的研究还是留下了某些空白和缺失。作为宋元时期新兴的一种俗文学形式，宝卷的产生不可能是无源之水，无本之木。我们说宝卷渊源于唐代的俗讲，孕育于宋代的结社念佛，那么，在这个演变与孕育的过程中，宝卷是否还吸收过其他的艺术养分呢？纵观中国俗文学史上各种俗文学形式从产生到定型的过程，似乎都有一个广采众长海纳百川的经历，那么，产生于宋元时期勾栏瓦舍百艺竞呈的时代背景下的用以宣扬佛法的宝卷，为了争取信众和听众是否会借用这些优秀艺术形式的某些手法呢？

熟悉河西宝卷的人大概都会有这样一种感觉，就是它的艺术风貌似乎与我们很熟悉的另外一种俗文学形式——话本小说表现出极大的相似性。这就得结合到上面所说的宝卷的渊源和形成问题上来了。河西宝卷和话本小说作为先后出现的两种口头说话技艺，它们的这种相似性是出于偶然还是基于同行间的相互模仿？而欲证明这种相似性的客观存在及其成因，却是一项有些复杂和困难的工作。这是因为由于河西宝卷的民间流播性，使得其搜集整理工作不能保证万无一失，虽然现已搜集整理出的河西宝卷数目已很不少，但还有一些散落在民间未被搜集整理出来。这就给我们进行全面系统的文本研究造成了一定障碍。加之话本小说本身也带着"身世未定"之谜，所以将二者进行文本比较更是难上加难。为了降低一点难度，也为了这种比对的更精确科学，本文先选取河西宝卷中的酒泉宝卷与目前学术界比较认可的能确证其为宋元话本小说的篇目进行这一实验，作为河西宝卷与话本小说的文体共性研究之子课题。

在展开论述之前，须先说明两个前提。

第一，本文所说的酒泉宝卷，以现已整理出版的《酒泉宝卷》上、中、下三编为准。这包括上编的《香山宝卷》、《康熙宝卷》、《牧羊宝卷》、

《双喜宝卷》、《仲举宝卷》、《沉香宝卷》、《紫荆宝卷》、《张四姐大闹东京宝卷》8篇，中编的《如意宝卷》、《鹦哥宝卷》、《红灯宝卷》、《白马宝卷》、《金龙宝卷》、《绣龙袍宝卷》、《新镌韩祖成仙宝卷》、《乾隆宝卷》、《余郎宝卷》、《二度梅宝卷》10篇，下编的《白虎宝卷》、《地狱宝卷》、《闺阁录全传》、《忠孝宝卷》、《长城宝卷》、《苦节宝卷》、《花灯宝卷》、《黄氏女宝卷》、《蜜蜂宝卷》、《忠孝节义洪江宝卷》、《目连救母幽冥宝传》、《乌鸦宝卷》12篇，共30篇。此30篇之外零星涉及的其他河西宝卷篇目均注明详细出处。

第二，需要对本文所说的"话本"一词的指涉做一个简单的说明，以避免概念上的混乱。本文认为，不管"话本"一词最初的含义是什么，是否就是指说话人的底本，作为一个已经在长期使用过程中约定俗成了的称谓，我们确已很难再找到新的概念来替代它，而且，"话本"一词可以较鲜明地揭示出此类作品浓厚的口头文学色彩和其在渊源与文体上同"说话"技艺的密切关系，因此我们大可以沿用而不必另辟蹊径。另外，本文所涉及的宋元话本小说篇目，皆以袁行霈《中国文学史·话本小说与说唱文学》一章中所列的宋元话本小说篇目为准。[33]

有了上述前提，我们再比照酒泉宝卷与宋元话本小说的文本，可以清楚地梳理出以下的相似点。

（一）外在体制上的相似性

酒泉宝卷和宋元话本小说的第一个文体共性，也是二者间表现得最外在最明显的一个共性，是二者在外在体制上的相似点。同我们熟悉的宋元话本小说一样，酒泉宝卷也可以按各部分在讲述故事中的作用将其分为题目、篇首、入话、正话、煞尾等部分。

1. 题目

话本有题目，宝卷亦有题目。早期宋元话本小说的题目相对简单，多以故事中的人名、诨名、物名、地名等为题，如《张生彩鸾灯传》、《错斩崔宁》、《简帖和尚》、《碾玉观音》、《风月瑞仙亭》、《西湖三塔记》、

《定山三怪》、《西山一窟鬼》、《合同文字记》等，后来说话人为了突出说话内容，也为了招徕听众，才逐渐把题目衍化为七言、八言的长名。酒泉宝卷题目同宋元话本小说早期的情况相同，题目往往就交代了"什么人"、"什么事"，如《康熙宝卷》，顾名思义是讲康熙皇帝的故事；《丁郎寻父宝卷》是讲述丁郎找寻父亲的故事；《张四姐大闹东京宝卷》是讲述张四姐闹东京之事等，口头文学色彩和民间性浓厚。

2. 篇首

宋元话本小说，通常以一诗或一词为开头。诗词的作用可以是点明主题，概括全篇大意；也可以是造成意境，烘托特定的情绪；也可以是抒发感叹，从正面或反面陪衬故事内容。如《宋四公大闹禁魂张》篇首是一诗：

> 钱如流水去还来，恤寡周贫莫吝财。
> 试览石家金谷地，于今荆棘昔楼台。[34]

《碾玉观音》上、下两回，每回篇首是一词。上回：

> [鹧鸪天] 山色晴岚景物佳，暖哄回雁起平沙。东郊渐觉花供眼，南陌依稀草吐芽。堤上柳，未藏鸦，寻芳趁步到山家。陇头几束红梅落，红杏枝头未着花。[35]

下回：

> [鹧鸪天] 竹引牵牛花满街，疏篱茅舍月光筛。琉璃盏内茅柴酒，白玉盘中簇豆梅。休懊恼，且开怀，平生赢得笑颜开。三千里地无知己，十万军中挂印来。[36]

酒泉宝卷的情况大致相同，如果说有什么差异的话，那就是酒泉宝卷的篇首在内容方面更多地倾向于宣扬某种宗教义理。我们来看：

《长城宝卷》卷首:

> 长城宝卷初展开,众位乡亲都来听。
> 千古一篇伤心事,此卷详细有记载![37]

《仲举宝卷》篇首:

> 皈依十万一切法,皈依十万一切佛,
> 皈依十万一切僧,法轮常转度众生。
> 仲举宝卷才展开,诸佛菩萨降临来,
> 天龙八部常拥护,大众念佛永无灾。[38]

《沉香宝卷》卷首:

> 沉香宝卷才展开,诸佛菩萨降临来。
> 奉劝众生多行善,保你平安永无灾。[39]

《唐王游地狱宝卷》卷首:

> 唐王宝卷才展开,诸佛菩萨降临来。
> 天龙八部生欢喜,保佑大众永无灾。
> 古佛留下唐王卷,普度浮生上瑶台。
> 奉劝世上众男女,皈依大道出尘埃。
> 神仙本是凡人修,迷路众生解不开。
> 在家出外存好念,魔劫能躲三大灾。
> 水火刀兵牢狱苦,都是前身造化来。
> 孝悌忠信为珍宝,礼义忠耻是大富。
> 信中自有真富贵,何须计谋早安排。

银钱本是身外物，世上何必苦贪财。

家有黄金共百斗，生死无常买不来。

富贵名利莫看重，放得下来取得开。

利人利己行方便，功果圆满上瑶台。[40]

《牧羊宝卷》卷首：

无上甚深微妙法，百千万劫难遭遇。

我今见闻得守持，诸尊菩萨来拥护。

牧羊宝卷才展开，指迷归正觉悟开。

天龙八部生欢喜，佛在空中度群迷。

一字分开生万物，贤良有分早归源。

十字街前几人知？世人难测无消息。

有人破开其中意，目下登去上天梯。[41]

《目连救母幽冥宝传》卷首：

［西江月调］世间善恶两类，果报看来无偏。暗室衾影细究研，神灵刻刻窥鉴。造孽多遭凶报，积德可列仙班。报应远近甚显然，丝毫不漏半点。[42]

《仙姑宝卷》则分品，共十一品，每一品开头有词，如：

第四品［傍妆台］阅古书，汉武动兵事远图，将军报国心丹赤，血染征袍期献符。逞英雄，夸丈夫，一将功成万骨枯。[43]

第七品［一枝梅］人人都有一间房，边里边外人都观。玲珑八面都开窗，冬亦清凉，夏亦清凉，一轮明月到中央。里也风光，外也风光，主人入室坐堂中。地久天长，山高水长。[44]

第十一品［驻马听］同枝连根，人生莫遇（于）弟和兄。一母同胞，血脉均平。痛疾相关，兄友弟恭。莫学吴越是仇人，骨肉残忍，无义无情；要照张关永不分。[45]

由上可以看出，酒泉宝卷这种篇首安排诗词的形式是同宋元话本小说很相像的。

3. 入话

宋元话本有入话，是在篇首诗词之后加以解释，承上启下，引入正话。当是说话人在开讲前用来拖延时间以聚揽听众的一种手段。其内容往往是引经据典，谈天说地。酒泉宝卷当中无严格意义上的入话，但也有一些宝卷在篇首诗之后加进类似的过渡成分。如《继母狠宝卷》开篇诗之后有：

话说这篇言语，大抵说人家继母心肠狠毒。将亲生儿女胜过九曲明珠，稀世珍宝，何等爱护；偏生对前妻子女百般凌辱虐待，当做牛马使唤，粪土看待。如果父亲是个硬铮汉子，定然卫护儿女，不许后妇虐待前妻儿女，只被在背后苛刻一些罢了。若是那惧内的父亲，遇上后妻又是天不怕、地不怕，不怕羞、不怕死的泼妇，终日以刎颈上吊、跳河投井恐吓丈夫；那前妻的子女，就遭殃了。如果偏又遇上那横肚皮、烂心肝，忍心害理的男子，前妻在时何等恩爱，把儿女也何等爱惜，到得前妻死后，娶个后妻，贪她颜色美丽，年轻骚姿，弄得神魂颠倒，意乱心迷，前妻昔日恩爱洒向东洋大海，在枕边听信后妇之言，把前妻儿女渐渐看成眼中钉，肉中刺。后妻打骂，不但不护卫劝解，反要加上一顿，以博取她的欢心。可怜前妻儿女，被继母打骂虐待，又遇父亲助纣为虐，有口难开，有冤难诉，只好背地里吞声饮泣；甚至因当不起继母的虐待羞侮，自去寻了死路。正是：

不正夫纲但怕婆，怕婆无奈后妻何？
在她打骂亲生女，暗地心疼不敢诃。[46]

《白马宝卷》正话前有：

> 善有善报，恶有恶报，若还不报，时辰未到。正月十三日，清圣在云台聚会，众善真人讲经说法，忽然大藏经中有一段因果，名曰《白马宝卷》。[47]

4. 正话

宋元话本在篇首诗词和入话之后，正话之前，还常有一个"得胜头回"或"笑耍头回"，讲述一个同正话内容相类或相反的故事，酒泉宝卷中则无此制。酒泉宝卷的正话通常是紧接着篇首诗，其文字也同话本一样明显地分为韵散两种，基本格式是在每段散文叙述结束后，以"正是"引入五言四句或七言四句诗一首，诗后又以十字句的韵文叙述故事。以《苦节宝卷》为例。

《苦节宝卷》讲述江苏昆山县贫苦书生张彦之妻白玉楼讨饭供养丈夫读书求取功名，却因发现婶母钱氏私通之事，被钱氏谗言祸害，丈夫一纸休书将其逐出家门，后张彦高中状元，夫妻重逢，真相大白的故事。宝卷第一段散文部分交代故事发生的时间、地点、人物、事件起因等。张彦因家贫欲放弃学业另谋生路，白玉楼规劝，散文部分在叙述完这些情况后，用"正是"引入四句五言诗一首："玉楼劝夫君，张郎你且听，男儿看有志，金榜可题名"，四句诗后是韵文部分，皆是玉楼规劝夫君之语。韵文结束，又以"却说"二字起首紧接着第二段散文，讲的是白玉楼劝服张彦，自己上街讨饭，一日风雪交加，张彦担心外出讨饭的妻子白玉楼，边思边叹之际，由"正是"引出七言四句诗一首："牢首寒窗苦用功，儒门从来路艰辛；苍天不怜贫困妇，扬风搅雪扑柴门"，诗后又是十字句韵文，细致入微地描写了张彦既感愧疚又觉心疼妻子的心理活动。整本宝卷都是如此循环反复，"散文——'正是'引入一诗——韵文"。以上我们仅是以《苦节宝卷》为例，其实不只是《苦节宝卷》正文部分是采用这样的体制，随手翻开一本酒泉宝卷，大抵都是这样的形式。

这里如果我们抛开酒泉宝卷当中的韵文部分不谈，仅就散文当中用"正是"插入五言或七言四句诗的形式而言，同宋元话本小说是何其相似。

5. 结尾

话本小说一般都有一个煞尾，缀以诗词或题目，具有相对独立性，区别于本事结局。如《错斩崔宁》结尾："善恶无分总丧躯，只因戏语酿灾危。劝君出语需诚实，口舌从来是祸基"。[48]《三现身包龙图断冤》结尾："有诗为证，诗句藏谜谁解明，包公一断鬼神惊。寄身暗室亏心者，莫道天公鉴不清。"[49]《闹樊楼多情周胜仙》结尾："有诗为证：情郎情女等情痴，只为情奇事亦奇。若把无情有情比，无情翻似得便宜"。[50]

酒泉宝卷的结尾亦同。《二度梅宝卷》结尾："正是：千里姻缘一线牵，悲欢离合苦变甜；二度芳梅成佳话，留名后世万口传。"[51]《白虎宝卷》结尾："这正是：贵人多有难，害人终害己。从此多行善，善恶神明知。"[52]《紫荆宝卷》结尾："再说那焦氏，走一家败一家，无人收留，沿乡乞讨，无人施舍，饥寒交迫，冻死荒郊，真乃是：作恶之人终有报，只是来得迟与早。"[53]我们可以看出，酒泉宝卷和宋元话本的结尾不仅是形式上的相同，所起的作用也相同，即都是用来总结故事内容，教育劝化听众。

（二）题材内容上的相似性

1. 题材的历史性、传说性、世俗性

酒泉宝卷有着和宋元话本相同的取材倾向。尽管我们说宝卷文学从本质上来说属于宗教文艺，酒泉宝卷也不例外，但就现有的酒泉宝卷来看，纯粹宗教题材的宝卷其实所占无几，酒泉宝卷的取材，更多的是倾向于选取那些能够反映民众苦难和民众情感的题材。这些题材所涵盖的社会生活面之广泛，所涉及的人物阶层之驳杂，堪与宋元话本小说相媲美。《酒泉宝卷》上、中、下三编共收集宝卷三十本，按其题材内容，可以分别归类如下。

① 宗教题材

宗教题材的宝卷在河西宝卷中所占比重不大，《酒泉宝卷》中也只有《香山宝卷》（佛教）、《新镌韩祖成仙宝卷》（佛道混杂）、《黄氏女宝卷》（佛教劝诫，因劝诫意味浓厚，遂将其归于宗教类）、《目连救母幽冥宝传》（佛

教劝诫，同上，亦将其归入宗教类）四篇。这几本宝卷，虽然也有一定的故事情节，但故事性相对较弱，更多的是在宣扬某种宗教义理或进行宗教劝诫。

②家庭伦理、婚姻恋爱题材

《酒泉宝卷》中收集有《牧羊宝卷》、《双喜宝卷》、《紫荆宝卷》、《如意宝卷》、《红灯宝卷》、《白马宝卷》（又《熊子贵休妻宝卷》）、《金龙宝卷》、《余郎宝卷》、《白虎宝卷》、《闺阁录全传》（包括《土神受鞭》、《雷花打狗》、《金腰带》、《稽山赏贫》等十个比较短小的宝卷）、《忠孝宝卷》、《苦节宝卷》、《蜜蜂宝卷》等共十三本宝卷。这些宝卷，虽然都是写的家庭生活，却因为是放在社会大背景下展开，于是自然而然地折射了当时某些不合理的社会现象，如《如意宝卷》、《双喜宝卷》中所反映出的嫌贫爱富的社会价值取向，《紫荆宝卷》、《双喜宝卷》所反映的背信弃义、见利忘义的社会风气，都或多或少地反映出了当时的社会现状，而生活在最底层的劳苦百姓既无力扭转乾坤，只好寄希望于有一朝能交上好运出现奇迹，所以就有了这些题材同时还穿插着发迹变泰的情节因素的现象，而这些情节因素既是扭转人物命运的关戾，同时也是故事情节得以发展的关戾。

③忠奸斗争、审狱断案题材

《酒泉宝卷》中收集有《康熙宝卷》、《仲举宝卷》、《乾隆宝卷》、《二度梅宝卷》、《花灯宝卷》、《忠孝节义洪江宝卷》、《乌鸦宝卷》等共七本宝卷。其中《花灯宝卷》（又称《闯查山宝卷》）根据其所写内容判断，当是据公案小说《包公错断闯查山》改编而来。《忠孝节义洪江宝卷》当取自"西游故事"中"陈光蕊赴任逢灾，江流僧复仇报本"的情节。这些宝卷情节曲折，故事动人，结局都是邪不胜正，冤者得以昭雪，恶者得到应有的惩罚，表现出了普通老百姓对于社会正义的强烈渴望，而《康熙宝卷》、《乾隆宝卷》中对明君形象的塑造，折射出的社会心态就更为复杂了。

④反映社会不公、社会矛盾

《酒泉宝卷》收集有《绣龙袍宝卷》、《长城宝卷》、《张四姐大闹东京宝卷》三篇。其中前两篇均取材于我们所熟知的"孟姜女哭长城"的民间传说，但经由河西人民传唱和改编后，变成了河西人民情感的最好宣泄——

孟姜女以死反抗社会不公和统治阶级的精神是可歌可泣的。后一篇则在仙话基础上加以延伸，把张四姐这位私自下凡人间的神写成了劳苦大众的"维权"代言人，由她出面同权大势大的统治阶级作斗争，最后张四姐获胜，也代表着劳苦大众的胜利。

⑤仙话、寓言题材

《酒泉宝卷》中有《沉香宝卷》、《地狱宝卷》（又《唐王游地狱宝卷》）、《鹦鸽宝卷》三篇。其中《沉香宝卷》和《地狱宝卷》属于仙话性质的，《鹦鸽宝卷》通过鹦鸽孝亲的故事，借小鹦鸽之口，辛辣、巧妙地揭露了书生张三、善人张婆、清官包公、宋王仁宗等人的假仁、假善、假孝，属于寓言宝卷。

从以上的分类及各类宝卷在三十篇中所占的比重中，我们不难看出酒泉宝卷在选材方面的倾向：那些反映民众日常生活、爱憎情感的题材相对突出——这也是河西宝卷的题材特色，即表现为浓厚的世俗性，内容相对地集中在婚姻爱情和公案断狱两个方面。宋元话本小说除了有部分取材于《太平广记》、《夷坚志》等书，写的是一些历史故事或者传奇灵怪故事之外，更多的是选取了当时的社会现实生活，尤其是城市生活为题材。现存的宋元话本，同样以爱情、公案两类题材的作品为多，其世俗性自不言而喻。这是酒泉宝卷、宋元话本小说在内容上表现出的第一方面的相似性。

2. 情节逻辑的因果报应和大团圆的结局

酒泉宝卷和宋元话本小说内容方面的第二个相同点是二者在组织故事情节时均表现出了浓厚的"因果报应"观念，且都倾向于安排一个大团圆的结局。这一特点的形成，我认为应当追溯到宝卷和话本的渊源。

关于宝卷的渊源，我们已经清楚：宝卷渊源于唐代的俗讲，宋代的结社念佛活动滋养孕育了宝卷。宝卷的这个"出身"，自然为它烙上了浓重的佛教印记，佛教的转世轮回思想、善恶果报观念在宝卷中比比皆是。《双喜宝卷》中的家童张春趁主人王志福酒醉，偷去王志福作为前去豆府认亲的凭证婚约汗巾，冒充王志福去了豆府，王志福则认亲不成反被诬入狱，但善恶有报，在观音老母的帮助下，王志福高中状元，与豆千金夫妻团圆，歹人张春被刀剐，最终为善者因善得福，作恶者因恶遭报。《蜜蜂宝卷》中的吴氏因调戏继子董良才不成，恼羞成怒，在董员外面前谗言挑拨，设计陷害，良才被逐出家门，后中了状元，又因招安贼匪有功大获封赏，恶妇吴氏则因羞愧上吊自尽，亦是善恶各有所归。《忠孝节义洪江宝卷》讲述陈光蕊的故事，同《西游记》中的情节基本相同。新科状元陈光蕊携妻往洪江赴任途中，船夫李洪见陈妻殷氏生的美貌起了歹心，与其弟李虎二人害死陈光蕊和随行家人后霸占殷氏，并假冒陈光蕊上任为官。后殷氏产下一子，因系陈光蕊骨血，怕再遭李洪毒手，只好忍痛以一木匣装起婴儿并血书、金钗放入江中。金山寺僧人发现江流儿将其收留抚养，长大后师父告知实情，江流儿替父昭雪冤屈，合家团圆。贼人李洪被千刀万剐，江流儿得圣上器重被派往西天取经。也是典型的果报逻辑。

话本小说直接导源于唐代的"说话"，同时也深受俗讲、变文的影响。我们都知道，唐代佛教盛行，不仅有面对僧众的僧讲，还出现了面对俗众的俗讲，同为依赖语言表达为生的两种"技艺"，"说话"与俗讲二者之间必然有一个取长补短借鉴吸收的互动过程，表现在形式上，就是俗讲、变文借鉴了"说话"的外在体制，表现在内容上，则是"说话"与话本受到了俗讲、变文的"因果报应"、"转世轮回"等观念影响。"从某种程度上说，话本小说中充斥着的'因果报应'观念，也是佛教经义的世俗化。鲁迅在谈到话本的产生时说：'俗文之兴，当由二端：一为娱心，一为劝善，而尤以劝善为大宗。'可以说宋元话本的主旨便是'因果报应'的劝诫，即所谓'劝善'。"[54]这种影响，我们可以从宋元话本小说中看到清晰的印记。宋元话本中多有鬼魂复仇的描写。《碾玉观音》里的璩秀秀同崔宁逃出郡王府后，一次偶然被郭排军撞见，郭排军归告郡王，秀秀因此而被抓回活埋，但秀秀的鬼魂却不甘心，仍旧同崔宁做着夫妻，并伺机报了郭排军告密的仇。《杨思温燕山逢故人》里的韩思厚之妻郑意娘被金人掳去后不屈而死，韩却负心另娶，郑意娘的鬼魂便将其掳去。宋元话本常常采取善恶有报的结尾模式。《错斩崔宁》里崔宁和陈二姐被屈打成招，含冤而死，话本便安排了这样的结尾："勘得静山大王谋财害命，连累无辜，准律杀一家非死罪三人者斩加等，决不待时；原问官断狱失情，削职为民；崔宁与陈氏枉死可怜，有司访其家，谅行优恤；

王氏既系强徒威逼成亲，又能申雪夫冤，着将贼人家产，一半没入官，一半给与王氏，养赡终身"，"刘大娘子当日往法场上看决了静山大王，又取其头去祭献亡夫，并小娘子及崔宁。大哭一场。将这一半家私舍入尼姑庵中。自己朝夕看经念佛，追荐亡魂，尽老百年而绝。"[55]宋元话本中还时常穿插僧尼的描写，他们总出现在男女主人公走投无路欲寻死之际，他们的作用是点化男女主人公。这同宝卷酒泉当中时常出现的神仙点度迷津的情节是相一致的，区别仅在于话本小说作为市民文学更趋于现实。

（三）叙事模式上的相似性

酒泉宝卷和宋元话本小说的叙事方式也极相似，这主要表现在二者质直朴素的口语化语言风格、全知讲说人旁观视角和人物视角双重视角的运用、对故事中所有事件的全方位描写三个方面。

1. 口语化的叙事语言

酒泉宝卷在叙述语言方面同宋元话本一样，口语色彩相当浓重，这大抵是因为话本与宝卷都是"说（唱）"的文学的缘故。因为要口头讲说，自然不免口语词汇入话，加之所面对的又是只字不识的普通百姓，自然越通俗越能赢得听众。来看几段河西宝卷原文：

> 却说余妖婆听罢墙根，心中怨恨。方四姐前来拜见婆婆，余婆把眼一翻，心想你一家都是我的仇人，全家人都看不起方四姐，只有后房的叔婆母见了方四姐喜之不尽。过了几日，小姐正在房中独坐，姚氏使了两个丫鬟说："你们给我叫来那个奴才，我有话给她说。"方四姐听说婆婆叫她，急忙来到婆婆面前，叫声母亲有何吩咐？余婆说："我家井里昨日淹死了一只猫儿，水不干净，你到后头阴庄井里挑一担水去，今天我想喝酸汤，你快去快来。"四姐急忙来到厨房一看，不由得两眼泪下。谁知余妖婆早备下三楞（棱）子扁担尖底子桶，四姐无奈，挑水桶走出门去。[56]

> ——《余郎宝卷》

吴氏听见便哭天喊地，寻死觅活。老员外跑下楼来不容分说搧了儿子几个耳光，将吴氏好言相劝，吴氏两眼流泪说道："如今你才知道你的儿子是个啥样货色！"[57]

——《蜜蜂宝卷》

这里的"听罢墙根"、"把眼一翻"、"猫儿"、"三楞子扁担尖底子桶"、"哭天喊地"、"寻死觅活"、"啥样货色"等都是极其日常的语言，对于每天就生活在这样的语言环境中的普通百姓来说，不仅通俗易懂，而且也有一种亲和力。

酒泉宝卷的口语化还表现在很多方言词汇入卷。这跟宋元话本的情形相同。

再说刘锡被押入牢中，因无钱贿赂牢头禁卒，受了不少苛剥。（苛剥，河西方言，意为被他人欺负）

——《沉香宝卷》

放羊的坐一处都把荒喧（喧荒，河西方言，意为聊天），只管喧也不怕羊去吃田。

忙擀上面棋子（河西方言把切好的手擀面叫面棋子，一般为小菱形）下在锅内，一时间造成一顿汤饭（有汤有面的饭）。

人吃的是树皮草根谷糠，把百姓都饿得实实难常（河西方言，意为困难，为难）。

——《康熙宝卷》

人人莫做屈心事，到底（河西方言，意为毕竟）三尺有神明。

——《牧羊宝卷》

二相公说："明明是母亲，有不敢相认，恐怕走漏消息。"（明明，河西方言，相当于"显然是……"）

——《仲举宝卷》

贫人来了把门关，讨饭之人门前站，叫声爷爷不言喘（河西方言，意为言语、说话、吭声）。

代说着，只见那，电光闪烁。（河西方言，指一个动作发生的同时连带着另一个动作或事情）

二更里来好伤心呀，你今一去影无踪。你不管相谁管相，丢我母子靠何人？我的天呀，丢我母子靠何人？（管相，河西方言，照管之意）

——《天仙配宝卷》

2. 全知讲说人视角和人物视角相结合的双重视角

宋元话本小说在叙事艺术方面最突出的特点之一是整体上采用全知叙述视角，自始至终都有一个全知全能的讲说人站在故事之外叙述故事，他时而深入人物内心道出作为他者所不可能了解的人物内心活动，时而又站在故事框架之外对故事进行评议，同时还在需要的时候兼用人物视角以造成必要的悬念，以此来增强故事性。酒泉宝卷也采用这种双重视角，交代故事的大背景、大环境用全知的讲说人旁观视角，可以自由调度，随心所欲，尽可能全面地把听卷所需的背景资料一一交代清楚。而到了一些情节发展的关戾之处，则又转换为人物限知视角，设置悬念，使故事悬念迭起。我们举例来看：

却说观音奴将刘彪尸首埋掉，走来走去，好不心急。她每日见老人披上虎皮，登山如走平地，今日老人昏睡不醒，我不免将它披上试一试。就此将虎皮一披，出得山洞，行走如飞，不觉一时行有百十里。远见一个美貌书生在路上行走，她随后跟上，那书生见一白虎追随他来，吓倒在地，昏迷不醒，她就卧在身旁。那书生醒来，睁眼细看，此虎并不伤人，双眼流泪，书生向虎诉说："你这只老虎，要吃你就把我吃了，你又不吃我，莫不想跟我去吗？"那虎只是将头点了几下。书生起身便行，此虎跟在后面，紧紧随从。走入庄门，书生大喊："母亲快来看呀，这只老虎不伤人，他要跟我来家，只是点头流泪。"母亲何氏一见，急忙躲入厨房，叫一声儿呀！儿呀！你快进来吧！书生又说："妈妈别怕，这虎真是怪哉，养在家好玩耍。"老虎只是温顺流泪。到夜里，母子点灯一看，却原来是一位美貌女子，何氏大惊，说："分明是一个山中妖精，快快赶将出去。"这女子便开口说话："好妈妈，我不是妖怪，我是张家女子。"何氏说："那你为何变成一只白虎？"小姐说："妈妈，你听我细细讲来！"[58]

——《白虎宝卷》

这是典型的双重视角。一方面，有一个潜在的"叙述者"旁观全局，告诉读者（听众）观音奴、书生、书生母亲何氏各自的心理动态；另一方面，又利用故事人物（先是书生，后是其母何氏）的限知视角，使故事的叙述充满了戏剧性。书生先对白虎充满恐惧，后见虎不伤人却暗自流泪，遂带其回家，但何氏不明就里，一方面自己吓得躲进厨房，另一方面还担心儿子的安危，入情入理，形象生动。直到夜里观音奴现出原形，蒙在书生和何氏心上的疑云才一层层揭开。

却说那梅公子听得陈老爷思念父亲，不觉双眼流泪。老爷夫人都未留意，却被杏元小姐看见。小姐暗想：此人虽是个下等人，却是个真君子的行藏。怎么听说梅爷名字，他就暗中流泪？便叫："爹爹，你看喜童（梅公子的化名）的光景。"陈老爷回头一看，果见他双目落泪。就问："你这个奴才，老爷思念同年梅兄，你如何落泪？"喜童赶忙跪下说道："去年斩杀梅老爷的时节，小人也在京城看见，今天老爷提起此事，小人不由心就酸了，因此流泪。"夫人说："他倒有一片忠义心肠，老爷不必责怪他。老爷思念同年，喜童你也再不可如此。"喜童连忙叩头谢过。[59]

——《二度梅宝卷》

梅魁之子梅良玉在父亲遇害后，隐姓埋名几经周折来到父亲同年陈日昇府上当家童，意欲有朝一日可以为父亲昭雪报仇。陈日昇全家都不知道"喜童"的真实身份，宝卷就是在这样的人物限制视角下展开，悬念迭起。

再说殷小姐自将婴儿送到江中不觉已过一十二年，那夜三更做了一梦，梦到一个小和尚来到衙门口，叫门化缘，差人告知陈夫人，陈夫人突然一惊，醒来思想却是南柯一梦，但梦中情景令人好生奇怪。这话不提，却说江流和尚别了师傅离开金山寺寻父不得，来到洪州城内寻找母亲，这一日，江流沿街寻访来到衙门前先叩门化缘，差人忙报告陈夫人，说门口有一小和尚前来化缘，陈夫人一听，怎么和梦里一样情景，十分惊异，急忙走出衙门，观见那小和尚面目清秀，体格不俗，甚是面熟，似曾相识，心中一惊，这小和尚与丈夫陈光蕊面貌十分相像。[60]

——《洪江宝卷》

很显然这里用的是全知讲说人视角，陈夫人的梦境，以及她的猜测，作为陈夫人以外的其他人是不可能知道的，但却因为用了全知叙述视角，叙述起来就有了很大的灵活性和自由度。

张彦父亲在世时，弟兄两人一宅两院。他父母去世后，叔叔也相继而亡。留下婶娘钱氏，素行不正，私通邻居周岗，排行老三。此事张彦不知，而白玉楼有好几次碰见过。玉楼是聪明女子，只将此话压在心里，在丈夫面前也未提过一字。[61]

……

却说张彦信步前院，听得婶娘房里笑语不断，不由得吃了一惊。自思婶娘一人寡居，为何有嬉笑之声？不免近前窃听一番。只听钱氏娇滴滴地说道："三哥呀，虽然我在张彦前说了几句，还多亏你高手远见，把小贱人送到天涯海角，你可真是个妙人呀！"这里张彦一听见，就明白了一大半，怒火上升，便叫："开门来！"那周岗一听，和钱氏慌忙另有一番计议。[62]

——《苦节宝卷》

这里先是全知视角交代背景，接下来通过张彦的视角一点点"戳穿"了钱氏的谎言，他这才明白他听信钱氏谗言，冤枉了妻子玉楼。

3. 对事件过程的全方位叙述

  酒泉宝卷和宋元话本小说在叙事方面还表现出一个相同点，那就是二者对于故事里每一个事件过程的描写都是事无巨细甚至稍嫌琐碎，这种描写笔法的运用，我想当是同话本、宝卷的口头民间文学性质是分不开的。因为要口头讲说，自然不能同案头读物那样一句话可以被反复揣摩回味式的写法相比，那种一笔带过的写法是很难给听众留下什么深刻印象的，只有每一个细节都交代到，再加上说书人绘声绘色的语言描摹，才能吸引听者。我们先举几例来看：

  却说赵知府要和孙家做亲，与夫人和女儿商议，要请金员外做媒。全家议论，一口通应。知府把婚帖写好，请金员外过府来去说媒。便叫："添财、进宝拿上请帖，去请金员外过府。"二人把帖送到金员外府上，便对金员外说："我家老爷有请员外爷，有事商议。"金员外闻听赵知府来请，即便吩咐："你二人先行，我后就到。"添财、进宝回来报知老爷。知府听言，急忙二堂设宴，伺候不多一时，金爷来到。知府衙门迎到堂上，见礼一毕，让座。手下人役都来敬酒数杯。[63]

——《红灯宝卷》

  这里把赵知府邀请金员外为女做媒的过程，事无巨细地写了个遍。

  孟姜女拉着其（杞）郎手，肩并肩，将其郎送出家门，夫妻惜别，痛哭不止。其郎跟着差役前行。走了三天来到临潼关，又走了三天来到黄角岭，又走了三天来到铁桥关。[64]

——《绣龙袍宝卷》

  这里对范其郎的行程极力铺排，也是为了能吸引听者。

这娘儿听见，说一声商量前去，走了一天，便说："母亲，我远远望见好像咱家坟茔。"婆婆便说："我眼目不明，不得看见，媳妇，你还记得么，春登娶你，才过两月有余，你还未走过几遭，你可就认下了。"锦堂说："咱们地方，再有谁来坟茔祭祖呢？"婆婆言道："罢了！既是来到此间，人烟甚多，你我衣服破烂，怎能认得。"正说之间，到了坟边，只见贫人列位而坐，娘儿两个也坐在中间讨饭。偏不幸，早晨散饭，散到他娘儿俩跟前没饭了，又等午饭投散到他二人跟前又没饭了。他娘而两个饥饿难忍，大放悲声，哭了起来。[65]

——《牧羊宝卷》

这一段对婆媳间对话的详细描写，一方面重新加深听众（读者）对此前故事的印象，另一方面也对人物形象的刻画起到了一些作用。而这样的叙述在一定程度上舒缓了叙事的频率，使整个事件的叙述显得面面俱到。

再来看几例话本当中的事件描写：

刘官人谢了又谢，驮了钱一径出门，到得城中，天色却早晚了。却撞着一个相识，顺路在他家门首经过。那人也要做经济的人，就与他商量一会，可知是好。便去敲那人门时，里面有人应诺，出来相揖，便问："老兄下顾，有何见教？"刘官人一一说知就里。那人便道："小弟闲在家中，老兄用得着时，便来相帮。"刘官人道："如此甚好。"当下说了些生意的勾当，那人便留刘官人在家，现成杯盘，吃了三杯两盏。刘官人酒量不济，便觉有些朦胧起来；抽身作别，便道："今日相扰，明早就烦老兄过寒家计议生理。那人又送刘官人至路口，作别回家，不在话下。[66]

——《错斩崔宁》

刘贵和朋友的一番相遇，只是整个故事里的一个小事件，目的在于为他此后遇害预设一个前提，即他喝了酒。但话本的作者却不仅交代了他喝酒的

"事实"，还将整个事件做了详细的描写，甚至二人的琐碎言语也写了进去。

> 这女孩儿心里暗暗地喜欢，自思量道："若是我嫁得似这般一个子弟，可知好哩。今日当面错过，再来哪里去讨？"正思量道："如何着个道理和他说话？问他曾娶妻也不曾？"那跟来女子和奶子都不知许多事。你道好巧！只听得外面水桶响。女孩儿眉头一纵，计上心来，便叫："卖水的，你倾些甜蜜蜜的糖水来。"那人倾一盏糖水在铜盂儿里，递与那女子，那女子接得在手，才上口一呷，便把那个铜盂儿望空打一丢，便叫："好好！你却来暗算我！你知道我是兀谁？"那范二郎听得道："我且听那女子说。"那女孩儿道："我是曹门里周大郎的女儿；我的小名叫做胜仙小娘子，年一十八岁，不曾吃人暗算，你今却来暗算我！我是不曾嫁的女孩儿。"[67]

——《闹樊楼多情周胜仙》

这一段当中，对周胜仙的心理、语言、行动三方面都作了交代，让周胜仙这一人物形象跃然纸上。

宋元小说的艺术成就，突出表现在描写得逼真如画，细致入微，是"用写实的手法再现了特定时代、特定环境中的社会风貌和生活气息，就像张择端的《清明上河图》那样，体现了宋代艺术的一种潮流，形成了有民族特色的现实主义文学风格。"[68]酒泉宝卷亦是本着这样一种面面俱到，事尽其详的创作态度绘就了一幅属于酒泉人民的"清明上河图"，质朴、粗糙的文字里记载下的是最真实的生活。

三、结语

以上通过梳理和举例说明，我们可以清楚地看到酒泉宝卷和宋元话本小说在外在体制、内在精神、叙事模式三方面所表现出的文体共性。就二者产生的大致年代来看，这样的相似应该不是一种巧合。宋代城市经济的繁荣使得说话艺术盛行，作为讲说底本的话本小说在当时就已相当完备和成熟，宝卷的正式产生则是到了元代。同是口头讲唱的俗文学，作为后来者的宝卷必定少不了模仿前人的足迹，当然这种模仿不能是简单的亦步亦趋，因为宝卷的最终落脚点是要传达其所秉承的宗教义理。所以早期的宗教宝卷在文体方面同宋元话本小说表现出的相似度不是很高，主要是表现在借鉴了宋元话本小说的外在形式。但随着清政府对民间秘密宗教进行查封，宝卷的宗教性质逐渐淡化，越来越成为贴近民众生活，反映民众情感的一种俗文学形式，这时候，宋元话本小说丰富的题材内容、成熟的叙事手法，就成为宝卷学习的典范。宋元话本小说是城市经济发展的产物，宝卷则主要盛行在广大的偏远农村，大概这也是为什么宝卷没有能够像宋元话本小说那样广为人知的原因之一。而佛教俗讲这一桥梁又沟通起了二者，赋予了其内在精神上的相似性，这便是流淌在字里行间的惩恶扬善，因果报应的朴素情感。无论是城市还是农村，公正和幸福都是人们普遍的追求，从某种程度上来说，这当是二者最本质的共性。

注释

［1］参见谢中岳：《谈谈宝卷研究》，《上海高校图书情报学刊》（季刊）1994 年第 3 期。

［2］濮文起：《宝卷学发凡》，《天津社会科学》1999 年第 2 期。

［3］段平：《河西宝卷选》，兰州大学出版社 1988 年版。

［4］方步和：《河西宝卷真本校注研究》，兰州大学出版社 1992 年版。

［5］酒泉市文化馆：《酒泉宝卷》（上、中、下三编），酒泉市印刷厂 2001 年版。

［6］徐永成：《金张掖宝卷》，甘肃文化出版社 2007 年版。

［7］张旭：《山丹宝卷》（上、下册），甘肃文化出版社 2007 年版。

［8］"宝卷学"一词，首先由著名民间秘密宗教研究专家李世瑜先生于 20 世纪 90 年代初提出。

［9］郑振铎：《中国俗文学史》，团结出版社 2006 年版，第 507—508 页。

［10］转引自车锡伦：《中国宝卷研究的世纪回顾》，《东南大学学报》（哲学社会科学版）2001 年第 8 期。

［11］同上。

［12］刘祯：《宋元时期非戏剧形态目连救母故事与宝卷的形成》，《民间文学论坛》1994 年第 1 期。

［13］台湾中正大学中国文学研究所 1998 年硕士毕业论文。

［14］参见车锡伦：《中国宝卷的渊源》，《敦煌研究》2001 年第 2 期。

［15］车锡伦：《中国宝卷的渊源》，《敦煌研究》2001 年第 2 期。

［16］同上。

［17］刘祯：《宋元时期非戏剧形态目连救母故事与宝卷的形成》，《民间文学论坛》1994 年第 1 期。

［18］上编于 1991 年由甘肃人民出版社出版后因诸种原因，中、下两编一直未能出版，直到 2001 年才由酒泉市文化馆编辑出版。

［19］方步和：《河西宝卷真本校注研究·凡例》，兰州大学出版社 1992 年版，第 7 页。

［20］郑振铎：《三十年来中国文学新资料的发现史略》，《文学》1934 年第 6 期。

［21］转引自车锡伦：《中国宝卷研究的世纪回顾》，《东南大学学报》（哲学社会科学版）2001 年第 8 期。

［22］同上。

［23］郑振铎：《中国俗文学史》，团结出版社 2006 年版，第 508 页。

［24］转引自车锡伦：《中国宝卷研究的世纪回顾》，《东南大学学报》（哲学社会科学版）2001 年第 8 期。

［25］薛宝琨、鲍振培：《中国说唱艺术史论·明清宝卷通论》，花山文艺出版社1990 年版。

［26］台湾中国文化大学中国文学研究所 1999 年曾有志硕士毕业论文。

［27］武文：《甘肃民间文学概论》，甘肃人民出版社 1996 年版。

［28］陈宏：《〈二郎宝卷〉与小说〈西游记〉关系考》，《甘肃社会科学》2004 年第 2 期。

［29］万晴川：《民间秘密教门经卷书写与古代小说》，《明清小说研究》2008 年第 3 期。

［30］车锡伦：《中国宝卷的发展、分类及其社会文化功能》，《中国文学的多层面探讨国际学术会议论文集》1996 年第 4 期。

［31］同上。

酒泉宝卷与话本小说的文体共性初探

［32］参见车锡伦：《明清民间宗教与甘肃的念卷和宝卷》，《敦煌研究》1999年第4期。

［33］现存宋元小说话本的数量难以确定；又因其文本几乎仅见于明人刻印的集子，连元刻本也极为罕见，所以对其时代归属，也有不同的看法。然而，依据《醉翁谈录》、《也是园书目》、《述古堂书目》等文献对宋元话本小说的记载，再与明人刻印的有关作品相互参证，下列作品是比较可靠的宋元小说话本：《张生彩鸾灯传》（见《熊龙峰刊行小说四种》）；《风月瑞先亭》、《杨温拦路虎传》、《西湖三塔记》、《简帖和尚》、《合同文字记》、《柳耆卿诗酒玩江楼记》（以上见《清平山堂话本》）；《宋四公大闹禁魂张》、《张古老种瓜娶文女》（以上见《古今小说》）；《错斩崔宁》（又题《十五贯戏言成巧祸》）、《闹樊楼多情周胜仙》（以上见《醒世恒言》）；《碾玉观音》（又题《崔待诏生死冤家》）、《西山一窟鬼》（又题《一窟鬼癞道人除怪》）、《定山三怪》（又题《崔衙内白鹞招妖》）、《三现身包龙图断冤》、《万秀娘仇报山亭儿》（以上见《警世通言》）等。此外，近年发现元代"福建建阳书坊所刊刻"的《新编红白蜘蛛小说》残页（详见黄永年《记元刻〈新编红白蜘蛛小说〉残页》，载《中华文史论丛》第1辑，上海古籍出版社1982年版），是如今仅见的元刻小说话本，《醒世恒言》的《郑节使立功神臂弓》是其增订本（以上对作品的判断，参考程毅中《试谈小说家话本的断代问题》，载《尽心集》，中国社会科学出版社1996年版，及胡士莹《话本小说概论》，中华书局1980年版）

［34］萧欣桥选注：《宋元明话本小说选》，江西人民出版社1980年版，第152页。

［35］胡士莹选注：《古代白话短篇小说选》，中国青年出版社1962年版，第29页。

［36］胡士莹选注：《古代白话短篇小说选》，中国青年出版社1962年版，第35页。

［37］酒泉市文化馆：《酒泉宝卷·下编》，酒泉市印刷厂2001年版，第135页。

［38］酒泉市文化馆：《酒泉宝卷·上编》，酒泉市印刷厂2001年版，第225页。

［39］同上书，第269页。

［40］酒泉市文化馆：《酒泉宝卷·下编》，酒泉市印刷厂2001年版，第23页。

［41］酒泉市文化馆：《酒泉宝卷·上编》（修订本）．酒泉市印刷厂2001年版，第161页。

［42］酒泉市文化馆：《酒泉宝卷·下编》，酒泉市印刷厂2001年版，第299页。

［43］方步和：《河西宝卷真本校注研究》，兰州大学出版社1992年版，第18页。

［44］方步和：《河西宝卷真本校注研究》，兰州大学出版社1992年版，第31—32页。

［45］方步和：《河西宝卷真本校注研究》，兰州大学出版社1992年版，第45页。

［46］方步和：《河西宝卷真本校注研究》，兰州大学出版社1992年版，第

162—163 页。

［47］酒泉市文化馆：《酒泉宝卷·中编》，酒泉市印刷厂 2001 年版，第 111 页。

［48］胡士莹选注：《古代白话短篇小说选》，中国青年出版社 1962 年版，第 61 页。

［49］本社编：《古代白话小说选》，上海古籍出版社 1979 年版，第 200 页。

［50］萧欣桥选注：《宋元明话本小说选》，江西人民出版社 1980 年版，第 94 页。

［51］酒泉市文化馆：《酒泉宝卷·中编》，酒泉市印刷厂 2001 年版，第 418 页。

［52］酒泉市文化馆：《酒泉宝卷·下编》，酒泉市印刷厂 2001 年版，第 19 页。

［53］酒泉市文化馆：《酒泉宝卷·上编》（修订本），酒泉市文化馆 2001 年版，第 305 页。

［54］刘兴汉：《"因果报应"观念与中国话本小说》，《吉林大学社会科学学报》
1997 年第 5 期。

［55］胡士莹选注：《古代白话短篇小说选》，中国青年出版社 1962 年版，第 61 页。

［56］酒泉市文化馆：《酒泉宝卷·中编》，酒泉市印刷厂 2001 年版，第 311—312 页。

［57］酒泉市文化馆：《酒泉宝卷·下编》，酒泉市印刷厂 2001 年版，第 244 页。

［58］同上书，第 11 页。

［59］酒泉市文化馆：《酒泉宝卷·中编》，酒泉市印刷厂 2001 年版，第 365 页。

［60］同上书，第 289 页。

［61］酒泉市文化馆：《酒泉宝卷·下编》，酒泉市印刷厂 2001 年版，第 154 页。

［62］同上书，第 161 页。

［63］酒泉市文化馆：《酒泉宝卷·中编》，酒泉市印刷厂 2001 年版，第 58—59 页。

［64］同上书，第 181 页。

［65］酒泉市文化馆：《酒泉宝卷·上编》（修订本），酒泉市印刷厂 2001 年版，第
185 页。

［66］胡士莹选注：《古代白话短篇小说选》，中国青年出版社 1962 年版，第 50 页。

［67］萧欣桥选注：《宋元明话本小说选》，江西人民出版社 1980 年版，第 81 页。

［68］程毅中：《宋元小说的写实手法与时代特征》，《社会科学战线》1996 年第 6 期。

兰州大学文学院 张瑞芳

酒泉宝卷的文本叙事学解读

以《牧羊宝卷》为例看酒泉宝卷的故事结构

　　宝卷又名宝传，它是同宗教或民间信仰相结合形成的散韵相间的一种说唱文学形式。[1]是唐代俗讲的"嫡派子孙"[2]。自明清以来就开始流行，是我国民间文化的宝贵遗产。它由唐代的变文、讲经文演变而来，受俗讲及宋代说话的发展，话本、小说、诸宫调及戏曲等的影响，其内容主要有宗教故事、人物传奇、民间神话、传说和戏曲故事等。宝卷以其独特的风韵，赢得了群众的喜爱，在民间流传甚广。

　　《牧羊宝卷》出自酒泉宝卷[3]。描写的是朱春登被婶母宋氏设计，不得已去投军，留下年迈的母亲陈氏和年轻的妻子赵锦堂，受尽婶母的欺辱。朱春登久经磨难，在神仙的帮助下，当上征西大将军，衣锦还乡后惩治了坏人宋成和婶母，与被婶母赶出家门的母亲和妻子团聚的传奇故事。宝卷通过这一故事来宣扬贤孝，提倡人伦，同时也对人性的自私狭隘进行了批判。

　　叙事学是在结构主义影响下发展而来的文学批评理论，是研究叙事的本质、形式、功能的学科，它研究的对象包括故事、叙事话语、叙述行为等，它的基本范围是叙事文学作品。[4] 它一般注重对叙述文本进行结构—语义分析，厘清叙事文本的叙事脉络，并挖掘出文本背后的深刻含义。本书就试图运用这一理论对《牧羊宝卷》进行分析。

一、叙事时间的"预叙"手法

"预叙"，热耐特认为它是指"事先讲述或提及以后事件的一切叙述活动。"[5] 可见，预叙是对事件的一种推测或暗示，或是将未来要发生的事情提前叙述出来。它可以提前暗示或揭破故事的结果，让读者的悬念忽然消失。这种手法，在西方小说中比较少见，但在中国传统小说中，预叙得到了大量运用，而且手法多样。比如话本小说的作者，常在文章的开头用三言两语来概括故事的经过，有时甚至是结局，预先告诉读者，引起他们的兴趣，然后再详细的展开故事。在《牧羊宝卷》中，作者则是利用偈赞韵文的形式来表现预叙。

文章的开头以偈赞韵文的形式做了一个全局性的预叙，引出将要发生的故事。

> 无上甚深微妙法，百千万劫难遭遇。
>
> 我今见闻得守持，诸尊菩萨来拥护。
>
> 牧羊宝卷才展开，指迷归正觉悟开。
>
> 天龙八部生喜欢，佛在空中度群迷。
>
> 一字分开万物生，贤良有分早归源。
>
> 十字街前几人知？世人难测无消息。
>
> 有人破开其中意，目下登去上天梯。

随着佛教的时空观念，以及终生在三界六道的生死世界轮回不已和因缘果报一类思想的传入，宝卷开头的预叙中总带有着浓厚的宗教的说教意味。《牧羊宝卷》的开头便是如此。开头前四句，它先祈求菩萨保佑，点明宝卷的名称，规劝人们弃恶扬善，认真听取宝卷的内容。"一字分开万物生，贤良有分早归源"，这一句道出主题，指明它是一部提倡人伦，宣扬贤良的宝卷。"十字街前几人知？世人难测无消息。有人破开其中意，目下登去上天梯"。两句开始引入故事，并告诉了我们故事的结局，使得些许的紧张气氛消失了，但取而代之的是"它怎么会发生、如何发生"等问题的阅读期待。让人不禁开始联想十字街前发生了什么事情？世人怎么个难测法？怎样才能勘破其中的奥妙，登上天梯呢？使读者对未来事件充满了期待，让人欲罢不能，不得不求一睹为快，提前将听卷人带到了宝卷所要讲述的故事中。

在杨义的《中国叙事学》中，对这种形式的预叙给予分析并指出："这种因果报应也只是一个框架，只是一个外壳，细加分析和剥离，就可以发现其中包含着某种民间情绪的内核，甚至是以民心民情对某些历史公案和人间遭际的特殊形态的评说。"[6] 因此，《牧羊宝卷》中也只是借用了因果报应的外衣，来表现人们对贤孝的推崇。

由于宝卷运用的是讲唱的形式，一则故事可能要讲很长时间，为了使故事听起来不散漫，说起来不混乱，有经验的讲卷人会在整个故事情节展开之前会对全书作出导向性的暗示。这样无论是说者还是听者都不会乱了阵法，导致结构的松散而不能抓住听者的注意力。这样听者才会有耐心跟着讲卷人的节奏进入情节。预叙通过预示可以使故事跌宕起伏，引人入胜，从而获得更多的听众，也为听者提供一种特殊的接受，将听者带入一种特定的情感态度中，随之开始唤起听的期待。[7] 使听者和讲卷人一起进入故事情节的设计与实现中，使读者体验一次神秘的漫游，获得审美的快感。因此，除了《牧羊宝卷》中运用了预叙这种手法，在其他宝卷中，也都相应的运用了这一形式。

在酒泉宝卷中，《金龙宝卷》、《绣龙袍宝卷》、《余郎宝卷》等篇目都是以偈赞韵文的形式来表现预叙。如《金龙宝卷》的开头："金龙宝卷才展开，诸佛菩萨降临来，……人留儿孙树留根，佛留经卷劝化人。""人留儿孙树留根"一句点明主题，指明这是一部劝诫世人，莫要害人性命的宝卷。

同时也让听众开始思考作者是如何构思这篇文章的，情节会如何发展，随之唤起了听的期待。

另外，酒泉宝卷还经常以梦境的形式来表现预叙，将梦作为一种心理活动移植到小说的预叙手法中。如在《乾隆宝卷》中乾隆在民间所认的义女陈月英因私闯午门要被斩首，讲卷人却在这个时候转移话题，不说如何救陈月英，而是讲乾隆做的一个梦，他梦见一星落忽又上升，正南上走来一位老翁，老翁给他留下一首诗文：

> 午天云淡日炎炎，门前鹊儿泪阑干。
> 救难水火干支在，亲栽松柏慰天颜。

在这个梦境中，讲卷人用了一首藏头诗来做预叙，刚开始听者当然不能明白，在后来的讲述中我们才知道，乾隆皇帝在此时做的这样一个梦，正是为了要"午门救亲"，救下我们的女主人公。听众随着讲卷人一步步的讲述，才明白了其中的缘由，心里紧绷的那根弦才慢慢松开。讲卷人在描写梦境的时候，并不是用直截了当的语言将梦境所含的未来事件点出，而是暗藏机关，采用类似猜谜的方式，使听众对未来的事情充满期待，造成悬念。不仅抓住了听者的注意力，而且使故事更加跌宕起伏。酒泉宝卷中的《仲举宝卷》、《如意宝卷》等篇目也都是运用了这种形式来表现预叙，增加了宝卷的审美张力。

二、叙事结构的二元性

《牧羊宝卷》中讲述的故事是这样的：西术国反，唐昭宗下令征军，山东聚贤村，有一个叫朱春登的人，受到其婶母宋氏的设计不得不撇下母亲和妻子离开家乡上京投军，路上又遇到宋成的陷害，在太白金星的帮助下，得以来到西秦，并且当上征西大将军。而自己的母亲和妻子却被婶母虐待甚至赶出家门，要饭为生。宋氏之子春科上西秦寻兄，并与春登三年后一起归乡，惩治了宋成，却被婶母蒙骗，以为自己的母亲、妻子都以死去，在其放斋舍饭之际，巧遇自己化缘的妻子，一家团聚。最后婶母得到了上天的惩罚，春登、春科兄弟受到了观音菩萨的点化，故事以大团圆结局。

依据格雷马斯矩阵模式，我们可以将这个故事画成一个矩阵图来解释人物之间的关系。格雷马斯受索绪尔和雅各布森语言二元性影响，认为人们所接触的"意义"产生于"语义素"单位之间的对立，这种对立分两组：实体与实体的对立；实体对实体的否定。他在此基础上进一步扩充，提出解释文学作品的矩阵模式，即设立一项为 X，它的对立一方是反 X，在此之外，还有与 X 矛盾但不一定对立的非 X，又有反 X 的矛盾方非反 X，即：

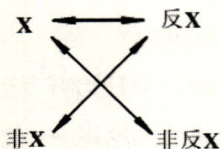

$$\begin{array}{ccc} \textbf{X} & \longleftrightarrow & \textbf{反X} \\ & \diagdown\diagup & \\ \textbf{非X} & \longleftarrow\longrightarrow & \textbf{非反X} \end{array}$$

在格雷马斯看来，故事起源于 X 与反 X 之间的对立，但在故事进程中引入了新的因素，从而又有了非 X 与非反 X，当这些方面的因素都得以展开，故事也就完成。[8]

下面我们用格雷马斯的符号矩阵模式来梳理一下《牧羊宝卷》中的人物关系。

在民间故事中，常常安排各种角色来实践同一行动，这些角色我们把他看成同一行动元。[9] 从《牧羊宝卷》中，我们可以看到朱春登、朱春科、赵锦堂是人性中正义一方的代表，他们代表着人性中美好的东西。我们把他们归为实现同一行动的行动元。春登孝母爱妻，爱护兄弟，忠心报国，上枷锁后还不忘叮嘱妻子孝顺母亲、尊敬婶婶和兄弟，到战场，凭神器神勇杀敌，保卫边疆；春科天真善良、尊敬兄长、是非分明，得知自己兄长上京投军，千里相送，千叮万嘱，为大娘和嫂嫂，辞别父母，上西秦寻找哥哥；赵锦堂聪明贤惠、忠贞不贰、孝顺婆婆，面对婶母宋氏和宋成的威逼和利诱，坚决不改嫁，一心孝敬自己的婆婆，被赶出家门后，背着婆婆化缘为生。这些人物都表现出了人性的美好和品德的高洁。

而与之相对应的就是婶母宋氏身上体现出的反人性、反人道精神。她不仅设计让自己的侄子上京投军，而且还指使宋成在路上害死春登，丝毫不念亲情；一面还假意哄骗陈氏和赵锦堂，让赵锦堂改嫁给宋成，为此不惜烧掉春登的房子，利诱不成，恼怒之下将他们婆媳二人赶出家门，并且气死了自己的丈夫。当春登衣锦归乡之后，就马上换了一副面孔，极尽虚情假意之能事。在她的身上，可以说是毫无人性中的仁慈和人道主义精神，完全不具备传统文化中贤妻良母的品质。在小说中，她的行动推动了故事的发展。作为相反对立中的一方，她的所作所为，与上述春登、春科等人形成了鲜明的对比，在她的身上表现了人性中丑恶的一面，其行为可以说是反人性的代表。

朱凤由于不想从军，就同意了自己妻子宋氏的计策，将自己的侄子推向战场，形成了与朱春登矛盾但不对立的非 X，在春登困难的时候，太白金星给予了帮助，并在文章的最后，对狠心的宋氏给予了惩处，因而以太白金星为代表的神仙就构成了最终的非反 X 因素。

我们用格雷马斯的矩阵符号图式可将小说的人物关系表示为下图：

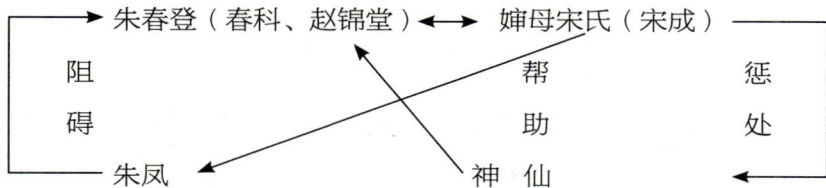

从上图中我们可以清晰地把握小说中的人物关系。春登与婶母、春登与宋成、婶母与赵锦堂之间的矛盾冲突，是作为文章的表层结构出现的，而隐藏在文本背后的深层结构则是小说的主要矛盾：人性与反人性的对立。小说从春登被锁上京投军开始，原始的平衡状态被打破，由此产生了不平衡的局面。各种矛盾开始萌芽，婶母和丈夫朱凤之间的矛盾，激发了宋氏对春登的怨恨，想出了路上害死春登的计策，以赵锦堂改嫁宋成为诱饵，让宋成去谋害春登。造成宋成与春登、宋成与赵锦堂之间的矛盾。当远留儿送错春登的书信后，婶母不仅伪造书信，还欺压赵锦堂和陈氏，又产生了婶母与赵锦堂和陈氏之间的矛盾。这四种矛盾冲突表现出宋氏的虚伪、狠心、心胸狭隘、

欺善怕恶、不念亲情和春登、春科之间深厚的兄弟情义，以及春登和赵锦堂真挚的夫妻感情。然而，如果我们从小说的深层结构去分析，我们会发现这些表面的矛盾冲突都只是为了推动故事情节的发展，从而反映出小说的深层主题，即以宋氏为代表的人性恶和以春登为代表的人性美的对立与斗争，这种人性的美与丑之间的冲突，才是小说中最强烈的对立，构成了小说矛盾冲突的主线，而其他矛盾都只是为了凸显这一"相反对立"。在这个过程中，人性美作为故事的中心轴，与人性恶相互斗争，并最终战胜了人性恶。小说以春登与婶母、婶母与赵锦堂、宋成与赵锦堂等矛盾的对比，一一显示出人性中的贤、孝、忠、义，从而凸显出作品对人性中高尚品德的赞美这一目的。

通过对《牧羊宝卷》的结构主义叙事学的解读，我们不仅清晰地把握了作品中人物之间的关系，而且挖掘出了隐藏在文本背后的深层含义，我们从纷繁复杂的故事表象中得出，本文表面是写朱春登变泰发迹的传奇故事，其实隐藏在文本背后的深层结构则是对人性恶的揭露批判以及对于人性美的追求与赞扬。

在酒泉宝卷中运用这种故事结构的二元对立来衍生情节的作品还有很多，如《绣龙袍宝卷》、《双喜宝卷》、《沉香宝卷》、《蜜蜂宝卷》等篇目，都是以人物的二元对立（即基本的语义轴 X ⟷ 反 X）为开始，使得最原始的平衡状态被打破，故事的情节序列开始向不平衡的一端发展，引出人物关系的另一种对立（即非 X ⟷ 非反 X）。如《绣龙袍宝卷》中由范其郎与孟鹤的矛盾，引出孟鹤陷害范其郎、范其郎与许孟姜的相识、范其郎的被害等一系列的故事。最后孟姜女以自己的聪明才智不仅为丈夫报了仇，还戏弄了秦始皇，并与范其郎的玉棺一起沉入东海。通过范其郎与孟鹤的矛盾、孟姜女与秦始皇的矛盾、孟姜女与孟鹤之间的矛盾冲突，对孟鹤的阴险，秦始皇的好色进行了批判。通过这些矛盾冲突我们可以挖掘出故事的深层结构：它赞美的是以范其郎、孟姜女为代表的敢于向强权挑战的反抗精神，肯定他们对"美与幸福"的追求，否定孟鹤、秦始皇对"美与幸福"的破坏、毁灭，"美与幸福"的追求作为故事的中心轴，最终战胜了破坏这种"美与幸福"的反对力量。"美与幸福"的胜利，体现出了中国传统文化的道德标准，这也是宝卷所弘扬的文化精神。

我们在研究文学作品时，为了加深对作品的深刻内涵的认识，往往需要我们从不同的角度，不同的方法、不同的文学批评理论进行分析解读，文学批评理论作为一种方法论，也应该是超越国界的。本文正是运用西方当代文学批评理论对中国的民间文学进行文本分析，希望能够为我们的古代文学研究做一个尝试。

注释

[1] 翟建红：《对河西宝卷中民间精神的认识》，《河西学院学报》第24卷2008年第4期。

[2] 车锡伦：《中国宝卷的渊源》，《敦煌研究》2003年第2期。

[3] 酒泉市文化馆编：《酒泉宝卷》，内部印行本2001年版。

[4] 罗钢：《叙事学导论·引言》，云南文学出版社1994年版，第3页。

[5] 热耐特：《叙事话语·新叙事话语》，中国社会科学出版社1990年版，第17页。

[6] 杨义：《中国叙事学》，人民出版社1997年版，第154页。

[7] 吴见勤：《中国古典小说的预叙叙事》，《江淮论坛》2004年第6期。

[8] [法]格雷马斯：《论意义—符号学论文集》（上册），吴泓渺、冯学俊译，百花文艺出版社2005年版，第139—161页。

[9] [法]格雷马斯：《行动元、角色和形象》，《叙述学研究》，中国社会科学出版社1989年版，第119页。

兰州大学文学院　田多瑞

从地域文化看河西《孟姜女宝卷》的情节演变

　　宝卷是承袭唐代佛教俗讲传统，经宋至元末明初，逐渐演变而成的一种广泛流传于民间的说唱文学。至清盛极而衰，其内容主要是宣讲佛道经书和劝善故事，同时也包括了大量世俗内容的民间传说，具有很强的宗教性和广泛的群众性。河西宝卷流传于甘肃省河西走廊一带。"宝卷于明代后期随着民间宗教传入甘肃地区……由于特殊的地理环境，在从宗教宝卷到民间宝卷的发展过程中，河西宝卷形成了具有地区文化特征的民间念卷"[1]，南方称之为"宣卷"。在今天甘肃河西地区的广大农村，文化落后、交通闭塞，宝卷仍然有着旺盛的生命力，"河西的封闭正好是古老宝卷存留的温床"[2]。

　　孟姜女传说作为中国民间四大传说之一，流传时间久远、地域广阔，其故事在敦煌曲子词、敦煌变文、河西宝卷中都有体现。孟姜女宝卷作为河西宝卷的经典故事之一，在曲子词、变文等说唱文学的基础上，历代民众以喜闻乐见的叙事方式，不断在其中加入一些幻想与理想成分，形成了独有的完整的河西孟姜女故事。本书从"历史的系统"[3]阐明孟姜女故事在敦煌曲子词、敦煌变文、河西宝卷中的情节演变，从"地域的系统"[4]将河西孟姜女宝卷与江浙一带流传的《孟姜仙女宝卷》做一比较，探讨二者在情节上的差异性。

一、"历史的系统"：孟姜女故事在敦煌曲子词、敦煌变文、河西宝卷中的情节演变

20世纪上半叶起，随着敦煌文献日益为学人重视，与敦煌文献有密切关系的宝卷也逐渐为世人关注，郑振铎、杜颖陶、顾颉刚、向达、赵景深、胡士莹、李世瑜、车锡伦等先后对宝卷加以收藏或研究。新历史学家"古史辨"派代表人物顾颉刚先生对于孟姜女故事的研究，取得了世界声名，他的《孟姜女故事研究》长文的发表在学界影响巨大，顾先生认为，关于唐代的孟姜女故事是由春秋时期的杞梁妻故事嬗变而来。但是著名俗文学家路工认为，虽然孟姜女故事和《左传》记载的"杞梁之妻郊吊"的故事有相似的地方，也可以看出孟姜女故事受到它的一些影响，但是这两个故事的内容根本不同，春秋战国的杞梁妻故事是写战争的，但是孟姜女故事是写劳役的。虽然其观点不乏见异者，但不会影响到顾氏这部煌煌著作的整体价值。孟姜女故事的进展时序及其变异的情形，大致可以分为三期：一期为唐代以前的杞梁妻传说；二期为唐初的孟仲姿传奇；三期为唐五代至明清以后的孟姜女故事[5]。孟姜女故事在敦煌曲子词、敦煌变文、河西宝卷中的情节演变属于第三期。

任半塘先生编著的《敦煌歌辞总编》卷三中收有十首有关孟姜女的小曲，将其定名为《捣练子》十首[6]，现摘录如下：

> 堂前立，拜辞娘，不觉眼中泪千行。劝你耶娘少怅望，为吃他官家重衣粮。
>
> 辞父娘，入妻房，莫将生分向耶娘。君去前程但努力，不敢放慢向公婆。

孟姜女，杞梁妻，一去燕山更不归。造得寒衣无人送，不免自家送征衣。

　　长城路，实难行，乳酪山下雪纷纷。吃酒只为隔饭病，愿身强健早还归。

　　雪凝盖，月已升，朦胧不眠已三更。面上褐绫红分散，号啕大哭呼三星。

　　对白绵，二丈长，裁衣长短尺上量。夜来梦见秋交末，自怕君身上□□。

　　孟姜女，秦杞梁，声声懊恼小秦王。秦王敢质三边滞，千番万里筑城长。

　　长城下，哭声哀，感得长城一垛摧。裹畔髑髅千万个，十万骸骨不教回。

　　刀口亮，两拳拳，十个指头血沾根。青竹干投上玄背子，从今以后信和蕃。

　　娘子好，体一言，离别耶娘十数年。早晚到家乡勤饣惠，月尽日交管黄纸钱。少长无□□□□，月尽日交管黄纸钱。

　　任半塘先生在《敦煌曲初探》和《唐戏弄》中指出此曲与演剧的关系值得注意，他认为这十首小曲"其内容既演故事，又有代言，分场面，显为戏文"（《敦煌歌辞总编》卷三）。并认为前四首"占故事之开端"，后六首"占故事之结束，中间显有脱节"（《敦煌歌辞总编》卷三）。关于十首小曲的写作年代，历来颇有争议，顾颉刚先生认为"最迟不过宋初"（《歌谣》周刊八十三号），任先生认为"尚在所谓'大唐'范围，未入五代"（《敦煌歌辞总编》卷三）。按任先生的说法，第一首是范杞梁行役前在堂上辞别父母，泣涕涟涟，嘱托父母不要惦念；第二首是夫妇对唱，杞梁嘱姜女好生侍奉公婆，姜女嘱夫努力行役，并表白一定会善待公婆；第三首是孟姜女唱，丈夫久役未归，准备离家为丈夫送寒衣。"孟姜"作为美女的统称，在《诗经·郑风·有女同车篇》中就已经出现[7]，但是在敦煌曲子词中才首次出现

"孟姜女"这个美丽的名字；第四首是公婆唱，言长城路途险远，嘱媳早日还归，第五六首是孟姜女唱，叙说裁衣情形；第七首任先生认为是"孟与杞魂途中相值，孟知杞死"（《敦煌歌辞总编》卷三）；第八首孟姜女唱，叙孟哭城、城为之崩而尸骨暴露；第九首孟姜女唱，叙孟滴血验骨、认骨；第十首杞梁魂唱，嘱妻好好事亲，并为自己烧黄纸钱。十首虽字句残缺不全，但孟姜女千里寻夫的故事脉络大体清晰，民间苦于长城劳役的悲情及对秦王兴长城之役的强烈谴责溢于言表。

孟姜女变文，属于唐五代变文，原本题目残失，题目系今人依故事内容拟补，是今知最早的以孟姜女寻夫故事为题材的文艺作品。由于变文流传过程中的残缺，故事从孟姜女千里寻夫送寒衣开始，闻其夫杞梁已亡，哭倒长城，露出骷髅无数，于是咬指取血验骨，寻出杞梁遗骸，作文祭祀，并负骨归里。摘录其中的一段原文如下 [8]：

（前缺）……

□贵珍重送寒衣，未□（委）将何可报得？

热（执）别之时言不久，拟于朝暮再还乡。

谁为忽遭槌杵祸，魂销命尽塞垣亡。

……

劳贵远道故相看，冒涉风霜损气力，

千万珍重早皈还，贫兵地下长相億（忆）。

其妻闻之大哭叫，不知君在长城妖。

既云骸骨筑城中，妾亦更知何所道。

姜女自雹哭黄天，只恨贤夫亡太早。

妇人决（决）列（烈）感山河，大哭即得长城倒。

孟姜女变文以说唱形式的诗文长篇出现，这种以戏曲说唱脚本的形式使孟姜女情节结构的稳定性加强，对于故事的传播与流布意义重大。

河西宝卷中，孟姜女宝卷是其中的经典故事之一，其故事梗概是这样的：

秦始皇做恶梦猪羊索命，朝臣解梦后秦始皇打算修筑长城，以防边患。书生范其郎孝敬父母，自愿替父修筑长城。回家探亲时旋风将其刮至孟家花园，天意使然使其遇见孟姜女。二人两情相悦，结为夫妻。然而新婚不到三天，范其郎就被公差抓去修长城。孟姜女惦记丈夫，万里寻夫，一路千辛万苦，到了长城后才知道范其郎尸骨被填进了城墙里。孟姜女忍住悲痛诳献黄袍斩奸人秦将，假意为妃，提出三个条件，秦始皇一一答应，孟姜女哭城，城崩乱骨现，滴血入骨认夫骸，最后投水自尽，秦始皇患相思病，赶石舀水炼大海，玉帝派仙女假扮孟姜女来和始皇成亲，气死始皇。现将三者的具体故事情节列表如下：

三者具体故事情节列表

故事情节	故 事 进 展		
	敦煌曲子词	敦煌变文	河西宝卷
征夫	杞梁修筑长城，辞别父母，嘱咐姜女	远筑长城，差充兵卒	秦王做恶梦，打算修筑长城，书生范其郎当夫
丧夫	"孟姜女与杞梁魂途中相值，孟知杞死"	杞梁遭槌杵之祸，魂销命尽，尸留塞垣	范其郎回家途中偶遇许孟姜，天意成亲，三天后被抓，筑进长城
寻夫	丈夫久役未归，姜女离家为丈夫送寒衣	孟姜女送寒衣，冒涉风霜，消损气力	其郎托梦，孟姜女寻夫来相见，诳献黄袍斩奸人
哭夫	姜女哭声哀怨，感动得长城倒塌。割指滴血认夫	孟姜女大声哭叫，长城即倒，咬指取血，选其夫骨	孟姜女假意为妃，提出三个条件，哭城城崩乱骨现，滴血认夫骸
祭夫	杞梁魂唱，嘱妻好好事亲，祭奠自己	孟姜女祭祀亡夫，捡夫骨，背负回家	范其郎水葬，君王戴孝，姜女海边祭祀，范其郎封官
殉夫	无	无	骗秦始皇水葬范其郎，自己投水殉夫
备注	首次出现制作寒衣，怒骂昏君的具体情节，"孟姜女"之名第一次出现	出现数个骷髅无人搬运，姜女悲啼，为其传信的情节	秦始皇患相思病，赶石舀水炼大海，玉帝派仙女假扮姜女，气死秦始皇

从上表我们可以清晰看出河西宝卷对敦煌曲子词、敦煌变文的传承与演变。曲子词是俗唱，提供小民通俗的娱乐；变文是宗教俗讲，属于宣扬教义

的浅俗文体；河西孟姜女宝卷在故事的节点网络构成了一个自足的逻辑体系，无论是在节点之上，还是节点之间，都存在巨大的想象空间，可以让故事家们充分驰骋自己的文学想象。相比较而言，宝卷故事变得更加完整，细节描写完善，特别是故事结局的设置上富于传奇性与戏剧性，具有更加浓郁的民俗色彩，而且从情节浅层结构表现出来的深层意义是，我们发现从"敦煌曲子词—敦煌变文—河西宝卷"的逐渐流传与演变中，人们对于始皇的批判从"怒骂昏君"走向"气死始皇"，对于皇权的批判力度逐渐强化并且深入。

二、"地域的系统"：河西孟姜女宝卷与江浙《孟姜仙女宝卷》的差异性比较

　　车锡伦在《中国宝卷总目》中对于现在流传的孟姜女宝卷做了细致的梳理[9]。钟敬文先生说："《孟姜女故事》的原型与劳动人民反抗统治者的暴政相关，故事源远流长，在流传过程中，异义很多"[10]。民间永不枯竭的原创力，总是呈现着一个活泼、富有生命力的孟姜女形象，从宝卷中孟姜女故事的情节单元研究出发，才能真正掌握故事变化的迹象，以及其不变的主题意识。

　　日本学者饭仓照平在其论文《关于孟姜女》中指出：孟姜女传说的传播有北方说与南方说之分，所谓北方说是指敦煌发现的有关资料和北方的民间口传文学资料；南方说是指与唐代《同贤记》相类在南方流传的孟姜女作品，《同贤记》故事内容是：孟超女仲姿洗浴为杞良所见，嫁之，时杞良逃筑长城，事发，被打死，筑城内，仲姿哭崩城，滴血认夫骨。将河西宝卷中的孟姜女宝卷(目前所搜集的资料，主要包括《金张掖民间宝卷·孟姜女哭长城宝卷》[11]、《酒泉宝卷（中）·绣龙袍宝卷》[12]、《酒泉宝卷（下）·长城宝卷》[13]、《孟姜女哭长城宝卷》[14]）和南方流传的孟姜仙女宝卷进行比较（以下为了论述方便，将《孟姜仙女宝卷》简称为《仙女卷》[15]），笔者认为，两者之间有以下几点差异性。

（一）主人公来历的不同叙述

河西孟姜女宝卷在叙说两位主人公范其郎和孟姜女的来历是这样的："范其郎是当时西部洪水地方年过花甲的员外范彦玉的小儿子，他大儿子是个瞎子。孟姜女是长城边上许员外许伟良的女儿，她年方十八，美貌如花，读书知礼，节孝双全"（《酒泉宝卷·长城宝卷》）；"范其郎是洪水县洪水坝年过七十的员外范彦玉的独生儿子，二老年高有德，家豪大富，骡马成群。孟姜女是佛罗山五十里长亭员外许伟良的女儿，年方十六，未曾许人"（《金张掖民间宝卷·孟姜女哭长城宝卷》）……河西宝卷对于两位主人公来历的叙述差异很小，都是以现实生活为依据，西部洪水县就是现在河西地区张掖市辖管的民乐县。在南方江浙流传的《孟姜仙女宝卷》中，故事开头就指出万喜良原是芒童仙官，见秦始皇要造长城，万喜良立愿去救万民，投胎到苏州万家，孟姜女本是七姑仙，见劝不住仙弟，同样下凡了，但不愿受胎产血污，见松江华亭县孟家庄仆人孟欣所种冬瓜甚大，就遁入瓜中。瓜却长到隔壁姜家，地保判断，两家对分，正要切瓜，仙女大叫，剖开只见里面端坐一个女孩，孟欣抱走女孩，姜婆到县署伸冤，县主断为两家共有，取名孟姜女，姜婆和孟公就合为一家。"瓜生灵童"之说在南方一带流行甚广，目的在说明孟姜女天性纯真，民间对童男童女赋予一种未知神性，他们认为，一旦受血污之染，就失去了与神明接通的本性，孟姜女不愿受胎产血污，就保存了自己的神性。相比较《仙女宝卷》而言，虽然河西孟姜女宝卷在故事末尾指出二人是神仙转世，但是没有说如何转世，神化迷信色彩稍淡，质朴无华，更具生活气息，南方版的孟姜故事迷信仙气色彩较浓烈。

（二）传播过程中文化特质的突出反映

河西地区的文化传播表现为"沙漠文化特质"[16]，所谓文化特质，是指组成文化的最小单位，亦称文化元素，是人类文化内涵的核心要素，或体现该文化特征的主要内容。使用文化特质或文化元素概念来分析文化，有利于对文化进行定量分析。普列汉洛夫曾说"任何一个民族的艺术都是由她的心理决定的，她的心理是由她的环境所造成的"[17]。河西地区的孟姜女故事，加入许多沙漠文化因子充分说明了这一点。宝卷在叙述范其郎和孟姜女邂逅相遇的情节是这样开始的："（范其郎）赶到临潼关，忽然刮起狂风一阵，把范其郎直接刮到许家花园，跌撞得昏迷不醒，三更时候才慢慢清醒，却不知东南西北，孟姜女正在观花，猛发现梧桐树上有人，范其郎实情以对，孟姜女暗想，莫不是天意撮合，就去禀告父母，当即拜堂成亲"（《金张掖民间宝卷·孟姜女哭长城宝卷》）；"范其郎骑马出发了，没想到出门不久，狂风大作，飞沙走石，黑风当道。不一会，一阵钻天的旋风，把他卷走了"（《酒泉宝卷·长城宝卷》）。范齐郎和孟姜女的相遇在全国有很多不同的情节模式：有如范其郎逃苦役，误闯花园，看到孟姜女洗澡，二人相遇；有孟姜女"出对子"选婿，相中范其郎，二人邂逅等，流传到河西地区，二人的相遇缘于旋风的使然。在《仙女宝卷》中，故事沿袭了南方流行的"窥浴成亲"情节，孟姜女在自家后花园的莲池边揩身体，围墙闪过黑影，跳进后生范其郎，由于其看见孟姜女裸浴，二人成婚，当晚就被衙役抓走，这个情节有南方民俗端午节或六月六日中祛除衅浴的仪式——"姜女裸浴"的影子。从中我们可以看出南北民俗风情的差异，特别是在对于两性的问题上，说唱艺人对于情节的拿捏尺度可见一斑，一般来说，北方较保守，南方较开放，而且由于南方的气候炎热潮湿，白肉相见，胳膊裸露是很自然的事情，在北方却是很难看见，缘于此呈现在宝卷中二人相遇的情形描述就有了很大的不同。

另外，在河西孟姜女宝卷中，都有范其郎知道自己命不久矣，于是给孟姜女捎书信，苦于无人传信，平地刮起一阵风，将书信送到孟姜女家的后花园，于是有了后面孟姜女千里寻夫等故事情节。河西宝卷中旋风、黑风情节的加入对于故事的情节发展至关重要，同时表现出来的地域特色非常明显。而《仙女卷》中，玉帝发现芒童仙女私自下凡，怒命太白金星降童谣："姑苏有个万喜良，一人能抵万民亡。"秦始皇听了出榜捉拿。喜良逃命误入孟家花园，孟姜女正好花园散步，突然跌落莲池呼喊救命，惊动了喜良，喜良跑出来相救，因为两家是世交，于是二人成婚，在其中出现了"英雄救美"的情节。

谭达先在《中国四大传说新论》中指出："孟姜女传说中……异文作品不少，不少传说的人物、事件、情节等，差别很大，甚至主题也不同，有的更和某地特定的地域民俗联系很直接。"孟姜女宝卷在其流传过程中，不断加入河西地区的风俗、方言、地方风物、民间小调等，使其更加喜闻乐见，方言土语杂陈，乡土气息浓厚。《孟姜女哭长城宝卷》中孟姜女想起自己的苦难，唱起《十月苦》：

> 正月里，是新年，孟姜一人真作难！
> 家家油馍闹欢天，心想范郎实可怜。
> 二月里，二月天，风沙遮日衣服单；
> 家家热炕心头暖，我的范郎离人间。
> ……
> 十月里，十月一，麻腐包子送寒衣；
> 走了一里又一里，我的范郎在哪里？

这一段《十月苦》唱调有着明显的地域特质，犹如《诗经·豳风·七月》反映周代先民的生活一样，"十月苦"形象鲜明地反映了河西人民一年四季的生活动态。诗从正月写起，按农事活动的顺序，以平铺直叙的手法，逐月展开各个画面，粗线条勾勒了当时社会生活的整体风貌。曲词里面有"油馍"、"热炕"、"娘娘庙"、"田"、"麻腐包子"等地方风物；有三月清明上坟茔、四月八娘娘庙里把香插、五月端阳插柳枝、十月一日麻腐包子送寒衣等河西民俗的因子；有"真作难"、"烧米汤"、"主骨汉"、"说愁肠"、"慢就就"等方言俗语；河西一带的物什在孟姜女宝卷中同样大量出现，如"量天尺"、"滚水"、"腿板"、"吃食"、"灰面"等。《哭五更》、《十月苦》等地方曲调的加入，起到深化感情，增强艺术感染力的作用，使念卷更加抑扬顿挫，将说唱艺人和听众之间的距离拉近。

（三）"送寒衣"、"哭长城"情节的大胆创新与改造

"送寒衣"情节包含着孟姜女对范其郎的期盼与牵念，这个情节的出现，使宝卷更加富于浓郁的中国民俗气味和生活化。孟姜女"送寒衣"情节在唐

代发展成熟，敦煌曲子词，敦煌变文中都有送寒衣情节。自此以后，在宋元话本、诸宫调、弹词、地方曲艺中送寒衣情节极为常见，成了孟姜女故事的经典桥段。"元杂剧有《录鬼簿》著录的郑廷玉《孟女送寒衣》一本，南戏有《南词叙录》著录的《孟姜女送寒衣》(又见《永乐大典》戏目)，杂剧《窦娥冤》二折、《任风子》三、《生金阁》二、《后庭花》二、《对玉梳》三、《还牢末》都用过送寒衣事"[18]。但是故事发展至明清的河西宝卷中，"送寒衣"这样一个至关重要的情节消隐不现，改为"制锦袍"、"绣龙袍"的情节模式。在《酒泉宝卷·长城宝卷》中，孟姜女把锦袍作为复仇的工具："一盏明灯照眼前，手中拿起金银线；千仇万恨压心间，绣好龙袍报仇怨。"听到秦将说丈夫被打进长城后，她强忍悲痛，按住怒火，一针一线地绣制好龙袍，让秦将带上龙袍进京。秦将到了咸阳献上龙袍，心想会得到重赏，然后回去和孟姜女成婚，谁料皇帝打开一看是件送葬的白袍，秦始皇大怒，斩了秦将。在《孟姜女哭长城宝卷》和《绣龙袍宝卷》中锦袍不仅是孟姜女报仇的工具，而且成了孟姜女寻夫路上通过关卡的媒介，"为皇上绣件龙袍，走州吃州，走县吃县，关口路道无人阻拦"，锦袍还是孟姜女与秦始皇见面的媒介，由此引起了后文孟姜女与秦始皇的斗争，这是孟姜女故事发展过程中一个极大的变动。在《仙女宝卷》中则完全没有送寒衣的情节，李斯奏请封为救万民而被活埋的万喜良为"长城万里侯万王尊神"，秦始皇从之，亲往致祭，万喜良托梦嘱咐孟姜女亲到长城，请始皇敕建"万王神庙"，于是孟姜女辞别父母，哭泣上路，万里寻夫。

高尔基认为口头文学跟悲观主义是完全绝缘的。在民间故事中，任何不圆满的事件都可以把它看做一种"缺失"，只要缺失存在，民众心理有期待，故事家们就一定会不断地尝试补接新的母题来弥合这些缺失，孟姜女哭倒长城就是一个突出的例证，作为孟姜女故事的标志性情节，"长城的耸立，是孟姜女世界的残缺；长城的坍塌，则可补救孟姜女残缺的世界"[19]。河西宝卷中，孟姜女哭长城的情节有所变化，长城并非是孟姜女哭倒的，在《金张掖民间宝卷·孟姜女宝卷》中"孟姜女指示始皇取出醮纸一张，盖三块御印，长城遂倒四十里"，滴血认亲时才放声痛哭。在《绣龙袍宝卷》中孟姜女让始皇在长城边上搭凉棚三处，再建玉印三颗，秦始皇往长城三叩九拜，长城倒了十万里，范其郎的尸体自现，没有滴血认骨的情节。《仙女卷》中喜良托梦嘱咐孟姜女亲自到长城，让秦始皇建造"万王庙"，于是姜女辞别父母，哭泣上路，来到潼关，大哭一场，就把长城哭塌了，原来是喜良显灵，把他的尸骨露了出来。

（四）对始皇批判力度的差异体现

孟姜女故事中，孟姜女与秦始皇的纠葛是这个故事后期发展的主要情节，特别是明清以来的孟姜女故事中，它表现出故事主题的明显变化，给故事增加了新鲜的血肉，使得故事的人民性大大加强。河西孟姜女宝卷极力描写孟姜女如何戏弄秦始皇，秦始皇像一个任由姜女摆布的小丑木偶，对于孟姜女提出各种苛刻要求，秦始皇唯命是从。孟姜女知道秦始皇垂涎自己美貌，她不失时机地向秦始皇提出招魂、拾骨、祭夫、葬夫等条件，为丈夫以及所有死难的百姓伸张正义，提出了三个条件分别是：改范其郎土葬为水葬；秦始皇披麻戴孝；封范其郎为东海龙王。将秦始皇戏弄耍笑一番，最后沉入海底，一股巨浪翻起，夫妻双双成仙升天去了，秦始皇皇落一个人财两空空悲叹，君王痴心患相思病，赶石舀水炼大海，玉帝派仙女来凡间假扮与始皇成亲，气走了道人，气死了始皇。在河西宝卷中，秦始皇不仅是拆人离散广征徭役的总头目，又是欲纳他人之妻的典型，继壮烈的哭城崩城之后，又出现了一个对付和嘲弄统治者的高潮，极大地满足了人民积蓄已久的反抗要求。《仙女卷》中，加入了秦相李斯的情节，李斯奏请封为救万民而被活埋的万喜良为"长城万里侯万王尊神"，秦始皇从之，秦始皇御祭安葬万喜良，焚帛烧锭时，孟姜女跳到火光熊熊的烈火之中，化作青烟飘上天了，秦始皇疑心孟姜女是仙女，在万王庙旁边造了仙女宫。孟万两家四老念佛修道，南海大士前往点化，孟姜女与万喜良二人相见，携手同拜四老，一家团圆。顾颉刚认为《仙女卷》的结局太过圆满，未免蛇足，相比较河西孟姜女宝卷而言，《仙女卷》对于皇权的批判力度也显得薄弱不足 [20]。

河西孟姜女宝卷缘于地理条件、民俗风情等因素的影响，在念卷艺人的天才创造中，形成了富有地方特色的孟姜女故事结构。但无论在何时何地，它恒久不变地反映着人心的共同意识与愿望。作为中国俗文学的珍贵资料，作为一种比较古老而又有浓厚宗教色彩的通俗文艺，作为人民的精神寄托和文化娱乐，它将继续传承发展下去。

注释

［1］车锡伦：《明清民间宗教与甘肃的念卷和宝卷》，《敦煌研究》1999年第4期。

［2］段平：《河西宝卷的调查与研究》，兰州大学出版社1992年版，第18页。

［3］［4］顾颉刚：《孟姜女故事研究》，《现代评论》两周年增刊1927年1月。

［5］黄瑞旗：《孟姜女故事研究》，中国人民大学出版社2007年版，第255页。

［6］任半塘：《敦煌歌辞总编》，上海古籍出版社2007年版，第198页。

［7］（清）姚际恒：《诗经通论》，上海古籍出版社1996年版，第89页。

［8］潘重规：《敦煌变文集新书》，台北文津出版社1994年版，第392—393页。

［9］车锡伦：《中国宝卷总目》，北京燕山出版社2000年版，第121页。

［10］钟敬文：《中国民间文学大辞典》（上），黑龙江人民出版社1996年版，第608页。

［11］徐永成：《金张掖民间宝卷》（三），甘肃文化出版社2007年版，第878—891页。

［12］《酒泉宝卷》编辑委员会：《酒泉宝卷》（中），酒泉市文化馆2001年版，第171—194页。

［13］《酒泉宝卷》编辑委员会：《酒泉宝卷》（下），酒泉市文化馆2001年版，第133—149页。

［14］段平整理：《河西宝卷选》，兰州大学出版社1988年版，第1—18页。

［15］路工：《孟姜女万里寻夫集》，中华书局1958年版，第231—239页。

［16］段平：《河西宝卷的调查与研究》，兰州大学出版社1992年版，第124页。

［17］钟敬文主编：《民间文学参考资料》（第二集），北京师大中文系民间文学教研室编印1982年版，第133页。

［18］高思嘉：《孟姜女故事探索》，《四川师范大学》（社会科学版）第24卷1997年第4期。

［19］祝秀丽：《解析"孟姜女"》，《民俗研究》2007年第8期。

［20］顾颉刚：《孟姜女故事研究集》（第一册），上海古籍出版社1984年版，第84页。

从《沉香宝卷》探析二郎神形象嬗变的原因

兰州大学文学院 刘维维

"宝卷"是中国民间文学中尚未充分发掘的一宗遗产，它是承袭唐代的佛教俗讲故事，而逐渐演变形成的一种说唱文学，具有很强的宗教性和广泛的群众性，其源头可以上溯到唐代佛教的变文。《酒泉宝卷》中的《沉香宝卷》又名《刘沉香宝卷》、《符王宝卷》、《华山仙圣沉香宝卷》、《劈山救母宝卷》、《华峰志迹卷》。[1] 故事梗概是：唐武宗年间，秀才刘锡进京赶考，路遇华岳庙，题诗庙中，戏弄庙神三圣母，三圣母怒欲杀之，得太白金星之告，谓其与刘有宿世姻缘。三圣母遂与刘结为夫妻。二月多后，刘上京应试，三圣母既孕，其兄二郎神察之，压三圣母于华山之下。三圣母于山下产子，取名"沉香"，遣土地神送子与其父。沉香成人后，遇霹雳大仙，授以仙法，与其舅二郎神大战于华山，救出母亲，并平息了朝廷叛乱，终成仙得道，返回天庭。

在此故事中，二郎神是以残暴、冷酷无情，毫无人情味的奸邪形象出现。

但在中国文化、民俗中，关于二郎神这一形象都是正面歌颂赞扬的，并且流传的十分广泛。中国传统故事、戏剧或说唱文学中，出现过李姓二郎，赵姓二郎，邓姓二郎神和杨姓二郎神，对于他的描述莫不是神威显赫、法力无边、武艺高强的英雄形象。而且，在民间，二郎神崇拜现象，也非常普遍，甚至二郎的传说影响至地名、山川之名等，还被编入多种戏剧中。

一、关于二郎神的几种传说

关于二郎神的传说，主要有以下四种。

赵姓二郎赵昱的事迹，五代时已开始流传，后经演变改编成《二郎神醉射锁魔镜》、《二郎神锁齐天大圣》和《灌口二郎斩健蛟》等杂剧。

"赵昱字仲明，与兄赵冕都隐居在青城山，跟随道士李珏学道。他隋末拜嘉州太守。时键为潭中有老蛟为害，昱率甲士千人，及舟男属一万人，夹江岸鼓吹，声震天地。昱乃持刀没水，顷江水尽赤，石岸半崩，吼声如雷。昱左手持蛟首，右手持刀，奋波而出。州人顶戴，事为神明。"[2] 由于隋末天下大乱，他弃官隐去，不知所终。后因嘉州江水涨谥，蜀人见赵昱在青雾中骑白马，从波面而过，才知是他治理了水患。人民为感谢其恩德，为他于灌江口立庙，时常供奉，俗称灌口二郎。这一记述的是赵昱江中斩蛟和治水的事迹，对于历经水患灾害的巴蜀人民来说，二郎神得到了民众的认同。

至于李姓二郎神的出现与李冰有着极大的渊源。李冰是战国时秦国蜀郡守，因治水之功而受到人们崇敬。后汉时开始神化，不但兴修水利，而且能化身为牛与江神战斗。隋唐五代时，随着灵怪进一步盛行，便彻底脱离人的特性而成为一名地地道道的神。

而邓姓二郎见于《图书集成》引《浙江通志》说："二郎神庙在杭州

忠清里。神姓邓讳遐，陈郡人也，自幼勇力绝人，气盖当时，人方之樊哙。桓温以为将军，数从征伐，历冠军将军、数郡太守，号为名将。襄阳城北水中有蛟，数出害人。遐拔剑入水，蛟绕其足，遐挥剑斩蛟数段而出，自是患息。乡人德之，为立祠祀之，以其尝为二郎将，故尊为二郎神"。这里所记的邓遐斩蛟的故事，《太平寰宇记》引盛弘之《荆州记》也有相同的记述。[3]

谈到杨姓二郎神，不知始于何时，有学者说至迟宋代就已经有"杨二郎"之称了。河西宝卷中《劈山救母宝卷》和《沉香宝卷》，《西游记》和《封神演义》中二郎神都姓杨。冯沅君先生认为："说灌口二郎是李二郎的应是士大夫间的传说，说灌口二郎是杨二郎的应是民间的传说。民间传说可以与史籍所记不发生关系。不似士大夫间的传说纵有增饰，终有史事作底子。"[4]

从这几位不同姓氏二郎神的出现，足显各地区对二郎神的信仰崇拜，并且各地都想争取二郎神的归属地。无论李姓二郎神、赵姓二郎神、邓姓二郎神，还是《封神演义》和《西游记》中的杨姓二郎神，都是以英勇俊秀，勇键果决，机智、朴实和刚毅，英雄形象出现。但是，在河西宝卷中，二郎神的形象却与以上流传的几种传统形象大相径庭。宝卷中二郎神发现妹妹有孕在身时，要"禀父皇要将你重重处罚，打凡间去受苦难返天宫"、"叫鬼使你给她上了枷锁，我要把这贱人重重处罚。脱去登云鞋不许行走，解去了聚风带不能腾空。押送在黑云洞叫她受苦，要叫她永世里不得翻身。白日里铜棍打八十余下，夜晚间铁棍敲三十有零。差土地将洞门牢牢把守，在洞中阴死她丧了残生"[5]，三圣母对他的评价是"性子暴不通情理，下毒手坑害我其心毒狠"[6]。在二郎神发现沉香烧毁自己庙宇时，首先去严刑拷打三圣母，看见沉香时"抡起斧向沉香迎面砍去"[7]，其心歹毒。为何二郎神的形象会产生如此大的嬗变，笔者认为这需要借助河西地区中有关二郎神的相关故事，依据民族历史文化，略可窥知一二。

二、《沉香宝卷》的源流

车锡伦提出宝卷形成于宋元时期，他说：其渊源可追溯到唐代佛教的俗讲；对后世宝卷发展影响极大的《金刚科仪》是宋代的作品；宝卷之名出现于元代。[8] 因此无论《劈山救母宝卷》还是《沉香宝卷》都是宋元以后的作品。有学者说，这种民间说唱文学，最早是从中原传入甘肃河西走廊，但是笔者并不赞成这种说法。如果说河西宝卷是从内地传入的话，为什么酒泉宝卷却保留了一些古老的版本？如《香山宝卷》(又名《观音济渡本愿真经》)，在酒泉本的原叙为"永乐丙申岁"(1416 年)，后叙为"康熙丙午岁"(1666 年)，而《综卷》中的确切年代为公元 1805 年，或只写"明"。《目莲宝卷》，《综录》最早者为《目莲三世宝卷》(1876 年)，酒泉的《目莲救母出冥宝传》则为 1817 年，《韩祖成仙宝酒泉宝卷》直接受敦煌变文、讲经文、词文的孕育，在命题上还保留有讲经文的痕迹，如《二度梅宝卷》称为《佛说忠孝节义宝卷》，《鹦鸽宝卷》称《鹦鸽经》，还有《贫和尚出家经》、《李都玉参药山经》等。还有，段平先生曾经在河西考察时，就遇到过农民自己改编或创作宝卷的事情。[9] 这都说明这种民间文学在河西走廊的创造性。并且河西宝卷的地域性民族文化特征非常明显，很多宝卷中都或多或少地掺杂着当地的一些方言、地名或者风俗习惯；而且，宝卷最初的形式是传唱，并没有文字记载，即使中原地区先出现文字记载的，也不能代表就是中原地区原创的。《沉香宝卷》据车锡伦先生整理，最早是朱柏尤抄本，清同治七年（1868 年），而《酒泉宝卷》中底本为 1948 年抄本[10]，如上所言，宝卷最早是传唱的，而且河西地区较为闭塞，民众文化水平普遍较低，所以中原即使出现最早的抄本，也并不代表是中原原创的。而且中原流传的《二郎宝卷》中，二郎神的形象是"担山赶太阳"、"劈山救母"的英雄形象，并非反面形象，所以这就意味着《沉香宝卷》和相关的神话故事有可能是河西人民自己的智慧结晶，其中二郎神反面形象和沉香形象也可能是河西人民自己创作或者根据最古老的神话故事改编而来的。况且无论戏剧、小说等文学作品中沉香这一形象的源流无从查证。沉香劈山救母最早见于失传的元明杂剧《沉香太子劈华山》，元杂剧有张时起《沉香太子劈华山》（见元锺嗣成《录鬼簿》），又有李好古《劈华山救母》（别作《巨灵神劈华岳》，见《也是园书目》），明朝徐渭《南词叙录》记载宋、元戏文亦有《刘锡沉香太子》，可惜均亡佚[11]。但是，从现有的资料来看，只要关于沉香劈山救母的故事，二郎神都是反面形象。令人质疑的是：同一时期的元杂剧中，如《斩健蛟》、《二郎神醉射锁魔镜》、《二郎神锁齐天大圣》中二郎神的形象却是正面的，还有《二郎宝卷》结尾处署："大明嘉靖岁次壬戌三十四年九月朔旦日敬造"，从这个时间和故事来看，只是沿袭着传统的神话故事，并未有所改变。无论戏剧、小说的创作，都会或多或少地反映当时社会的意识形态，从这三个杂剧中反映的依然是对二郎神的崇拜，而劈山救母故事中，却呈现出对二郎神的反抗和反感。综上所述，笔者大胆推测，中原流传的关于沉香劈山救母的故事，可能是从河西地区流传过去。而且这个故事在相关的元杂剧之前就已经在流传了，有可能是口头流传，也有可能存在抄本，但是在随后的流传中销毁了。至于为什么河西人民对于二郎神存在一种抵触的情绪，这种思想的深层转变，我们需要从河西的历史文化中追根溯源。

三、河西民族文化历史

自古小说、戏剧、说唱文学中二郎神之形象：三眼，手持三尖两刃枪，牵一哮天犬，可以变化成三头六臂，七十三般变化。正因如此，李思纯先生认为灌口二郎神最初应是氐族的猎神，"李二郎"倒是后起的附会。

羌氐族是游牧兼狩猎的民族，故他的牧神，也兼为猎神。射猎必须携带弓矢与猎犬，故唐末五代的灌口神，是披甲胄持弓矢的武士，而明代小说的二郎神，却是驾鹰牵犬的……南宋时的祭享灌口二郎神，有一件特殊专用的祭品，便是多用羊。因此（一）二郎神本是白马氐杨姓。杨与羊同音。（二）氐族的神，是牧羊神。故二郎神牵犬，祭必以羊。[12]

《北史·氐列传》云："氐者西夷之别种，号曰白马。"[13]"西夷"即西戎（夷为概称，泛指西夷；戎为专称，特指西夷）。戎的原意为兵器，戎之引申一意为戎狄之戎，是因戎人为游牧民族，常以戈、矛、戟一类长柄武器随身，其在草原，用以刺杀狼群；其在山区，用以捕捉兽类；其在战场，用以攻击敌人；故以戎名之。戎中的酋帅用三尖两刃枪，由戎中别种氐人之神转化来的杨戬亦善使一把三尖两刃枪，是其来有自的。氐人平时以游牧为生，牧羊者除手边不离戈矛一类武器外，身边还随带一只犬，因为犬最有警惕性，可以提示狩猎的人。所以氐人在塑造氐神的形象时一定是带上一只犬。杨戬随身有只哮天犬，实是氐人生活的反映。氐人还有一个风俗，就是他们喜在脸上刻画一个假的纵眼，成为三只眼，其用意在惊骇兽类和威慑敌人，氐神亦不能免。

对氐人的历史，《后汉书·西羌传》中这么描述：

> 湟中月氏胡……旧在张掖、酒泉地。月氏王为匈奴冒顿所杀，余种分散，西踰葱岭。其羸弱者，南入山阻，依诸羌居止，遂与共婚姻。及骠骑将军霍去病破匈奴，取西河地，开湟中，于是月氏来降，与汉人错居。虽依附县官，而首施两端。[14]

氐族最初聚集在河西这一带，后经战乱而迁徙、散乱别处，留在这里的氐人仍然一直饱受战乱压迫之苦。自魏晋南北朝以来，河西一直处于割据和战乱中。十六国时期，仅河西地区就建立了五个凉国。至于北朝，北魏统一北方一百多年后，又分裂为东魏、西魏、北齐、北周等，并与南方的宋、齐、梁、陈对抗。它们或在甘肃境内争夺政权，或对甘肃进行统治。唐"安史之乱"后，河西又经历了叛乱，控制青海大部的吐蕃乘机进占河陇地区。宋朝时，河西又被西夏占领，党项族大量的迁入。[15]氐族在这几百年年间，已慢慢地和其他民族融合。这些民族在长期的生活中，相互影响，相互继承各自民族的精神遗产；一些特有的风俗习惯、宗教信仰被保留了下来。如三国时氐族就开始蓄养骡子，而这一蓄养方式至今依然被传承。所以包括一些民间的神话传说，尤其是二郎神，氐族神灵的代表，更有可能被继承和信奉。

考察氐族人源流发现，张掖、酒泉这一代是深受氐族和其他少数民族文化影响的，而《劈山救母宝卷》及《沉香宝卷》正是出现在《酒泉宝卷》和《金张掖民间宝卷》中。宝卷中，时时体现出对二郎神的一种抵触与厌恶情绪，处处体现沉香比二郎神更强大的意识。二郎神神通广大，且又有七十三般变化，但沉香有九牛二虎之力，会三千零六十真言，七十四般变化。为何氐人会对自己的神有所抵触呢？再回到氐族的文化历史中。

一般认为从春秋战国至秦汉，氐人活动在西起陇西，东至略阳，南达岷山以北的地区，正如《史记·西南夷传》所云：

> 自巂以东北，君长以什数，徙、筰都最大；自筰以东北，君长以什数，厓駹最大。其俗或士著，或移徙，在蜀之西。自厓駹以东北，君长以什数，白马最大，皆氐类也。[16]

公元前 111 年（元鼎六年），汉武帝刘彻开拓西南境，遣中郎将郭昌等攻灭氐王，置武都郡。创郡立县后，氐人受排挤，便向境外的山谷间移动。公元前 108 年，"氐人反叛，遣兵破之，分徙酒泉郡"。《魏略·西戎传》概括之曰："氐人有王，所从来久矣。自汉开益州，置武都郡，排其种人，分窜山谷间，或在福禄，或在汧陇左右。"一部分移至河西禄福，一部分迁至关中水、陇山之间。汉武帝出兵镇压氐人反抗，迁徙一部分氐人于酒泉郡，即酒泉禄福之氐。[17]

魏晋时期，统治者从封建阶级的利益出发，在"非我族类，其心必异，戎狄志态，不与华同"的思想支配下，对内属氐族的统治上层，一方面封官赐爵，予以羁縻拉拢；另一方面置护西戎校尉，驻长安，管理氐、羌、杂胡事务，并派汉人司马、护军等加以监督。氐族人民除了受本族大小帅统治，还受晋朝官吏的压榨。残暴的统治，引起内迁诸民族对晋王朝的反抗，随后氐族曾对依次出现过的多个政权进行反抗。

隋唐后，河西的民族成分越来越复杂，除了氐族，还有月氏、匈奴、鲜卑、羌和汉人。尤其是"安史之乱"后,吐蕃更进一步扩张,经常向凉州进兵,并在代宗时,占领了河西地区,统治长达一百余年。吐蕃统治期间,对这里的人民,无论汉族,氐族还是其他种族的人,施行排挤和镇压,并且大量迁入吐蕃族人。在清代徐松的《宋会要辑稿》总曾提到到这么一句话"凉州郭外数十里尚有汉民陷没者耕作,余皆吐蕃"。

宋元两代,河西地区经历了吐蕃、西夏、蒙古的统治,战争不断。无论哪个民族统治,河西总是作为宋王朝的战略手段来安抚、牵制其他民族。宋王朝一方面想收回河西,不停地派兵征略;另一方面却与河西的统治民族协商,放任土司制度的施行,压迫河西人民。

一直以来,氐族人,或者说已经与其他民族融合了的,深受氐族文化影响的河西人民的历史是一部反压迫,反侵略的斗争史。他们与中原王朝既依附又斗争,更有姻亲关系。无独有偶,二郎神与玉帝的关系,沉香与二郎神的关系正是这种姻亲关系,二郎神对象征封建最高权力的玉帝听调不听宣,处于一种对抗和不能割舍的矛盾关系,沉香亦是。

二郎神在宋代以后香火极其旺盛,民间将他作为战神来供奉,就连北宋著名词人柳永的作品中也有了以打"二郎神"为名的词牌。尤其是蜀中,氐族后裔对二郎神的崇拜更是登峰造极,因为蜀中氐人绝大部分是从河西迁徙过去的。但是由于多种原因,氐族的神被汉化了,变成了汉族的赵姓二郎神、李姓二郎神、邓姓二郎神,更甚者被宋王朝封为昭惠显灵王,完全变为封建统治的保护神。其对二郎神的崇拜程度,可以从相关的文献中看出。

宋元马端临《文献通考·物十八》:

> 徽宗政和七年(1117年)诏修神保观,俗所谓二郎神者,京师人素畏之。自春及夏。男女负土以献。揭榜通衢云:"某人献土。"又有饰形作鬼使,巡门催纳土者。或谓蔡京曰:"献土纳土,非佳语也。"后数日,有旨禁绝。[18]

《东京梦华录》卷八云:

（六月）二十四日，州西灌口二郎生日，最为繁盛，庙在万胜门外一里许，敕赐神保观。二十三日，御前献送后苑作与书艺局等处制造戏玩。如毬杖、弹弓、弋射之具、鞍辔、衔勒、樊笼之类，悉皆精巧。作乐迎引至庙，于殿前露台上设乐棚、教坊，钧容直作乐，更互杂剧舞旋。太官局供食，连夜二十四盏，各有节次。至二十四日，夜五更争烧头炉香，有在庙止宿，夜阑半起以争先者。天晓，诸司及诸行百姓献送甚多。其社火呈于露台之上，所献之物，动以万数。自早呈拽百戏，至夕而罢。[19]

供奉二郎神，其目的就是用来保佑大宋抵御外敌，收复失地的。陕西至今仍存有许多二郎庙，如榆林西山俗称二郎山，在神木县城西窟野河西岸。古城建有百余座殿、庙、亭、阁，最大的即为二郎庙。神木县宋时为麟州，为抗击西夏之最前沿。二郎神崇拜的最高潮，正是宋元以来最乱的时代。《宋大诏令集》有《昭惠显灵王封真人赐中书门下诏》言：

门下：天下有道，聿多助顺之体；圣人成能，斯极感神之妙。昭惠显灵王英明凤降，变化无方。治水救民，本上穹之所命；纪功载德，有往牒之具存。肇自祖宗，间兴师旅。能施云雨，复济阴兵。致殄羌戎，备昭灵迹。比濯征于夏寇，乃克相于天威：雷霆声震于敌城，人物飙驰于空际。荡平巢穴，肃静疆陲。矧兹京邑之繁，尤被福禧之广。册封王爵，血食庙廷，尚仍祀典之常，昌侈天真之贶。宜更显号，以示钦崇。可改封昭惠显灵真人。故兹诏示，想宜知悉。[20]

由此可知，宋人是将二郎神作为战神来崇拜的，一为保家，二为抵御外敌。但对于居住在河西的氐族后裔，这是对他们精神的又一次践踏。况且自古河西战事频多，天人感应气氛相当浓厚，凡事更讲究神灵庇佑，这从河西宝卷中的很多故事可以看出。这些故事之所以有大团圆的结局，皆因有神、佛保佑。所以，中原王朝对二郎神的侵占，并且以河西自己的神来对抗自己，对氐族后裔来说，是一种精神伤害。故自此出现了神灵的文化争夺现象，中原出现了赵姓、李姓、邓姓二郎神，氐族出现了杨姓二郎神。但是，河西氐族毕竟与其他民族融合了，其对抗声音是微弱的。在中原传统文化中，二郎神被道教、佛教，还有士族广泛认可和传播。鉴于此，有可能居住在河西的氐族后裔对劈山救母的故事进行了再创造，塑造了沉香，并且丑化了二郎神的形象，而且这一故事的改编首先应该是在民间口头流传的，随后流传到中原，再被写进宝卷。

劈山救母这一故事的雏形是出自张衡《西京赋》薛综注引古语云河神以手劈华山，后演变成二郎神劈山救母，再后来才出现沉香劈山救母。很明显，《劈山救母宝卷》和《沉香宝卷》是在二郎神劈山救母的故事基础上改编和再创造的。河西人民企图用对原有的故事改编而表达自己的民族意识和抵抗。

前文已论及，氐族人民经历了频繁的战乱，自己的神被汉化，因此，他们塑造沉香形象是想表达自己的民族文化保护意识和反战思想。《劈山救母宝卷》和《沉香宝卷中》，二郎神有七十二变化，沉香有七十三变化，和九牛二虎之力。二郎神是战神，沉香却是平息叛乱的神。宝卷是在中国长期封建、动荡，充满阶级矛盾的社会中，在最下层劳苦群众中产生的，并且逐渐变为一种民间信仰。从汉代到清末近二千年中形成的民间宗教运动，对正统宗教是一个冲击，对于封建秩序也是一种冲击和挑战。尤其宋元以后民间宗教运动和农民起义相契合，借由宗教力量转化成政治力量、军事力量，形成反抗封建社会旧秩序的一股强大洪流，冲击着封建王朝的统治基础。它虽然得不到官方的承认，而且屡遭禁毁，但它却用一种隐蔽的方式，假托弥勒临凡，或用隐语，记载着最下层人民的意识和愿望。二郎神形象的嬗变正是由于河西人民对战争的厌恶和民族文化保护意识体现的结果，至此我们可以了解何以二郎神形象会出现如此大的差异了。

注释

[1] 车锡伦：《中国宝卷总目》，北京燕山出版社 2000 年版，第 27 页。

[2] 王平：《从二郎神形象略窥〈西游记〉创作心态》，《求是学刊》1994 年第 4 期。

[3] 焦杰：《灌口二郎神的演变》，《四川大学学报》(哲学社会科学版)1998 年
　　第 3 期。

[4] 冯沅君：《古剧说汇》，商务印书馆 1947 年版，第 336 页。

[5] 酒泉市文化馆酒泉宝卷编辑委员会：《酒泉宝卷》(上编)，内部印行本 2001 年版，
　　第 274 页。

[6] 酒泉市文化馆酒泉宝卷编辑委员会：《酒泉宝卷》(上编)，内部印行本 2001 年
　　版，第 281 页。

[7] 酒泉市文化馆酒泉宝卷编辑委员会：《酒泉宝卷》(上编)，内部印行本 2001 年版，
　　第 282 页。

[8] 车锡伦：《中国宝卷总目》，北京燕山出版社 2000 年版，第 4 页。

[9] 段平：《河西宝卷的调查研究》，兰州大学出版社 1992 年版，第 31 页。

[10] 车锡伦：《中国宝卷总目》，北京燕山出版社 2000 年版，第 27 页。

[11] 齐森华、陈多、叶长海：《中国曲学大词典》，浙江教育出版社 1997 年版，第
　　213 页。

[12] 李思纯：《江村十论·灌口氏神考》，上海人民出版社 1957 年版，第 66—67 页。

[13] 李延寿：《二十四史·北史·列传第》，中华书局 1974 年版，第 3171 页。

[14] 翦伯赞、郑天挺：《中国通史参考资料》(第二册)，中华书局 1997 年版，第 352 页。

[15] 刘光华、刘建丽：《甘肃通史》(宋夏金元卷)，甘肃人民出版社 2009 年版，
　　第 4 页。

[16] 司马迁：《史记·卷一一六·西南夷列传》，中华书局 1982 年版，第 2991 页。

[17] 杨建新：《中国西北少数民族通史》(东汉三国卷)，民族出版社 2009 年版，第
　　188 页。

[18] 胡小伟：《话说二郎神》，《淮海工学院学报》(社会科学版) 第 5 卷 2007 年第 1 期。

[19] 同上。

[20] 佚名：《宋大诏令集·校点本》，中华书局 1962 年版，第 491 页。

兰州大学文学院 李杰

河西《二度梅宝卷》与小说《二度梅全传》之比较

　　明万历年间王源静补注《巍巍不动泰山深根结果宝卷》中说："宝卷者，宝者法宝，卷乃经卷。"[1]宝卷具有双重特质：既是宗教活动的说唱文本，又是一种带有信仰特色的民间说唱文学形式[2]，同宗教和民间信仰密切相关。河西宝卷流传在甘肃河西的张掖、武威、山丹、酒泉地区二十多个县，它是敦煌变文的嫡系后代[3]。河西宝卷中既有宗教故事，河西走廊地区的历史传说，也有优秀的戏剧小说所改编而成的故事，通过广泛抄写、传唱，流传至今，是我们民间文学的瑰丽宝藏。

　　清代天花主人编的四十回小说《二度梅全传》[4]讲述的是唐朝肃宗年间，山东济南府历城知县梅魁（字伯高），在任十年，为官清正，"只吃民间一杯水，不要百姓半文钱"。擢升京官后对奸相卢杞之流不趋炎附势，被卢杞用奸计陷害被斩。其子梅良玉隐名逃脱，后被父亲的好友陈日升收为书童。一日，正值梅花盛开，陈日升在花园设祭悼念亡友，狂风骤起，吹落满园梅花，陈女杏元不胜感慨。当晚，良玉也来花园设祭，并题诗一首，祝祷梅花重开二度，父冤得雪。事为杏元察觉，问知良玉是梅家后代，陈父遂将杏元许之。不料卢杞又害陈家，向皇帝进谗言，逼杏元出塞和亲，杏元悲痛欲绝，路经昭君庙，跳崖自尽，幸为昭君神力所救，历经劫难，最终良玉高中状元，父亲沉冤得雪，奸人遭惩，在皇帝的亲自主持下，与杏元完婚团聚，有情人终成眷属。同时叙述了陈家之子春生的曲折经历，他在父母入天牢，姐姐被逼和番，被奸相卢杞追捕的绝境里，历尽艰辛，被渔家所救，被邱公收养，最后中了榜眼，与周玉姐结为伉俪。故事着力描写梅良玉与陈杏元、陈春生与周玉姐的爱情，是一部将忠奸斗争汇入爱情，充满浪漫戏剧色彩的才子佳人故事。

据《小说书坊录》所载，《二度梅》最早的版本是嘉庆二十一年（1816年）武昌聚英堂刻《二度梅全传》[5]。另《中国通俗小说总目提要》"二度梅"版本条下著录版本出现最早者，是文富堂刊本，首序，尾署"乾隆壬寅（1782年）秋月上浣松林居士题"。在小说《二度梅》出现之后，这个故事被改编成多种俗文学形式，戏曲如京剧《梅杏联芳》（又名《二度梅》、《杏元和番》），地方戏如川剧、湘剧、徽剧、滇剧、豫剧、楚剧、粤剧、桂剧、邕剧、越剧、评剧、扬剧、锡剧、淮剧、婺剧、秦腔、淮剧、黄梅戏、汉调二黄、莆仙戏、木鱼歌，皖南花鼓《渔舟配》，汉剧《重台别》、《骂卢杞》、《渔舟配》、《杏元和番》、《落花园》，潮剧《梅良玉思钗》，高甲戏《投水、思钗》，和剧《重台分别》《花园祭梅》、《金凤钗》、《梅杏缘》、《拜寿》、《和番祭梅》[6]，皮影影词《说唱二度梅影词》、《绣像二度梅影词》，闽西、苦水等地的木偶戏，评书，上党鼓书《二度梅》，弹词《新刻二度梅玉蟹记全传》、《说唱二度梅》，以及各地方的宝卷等。河西宝卷的《二度梅宝卷》，又名《忠烈宝卷》、《陈杏元和番》[7]、《佛说忠良仁义贤孝宝卷》[8]、《陈杏元和北番二度梅宝卷》[9]，最初的作者已不可考，经过代代传唱、抄写，在流传过程中经过再创作而呈现出河西地区特有的文化风貌。今以《金张掖民间宝卷》[10]、《酒泉宝卷》[11]和《山丹宝卷》[12]中的《二度梅宝卷》与小说《二度梅全传》作比较，分析抄写传唱的民间俗文学与案头阅读的文人文学之区别。

一、人物形象塑造

《二度梅宝卷》的宗教色彩淡薄，充满人情世故，在情节的复杂性、人物形象的丰满度和戏剧性上，超过了其他单纯以劝善为目的的宗教内容宝卷，这与它源于成熟的文人小说关系甚大，宝卷刻画梅父、梅良玉、陈杏元、王喜童的典型形象，传递"忠君"、"孝悌"、"贞节"、"道义"的忠奸善恶道德观念。

作为道德准绳的忠孝节义维系着宗法制度下君臣、父子、夫妻、兄弟等井然有序且等级分明的社会关系，在上位者有意的强化这种伦理以巩固统治，文学作品中出于自觉或不自觉地传播和颂扬，传述忠孝节义，使"纲常赖以扶持，世教赖以撑住"[13]。而自东汉佛教传入中土，佛经教义通过各种方式渗入世俗思想，出现了"儒释道合流"，"天下之事，忠孝诚信为大"，因果报应、积善修行的观念溶入普通民众生活经验和道德观念里，抚慰现世痛苦的灵魂，寄托来世幸福的希冀。小说第五回回目下的诗提到"忠肝义胆"，第八回回目下题有"为人还忍耐"，第十四回诗有"孝感动天"，第十回诗有"替主情甘狱底忘"，第二十回诗有"古来烈女是堪怜"，第三十八回词有"善恶到头终有报"，都提到了忠、孝、节、义和因果报应。再创作成为宝卷，情节大致相同，更通过开篇赞词和结尾的劝善韵文点明主题。

（一）宝卷省略次要情节

小说第一回梅父教导良玉要明辨是非忠奸："下官说孩儿，无非看他心迹如何。倘若名登金榜，那一班狐群狗党，横行于朝中，恐此子效尤与他不成才结交权党、势压班僚、丧名失节之事，岂不辱我一门清白！且辱祖先，被人唾骂，读几行诗书倒不如隐姓埋名，乐守田园，以为正理。"

第二回梅父打赏报喜的公差："梅公道：'我却是一个穷官，有劳你二人远来报我，这是俸金银四两，送与你二人做喜之理，只是轻微得紧；这是三星，为你二人一饭之需。'"送走差人回到后堂，梅公吩咐"备酒仍做昨日一样，不要过费。"

第二回梅父打发走地方上诸位老爷的家人进入内室向夫人说道："下官方才传衙役教训一番，正要到后堂与夫人饯行，不意那些没廉耻的上司，俱着家人来恭喜，又拿些书信来托下官。你想我平日要去见他们，可轻易容一见？我方才笑的是大丈夫不可一日没权之故耳。"

宝卷省略了梅父训子、为官清廉和嘲弄趋炎附势者等情节，着力刻画其"忠"的特点，情节如李渔所言："如孤桐劲竹，直上无枝"[14]。删去蔓芜枝节，突出主要情节，从而更集中地刻画人物形象。

李渔指出："文章做于读书人看，故不怪其深；戏文做于读书人与不读书人同看，又与不读书之妇人小儿同看，故贵浅不贵深。"[15]文章可深，而戏文不可深，是由受众不同的背景和教育程度决定的。由于河西地区广大农村经济贫困，文艺活动贫乏，简便的说唱文艺形式——念卷十分普及，因此，河西宝卷的特点是使用河西方言，受众为普通民众，他们中大部分是普通农民，由文人创作《二度梅》故事在改编成宝卷的过程中必须迎合它的受众加以改变。小说第一回末"梅公看了圣谕，见上面写道：'朕谕：吏部陈日升知悉：卿可行文与梅魁等十三员知道，朕念尔等久历外认，治民有方，居官清勤，下属应升之员，作速来京可也。因朕前见梅魁有忠烈之志气，着升吏部都给事。余者升用可也。特谕'"，以及第二十四回告示、第三十八回长两千字的御笔诏书和天子批准的表章都是以引用的方式叙述，宝卷只作简单交代；第二十三回"邹公即唤家人取小衣帽伺候，速备手本过船谒见。于是，穿了小衣帽，走上船头，连忙把手本付与舱门家人"，"冯公送良玉至舱门，良玉打了一躬告别，过船。冯公命家人将衣箱行李随后一个个送过船去"等文人的繁文缛节和措辞与受众是格格不入的，宝卷完全不提。第二十四回春生投江被周渔婆救起，灌他开水不一时醒来，换了衣衫向渔婆行礼，细数家世，周渔婆招他为婿，春生应允又与玉姐结拜行礼，两人见到对方后心生爱意各作七言诗暗暗夸奖对方。过程非常详细，在宝卷的叙述过程中只以"那日把网洒在江中，可把春生捞在网里"、"我丈夫已死，有女玉姐，年方一十五岁，尚未婚配，莫若许配公子如何？春生谢过。"寥寥数语带过，裁剪掉小说中繁芜的细节使情节更紧凑，集中刻画忠、孝、节、义的四个代表人物——

梅父、良玉、杏元和喜童的形象。

小说中主人公常以诗句含蓄地抒发内心曲折情感，诗句隽永，对仗工整，措辞典雅，既为小说营造诗化的唯美氛围，同时达到炫耀作者诗才的目的。各章回出现的人物吟诗频繁，数量颇丰；宝卷中则极少出现。"词曲一道，止能传声，不能传情。欲观者悉其颠末，洞其幽微，单靠宾白一着。"[16]以声音为媒介的艺术中，倘若是受众不熟悉内容的，应当首先迎合受众的白话口语需要，文言诗词需要反复玩味，声音稍纵即逝的特性和广大河西普通农民的审美趣味极大地局限了诗词的被接受，它在口头宣讲中无异于"赘文"，只能放弃了。

小说的"梅开二度"情节中，梅良玉题诗一首，诗曰："簇簇梅花数丈高，叩求风露下天曹。昨宵花木成灰土，二次梅花万古遭。"至春生题诗，看他手执墨砚，在那粉壁上题诗一首，诗曰："数色梅花绿色高，依依挺干似儿曹。只因诚明通天界，故赐还梅放二遭。"杏元接过笔来，在春生诗句后面，题诗一首，诗曰："春日梅花品最高，又因上帝降儿曹。昊天不负忠良后，才使梅花放二遭。"

《山丹宝卷(上册)·二度梅宝卷》中良玉题诗："弯弯梅花数丈高，昨宵枝干成灰草。叩求雨露下天曹，二次复开万古飘。"春生吟诗曰："春日梅花品德高，只因上帝降恩曹。皇天不负忠良后，留取梅园发二遭。"杏元接着吟诗曰："数色梅花采光高，依依门外似天曹。只有真心叩上界，故赐环楼放二遭。"

《酒泉宝卷(中编)·二度梅宝卷》良玉写诗一首："弯弯梅花节清高，叩求雨露下天曹。昨宵冰封心未灭，一夜春风放二遭。"春生的卷上写着："数色梅花绿最高，依依枝干接天曹。但得真心叩上界，愿领春风放二遭。"杏元的卷上写道："天生万花梅最高，只因上帝降尔曹。皇天不负忠良后，才使香蕊放二遭。"

《金张掖民间宝卷(二)·二度梅宝卷》良玉在墙上留诗一首："簇簇梅花数丈高，众位神灵下天曹。昨日花木成灰土，二次梅花万古俏。"春生题诗："数色梅花绿最高，花亭内外似雪膏。只因忠心盛天地，故赐瑞梅放二俏。"杏元大笔一挥落诗文:"春日梅花品最高,只因玉帝降恩膏。昊天不负忠良后,才使梅花放二俏。"

宝卷与小说中诗句几近,而措辞和对仗略逊一筹,又因各地、各人传唱、抄写,时间、地点、语句和故事情节发生变化,出现不同版本。

(二)对偶美学的运用

毛宗岗在论《三国》结构章法提出了"同树异枝,同枝异叶,同叶异花,同花异果"的刻画人物方法。《二度梅宝卷》出场人物众多却能相互呼应,情节亦相类,现试列表对比如下。

忠、孝、节、义的主次情节对比列表

情节 类别	主要情节	次要情节
忠君	奸佞设计,忠臣殒命(梅魁)	天子信谗言,忠良下狱(陈日升)
孝悌	梅良玉中状元,为父雪冤屈	陈春生高中,救父母出天牢
贞节	陈杏元拒和番跳崖殉节	周渔女被抢,守身如玉
道义	智勇王喜童,舍命救主	屠申报信救恩公

由上表可知,故事中同类的人物命运平行、行动相似,共同构成一个均衡整体中互补的两面。在以梅家和杏元为主线的故事中,穿插叙述陈家和周渔女的故事,两个情节结构平行或相交,用对应情节元素构置人物性格,以强弱相间的情节强度构成节奏感,增加了情节的复杂性,扣人心弦,用影子式的"投射法"重复"忠、孝、节、义"的主题,避免单薄的说教使听众乏味。

小说回目的双句结构强调了此回情节安排由均衡的两部分组成,但宝卷中双句的诗或谚语——功能近似小说回目——姑且视为回目,却不完全遵从此规律,有的双句只表达一个意思,如"屠申听言心慌张,忙与公子报冤情","可怜聪明王喜童,替主而死忠义存"。多数独立的韵文或散文段落只交代一个情节。有的双句表达两个意思,情节由两部分组成,如"公子凤仪投岳父，侯知县谋害东床"。也有双句由两句份组成，只表达一个情节，如"雁门关夫妻哭别，苏武庙主仆叹忠"，后一句是衬句。

二、体制与形式

宝卷是敦煌变文的嫡派子孙，结构与变文无殊。[17] 宝卷文本为韵散结合的形式，在叙述和情节描写时，散文和韵文交替使用，使用方言白话，融入了河西地区的风土人情。

韵文分为两种：一部分是吟诵故事内容和人物心情的大段韵文，有七言句和十言句两种，不受格律限制、不押韵，篇幅与散文接近，宣卷时以歌唱形式表现出来。《二度梅宝卷》在传抄过程中出现不同版本，韵文也有不同，张掖宝卷和酒泉宝卷是"三，三，四"的十言句，山丹宝卷是七言句与十言句皆有。这部分歌唱的韵文中有一部分是标出曲调的，多为听卷群众耳熟能详的民间小调，如《哭五更》。

另一种韵文位于散文与韵文衔接处，谚语或者不押韵的诗，用来承上启下或者评论已讲唱过的故事情节和人物，作用近似于回目标题——宝卷没有明确回目，多为七言双句，如"差人路上迎梅公，戒奢戒耻戒来人"，也有七言四句如"走过天涯与海角，悲哀无过别离多。不知何处是止地，漂流长途寻烟波"，八言双句如"梅开二度千古佳话，花园联诗万世奇逢"，五言四句如"恰似湘江水，潇潇不断流。就如秋夜雨，一点一声愁"，七言四句"忆昔当年到重台，恋恋不舍两分开。怎奈薄命身世难，来世团圆认金钗"。多用通俗谚语，亲切活泼，如"投河不过三尺水，悬梁只用一根绳"，"善恶到头终有报，只争来早与来迟"。念卷时吟诵出来。小说回目皆为双句，七言、八言、九言不等。每回题目下有词或七言诗，或诗词皆有。有诗或有词的，词或诗不一定与内容有关；诗词皆有的，诗多是多本回目内容的概括，词则多是与内容无关的赘文，诗词富于文采且对仗工整。

宝卷开篇有一段赞词，起押座开讲的作用：

善男信女仔细听，梅开二度世间少。浩然正气天地钦，奸妄邪气人神愤。

忠臣良相国家宝，赃官污吏祸朝纲。话说此一段姻缘，忠孝节义讲分明。

第一句提示人注意聆听，第二句点明宝卷名称，其余六句是宝卷内容的梗概，最后一句点出了宝卷的思想内涵。宝卷通过暗示提前交代故事情节，而小说中没有采用这种方式。这种带有引导意图的提示情节的方式，将故事间接告诉听卷者，勾画大致的轮廓，揭示大的趋势和可能，表现出一种宿命的或命定的思想意识，以便于劝惩教化，同时满足了部分缺乏耐心的听卷者的好奇心，制造新的悬念——故事是如何发生的？接下来会怎样？从叙事功能上看，它起到提摄故事线索的作用，裁剪主要的事件和人物。

卷末附有劝善韵文：

留一卷，二度梅，千古传名；劝众人，做事情，三思而行。
叫世人，多行善，莫学奸贼；学梅陈，二家人，来受封赠。
你若是，作恶事，学了卢杞；到后来，只落个，头挂午门。
你做官，要清正，不要害民；若害民，到头来，不得善终。
留一卷，二度梅，劝你大众；行善事，不作恶，不害良民。

概括全篇主题，劝世人莫学奸贼，为官莫要害民，劝众人多行善事，凡事三思后行。格律与韵文相同。这些形式与敦煌写本中"押座文"、"解座文"有十分明显的传承痕迹。

《二度梅宝卷》流传在河西地区，除故事中原本的诗词以外，大量的韵文是以河西方言吟诵的，曲调也是富有特色的地方小调，采用的河西曲调有《浪淘沙》、《一剪梅》、《哭五更》、《莲花词》，它们或出自民间，或源出寺庙。《苦五更》在山丹、张掖和酒泉三地的《二度梅宝卷》中都多次出现，文字略有差异。

小说改编成宝卷后结构变得程式化。将所有河西宝卷的文本集中并分类，《二度梅宝卷》属于其中"连环式"的结构——一波未平一波又起，具有环环相扣的特征，故事情节中带着伏笔、巧合、悬念，随着宣卷进行，将故事推向高潮。

三、传播方式

小说以文字为媒介，阅读者具有一定的文学素养，故而小说中铺陈详尽的细节，使用典雅的语言、创作优美的诗词等，符合文人的阅读趣味，在晚清外国石印技术未进入中国上海以前，小说凭借雕版和抄写进行传播，以供案头阅读。

根据李世瑜《宝卷综录》的研究，宝卷的发展分为前后两个时期，大体来说，明代至清初为前期，宝卷作为当时民间秘密宗教的经典流传；清同治、道光以后，宣讲宝卷发展为民间说唱技艺之一，宝卷即宣卷的底本。内容以讲唱故事为主，多数已经是纯粹的文学作品，尚存些许宗教气息。河西宝卷是以口头讲唱为媒介传播的民间文艺形式，流传于甘肃张掖、武威、酒泉地区，由于这一带环境闭塞，经济文化生活落后，新中国成立后仍然继承着念卷的习俗，在"文化大革命"结束、粉碎"四人帮"后的一段时期里，河西人民又复活了这种喜闻乐见的文艺活动。除了代代流传下来的宝卷外，另有新创作的，根据民间传说、故事和通俗小说、戏曲改编的宝卷，它们保留了宝卷创作的程式化结构和人物类型化及浪漫主义特点，同时面向生活，充满世俗人情。河西宝卷的讲唱者叫"念卷人"，主要是农村中的粗识文字的人或者居士、阴阳先生，使用河西地区方言讲唱，消除"文本"—"宣卷人"—"听卷人"（信息—语言—信息）的阻碍。在传统节日或农闲时期，请人到家中念卷，用通俗化的语言和熟悉的河西小调把人们带入曲折离奇的故事中，带着生活经验和道德评判，体味宝卷中主人公的悲欢离合、喜怒哀乐，河西人民对生活的理解和朴素的生命哲学便在这一代复一代的传唱中保存了下来。

念卷的条件非常简单，不需要表演的舞台和伴奏的乐器。明代念卷的情形在《金瓶梅》第三十九回有描述："在明间内安放一张经桌，焚下香，秉着一对蜡烛。"从宗教中演化来的仪式今天已不复存在，人们将念卷视为一项文艺活动，气氛活跃，有说有笑，只是不允许小孩进场吵闹，这还是保留了一点念卷现场的严肃性。[18]念卷的方式是"照本宣扬"。尽管有些宣卷先生已经能将卷本背诵，仍将宝卷文本放在经桌上，以示"照本宣扬"，不是随意胡说。

今天仍在讲唱的河西宝卷的传承不仅仅通过单纯的口头传唱流传。信众抄写宝卷，认为这样做是修行积福；一些农民将宝卷偷埋地里，躲过了十年"文化大革命"浩劫，保存下了大量宝卷。既依赖于听觉，又有文本流传，这是河西宝卷区别于文人创作和口头文学的独特性。

注释

［1］王见川、林万传编：《明清民间宗教经卷文献》（第1册），台湾新文丰出版公司1999年版，第773页。

［2］车锡伦：《宝卷的形成和早期的佛教宝卷》，《文史知识》2006年第1期。

［3］段平：《从敦煌变文到河西宝卷》，《河西宝卷的调查研究》，兰州大学出版社1992年版，第51页。

［4］（清）天花主人编：《二度梅全传》，山东文艺出版社1986年版。

［5］王清原、牟仁隆、韩锡铎编：《小说书坊录》，北京图书出版社2002年版，第60页。

［6］谭正璧、谭寻编：《弹词叙录》，上海古籍出版社1981年版，第20页。

［7］段平：《河西宝卷集录》，《河西宝卷选》，兰州大学出版社1988年版，第287页。

［8］车锡伦编：《中国宝卷总目》，北京燕山出版社2000年版，第48页。

［9］同上书，第57—58页。

［10］徐永成编：《金张掖民间宝卷》（第二卷），甘肃文化出版社2007年版，第377—416页。

［11］酒泉市文化馆《酒泉宝卷》编辑委员会编：《酒泉宝卷》（中编），内部印行本

2001 年版，第 339—418 页。

[12] 张旭编：《山丹宝卷》（上册），甘肃文化出版社 2007 年版，第 51—85 页。

[13] （清）章学诚著，叶瑛校注：《答甄秀才论修志第一书》，《文史通义校注》卷八《外篇三》，中华书局 1985 年版，第 821 页。

[14] （清）李渔：《李渔全集》（第三卷），浙江古籍出版社 1991 年版，第 13 页。

[15] 同上书，第 24 页。

[16] 同上书，第 49 页。

[17] 郑振铎：《中国俗文学史》，上海书店 1984 年版，第 307 页。

[18] 段平：《流传在河西的孟姜女宝卷》，《河西宝卷的调查研究》，兰州大学出版社 1992 年版，第 180 页。

河西《二度梅宝卷》与小说《二度梅全传》之比较

观世音菩萨在民间伦理形象的传播、转化、构建过程

以《观音宝卷》为例说明

兰州大学文学院　马志华

世界五大宗教中，佛教在中国最为兴盛。以多神崇拜为信仰的佛教当中，观世音菩萨在中国民间神灵崇拜最为盛行。俗话说："家家有弥陀，户户有观音。"这正形象地说明了观音救世信仰，在中国社会具有深远的影响力。在其他一些信仰佛教的国度，观音菩萨也是最为受礼遇的一尊菩萨。

一、观音形象由来与演变

在《山丹宝卷》[1]、《张掖宝卷》[2]中观音俗家名为妙善，是位具有爱心的仁慈公主。各宝卷中都无一例外的说了妙善前世与佛结缘，为着普度众生，今生降世，最终得道，修成正果，登极乐世界，受菩萨界。但在此过程中，她将受到种种磨炼，不仅锻炼她的意志、勇气、能力、机智，更重要的是，锻炼她具有普度六界众生苦恶的仁爱之心，并在此过程中向人间布施智慧的种子，开启人类向善、仁爱意识。

观世音菩萨在古代印度婆罗门教中，已有具体的存在形象。

观音菩萨名称、梵名及其意义对照表

序号	梵名	译为	简称
1	阿缚卢枳低湿伐罗	观音	观音
2	阿缚卢枳低卢可湿伐罗	观世音	观音
3	阿缚卢枳多伊湿伐罗	观自在	观音

在目前许多佛教书籍、词典中都说观音是观世音之简称，源于唐人避讳太宗之名，这种说法有待进一步考证。当然，观音与观世音含义是基本相同的，但与观自在却稍有区别。前者意为："世间众生只要一心称念菩萨名号，菩萨即观其声音而前来相救，使众生皆得解脱"；后者意为："洞察世界，无所不在，拯救众生，无所不能"。它侧重于菩萨救世的主动性，而前者则为菩萨救世主动性与众生求救主动性的完整统一。所以，观音（或观世音）菩萨在现实社会中更具魅力，其实现的价值也会更大些。

关于观音形象演变的说明对照表

序号	名称	宗教	形象	时间	地点	性质	出处说明
1	阿缚卢枳低卢可湿伐罗	婆罗门教	孪生小马驹	公元前 2000 年	古代印度	善神	《梨俱吠陀》
2	马头观音	佛教	可爱的小马驹	公元前 6 世纪—前 5 世纪	印度	慈悲菩萨	—
3	观世音	佛教	男神	公元前 4 世纪	印度	善神	
4	观世音	佛教	男神	佛教传入中国早期	中国	善神	
5	观音	佛教	女神	南北朝末期后	中国	大慈大悲的慈悲菩萨	—
6	观音大士	佛教	女神	宋、元、明、清	中国	大慈大悲的慈悲菩萨	《西游记》

观世音原在古代印度婆罗门教中，是一位以孪生小马驹形象显现的善神。

自佛教于公元前 6 世纪至前 5 世纪创立以来，观世音被佛教吸收而成为佛教中的一位具有大慈大悲的慈悲菩萨，名"马头观世音"，仍是以一匹可爱的小马驹形象出现。后观世音才由畜身小马驹变为男子人身形象。这一形象的转变，正说明了人自我意识的觉醒，人开始由自己的形象，刻画、描摹自己心中想象之神，甚至把自己与想象中的神距离拉近，并成为一体。神变得可以亲近，而不只有钦敬、畏惧之感。

关于男身这一形象的来历，佛教内部有三种说法

序号	出处	国度	主人公	身份
1	净土本缘经	从前摩湿泼吒国	国长那婆罗门之子	王子
2	悲华经	亿万年前删提岚国	不昫	太子
3	观音得大势受记经	从前狮子游戏如来国	莲花化生	莲花

第一，《净土本缘经》说，称观音是从前摩湿泼吒国长那婆罗门之子，因为受到后母酷刑虐待后，认为佛教之义理深奥，境界广大，悲愿宏深，令人衷心信服，随发愿修行，最后成就菩萨界，名为"观世音菩萨"。

第二，《悲华经》中说，称观音菩萨乃亿万年前删提岚国王太子不昫，因为随宝藏如来学法而成就菩萨，并且宝藏如来还为其授记，说其将在阿弥陀佛涅槃后成佛。

第三，《观音得大势受记经》说，称观音是，从前狮子游戏如来国的一朵莲花化生，因为此国没有女人。

男身观音很早以前便传入我国。我国早期的观音造像作品都作男性打扮。但在南北朝末期以后，中国的观音开始变为女身。"观音菩萨头戴凤凰宝冠，长发秀美垂肩，饱满鹅蛋脸上，配以秀眉凤眼，高鼻樱唇。丰润纤柔的体态，天衣横披，胸袒肩露。项饰璎珞，光彩频频、锦绣罗裙，飘飘洒洒。"这与中国北方飞天形象如出一辙。南宋甄龙友题观世音像云："巧笑倩兮，美目盼兮。彼美人兮，西方之人兮。"《西游记》中更把观音描写成"眉似小月，眼似双星，玉面天生喜，朱唇一点红"，"一副长发唐装，俨然大家闺秀，

河西宝卷与敦煌文学研究
HEXI BAOJUAN YU DUNHUANG WENXUE YANJIU

神情庄重妩媚，秀美可亲"。

可见，中国人在引进大慈大悲的慈悲菩萨观音形象的同时，已在菩萨的姓名、外形、相貌、性别上进行了很大的改变。这里观音菩萨在传入我国后由最初的男性转变为女性，是与中国人恋母情结相结合的。从心理学角度分析，在中国人观念中，父亲是理性、威严的形象化身，更具有刚毅的一面；而母亲则是感性、慈祥的化身，代表着温馨、温暖、爱护、善良、神圣、仁爱、慈祥、神通、睿智……这与观音形象的结合，就形成了中国观音特有的女性形象。这一改变也是民间艺人们（信仰者）主观心理所使然，心之所使，意之所到，流芳千古，诸如壁画、石窟造像、佛像等。想必，这也是观音菩萨东渡后，在异国故土传播规律性反应的必然结果吧。

二、观音在民间伦理形象的转变与演化

观音菩萨除以上外部因素的演变外，更重要的是其实质思想在中国化过程中伦理性的转变与演化。

在人类社会文明不断发展的过程中，经济、社会意识形态的变化，表现在文化领域中，则出现或是冲突，或是兼容，或并存，或吸纳的现象。

古代佛教与中国文化体系中的儒、道文化相互碰撞时曾出现过矛盾、冲突，但随着相互之间了解、认识的不断加深，中华文化形成以儒家文化为根基，兼有佛学、道学的三位一体的文化体系，同时三者交辉成灿。参与三教传播的中国士大夫阶层则表现为"达则兼济天下，贫则独善其身"。显达时，则以儒家的入世精神为主，以天下为己任，积极进取，锐意创新；受到压抑、排挤时，其思想又倾向于道家出世，超凡脱俗，从思想上离开人世间的种种纷扰纠结；又援引佛家的清修、静悟，开启人生宇宙的大智慧。中国的文人游弋于三者之中，相互补充、完善，完成着中国士阶层文化心理的构建过程。在此过程中中国的士大夫阶层，也是积极地回应着佛教的传播。他们翻译大量佛经，阐释佛理，总结个人修道、悟道的情况，并充分发挥其想象天分，写有佛经故事，其中有关观音救世形象的宝卷故事，仍有大量流传于世。表现这种伦理文化交往及其对观音形象的影响。

观音菩萨形象在这种历史文化背景下，完成了其思想在伦理性方面的转变与演化。

观音思想伦理性思想表现转化对照表

序号	伦理观念	出现书籍	文中段落	显现形象
1	对自身内心的修持观念、人性即佛性	《山丹宝卷、张掖宝卷》	劝姐姐慕仙修道	妙善三公主
2	对孝道的转变	《山丹宝卷、华严经》	父母恩重难报经	妙善三公主
3	对长者长寿的祈福	《山丹宝卷、张掖宝卷》	妙善勇赴法场	妙善三公主、施药观音等
4	对后代子嗣观念的转变	《法华经》	—	送子娘娘等
5	对社会人的仁善表达的转变	《增壹阿含经》	礼记·大同	—
6	与儒教、道教的结合转变	—	—	净水观音、杨柳观音等

第一，对自己内心的守持观念。印度经典中称观音在前世是一白象，转世而生。在中国的《山丹宝卷》中记述观音降世之前母亲梦到太阳坠腹降生。妙善公主前世是上天慈航尊老，看到人间众生私欲纵流，贪图安逸，争名逐利，相互欺诈，酒色财气，醉生梦死，杀淫成性，罪祸无穷，便起怜悯、救赎之心。请奏瑶池金母大赦天尊，能够下世人间普度众生。这位转世小公主，"自幼荤乳不食，长至五六岁时，秉性善良，心灵异常。凡读书过目不忘，出言吐辞，与众人不同……"当受到父亲惩罚时，妙善想："我今本是玉叶体，怎么挑水把花培。虽然挑水在肩上，诚意功志心不灰。"当两位姐姐受父命劝解时，妙善"不慕人间富贵荣华，只想一心修炼"。并劝姐姐道："你我前生修积好，今生方得享福荣。借此荣耀好修积，自然感动上天心。若还一朝功行满，脱凡成圣入天庭……"后西天达摩祖师，奉金母之命，变化沙弥，前来试探，妙善劝道："劝你和尚心性稳，切莫二意而三心。只要一心修正道，西天佛祖自看成。虽然眼前无好处，功成远标万古名。天地三曹似人掌，苦乐原来争一心。善恶到头终有报，迟早报应各有因。"妙善劝身边宫女：

"你当知这静中许多玄妙，饮鸟肝食兔髓龟蛇蟠交。五花亭松柏楼龙吟虎啸，有猿猴来献果美味佳肴。"在劝导他人时，妙善还不断自己修道、悟道："一箪食一瓢水无穷奥妙，左婴儿如姹女守定一爻。其中的玄妙味你不知晓，识此味才算得仙佛根苗。"与《论语》中孔子提到颜回之志，如出一辙。

《张掖宝卷》中妙善悟到：人性即佛性。"三教圣真凡人做，积功行德悟本因。功成德备超三界，遗留经典引后人。百岁光阴似火烁，富贵功名若浮云。此身不向今生度，更向何时度此身。"在中国各种宝卷，如《山丹宝卷》、《金张掖宝卷》中提到对佛法、对道的领悟，除了妙善本人心存慧根之外，更重要的是她不断持经念佛、修持自心。《金刚经》中"当知是人不于一佛二佛三四五佛而种善根，已于无量千万佛所种诸善根，闻是章句，乃至一念生净信者。如来悉知见是诸众生得如是无量福德"。从日常洒扫庭院，一日三餐，从身边的人物做起，感化他人，提升自己修善之心，并在此过程中，不断坚定自己的意志和决心。她认定众人皆具佛性，向善之心，我佛本一体，所以孜孜不倦，勤于点化他人。

第二，表现在对孝道观念的转变。印度佛教中讲的观音菩萨无缘之慈，同体大悲，是指无任何条件，无分别心的，绝对平等的对待众生的慈悲。《华严经·入法界品》记载了观音对善财童子说："善男子，我已成就菩萨大慈悲行解脱门。善男子，我以此菩萨大悲行门平等教化一切众生，相续不断。善男子，我住此大悲行门，常在一切诸如来所，普观一切众生之前。""菩萨于法，应无所住行于布施。所谓不住色布施，不住声、香、味、触、法布施。菩萨应如是布施，不住于相。菩萨无住相布施，福德亦复如是不可思量。菩萨但应如所教住。"（《金刚经·妙行无住分》）观音的大悲门，是以绝对平等，绝对齐一的对待一切众生，同时显现于众生面前。并以："菩萨大悲行门平等教化一切众生，相续不断。""如来所说法，皆不可取，不可说，非法，非非法。所以者何？一切圣贤皆以无为法而有差别。"（《金刚经·无得无说分》）在这里的无条件，其中包括无血缘、无亲情、无种姓、无性别、无地域的无条件。这一说法于儒家经典中提倡的"百善孝为先"，"孝心"，"孝行"主要是针对自己亲生父母。要求做父母的要疼爱自己的子女，做子女的报之以孝心、孝行，而这些在正规的佛教著作中几乎没有看到。但在佛教观音菩萨中国化的过程中，伦理意义上的慈悲孝心观念却流传极广。如民间《山丹宝卷》中前部分《父母恩重难报经》、《十月怀胎难报经》等，妙善三公主劝父王、母后放下俗念，清净心性，吃斋念佛，终得善果。这些明显可以看到是受到儒家伦理道德观念的影响，"孝道"产生的效果。

民间《山丹宝卷》、《张掖宝卷》中说，在春秋战国时期，楚国的伯牙国母，生下三公主，国王取名妙善，即为观音菩萨的俗家名讳。长大成人，父母与其谈论婚嫁，为其挑选佳婿。妙善立志修道、成佛，不慕世间的荣华富贵。国王设下种种灾难，想要摧毁其志向，但都以失败告终。父亲起杀心，但生性慈悲的三公主，却并不对父王产生恼怒之心，在父亲病危之际，舍去双眼、双手，做药引子。父王得救，举国信佛。妙善修成正果，进菩萨界，登极乐净土，随其心愿，得千手千眼观音，普度众生。

在各种与观音相关的宝卷中，民间传说中也有大量以提倡孝道内容的作品。孙昌武先生在《中国文学中的维摩与观音》说："和六朝时期的感应故事的立意截然相反。观音信仰在中土的伦理面前已无能为力了。"[3] 从印度传来《普门品》，说只要一心礼佛、供养、称念观音，就可获得观音的救度，并不需要其他的额外条件。中国六朝时期，仍是以印度传来佛教观音信仰为念。但在宋朝，出现宋明理学之后，在观音法门中又加入了孝道，只有按照孝道去做事，才能得到观音的救助。两者缺一不可，前者为前提条件。孝道观音菩萨在民间又显现为救护孝子、踏鳌归海等形象。

第三，中国人从传统伦理道德出发，由对自己父母的养育之恩的孝，发展为对亲戚、朋友中长者的尊敬、仁爱。民间以"五福寿为先"之说，人民以长寿为吉祥如意的象征，并将三世因果业报，轮回转世观念，加于观音菩萨，如《山丹宝卷》、《张掖宝卷》中有"妙善勇赴法场"一节，三官大帝与众神护住妙善法身，引领妙善魂魄游历阴阳地界。观音在十殿阎罗巡视，遍察冤情，并在期间得到历练。阎君各殿中"凡人归阴到此，点名报号，考究善恶，才好详文发落。如修善之人功德全备，心性纯良，发往天堂受职，依功果而为神道，享受香火；如善功未满，由一殿发往十殿，依善功发放注定衣禄，或福或贵，享受洪福……"并且除在阎罗各殿中当值的差役审查外，阴界还有更为公正的"孽镜台，照人阳间所做之事，善恶一一照出"。观音在游历的过程中，对死去亡魂，进行超度，加速其轮转，减少亡灵在各界中所受痛苦、折磨。这里讲到前世、今生、来生，三世轮回，因果业报。民间相信今生为人，是前世善心善行修度的结果。今生应为善事，以修来世。因此中国民间又有"观音柳"、"延命观音"、"施药观音"等说法。

中国民间伦理思想中将普度地狱之神观音的使命加大化

序号	六道	原因	法相	主部
1	天神道	大梵	大梵深远相	如意轮观音
2	人类道	可讲事理	天人丈夫相	准提观音
3	修罗道	猜疑好斗	大光普照相	11 面观音
4	畜生道	威猛险恶	狮子无畏相	马头观音
5	饿鬼道	饥渴	大慈相	圣观音
6	地狱道	最苦	大悲相	千手千眼观音

将众生分为六种，分布于六道之中，从好到坏依次是天神道、人类道、修罗道、畜生道、饿鬼道、地狱道。观音菩萨大慈大悲，六道之内的一切众生，她都要救度。所以，她的法相也分为六种。地狱道最苦，所以现大悲相，世传的"千手千眼观音"就是此道的部主；饿鬼道饥渴，故现大慈相，世传的"圣观音"就是此道的主部；畜生道威猛险恶，所以现狮子无畏相，"马头观音"就是此道的主部；修罗道猜疑好斗，所以现大光普照相，世传"11面观音"就是此道的主部；人类道可讲事理，事则骄慢，称天人，理则佛性，称丈夫，所以现天人丈夫相，世传的"准提观音"就是此道的主部；天道之王为大梵，所以现大梵深远相，世传的"如意轮观音"就是此道的部主。

印度外来的观音菩萨在此时已基本完成了其中国化的历程，在中国人心目中菩萨不仅仅关照人类，她还普度着世间的万事万物。这也明显的表明，中国人民的宽阔胸怀，已从关心自己内心的感受，推己及人的中国式的伦理道德思想的基本建立、构建并于此完成，完善在中国式的观音菩萨身上。

第四，深受中国儒教宗法伦理思想的影响，中国传统说法有："不孝有三，无后为大。"有无子嗣问题，已成为中国人的一件大事，特别是在农村，由于繁重的农活更多需要有体力的劳动者来完成，就把生育男丁作为一家生育中的一件头等大事，与之相关的说法、讲究层出不穷。然而这一大事件，淳朴的中国人又以伦理道德的观念加之于救苦救难的观世音菩萨身上。《法华经》中讲："若有女人，设欲求男，礼拜供养观世音菩萨，便生福德智慧之男；设欲求女，便生端正有相之女。"有关观音救子经典说法中只有这一记载，大量佛经经典中还是以观音救苦救难，给人勇气与智慧，救人解脱为主要职责。

六朝以后，于是在民间又大量出现如"送子娘娘"、"送子老姆"、"送子观音"等的观音别称。现存最早的送子观音造像是于隋代仁寿三年的观音造像，体高27厘米，立于荷花莲蓬之上，左手下垂，并握有净瓶，瓶上站立一孩提，右手握住莲花长柄，莲子上盘膝静坐一男婴，形象逼真，栩栩如生。民间婚俗嫁娶中，有新婚夫妇合吃莲子的习俗，表示莲（连）生贵子之意。宋明之后，怀抱童子的观音菩萨形象随处可见，这些观音民俗文化，都是受中国传统伦理思想的影响所致，是观音菩萨中国伦理化的明显表征。

第五，古代印度佛教本也提倡仁慈、善行，如《增壹阿含经》中说："诸恶莫做，诸善奉行，自净其意，是诸佛教。所以然者，诸恶莫做，是诸法本，便生出一切善法，以生善法，心意清净。"[4] 这里印度佛经中的"善"，主要是讲宗教意义上的"仁慈、善心"，是指没有乱想、心境清净的含义。我们还应看到这里的善，有更为广泛的宗教意义，如供佛、诵经、持戒、弘法等，对佛法的信、解、行、证，都是最大的善。在《大乘义章》卷七中说："顺名为善，违命为恶。""顺"即有随顺佛教之理，护持法轮，弘扬佛法的意思。又如《十住毗婆沙论》中："善根者，不贪，不恚，不痴，一切善法从此三生。"可见，其基本上讲地是宗教意义上关照善行地实施。[5]

从社会角度看观音菩萨的仁善普度。中国儒家伦理文化由个人推及家庭，广至社会；从自修报及孝道，广至仁义。推而广之，对长辈的尊敬，长幼有序，孝悌有别，以及对君王的忠，对国的爱。更进一步质的变化，要求君对臣子要有道，臣报之以忠、诚。"水能载舟，亦能覆舟"等，儒家学者又将"大同思想：老吾老，以及人之老；幼吾幼，以及人之幼。""大道之行也，天下为公。选贤与能，讲信修睦。"（《礼记·大同》）等理想化的社会形态的理念，加之于观音形象内涵中，使观音菩萨忙碌于阴阳两界，对众生灵的化险解脱中，更使她成为民间偶像，实现了救苦救难的观世音菩萨界的修行。

第六，由于儒学的谶纬化，神学化，以及道教的仙道化学术背景。佛教在传入中国的初期，它的业报轮回、天堂地狱、佛法无边等形式的说法使中国人产生新鲜感，但又有熟悉的成分。将中国国土固有的阴阳谶纬、神仙道化与佛教教理相糅合，使佛教文化从深度上更广泛的中国伦理道德化，观世音菩萨成为了这一现象的载体。于是观音在显现时出现"净水观音"、"杨柳观音"、"洒水观音"等形象。

由上可知，妙善公主的形象是宋代人为了弘扬佛法而编撰的故事。

与观音有关的重大事件及其时间表

序号	人物	时间	事件
1	妙善三公主	二月十九日	诞生
2	妙善	九月十九日	出家
3	观世音菩萨	六月十九日	成道

虽说是编撰的故事，但民间仍对此深信不疑。每到以上三日，民间即举办大型的祭祀活动，以示庆祝。后又出现三面观音、八面观音、十一面观音、多宝观音等形象，而且每一种观音形象都有其存在的合理性。

三、观音形象融入伦理道德文化

以观音为代表的一批菩萨存在于释与儒、道三者文化之内，在中华伦理道德文化中，是温和尔雅、兼容并存、相互借鉴、补充、丰富、完善、协调发展的产物。并在此过程中形成了中国的玄学、禅学、理学等思想流派，为中国哲学发展史的进程增添新生命，奇花增异彩。出现这种现象的归纳有以下几点。

第一，中国在宋明以后经济大大发展，政治、文化相应的表现这种发展现象。经济的大发展促使文化交流的加速发展。宝卷中观音（妙善）救世宣扬人的理想是幸福，这与人民在世追求是相一致的，是历史发展的结果，是从理想与现实，幸福与痛苦的关系上来调节人们心理结构的。

第二，观音菩萨作为佛教菩萨界的代表，受到中国人民的极大重视，是对外文化与中国伦理文化的交流、整合加速的重要表现。这从统治者提倡大兴佛教寺院可见，如杜牧《江南春》："南朝四百八十寺，多少楼台烟雨中。"

第三，由于教义、思想伦理观念以及修持方法演化的，其结果是佛教信仰支派在中国的发展与创立，如禅宗、天台宗、华严宗。在我们看到的大量佛经教义、宝卷故事的演化过程中，佛教观音菩萨中国化，其结果是对观音（妙善）信仰的范围、信众的扩大。这是由于佛教本身的弹性、张力相对较大，能够运用其中和谐、高超的佛学思维能力，处理各种矛盾。

第四，佛教在传播的过程中基本是以"和为贵"为中心的，走了方便法门：上行线路（通过皇帝为首的领导阶层对佛学哲理的参悟）和下行路线（通过广大劳苦大众对现世佛教，观音菩萨的期望）的结合，实现着在中国传播的可能。

第五，观音信仰的前提是"善"。中国人民本身具有心地善良的一面，在一个以"善"为宗旨的宗教面前，其表现出了极大的宽容心胸，以自己独特的方式理解，去重新构建了一位观世音菩萨救世，一个宗教文化现象，一种伦理道德文化体系。

第六，观音菩萨救世等一批佛教形象之所以能在中国广泛流传，从另一个方面看，也是与中国以儒家文化为根基的伦理道德观有着紧密的联系。儒家文化从实质上看，也是一个具有兼容性的文化，看重个人、社会、国家三者的关系；看重三者之间存在的意义与必要性；看重在三者之间出现各种矛盾时，处理过程中哲理文化内涵的不断提升。

古代印度佛教本有依傍山林沟壑，潜心修佛，不问世俗的传统。到救苦救难的观世音菩萨身上时，便与中华儒、道两种文化的互存，其表现出极大的张力、弹性、兼容与吸收，发生质的变化，表现为一种平衡状态。鼓树智在《文明交往论》中这种有"平衡状态是善于接受不同文明中相互矛盾事物的结果，是善于利用矛盾力量，使之化为己有的表现。"[6] 印度佛教中国化的过程中，宝卷中观世音菩萨（妙善）形象民间化的表现，其实质正是向这种平衡状态不断前进的过程。而这种平衡状态正为不同文明之间的交往、交流，提供了有益的借鉴与参考。

印度传来的大慈大悲观世音菩萨，在中国传统伦理道德的影响下，形成宝卷中完整的中国化观音菩萨（妙善）形象是必然的结果，也正是这种平衡状态最终实现的体现之一。中国人民深深地敬仰着这尊菩萨，并将其紧密与自己的生活联系在一起。大慈大悲救苦救难的观世音菩萨，早已铭刻于中国人民心中，嬗变完成，幻化成为中国人民心中的一尊美丽、善良、可亲可敬中国式维纳斯女神。

注释

［1］张旭：《山丹宝卷》，甘肃文化出版社 2007 年版，第 325 页。

［2］徐永成：《张掖宝卷》，甘肃文化出版社 2007 年版，第 1060 页。

［3］孙昌武：《中国文学中的维摩与观音》，高校教育出版社 1996 年版，第 373 页。

［4］中华大藏经编辑局：《大藏经》（第二册），中华书局 2004 年版，第 551 页。

［5］中华大藏经编辑局：《大藏经》（第二十六册），中华书局 2004 年版，第 23 页。

［6］鼓树智：《文明交往论》，陕西人民出版社 2002 年版，第 14 页。

河西昭君宝卷与昭君故事比较研究

兰州大学文学院　张瑞芳

　　王昭君是与西施、貂蝉、杨玉环并称的中国古代四大美女之一。她的故事古往今来被传唱不已，成为艺术家们取之不尽的艺术源泉。昭君出塞的历史史实，首见于班固的《汉书》，但是较为简洁缺乏全貌，因此从汉代起民间传说就开始衍生出一个又一个的昭君故事，使昭君出塞这一史实逐步进入了文学殿堂。葛洪《西京杂记》中记载的"画工丑图"的故事、唐代《王昭君变文》、元代马致远《汉宫秋》、明代传奇《和戎记》、清代小说《双凤奇缘》等，各朝各代都有对昭君故事的承继与发展，它们经过生发、叠加、整合等手段共同推进了昭君故事的丰富完善，人物形象的立体丰满，使得这一故事获得了无限的魅力而得以广泛流传。

　　河西宝卷是我国自明清以来，在甘肃河西走廊广为流传的一种说唱艺术——宣卷（又叫念卷）的底本。[1]是一种比较古老而又充满浓厚宗教色彩的通俗文学，河西民间的普通百姓常在传统节日里，亲朋家人聚在一起说唱。

河西宝卷中共有两篇是描写昭君故事的，一是《金张掖民间宝卷》中的《昭君和北番宝卷》；二是《山丹宝卷》中的《昭君出塞宝卷》。本文从昭君故事变化比较大的几个文本入手，与河西宝卷中的昭君故事相结合，研究宝卷对昭君故事的承继与发展，厘清昭君故事的发展脉络。

一、昭君故事发展概述

昭君出塞首见于班固的《汉书》，史书的记事简约给后人留下了丰富的想象空间，民众在此基础上根据自己的好恶加以取材和生发，歌咏或记入作品之中。继《汉书》之后记载昭君故事的是《琴操》，它是一部为琴曲解题、描述琴歌之源的音乐文献。却记录了有关王昭君的事迹并谱成琴曲；受汉代琴曲的影响，魏晋时期人们又将昭君故事谱成乐曲，如平调《明君》36 拍，胡笳《明君》36 拍等，这些乐曲均亡佚，晋代石崇的《王明君辞并序》便是在琴曲《昭君怨》的基础上创作而成；之后东晋葛洪的《西京杂记》有《画工弃市》一则，述及王昭君与画工之事，《西京杂记》对昭君故事做了创新和改造，引进了毛延寿等人"画工丑图"的情节，从而对昭君受冷落、被迫和亲给予了传奇性的诠释。南朝宋刘义庆的《世说新语》在"贤媛篇"中记载的"昭君与画工"的故事便属于这一个版本系统；南朝宋范晔的《后汉书》中也载有王昭君之事，但其中所载的昭君"积悲怨请行"之事，实本于《琴操》、《西京杂记》，多是加工润饰而成，离史实已远。

到了唐宋时期，昭君故事有了明显而巨大的变化，无论是诗词歌赋、散文策论，还是传奇变文、绘画歌唱，无不涉及昭君故事。李白、白居易、王安石、欧阳修、陆游等诗人的歌咏王昭君的诗作自不必提，绘画方面，由唐代昭君仕女图而衍生出了后代一大批题昭君画像诗。在敦煌变文中，也出现了《王昭君变文》，对后代的小说戏曲及讲唱文学，起到了直接而重大的影响。敦煌残卷中也发现有一首题为《王昭君》的"安雅词"（"安雅"通行的说法是指安息国的雅乐，即可唱的乐章。）[2] 采用五言四句多段反复的体式，曲调则是安息国胡声雅乐的调式，以昭君与汉帝对答的方式叙述故事情节，成功塑造了一位识大体、顾大局，以国事为重的昭君形象，惟妙惟肖。敦煌文献中还有一首长诗《王昭君怨诸词人连句》[3]根据葛洪的《西京杂记》敷衍成文，叙述昭君的悲怨之情；唐代程晏的《设为毛延寿自解语》、宋代柳开《代王昭君谢汉帝疏》等散文作品，则是借昭君故事，浇自己胸中块垒的讽喻之作。后代还出现了两封王昭君写给汉元帝的书信：《昭君入胡报帝书》、《王昭君上汉元帝书》，多半是受到柳开这篇体散文书信的影响。

元明清时期，马致远的《汉宫秋》对此前所有的昭君故事做了一次大的总结和改变，增加了汉元帝与昭君之间的爱情成分，使得昭君故事变化的诸多因素已臻完备，后继者沿此路线，花样翻新者渐少，《汉宫秋》遂成为昭君故事发展史上的一座丰碑，标志着昭君故事的初步定型[4]。明代传奇《和戎记》，清代长篇通俗小说《双凤奇缘》在昭君故事基础之上加以衍生、附生出许多新的情节和人物，对昭君故事的传承和演变起着一定作用。

二、昭君故事文本比较

从古至今有关昭君故事的篇章多如恒河沙数，因此本文只选取其中几个关键转变之处：《汉书》、《琴操》、《西京杂记》、《王昭君变文》、《汉宫秋》、《和戎记》、《双凤奇缘》，与河西宝卷中的昭君故事进行比较，借以厘清昭君故事发展演变的思路。对涉及昭君故事的其他体裁的作品暂不讨论。

由于《汉书》、《琴操》、《西京杂记》成书年代相去不远，我们先将这三个结合做一比较。

《汉书》、《琴操》、《西京杂记》情节比较列表

书名 / 项目	《汉书》	《琴操》	《西京杂记》
姓名	名嫱，字昭君	王昭君	王嫱
年龄	十七岁进宫，二十一岁出塞	十七岁	—

项目＼书名	《汉书》	《琴操》	《西京杂记》
籍贯	南郡秭归人	齐国人	—
如何进宫	郡国献女说	其父献女说	—
长相	—	颜色皎洁，闻于国中	貌为后宫第一，善应对，举止闲雅
宫中待遇	—	每历后宫，疏略不过其处，积五六年	后宫既多，不得常见
画工索贿	—	—	宫人贿画工，多者十万，少者不减十万，王嫱不肯
画工人名	—	—	论及毛延寿等人
出塞原因	单于愿婿汉室以自亲	单于使者请赐美人，昭君诚愿得行	匈奴入朝求美人，元帝命昭君行
元帝表现	—	帝大惊，悔之	帝悔之，名籍已定，故不复更人
昭君在匈奴的表现	—	心思不乐，心念乡土，作《怨旷思维歌》	—
结局	三十三岁寡居，后无载	吞药自杀	—
子女	一子，二女	一子	—

227

《汉书》是有关昭君故事最早的信史，班固去古未远，对王昭君的描述应当说是最接近史实的，我们根据汉书的记载，大致可以了解故事本来的"真相"：由于匈奴单于"愿婿汉氏以自亲"[5]，元帝就将这位良家女王昭君作为阏氏赐给了呼韩邪单于，王昭君与他生有一子，名叫伊屠智牙师，呼韩邪单于死后，昭君再嫁呼韩邪单于长子复株累单于，生了两个女儿。复株累单于成帝鸿嘉元年去世后，昭君自此寡居，后无记载。

《琴操》在继承《汉书》描写的同时，其创新之处在于赋予昭君一个美丽的容貌，昭君故事是富于传奇色彩的，人们在传唱这个美丽故事的同时，对这位主人公产生直观的想象，这位为汉朝带来和平的宫中女子，必然是美丽的，只有这样才能显示美好事物被毁灭时，人的惋惜与不舍之情。同时，《琴操》也开始着墨于人物的形象，昭君由怨旷已久到自愿请行，刻画了她一系列的心理变化，使人物的个性特色立体起来。在昭君自杀结局的情节设置上，《琴操》一反历史史实，加入了伦理道德的成分。张寿林先生曾说："在受了礼教感染的文人心中，父亲死后，母亲再嫁给自己的儿子，是如何乱伦的事，所以他们不得不创出吞药而死，去适应礼教"[6]，人们无法接受"父死妻母"的继婚制度，从而编造了昭君自杀的情节，这是符合当时汉民族的伦理要求的。

《西京杂记》更加丰富了王昭君的形象，让其哀怨之情减少，《琴操》中那个敢于表现自己情感的昭君变成了一个聪慧闲雅、温柔良善的美女形象，从接受美学上讲，温婉柔弱的形象更加容易使接受对象产生怜惜的感情，这也符合当时社会对女性的要求；对昭君到匈奴的情况，作者选择了回避的方式，这可能是为了迎合汉民族文化心理的需要，这一有心之举，却奠定了一个后世昭君故事的创作范式——回避或者否认昭君远嫁匈奴。最后，《西京杂记》最大的贡献恐怕就是增加了"画工丑图"的情节，虽没有确切提到把昭君画丑的人就是毛延寿，但毛延寿等六位画工名字的出现，使故事情节更加完善，将毛延寿这一人物与昭君联系起来。为昭君美丽的外表下面，又设置了一个洁身自好的高贵品格，在丰富人物形象的同时，也给昭君故事带来了曲折传奇的色彩。

下面是《王昭君变文》、《汉宫秋》、《和戎记》、《双凤奇缘》与宝卷故事的比较，（由于宝卷中的两篇昭君故事相似，我们把两篇合在一起称为《河西宝卷》）。

《王昭君变文》等与《河西宝卷》情节比较列表

项目＼书名	《王昭君变文》	《汉宫秋》	《和戎记》	《双凤奇缘》	《河西宝卷》
姓名	王昭君	名唤王嫱，字昭君	王嫱，字淑真	取名皓月，又叫昭君	姓王名嫱，字昭君
年龄	—	18	—	17	19
籍贯		成都秭归人	越州人	越州人	南郡秭归人
出身	以公主身份远嫁匈奴	庄农人家	越州太守之女	越州太守之女	村姑
如何出生		梦月而生	—	—	提及"梦"字
如何进宫	—	毛延寿全国遍访美女，进宫	张槐奏报，毛延寿访之，进宫	梦中与元帝相见，毛延寿访之，进宫	皇上选妃，毛延寿全国遍访，进宫

228

书名＼项目	《王昭君变文》	《汉宫秋》	《和戎记》	《双凤奇缘》	《河西宝卷》
长相	殊越世无比，绰约倾国	光彩射人，十分艳丽，天下绝色	—	容貌娇美，精通翰墨，善晓音律	天姿国色，倾国倾城
宫中待遇	—	十年未得见君王	3个月	打入冷宫	未受冷遇
画工索贿	—	毛延寿索取黄金百两	毛延寿索取黄金千两	—	多的十万，少的也有五万
如何见到元帝	—	自弹琵琶得见元帝	太白金星赐瑶琴，弹之，见帝	弹琵琶诉衷情，见皇后，后见帝	皇上察看后宫，得见
昭君名分	明妃	明妃	皇后	西宫妃子	西宫妃子
献画	—	欲斩毛延寿，他逃往匈奴，献昭君像	欲斩毛延寿，他逃往匈奴，献昭君像	欲斩毛延寿，他逃往沙陀，献昭君像	毛延寿畏罪偷跑匈奴，献昭君真美图
出塞原因	丹青写形远嫁	单于使者指图索要，昭君自愿前往	使者索要，先找宫女假扮，识破后，不得已出塞	李广兵败，苏武被羁，找宫女冒充，识破后，不得已出塞	单于使者指图索要昭君，元帝忍痛送昭君出塞
元帝与昭君的感情	恩情	夫妻情深	夫妻情深	夫妻情深	感情一般
昭君结局	思乡而死	不肯入番，投黑水河而死	投乌江而死	投白洋河而死	投白水河而死
鸿雁传书	—	孤雁哀鸣，帝梦中与昭君相见	白雁传书报消息	托梦与妹，使尸身葬于芙蓉岭	群雁传书招救兵
故事结局	依番法葬昭君，墓号为青冢，汉哀帝后使杨少征杖节来吊	汉匈和好，斩杀毛延寿	元帝复娶昭君妹为后	元帝娶昭君妹为后，大杀番兵，各国来朝	—

229

河西昭君宝卷与昭君故事比较研究

《王昭君变文》分上、下两卷，今存上卷后部及下卷，占全篇之大半，从现存的文本中，我们可以知道：昭君出塞时的身份，从后宫的良家子女变成了"公主"，根据下卷所说的"丹青写形远嫁"隐约可推测出昭君出塞的原因是与画工有关的，但具体情节我们已不可知。昭君远嫁匈奴后，单于对她夫妻情深，关心备至，昭君终因思念家乡而死，单于厚葬昭君。孝哀帝时，又派使者前来吊祭。变文中突出表现了昭君的爱国思乡之情。"异方歌乐，不解奴愁，别域之欢，不令人爱""慈母只今何在？君王不见追来"等，这样的昭君不惯异域思念家乡的描写。变文对后世的影响是作者对昭君出塞的高度评价——存汉室者昭君以及"不嫁昭君，紫塞难为运策定"的客观历史背景。后人多在这种客观历史的基础上推演昭君故事。另外，昭君远嫁后，思乡恋国，终不免一死的情节也成为后世昭君故事的经典范式之一，《昭君和北番宝卷》便是吸收利用这一情节的典型表现。

马致远在对昭君故事的处理上，有很多大胆和独到之处，在广泛搜集民间传说的基础上，增加了戏剧化的处理。首先，对王昭君的形象给予了全面的描写，写她是成都秭归县人，与前面说的南郡秭归人，和齐国王襄女都不相似，又一反"后宫良家子"的说法，坐实昭君的出身是"庄农人家"，明确昭君的身份是"明妃"；另外马致远依据民间神话中昭君母亲八月十五梦月入怀的说法，又将班固《汉书·元后传》说王政君是"梦月出生"的"月亮女儿"的说法，两者移花接木到昭君的身上，说她是"梦月入怀"而生，却又"复坠于地"，以此来解释了昭君命运的曲折，虽有后妃之命，但终不免远嫁匈奴的无奈。其次，增加了昭君与汉元帝的爱情描写，这是《汉宫秋》对以往昭君故事的最大改造，《汉宫秋》中的元帝，作为一国之君，却不能保护自己心爱的女子，显示出汉室的衰弱，昭君出塞的无奈，很好地营造了一种悲剧的氛围。马致远将以往昭君故事中汉兴匈衰的历史背景，转换成匈强汉衰的历史背景，应该说是受到当时社会环境和自身心理的影响的，元代正是这种胡强汉弱，民族压迫沉重的年代，他亲见宋朝的覆亡，民族被欺凌的惨痛现实，激发了他的民族感情，间接地反映在了作品之中，赋予了昭君故事新的内涵和思想，也使它的受众更加广泛，《汉宫秋》也因此成为昭君故事发展演变史上的一座丰碑。

明代《和戎记》是南曲的"生旦戏"，篇幅较长，将元帝与昭君的帝后之恋写的更加缠绵悱恻，昭君出塞时的哀怨也展现得淋漓尽致。在整体剧情上大多沿用《汉宫秋》的创作方式。不同的是它将昭君的身份变成了元帝的皇后，这一改变并没有得到后世的认同，后世还是将昭君定为元帝的一位妃子；增入了昭君之弟王龙和昭君之妹王赛君两位人物，尤其是王龙，成为后来昭君故事中必不可少的人物，《昭君和北番宝卷》中的刘文龙这个人物就是王龙角色的演变；《和戎记》中王毛两人的斗争更加激烈，以至于昭君在雁门逼单于要杀掉毛延寿，这个细节被后世的小说戏剧所吸收和借鉴；宫女假扮昭君、元帝续娶王赛君之事也是新增的，大约是为了使故事情节更加曲折离奇、并为悲剧故事写一个"大团圆"结局，这与明清时期戏曲小说的创作主旨应有一定关系，既要有一定的篇幅，又要考虑受众的心理。因此，《和戎记》当时颇受人们喜爱，各种曲选、曲谱争相转录，据以改编，在明清曲坛上，大放异彩。

《双凤奇缘》是一本杂取众书而编成的一本小说，是昭君故事的集大成者，它将以前所有有关昭君的事迹熔为一炉，成为了扬扬 80 回的长篇著作。黄毅先生曾说："作者历史知识的贫乏，并可推知其大概是一为书坊写作谋生的下层文人"。[7]因此，其故事内容庞杂，其中"越州太守"、"王龙"、"王赛君"、"约三事进番城"等事，应是出自《和戎记》，"西宫妃子"的说话应是取自《汉宫秋》，李广、苏武、刘文龙送昭君和番、九姑仙女赐衣、王赛君征番等事，多有所本，如王赛君征番事，大抵是受了《杨家将演义》等小说的影响。这种多种故事混杂的方式，可能很合乎民间百姓的欣赏趣味，被多次改编成京剧、川剧、湘戏等曲目，使昭君故事的受众更加广泛。

三、宝卷中的昭君故事

河西宝卷在故事情节上对上述的几部作品可以说是继承了精华，删去了枝蔓。段平在《河西民间宝卷的调查研究》中论述这种来源于民间故事的宝卷曾说："有一定的迷信成分，但它基本上忠实于原来的民间故事，神话化，它的浪漫主义的表现手法，正是宝卷创作的一大明显特色。"这种创作手法使得宝卷更加赋予地方色彩。

（一）昭君的籍贯界定

对于王昭君的籍贯、年龄，延续了《汉书》中的说法，说他是南郡秭归人。这大约是因为宝卷传播的来源及其地理环境有关，河西地区交通不便，文化落后，经济不发达，使得宝卷的流传范围相对封闭，因此保留了这一原始说法，没有受到影响。她以河边浣衣女的村姑身份选入宫中，是受到了《汉宫秋》的影响，《汉宫秋》、《昭君和北番宝卷》在这一情节的处理上，应都是来源于民间，戏曲、宝卷的听众都是民间的百姓，尤其是宝卷，它的受众更是底层的百姓，当然更喜欢听与自己身份、地位有联系的故事。因此，他们将故事的主人公设定为与他们身份相似的人来展开描写并同人民生活的喜怒哀乐结合起来，才能深入到人的思想深处，招来更多的听众，从而起到民间教化的作用。

（二）神仙信仰

在刘文龙护送昭君出塞的情节中加入了土地山神救昭君出虎口，它和九天仙女赐神衣情节的保留，应是因为宝卷中常突出神仙作用的原因，"人间的难题不好解决，便祈求超凡的外力帮助"、"神仙是人的理念的代表，他受人的思想牵制，为人民服务。"[8] 因此，宝卷在对昭君故事的继承方面保留了其中的神话部分。宝卷多出"土地神、九天仙女救昭君"的情节是和河西的民间信仰有很大关系的。中国佛教在传播过程中，出现了很多世俗化的神和菩萨，"灶君"、"土地"就是这种神仙，在河西他们被供奉在自己家中、村头、村镇。河西宝卷中就有一篇《土地宝卷》，描写的白胡子土地爷，是一位敢于和玉皇大帝作对的英雄。"河西民间尤其崇奉玄女娘娘，凡求婿、求子、生病等都去娘娘庙祈祷求告。讨公道说法，倾诉冤屈。"[9] 可见河西人们对土地、九天玄女等神仙的敬重爱戴之情，因此多加了出土地神、仙姑娘娘救昭君的戏码，与地域相结合，吸引了听众，显示了其独有的创作手法。

（三）王昭君是否失贞的问题

宝卷作为一种民间文学，包含着一个民族和地区的生存哲学，儒家文化的深入，使得它在选择昭君故事情节上也侧重于维护昭君的贞洁和牺牲精神——否认昭君失身，回避昭君与单于的夫妻关系。在处理昭君入宫后的情节上，宝卷也用了一种"两全"的方式，既让昭君受到误解，却未受冷遇，解释后便得到皇上的谅解，被封为西宫妃子，民间的百姓都喜和不喜悲，为此可以忽略一些客观现实，以一种非理性的方式，化解、消融人间的苦难。

（四）宝卷中昭君所跳之河的演变

宝卷与上述各版本不同的一点是，昭君所跳的那条河，不是黑水河，也不是白洋河，而变成了白水河。这种差异性更凸显了区域文化的特征。

《中国古代地名大辞典》中："张掖河，即禹贡之弱水，汉书之羌谷水，括地志之鲜水，又名黎水、覆袁水、副投河，有二源，一曰山丹河，一曰张掖河，山丹河出甘肃山丹县西南祁连山，北流折西北，洪水河出县西南穷石山，西北流来注之，又西北至张掖县，张掖河出县西南，曲折北流来注之，其下通名张掖河，俗称黑河，番名额济纳河，西北流经抚夷高台二县，出边寺至毛目县，与白河相会，仍称黑河，番名坤都伦河，北流入额济纳旧土尔扈特部，折东北歧为二分入于二泊，皆古居延海也。"

明朝《肃州卫志》："卫西北十五里有黑水，自沙漠中南流，经黑山下合白水，又红水，在卫东南三十里，西流会于白水，入西宁卫之西海"，清代的江永《群经补义》谓："西海即青海，其下流入黄河，以此当禹贡雍州之黑水，遂谓经文本云导黑水至于三危，入于西海，经生相传，误以西海为南海，按此所谓黑水合白水红水，入于西海，似亦指张掖河，今之张掖河，会洪水河，又会白水，北入居延海，与肃州卫志之流相合，惟其南并不入青海耳。"

由上述文献可知，在古代张掖地区有一条黑河和一条白水河，黑河和白水河相会，然后入西宁。古人对河西地区张掖的黑河多有所引用，成为昭君故事中稳定的情节元素。但对与黑河一脉相依的白水河却不知，便将昭君所跳的那条河定名为黑河，但到了宝卷当中，念卷的人将与自己相关的河流的名字加入了宝卷中，使得宝卷在符合事实的基础上更加接近听卷人的生活，却因此赋予了地方色彩。白水河今在张掖市肃南裕固族自治县，黑河在今张掖市的肃南地区，也就是在白河水的南边。白水河比黑河更偏于张掖市，我们可以以此推断出《昭君和北番宝卷》应是出于白水河这一地区，也就是张掖市的西南地区。地域的差异使得念卷人在昭君投河的情节中才会想起白水河，而非黑河。

（五）昭君故事结局的处理

在对昭君结局的处理上，宝卷显然比《和戎记》、《双凤奇缘》更加客观和成熟。使昭君的故事赋予了一种悲壮的氛围，更加凸显昭君的形象，她的这种不怕牺牲，以死明志的民族情怀，正是河西地区民间精神所提倡的。这种民族情怀也只有在靠近边邑的人民身上才显得尤为重要。宝卷在接受以前昭君故事的基础上做的这种保留悲剧结局，而不写成一个大团圆的结局处理，凸显了民间的智慧，是有一定理性思维的。韵散结合的当地方言，"苦五更"等民间小调的运用，使昭君故事更好地融入了河西地区的人民的生活中。

昭君故事从《汉书》的寥寥数语发展到近百万言的长篇小说，再到宝卷对昭君故事的剪裁，经历了漫长的岁月。不同时期的文化、思想，不同地域的更改、传播，给昭君的故事不断注入了新鲜的血液，而更有生命力。正如顾颉刚所说："时代愈后，传说中的中心人物愈放愈大"。[10] 文人在宣讲伦理纲常、三从四德，或借古喻今的同时，民间艺人发挥他们想象力和创造的能力，为昭君故事增添了不同的人物和情节。雅俗交融的文化氛围，成为昭君故事发展的温床。而文学作品也在高雅与通俗，历史与现实的交替变换中走向了艺术顶峰。

注释

[1]张爱民：《河西宝卷——我国民间曲艺艺术瑰宝》，《甘肃社会科学》2008年第2期。

［2］徐俊：《敦煌诗集残卷集考》，中华书局 2000 年版，第 124—125 页。

［3］同上书，第 158—159 页。

［4］张文德：《王昭君故事传承与嬗变》，南京师范大学博士论文，2004 年，第 58 页。

［5］班固：《汉书·匈奴传》，中华书局 1962 年版，第 3803 页。

［6］张寿林：《王昭君故事演变之点点滴滴》，《文学年报》1932 年第 1 期。

［7］黄毅：《双凤奇缘·前言》，《古本小说集成》，上海古籍出版社 1990 年版，
第 4 页。

［8］段平：《河西宝卷的调查研究》，兰州大学出版社 1992 年版，第 124、132 页。

［9］武文：《中国民俗大系·甘肃民俗》，甘肃人民出版社 2004 年版，第 253 页。

［10］顾颉刚：《古史辨·与钱玄同先生论古史书》（第一册），上海古籍出版社
1982 年版，第 60 页。

河西昭君宝卷与昭君故事比较研究

兰州大学文学院　田多瑞

河西宝卷中的包公形象分析

　　宝卷是研究宋元以来中国宗教（特别是民间宗教）、民间信仰、农民战争、俗文学、民间语文等多方面课题的重要文献，宝卷之名起于元末明初[1]。明代王源静补注《巍巍不动泰山深根结果宝卷》卷上释其名义云："宝卷者，宝者法宝，卷乃经卷。"宝卷是承袭唐代的佛教俗讲传统，经宋至元末明初，逐渐演变而形成为一种广泛流传于民间的说唱文学，有时则直接简称为"卷"，如《目连卷》等，它还有其他一些名称，如科仪、科、真经、宝经、宝传、偈文、故典等。在唐代敦煌变文、俗讲、宋代说经基础上发展而成的河西宝卷，流行于甘肃河西走廊一带，其传播主要是文字和口头两种形式。文字传播就是一本本用文字记载的完整故事，宝卷的版本有手抄本、印刷本（包括木刻、石印、铅字排印本等），而以手抄本为多，河西走廊搜集到的民间抄本宝卷则多为 20 世纪七八十年代的手抄本，最早的本子是清光绪年间的抄本[2]；口头传播俗称"念卷"（南方称之为"宣卷"），也就是民间艺人说唱宝卷内容。念卷作为一种民间文化习俗和民间说唱文化艺术，是宝卷流传最基本的方式。河西宝卷种类繁多，内容丰富，多为抑恶扬善、兴教化、劝操守的民间故事，由于宝卷受佛教功德说的影响，人们把抄、颂、藏宝卷作为一种积德行善之举，农村群众认为"家藏一宝卷，百事无禁忌"，这一思想的影响，十分有利于宝卷保存，并且促使念卷活动的繁荣兴盛。

河西宝卷中公案故事类型的包公宝卷特别受人民群众喜爱，我们认为这一现象表达了河西人民对重修吏治的渴望，包公所弘扬的清官决狱、惩恶扬善的法治精神与道德旨归满足了广大群众的心理需求。虽然有"十里不同俗，百里不同风"的说法，但是人们对惩恶扬善清廉官吏的盼望是共同的，对于包公的崇拜出奇一致，"包青天"作为一种集体记忆深深沉淀在中国传统文化的精髓之中，时至今日，仍然是中国大众文化至高无上的正义化身。对于这样一彪位居中国清官之首的人物，有关他的小说戏剧传奇故事，大多于史无证，许多人熟悉的仅仅是其舞台形象以及在民间口传文学中被神性光环所笼罩的形象。

一、历史上的包公形象

包拯其人以及有关他的生平事迹在北宋沈括的《梦溪笔谈》、南宋李焘的《续资治通鉴长编》、王偁的《东都事略》、朱熹的《王朝名臣言行录》、元代脱脱的《宋史》中都有记载，这是我们了解包拯生平事迹的主要历史依据和基础。

包拯（公元999—1062年），宋庐州合肥（今属安徽）人，字希仁，宋仁宗天圣五年(1027年)进士，宋景祐四年（1037年）任天长（今安徽天长）知县，后调任端州（今广东肇庆）知州。回京任监察御史里行，又改监察御史。包拯曾七次上书弹劾江西转运使王逵，并严厉批评宋廷的任官制度，朝野为之震动。嘉祐元年（1056年）十二月，包拯权知开封府。他用短短的一年多时间，把开封府治理得井井有条，赢得了百姓的爱戴和敬仰。宋嘉祐六年（1061年），他官至枢密副使，次年五月病逝，京师吏民，莫不感伤。死后被追赠为礼部尚书，谥号"孝肃"。他是北宋中期有名的政治家。宋朝处于宰相制度的调整期，正副宰相同设，多相并行，编制也不固定，"多相并行"的目的在于分散相权，传统戏剧中，包公经常被称为"包相爷"，其实包拯从来都没有做过宰相。

包拯从小志存高远，刻苦攻读，严于律己，立志为君分忧，为国竭忠。据《包拯集》卷十《求外任三》[3]记载：

> （包拯）生于草莽，蚤从宦学，尽信前书之载，窃慕古人之为，有竭忠死义之分，确然素守，期以勉循。

包公性格刚直，一生清廉俭朴。据《宋史·包拯传》[4]记载：

> 拯性峭直，恶吏苛刻，务敦厚，虽甚嫉恶，而未尝不推以忠恕也，与人不苟合，不伪辞色悦人，平居无私书，故人、亲党皆绝之。虽贵，衣服之器用、饮食如布衣时。

包拯秉公执法，不通关节，他自书座右铭道："清心为治本，直道是身谋，秀干终成栋，精钢不作钩"，以此作为为官做人的准则，当时老百姓对他大加赞颂："拯立朝刚毅，贵戚宦官为之敛手，闻者皆惮之。人以'包拯笑比黄河清'，童稚妇女亦知其名，呼曰'包待制'。从以上史料可以看出，包拯在当时，就"闾里童稚妇人，亦知其名"、"夫贱隶，类能谈之"[5]。

包公这一为民请命的清官形象，虽然家喻户晓，但是在正史中很少留下他破案的史料，仅有一则"割牛舌"案，见诸《宋史》。钱静方先生在《小说丛考·包公案考》一文中指出：

> 宋之最能断狱者曰包龙图，几于妇竖皆知。然包公所断之狱，见于史者，不过一事。余皆小说家掠他人之美，而为包公所有也。

"割牛舌"案是说包公知天长县时，有人来报告自家的耕牛不知被谁割了舌头。包公知道这是一起邻里间的陷害案，不动声色地吩咐告状者回家把牛宰了卖掉，割了舌头的牛是难以活命的，只有这种处置办法。果然不出包拯所料：不久就有人来告发那人私自杀牛，因为私杀耕牛在宋代是违法的。包拯严厉责问告发者：为什么割了牛舌，还要诬告别人？那人措手不及，以为事情败露，只得服罪。仅此一案，我们就可以领略到包拯的断案水平与足智多谋。由于包公的清正廉明，在其生活的时代，民间就有关于他的各类故事的流传，相沿成习，历朝各代都有对包公故事的附会与演绎。

二、走向文学神化的包公形象

民间对于清官廉吏的渴盼，促使人们将史料中零星记载的"阎罗包公"形象不断加工完善，逐渐将其神化美化，这一形象直可上溯至宋话本和元杂剧中[6]。宋元话本中的代表作品是《合同文字记》、《三现身》等，将包公塑造成一个为民做主的清官廉吏。元代政治腐败、压迫深重，包公戏艺术地反映了当时社会的黑暗动乱，政治的腐朽堕落，吏治的野蛮残酷，同时元代也是包公形象塑造的一个顶峰，包公形象逐渐走向神化、模式化，充分体现了元代人民的美学思想与美学追求，郑振铎先生曾言："包待制在宋人话本里，只是一位精明强干的官僚；在明、清人的小说里，只是一位聪明的裁判官；但在元代杂剧里，他却成了一位不畏强悍而专和'权豪势要'之家做对头的伟大的政治家及法官了"[7]。现存的元代包公戏有十一种，分别是《蝴蝶梦》、《鲁斋郎》、《后庭花》、《生金阁》、《灰阑记》、《留鞋记》、《替杀妻》、《合同文字》、《神奴儿》、《盆儿鬼》、《陈州粜米》，这些剧作十分广阔地展现了元代社会方方面面，突出塑造了一个严格执法铁面无私的包公形象。包公断案的说部出现于明朝[8]，明代小说繁荣，小说家以洋洋洒洒的文字详尽塑造包公故事，其代表作品是《三现身包龙图断案》、《包龙图判百家公案》、《龙图公案》等。清代以后，各种通俗文学，如京剧、宝卷等都对包公故事进行改编和再创造，代表作品是《铡美案》、《陈州放粮》等，最终形成了蔚为壮观的包公故事群。特别要提到的是晚清道光年间著名说书艺人石玉昆（公元1810—1871年）编著的《三侠五义》，学术界通常认为，此书是石玉昆将前朝流传的各种包公故事的素材整合而成的一部脚本，并在他本人的"说话"表演中叙述出来[9]。《三侠五义》尝试着将侠义与公案两个传统结合起来，其规模与成绩在晚清堪称首屈一指[10]。其中公正无私的清官包龙图以身涉险，亲解疑案，无论在主题上，还是人物塑造方面，都成为后世侠义公案小说竞相效仿的典范。从正史记载开始，经过百姓的口耳相传，民间文学影绰多面的采写，戏曲小说的艺术加工，包公形象逐渐鲜明饱满，附着于这一人物的故事也更加丰富多样。胡适曾说："包龙图——包拯是一个箭垛式的人物。古来有许多精巧的折狱故事，或载在史书，或流传民间，一般人不知道他们的来历，这些故事遂容易堆在一个人身上。在这些侦探式的清官之中，民间的传说不知怎样选出了宋朝的包拯来做一个箭垛，把许多折狱的奇案都射在他身上，包龙图遂成了中国的歇洛克·福尔摩斯了。"[11]

三、河西宝卷中的包公形象

河西宝卷中塑造的包公形象呈现出多元化、多样性的特点。说唱艺人用幻想和夸张的手法塑造了不同特征的包公形象：用智如神的包公形象；神奇玄幻的包公形象；铁面无私的包公形象；反面另类的包公形象等。在现如今流传的河西宝卷中，涉及包公故事的宝卷，统计见下表。

包公故事宝卷详表

故事 ＼ 书名	《张掖宝卷》	《酒泉宝卷》	《凉州宝卷》	《山丹宝卷》
彦查散故事	《包公错断彦查散》	《花灯宝卷》	《包公宝卷》	《闫叉三宝卷》
鹦鸽故事	《鹦鸽宝卷》	《鹦鸽宝卷》	—	《鹦鸽盗梨宝卷》

书名\故事	《张掖宝卷》	《酒泉宝卷》	《凉州宝卷》	《山丹宝卷》
乌鸦故事	《乌鸦宝卷》	《乌鸦宝卷》	—	《哑巴告状宝卷》
张四姐故事	《张四姐大闹东京宝卷》	《张四姐大闹东京宝卷》	—	《张四姐大闹东京宝卷》
定僧故事	《落碗宝卷》	—	—	《仁义宝卷》
吴彦能故事	《吴彦能摆灯宝卷》	—	—	《吴彦能摆灯宝卷》
老鼠故事	—	《老鼠宝卷》	—	《老鼠宝卷》
红葫芦故事	—	—	《红葫芦宝卷》	—
其他： 《杨金花夺印宝卷》				

说明：无论民间宗教刊本宝卷或民间流传的抄本宝卷，一般均不署作者（或改编者）姓名，所以各种宝卷的作者一般都难以考实。以上宝卷统计过程中运用参考书目分别为徐永成主编：《金张掖民间宝卷》（一）（二）（三），甘肃文化出版社 2007 年版；酒泉市文化馆《酒泉宝卷》编辑委员会编写：《酒泉宝卷》（上）（中）（下），2001 年；张旭主编：《凉州宝卷》武威天梯山石窟管理处编印 2007 年版；《山丹宝卷》（上）（下），甘肃文化出版社 2007 年版；段平整理：《河西宝卷选》兰州大学出版社 1988 年版；方步和著：《河西宝卷真本校注研究》兰州大学出版社 1992 年版。

　　河西宝卷流行民间，由于印刷与抄写的原因，再加上不同地区、时代的因素，其故事情节、语言、旨趣等会有程度不等的改编。同一宝卷故事，可以有好几种版本，它们在基本情节、主要人物方面都是相同的，只是宝卷名称、具体语言、某些细节、开场和结尾会有所不同，如上表有关乌鸦宝卷的《乌鸦宝卷》（又名《哑巴告状宝卷》）。"同卷异名"问题，是宝卷命名的特殊现象，特别是一些流传广、影响大的宝卷，异名更多[12]。美国著名学者摩尔顿教授在《文学的近代研究》中将民间文学的这种变化多姿称其为"浮动性"，并称这种文学为"浮动的文学"，在形态上把它和作家的书本文学对立起来。以下拟从河西宝卷文本内容入手，对其中的包公形象进行具体分析，笔者认为河西宝卷中的包公主要表现为以下几类特征。

（一）足智多谋的包公

　　河西宝卷中包公断案有"智断"和"神断"两种方式，它们在宝卷中交互出现。"智断"的案例数量少，过程并不复杂，但却光彩照人，让人印象深刻。包公在断案时用声东击西或欲擒故纵的方法攻破罪犯的心理防线，重视实地调查，运用逻辑推理和心理战术等。《落碗宝卷》（又称《仁义宝卷》）中包公审理定僧的案件就突出表现了包公这方面的聪明才智。故事讲的是汴梁城员外刘自明算卦有牢狱之灾，后花园盖房躲避灾难，其妻马氏挑拨离间，破坏刘自明、刘自忠兄弟二人和气，迫使两兄弟分家，刘自明酒醉杀人后锒铛入狱，刘自忠替哥代罪。刘自明对其弟遗孀刘氏照顾有加，结为兄妹，马氏从中作梗，说刘氏想改嫁，刘氏领着女儿出家修行，将刘自忠的儿子定僧留在刘自明身边。马氏母子与定僧结怨，想方设法害死定僧，通过烙碗之计、烧草房、坠磨盘等阴谋来杀害定僧，结果却误将刘自明砸死了，马氏母子将定僧告上衙门，包公审案通过自己的推断，确认刘自明不可能是年纪轻轻的定僧杀死的，最后包公用刨根问底的方法攻破马氏母子的心理防线，马氏母子承认了自己的罪行，于是将二人收监。为了找到修行的刘氏母女，包公设计将定僧捆绑到街上轻轻拷打，引来定僧母亲与姐姐，最后刘自明、刘自忠还阳，一家其乐融融。

《吴彦能摆灯宝卷》中，田员外妻罗凤英与女儿家仆一起去观灯，宰相吴彦能看中罗凤英，威逼利诱，将其拐入府中。田员外状告吴彦能，吴彦能乔妆为包公，命人打死田员外，员外阳寿未尽，于是众神仙将他救下，田员外不甘心，二告吴彦能，吴彦能打算烧死田员外，结果风神救下员外，将他刮到高丽国。最后真包公回京，田员外呈上诉状，包公清明断案，由于吴彦能的官品很高，于是设计邀请吴彦能夫妇到自己府上，然后以扯闲话拉家常的方式，询问吴彦能依恃抢妇的案子该如何处置，吴彦能忘记自己所做的丑事，据实以告，结果包公将田员外的诉状呈给吴彦能，吴彦能无言以辩。以上的案例充分体现了包公的断案才智，虽然数量有限，但极富生活真实，没有任何玄幻离奇的情节，一位为民做主的父母官形象跃然纸上。

（二）神奇玄幻的包公

河西宝卷受宗教迷信影响很大，内容神魔驳杂，"天堂"、"地狱"、

"轮回报应"等字眼随处可见，文义甚拙是其突出特点，作品中蒙罩着浓烈的鬼神迷信灰尘。李世瑜先生在《宝卷新研》中说："宝卷是明、清时反映秘密宗教学说思想的唯一的一种书面文学形式。"[13]。包公宝卷中包公"神断"的方式主要有四种：一是在案件陷入僵局之时，包公多借助于一些神性的器物，如"狼牙棒"、"照魂镜"、"过阴床"等，让人死而复生，使得案件的审理顺利进行，从而表达出"善有善报，恶有恶报"的主题思想；二是在包公决断冤狱的时候，多有神仙相助，比如太白金星、地藏王菩萨、南海观世音菩萨、东岳大帝、玉皇大帝、九天玄女等神祇，有时他们的力量甚至超过了包公，这些神祇有来自佛教的，有道教的，同时也有民间一些秘密宗教所崇奉的神灵，从另一方面反映出宝卷各种宗教杂糅的特点；三是在有些案件的关键点上，包公多借助迷信的拆字、圆梦、算卦、看相、鬼魂申冤来破案，如果说包公有什么智慧的话，也只是善于领悟鬼神的暗示罢了；四是包公具有上天遁地的本领，俨然是一个上通天神、下通鬼魂、具有灵异功能的、半神半凡的超人。这四种神断的方式在包公宝卷中交互出现，如《张四姐大闹东京宝卷》（又名《张四姐宝卷》、《仙女宝卷》）中包公拿着照妖镜，捉拿四姐，去阴曹、雷音寺、天庭各走一遭，查看是何方鬼神走脱，原来是玉帝四公主下凡间，最后在王母娘娘的劝说下，四姐说明真相，于是一家三口重回天庭；《包公错断彦查散》宝卷中包公多次运用"照魂镜"、"过阴床"等神性器物，来回于阴阳两间。宝卷中出现"神断"这样非现实的情节，绝不是偶然为之的，它是人们对于黑暗现实的一种曲折映射，特别是在明清的神魔小说中体现得更加充分，这种模式反映了当时受迫害的人们立志复仇的反抗精神，是他们"冤仇不报，死不瞑目"坚强意志的体现。

（三）铁面无私的包公

在封建社会中，"小小衙门朝南开，有理无钱莫进来"，而"官官相护"、"刑不上大夫"的特权，使执法难上加难，人们在现实中缺少的，就会在艺术想象中创造出来。包公故事内容一般将批判的矛头指向封建政权肌体上的一颗毒瘤——"权豪势要"。

《吴彦能摆灯宝卷》中，包公不畏权贵，将官品很高的宰相吴彦能绳之以法。《红葫芦宝卷》中不畏当朝驸马的淫威，善恶分明，严惩罪犯，将陷害石义的王恩绳之以法，最后石义与百花公主成亲，夸官三日。《老鼠宝卷》中明辨锦毛鼠白玉堂的后代子孙"恶鼠"先告状，判定狸猫家族专事吃鼠，免得危害百姓。《杨金花夺印宝卷》写宋仁宗年间，杨家将大多为国捐躯，佘太君向仁宗递交绝户牌。狄青倚仗皇亲关系，讨得帅印。狄青乃杨家仇人，是个奸臣。穆桂英之女杨金花闻讯后，女扮男装，闯入校场，打算与狄青比武夺印，包公做保人。杨金花张弓箭射金钱落地。狄青盛怒，金花与狄青之子比武较量，将狄四个儿子毙命校场，狄青耍赖，包公据理以争，金花夺回帅印。金花夺印后回家改回女装，狄青派人跟踪，看其进入杨家后花园。狄青动本参杨家谋反，宋王降旨缚佘太君入朝欲斩。寇准、苗公金殿保本皆不准，最后包公亲上金殿，仁宗觉得包公乃忠臣良将，耿耿为国，于是仁宗赦免杨门。夺印宝卷中塑造的包公铁面无私，知人善用，不畏狄青的淫威，敢于站在封建权贵的对立面，为民伸张正义。"清官"作为皇权削弱、民生意识崛起的产物，是广大民众心中的精神支柱与心理寄托。"包公故事在民间话语中不断流传，隐含着民间向司法权力发言的一种精神需要，司法的不确定性给百姓造成心理上的无所适从，而包公则成为一个心理安全阀，平民百姓在包公故事的叙述中获得了对公平正义的想象性满足"[14]。

（四）另类反面的包公

在河西宝卷中，有一类特殊的包公形象，它将批判的矛头指向被人民称道的清官包公，揭露了包公的欺骗行为和伪善面目，抨击他的仁义其实是欺世盗名，这一形象主要体现在《鹦鸽宝卷》（又名《鹦鸽盗梨宝卷》）中。《鹦鸽宝卷》的故事梗概是：仙果山前沙柳树上黄鹦的三儿子鹦鸽有孝心，不忘母亲的养育恩，为生病的母亲盗果品，不怕千里远行，在路上遇到一系列的波折，先后落到书生张三、张婆、包相爷、仁宗的手中。包相爷将能吟诗作赋的鹦鸽从张三手中用三两黄金叶子买到自己相府，先与李夫人把玩，后来将鹦鸽献给仁宗皇帝，以博欢心。仁宗喜欢这只俊鸟，大赏包公，免其三月早朝。在鹦鸽宝卷中，包公不再是"日断阳，夜断阴"的清官廉吏，而是成天寻欢作乐、贪图名利、邀功请赏、玩物丧志的庸官昏官，他不顾及天伦情理，只顾升官发财，全然一副爪牙市侩的嘴脸，具有浓郁的民俗戏谑特色。

历史上的包拯以明察著称，这让他成为民众心目中的一尊折狱之神，但是即便是神化了的包公，在河西宝卷中也有受蒙骗断错案的时候，如《包公断彦查散》（又名《花灯宝卷》、《闫叉三宝卷》）。故事讲的是包公接手柳员外女柳金婵的命案，审判犯罪嫌疑人彦查散，由于阎罗殿判官张洪执掌生死簿子，记录人间的福禄寿喜、善恶报应等事，他在阳间时与彦查散父亲有仇隙，于是"生死簿上改名姓，包公虽亲断不明"，"阳世三间人捣人，阴曹地府鬼捣鬼"，张洪是包公断明此案的最大最强障碍，包公觉得此案有冤情，于是三下阎罗殿：第一次查看阎罗殿的生死簿，上面写着彦查散害死柳金婵；第二次下地狱后，仍没有改变，于是包公严刑逼供，把彦查散屈打成招，定了斩刑，押赴刑场，三绞而亡，尸首不倒，包公一见大吃一惊，想必一定错断此案，于是忙命人抬上狗头铜铡，三下阴曹。最后一次，彦夫人道："人人说你包公是包青天，从此案看来，你做官不清，断事不明，怨屈死好人。"最终在神灵的感召下，冤死者还阳，皆大欢喜。从此宝卷可以看出，包拯并非十全十美、用智如神，而是如常人一般同样会遭受蒙蔽与欺骗。

另类反面包公形象的出现，笔者认为有两方面的原因：其一，河西人民对现实社会有一种清醒的认识，说穿了就是对清官的质疑与不放心，尽管当时善良的人们总是把平冤理屈的希望寄托在清官身上，怀揣着满腔的清官情结，但清官很大程度上是靠不住的，再加上清官数量少得可怜，他们自身存在的阶级局限性，代表着统治阶级的意识形态，就是像鲁迅批评所指出的那样，"乐为臣仆"，供王前驱[15]，这一切人们心中有数；其二，包公反面形象的出现是老百姓对生活现状的曲折反映与体现，他们的父母官并不能为民做主伸冤，但是迫于压力，他们只能将这种急需表达的夙愿与急需诉求的怨愤加注于包公身上，它体现了人民对于皇朝天威的幻灭，一种深沉的幻灭。这样包公就是一个名副其实的箭垛了，无论好的坏的形象都聚焦在了他的身上。

河西宝卷中的包公形象分析

包公其人其事从宋史记载开始，在漫长的历史中，经过宋元话本、元杂剧、明清小说戏文等的改编塑造，并且在民间这一广阔而丰富的宝库中汲取思维的养料，在明清河西宝卷中塑造了带有浓郁浪漫主义色彩的包公形象，尽管在其中有许多荒诞不经的成分，但是它确实是人民愿望的真实体现。"民间文学的口碑，实在比任何高大的石碑都要伟大而不朽。包公之所以著名，与民众的口传文学的口碑赞颂，有极大的关系。正是民间口碑文学（谣谚、传说故事、曲艺说书、话本小说、地方戏曲、宝卷等）使包公流芳百世"[16]。

河西宝卷与敦煌文学研究
HEXI BAOJUAN YU DUNHUANG WENXUE YANJIU

注释

［1］车锡伦：《中国宝卷总目》，北京燕山出版社 2000 年版，第 3 页。

［2］同上书，第 11 页。

［3］孔繁敏：《包拯研究》，中国社会科学出版社 1998 年版，第 120 页。

［4］脱脱等：《宋史 316 卷·包拯传》，中华书局 1977 年版，第 10317 页。

［5］（宋）张田编：《包拯集》，中华书局 1963 年版，第 149 页。

［6］胡适：《〈三侠五义〉序》，载于《胡适作品集》，远流出版社 1986 年版，第 89—109 页。

［7］郑振铎：《中国俗文学史》，作家出版社 1954 年版，第 394 页。

［8］黄岩柏：《中国公案小说史》，辽宁人民出版社 1991 年版，第 149—160 页。

［9］王德威：《中国现代小说十讲》，复旦大学出版社 2003 年版，第 12 页。

［10］陈平原：《千古文人侠客梦》，麦田出版社 1995 年版，第 42—45 页。

［11］胡适：《〈三侠五义〉序》，载于《胡适作品集》，远流出版社 1986 年版，第 7 页。

［12］车锡伦：《中国宝卷总目》，北京燕山出版社 2000 年版，第 10 页。

［13］李世瑜：《宝卷新研》，《文学遗产增刊》1957 年第 4 辑。

［14］丁国强：《包公的现代意义》，《思想空间》2001 年第 1 期。

［15］LuXu(鲁迅)：*Brief History*，Foreign Language Press 1979 年版，第 351 页。

［16］段宝林：《包公崇拜的人类学思考》，《民族艺术》2001 年第 2 期。

《天仙配宝卷》的河西民俗性探微

兰州大学文学院　周丹

　　董永孝行感天的故事可谓是家喻户晓。最早歌颂董永的署名文学作品应是魏曹植的《灵芝篇》。晋干宝《搜神记》丰富了《灵芝篇》"神女为秉机"的描写，成为后世天仙配最早的故事雏形。唐五代敦煌变文有《董永变文》，情节更加生动完整，到明清以后，董永故事的各种文艺版本大量涌现。较为著名的有《清平山堂话本·董永遇仙传》、传奇《织锦记》、评讲《大孝记》、弹词《槐荫记》等，戏曲中影响较大的有安徽黄梅戏《董永卖身天仙配》、楚剧《百日缘》等，伴随着中国俗文学的蓬勃发展，河西宝卷也以其独特的文学样式向世人传颂董永和七仙女的美丽传说。

　　《天仙配宝卷》在河西宝卷出现的版本有三种，一种收录在《金张掖民间宝卷》（一）中，一种收录在《山丹宝卷》（下）中，还有一种来自民乐县，是由当地人念卷，专人誊抄的《天仙配宝卷》，收录在《河西宝卷真本校注研究》中。宝卷取材于民间故事，讲述董永行孝感天的故事和与七仙女的动人爱情传说。河西《天仙配宝卷》在故事情节上，除继承基本流传的卖身葬亲和仙女助织还债外，又加入了更多生动的场景描写，尤其是后半部分董永之子董仲会仙桥寻母，母子相见以及董仲为国除妖，被封为护国状元……这些场景的描写是河西宝卷在继承董永故事文艺作品的基础上，进行的丰富想象和完善，使得故事情节更加动情感人。

一、《天仙配宝卷》的口承语言民俗

河西宝卷与敦煌文学研究
HEXI BAOJUAN YU DUNHUANG WENXUE YANJIU

《天仙配宝卷》作为河西人民创作的文学作品，最突出的民俗特征就是方言俗语的使用。甘肃方言从属于北方方言的西北次方言，在生产生活中，各地又分化产生出各自的方言，河西地区在长期历史进程中形成了独特的河西方言，主要涵盖河西五市：武威、张掖、金昌、酒泉和嘉峪关及其管辖的如民乐、民勤、敦煌等县或县级市。民勤方言部分词汇受到古典白话文学作品的影响，宋元以来产生了大量的白话文学作品，人们讲故事的形式在传播这些作品的过程中，也丰富着自己的方言词汇。[1]从河西地区内部来看，方言差异性较小，一致性较强。因此，从某种意义上说，河西方言词汇受古典白话文学作品的影响因素也是存在的。民乐本《天仙配宝卷》写董永父辈家业被烧为"合该是，已富满，天把祸降"。"合该"[2]一词在古典白话文学作品中使用普遍，元代周德清《一枝花·遗张伯元》套曲："箕裘事业合该，簪缨苗裔传来。""合该"作为古汉语词汇，被河西方言所吸收，准确地表达了"碰巧该如此"的意思，言词中流露出遗憾惋惜之情，透视出了河西人民的善良与质朴。山丹本《天仙配宝卷》"哭五更"一段写到"二更里来好恓惶"，其中的"恓惶"[3]是对古代白话词语的吸收和运用，元代高文秀《黑旋风》第三折："阁不住两眼恓惶泪，俺哥哥含冤负屈有谁知？""恓惶"一词古老而优雅，所表达的悲恸含义和情感更加丰富。河西人将治丧、办理丧事称为"发送"，"发送"也是沿袭了古代汉语词汇，元杂剧《合同文字》第一折："原来你浑家亡了也。你如今也有些钱钞，发送你的浑家么？""发送"在《天仙配宝卷》中多次提到，是河西方言中使用频率较高的词汇，[4]体现出汉语含蓄委婉的特点，不直说"埋人"而说成"发送"，来表达只是将家人送出去的意思，含蓄丰富而又合乎情理。

河西方言词汇除受古典白话文学作品影响外，更重要的是地域文化心理长期积淀的结果，它是广大劳动人民集体智慧的结晶，几千年来传承至今，是河西淳朴民风的真实反映。《天仙配宝卷》中出现的河西方言词汇很多，民乐话将照顾某人说成"管相"[5]，将"样子"表达为"气象"[6]，如文中写到：都跑来看仙女"如何气象"；零花钱不用零花，而用"零星"[7]，"手艺"在民乐方言中则为"手段"[8]；街上"熙熙攘攘"的情形在宝卷中表达为"急急行行"[9]，通俗易懂却显活泼生动，极富生活气息。董永"葬父母，抱券安茔"，"抱券安茔"是民乐方言词汇，方步和先生在《河西宝卷真本校注研究》中解释"抱券"为——坟造成券拱式结构，从这个方言词，可对河西地区坟墓建造形状晓知一二，张掖地区土葬坟墓的形式，一种是土洞墓，另一种是砖券墓，主要视当地土层、土质情况而定。[10]由此可见，方言与地方文化风俗联系非常密切，民俗是方言表现的重要内容，方言是民俗文化研究的重要载体，在文化研究过程中必须高度重视方言的作用。

宝卷写董永离家考试与冯氏话别一节，冯氏嘱咐"且莫要，说大话，属憎于人"[11]。"属憎于人"意为"使人生厌，被人憎恶"。此短语用介词"于"表被动关系，引出行为的主动者，具有明显的古汉语被动句式的特点，和"受制于人"、"治于人"这类词的结构用法相近。还需提及的一点是，河西人们习惯在表时间的名词后面加"个"[12]，《天仙配宝卷》在董永与七仙女离别场景都用到"今日个"，即今天。"今天"在河西方言可表达为"今日个"、"今天个"或是"今个天"，充满了浓厚的口语化色彩。

宝卷中活泼的俗谚俗语的使用也为其增添了一道风景，使其成为一种喜闻乐见的文学形式，深受人们喜爱。"寒门生贵子，苦学自然成。""万不可贪私利缺德亏心，做了官要清正扶君爱民。"这些老百姓口头常说的俗语，简单且真挚。俗谚"真金子不怕火炼，有泰山坐得稳不怕蛆拱。"幽默通俗、刻露直白，活泼却不做作，这正是河西宝卷的魅力所在——大量方言土语的使用以展示鲜活的民间艺术生命力，于通俗易懂的文字中，传播隐恶扬善的道理。

二、《天仙配宝卷》透视的河西民间风俗

《天仙配宝卷》董永卖身合葬父母，孝行感天，这一行为透视出河西葬风。丧葬风俗是一切风俗中最为稳定的一部分，其深受地理、历史、民族、伦理等因素的影响[13]，是中国孝文化的具体表现和组成部分。董永故事在历史发展过程中，被各地人们演绎成多种艺术形式。下面是各种文艺版本董永卖身葬亲的费用表。

不同版本葬亲费用详表

各种文艺版本	葬亲费用
干宝《搜神记》记载董永故事	与钱一万遣之
《敦煌变文集卷八》载唐人句道兴《搜神记》引刘向《孝子图》	遂从主人家典田，贷钱十万文
唐代敦煌变文《董永变文》	长者还钱八十贯，董永只要百千强
宋《太平御览》引刘向《孝子传》	乃从人贷钱一万
明顾觉宇《曲海总目提要·织锦记》	永持银归
清末湖南益阳头堡姚文元堂刊本，挽歌《新刻董永行孝张七姐下凡槐荫记》	与你十两雪花银，归家去葬你母亲
清末云南焕文堂刊本，评讲《大孝记》	总共该银二百七十两
谭正璧、谭寻《弹词叙录》，弹词《槐荫记》	赠银十两
清末安徽安庆坤记书堂刊本，安徽黄梅戏《董永卖身天仙配》	白布五疋，纹银五两
上海惜阴书局石印本《小董永卖身宝卷》	二百雪花银
河西宝卷《天仙配宝卷》	共合了整三百七十两银

纵观我国古代货币史，魏晋南北朝时期，铜钱的流通开始以"文"计算，一个小铜钱称一文，1000个铜钱串在一起则称为一贯钱。这种计算方法一

直延续到宋朝初期，宋朝以前白银总量很少，价值过高，还没有成为流通货币，到了明朝，白银开始成为主要的流通货币。毋庸置疑，表中宋《太平御览》以上的货币单位应是"文"。按照现在默认的古代货币兑换公式：1 两黄金 =10 两白银 =10 贯铜钱 =10000 文铜钱。经对比各种版本的董永葬亲费用，《天仙配宝卷》中的三百七十两银远高于其他版本所载费用。河西宝卷作为民间口头讲唱文学，不排除其在创作中加入了人们随意夸大的因素，但也从侧面透视出河西地区丧葬受重视程度之高。

河西厚葬之风自古有之，葬风以礼仪烦琐、复杂、禁忌多、场面盛大而著称。早在三国时代，仓慈在敦煌时就曾"禁厚葬，断淫祀"[14]，但厚葬之风并未得到改善；隋唐时期，丧祭种类繁多，厚殓、厚葬、厚祭之风极盛，陇右庶民有歌曰："孝子宁受百年之穷，勿使亡灵受苦一日。"[15]明清时，河西厚葬之风仍被承袭，宣统《镇番县志》："一遇冠婚丧祭车服器用之物皆无制度以为之节，而都人士以奢为荣，以俭为耻。"[16]这种厚葬风气在《方四姐宝卷》中体现得尤为突出。凉州宝卷、金张掖宝卷和山丹宝卷都收录了《方四姐宝卷》，版本虽不同，但故事内容基本一致。方四姐死后，她娘家舅母来到于家办丧事，从头七到七七，于家宰猪宰羊，置办各种祭礼物品，堂前扬幡挂榜，请僧人道士，诵经奏乐，做了两个四十九天的金钱道场，超度亡魂，花的银两不计其数，盛大的丧葬场面无所不有。甘肃民间讲究"七七"祭亡魂仪式，称"七七制"或"斋七制"，即每隔七日设斋饭祭奠亡灵，共七次，历时四十九天。此俗来自于佛教信仰。[17]受佛教思想的影响，这种丧葬风俗在敦煌更为明显，敦煌的亡忌盛行十斋之俗，十斋就是七七斋、百日斋、一年斋、三年斋。"七七斋"之说来自释典："人亡每至七日，必营斋追荐，谓之累七，又云斋七。"家中还要设真堂、敷灵帐，日夜祭奠。[18]至此，河西厚葬之风毋庸赘述，直至今日，此厚葬之风在河西丧葬中仍占据重要地位。

《天仙配宝卷》中董永葬双亲的方法是土葬，土葬是河西葬法的主流。宝卷中董永卖身葬父母，写到尤公（雇主）说："我有块，闲滩之地，卖与你，葬父母，抱券安茔。"这里用河西方言"抱券安茔"——将坟造成券拱式结构，也透视出河西地区土葬的一种方式，即砖券墓结构，砖券墓主要分布在祁连山和合黎山夹峙的走廊中部平川绿洲地区，由于河西"十地九沙"的土地资源限制，因此墓葬多分布在一些山冈、沙漠河滩地带[19]，这正与文中"闲滩之地"相符，也从侧面反映出河西走廊的自然地理特征。

夫妻合葬的风俗由来已久，体现的是中国牢不可破的夫妻观念。甘肃马家窑文化遗址中，出现了男女同年龄级的合葬墓和二次墓的成年男女合葬墓，都说明了当时一夫一妻制家庭已经形成。[20]敦煌变文中《董永变文》合葬的是双亲，这是《董永变文》与此前董永文学作品在故事情节上一个明显的不同，《天仙配宝卷》承袭了《董永变文》合葬父母的情节，反映出河西走廊合葬观念的深厚。宝卷还简单提到董永请老师来墓地看风水，经与其他天仙配文艺作品相比较，发现此为其他作品均未提及的，是河西宝卷添加的一个小细节。甘肃民间有这样一种观念：人们认为，风水宝地葬人，日后家中便可出武将文官，或发钱财，或发旺人丁。[21]宝卷后面写董永高中状元，董仲为朝除妖，被赐予护国状元，也正与此观念相吻合，可见，封建迷信对河西宝卷的创作产生了一定的影响。

在河西民间，儒、释、道三教合流，上层宗教与民间宗教共存，互融互补。《天仙配宝卷》提到众多的民间诸神，玉皇大帝、王母娘娘、十殿阎君、判官还有城隍爷等，这些都真实地反映了河西一带浓重的民间神灵信仰风气。文中多处提到王母娘娘："玉皇大帝坐宝殿，王母娘娘（西王母）蟠桃会宴众仙，七仙女偷了王母娘娘的胭脂，请的娘家客就是那王母娘。"西王母、盘古、女娲以及他们所代表的昆仑神话是我国神话的主体部分，史载西王母所居昆仑之丘在肃州（今酒泉）南祁连山，穴居，青鸟为其取食，火烧不死，实为神人。[22]正因为西王母与河西有这样的渊源关系，因此宝卷中多处出现的西王母形象也就不足为奇。在河西地带，信奉西王母的民间竞技活动丰富多彩，社火活动有"张掖的西王母"——西王母的扮相：虎齿豹尾，披发戴胜，状似人兽。随后跟从手执青鸟的儿童，还有扮东王公与西王母相会的场面。[23]此外张掖还有"跑仙鹤"的社火活动，这种表演传说是为西王母娘娘做寿的，当地人依据这种传说创作了跑仙鹤的社火形式，用以祈祷丰收。表演时，童子穿古戏装，头戴银箍，左手叉腰，右手持扇，腰绑仙鹤，仿鹤独立飞翔之态，示意飞往西天，到了西天后，行作揖，叩拜和翩翩起舞之礼。[24] 这种鲜活丰富的民间社火活动始终与宗教文化相伴相生。

《天仙配宝卷》中七仙女所织绫罗绸缎，天上地下包罗万象。河西走廊作为古丝绸之路必经之地，其所反映的丝绸之路文明也能从中探知一二。据史料记载，古代河西走廊不仅是丝绸流播的干道，而且其本身桑蚕丝织业在很长一段时期内形成了一定的规模。[25]《天仙配宝卷》是河西人们整理创作的，折射出河西多方文化和民俗，从宝卷的文字中，可以看到很多符合河西特点的描写。宝卷中写到七仙女因错绣花袍，又偷了王母娘娘的胭脂造下罪孽，被玉皇大帝发落凡间与董永结为夫妻。偷胭脂的说法在各地流传的天仙配故事中都没有提到，这是河西宝卷添加的一个细节，可以理解为：河西名山胭脂山，又名焉支山，当地有种说法是此山产胭脂草，用做染料。河西人们出于对家乡的热爱，将当地山名加入宝卷中，使宝卷更具吸引力和亲切感。另外，《天仙配宝卷》提到的 "家豪富大，骡马成群，牛羊满圈，土地千顷万亩" 在《紫荆宝卷》、《蜜蜂宝卷》等其他宝卷中都有提到，使人不由得联想到河西地区的自然地理文化，特有的荒漠绿洲孕育了金张掖发达的农牧文明，造就了亚洲最大的皇家屯兵养马的山丹军马场，地广人稀的张掖地理特征似乎都可以从中得知大概。

三、多元宗教的民间化与世俗化

河西走廊自古就是多宗教地区，宗教文化相互渗透不断融合，呈现出多元、复合的地域特征，多元宗教思想在河西宝卷中体现得十分明显，世俗化的趋势加强，而且儒、释、道多元宗教表现出交相融合的特点。

（一）佛教的民间化及佛道交融

受佛教思想的影响，河西人们相信因果报应，把抄卷、唱卷、藏卷作为一种积德行善之举。河西宝卷虽是敦煌变文的嫡系子孙，但宝卷与变文在讲唱仪式上已有很大的不同。变文最初大多在寺院内讲唱，讲唱者是僧侣，变文讲唱深入民间后，就有了专门讲唱变文的"变场"和讲唱的艺人。[26] 而河西宝卷的念卷者有僧人、道士、居士、艺人或平民百姓。[27] 在广大农村地区，念卷主要在家庭院落进行，妇孺皆参与其中，活动十分盛大，起初神圣的念卷活动已经成为乡间人们重要的文娱活动。就讲唱场所和讲唱者的变化这一点来看，河西宝卷佛教的民间化程度在不断加深。

河西宝卷是敦煌变文的后裔。《董永变文》全篇七言，共 134 句，通押一韵，透露着神秘的佛教灵光。变文中将仙女写成"帝释宫女"，董仲寻母的地点为佛典中的阿耨池，在董永安葬了父母之后，写到"父母见儿拜辞次，愿儿身健早归乡"。透视出佛教灵魂不死的神异性，《天仙配宝卷》受到《董永变文》的影响，故事情节上继承了变文卖身合葬父母以及董仲寻母的场景描写，并对其进行了丰富和发展，在宗教性上，宝卷也继承了变文受佛教影响的一些因素，只是宝卷中神秘的佛教色彩更加民间化。如民乐本《天仙配宝卷》开篇便是佛教标准的开经偈赞：

因果宝卷才展开，诸佛菩萨降临来。天龙八部神欢喜，保佑大众乐无灾。

善男信女仔细听，不可当做耳边风。不要交头和接耳，时刻要听口中言。

结尾的劝善诗：

说董永，年幼时，身家贫穷，父早亡，无依靠，冯氏恩养。
做针线，耐饥寒，送进学堂，下苦功，读诗文，不要不玩。
刚进学，母去世，多灾多难，要发丧，家贫苦，无有银两。
有董永，尽孝心，父母合葬，无奈何，只得将，自身典当。
那董永，行孝敬，感动天庭，这皇天，有眼睛，给予方便。
劝世人，行善心，常积阴功，学董永，心虔诚，孝敬高堂。

佛教的因果报应、行善勿恶思想与入俗的孝道文化相融合，用大众通俗的民间口语表达出来，更具有了世俗化的特点。

此外，宝卷将佛教与中国本土的民间道教相结合，体现出佛道交融的民间化特点。如宝卷中对七仙女所织绸缎花纹的描写：

> 先祖的，炼丹炉，兜率另有[28]，灵霄殿，斗牛宫，织得威风。
> 玉皇爷，坐宝殿，诸神排列，蟠桃会，宴众仙，热闹十分。
> 织西天，雷音寺，十八罗汉。八金刚，都侍奉，如来尊佛。
> 织南海，善财童[29]，以拜观音，织北天，降妖的，天罗天尊。
> 天上的，那景致，看也不尽，再扯开，地字号，细看分明。
> 织高山，是昆仑，四大名山[30]，名山中，有寺庙，也有仙洞。
> ……
> 海中有，水晶宫，坐的龙君。有水鬼，并夜叉，和鳖丞相。
> 伺候那，龙君王，并列两分。有山神，并土地，诸位神仙。
> ……
> 又织的，阴曹府，十八地狱，有地藏，大菩萨，教主幽冥。
> 东岳爷，大坐在，森罗宝殿，那两班，陪坐的，十殿阎君。
> 有判官，和城隍，俱在其中，那牛头，和马面，鬼卒后拥。

其中的"炼丹炉、灵霄殿、斗牛宫、玉皇爷、昆仑山、龙王、山神、判官、东岳神"属于道教范畴，而"兜率天、雷音寺、善财童、观音、四大名山、地藏菩萨、牛头马面"都是佛教术语，宝卷中还提到的星辰崇拜"北斗七星、二十八宿"等，都是民间道教信仰，在此，佛道浑然交融，散发着道教的仙味和佛教的灵光。

（二）儒家孝道的世俗化与多元宗教的融合

孝道是家庭伦理的核心，是社会道德的基础，是儒家教化的根本。几千年来，董永形象深入人心。董永身上承载的孝道文化早已世俗化，已经融入到河西人们的日常生活中，孝道意识虽已根深蒂固，但当地人们仍以宝卷这种说唱文学艺术来颂扬孝道思想。《弟子规》中讲"父母命，行勿懒。父母教，须敬听"，《天仙配宝卷》董母教导董永"我把你，送学堂，去读书文，你莫要，贪玩耍，混过光阴"，董永"父遗训，不敢忘，记在我心"。进学堂后，"尊母命，不玩耍，下了苦功。"同时，孝道思想在《天仙配宝卷》的民间化进程中与爱情主题是分不开的，爱情是世俗的，因有董永的行孝感天，才有仙女下凡助织还债，进而有了凄美动人的爱情故事，孝道与爱情得以完美地结合。河西人们用喜闻乐见的念卷活动来传播这种双重主题，运用韵散结合、唱白相间的形式，通俗易懂的方言口语，且加入了河西人熟悉的"哭五更"等民间小调，一方面让人们感受卖身合葬父母，行孝感天的孝悌精神，同时也让人们深刻体会到才子佳人的真挚情意。宝卷中董仲寻母，母子相见的场面更加深了儒家的孝亲色彩，这种入俗的孝道文化，在河西宝卷中表现得非常普遍。如《鹦鸽宝卷》用寓言故事宣传孝道，拟人化的手法塑造了孝顺智慧的小鹦哥形象；还有《卖妙郎宝卷》中柳迎春卖子侍奉公婆，割肉奉亲的大孝行为感人至深。这种反映现实社会的孝道思想，正是河西宝卷的可贵精神之所在。

河西宝卷体现的孝文化意识非常突出，而且表现出儒释道多元宗教的融合。佛教早期的主要经典《阿含经》中有："善生者，夫为人子，当以五事孝顺父母。"[31]道教经典《太平经》里讲："天下之事，孝忠诚信为大，故勿得自放恣。"宝卷中的诸佛菩萨劝化世人尽孝行善，解救孝贤人；民间道教各路神仙同情苦难孝心者，施展法术给予帮助。《劈山救母宝卷》直接取材于佛经故事，但宝卷的佛教性更趋于世俗化，重在体现"孝"的宗旨，宝卷中沉香寻母的孝行，感动了山神、土地神和霹雳大仙，众多神仙帮助沉香救出母亲，儒家的伦理孝亲、佛教的劝善因果、道教的神仙扶助，儒释道在"孝"文化意识上交融一体。《卖妙郎宝卷》柳迎春卖子奉公婆，割肉孝公亲，感动了土地神，为其贴药止疼；在叶保赶杀太公和柳迎春时，龙王"用阴魂拿了绳子"帮他们杀了恶人，土地神变成老翁，拉两头驴子送他们去京城……道教神灵相助，最终好人有好报，儿子妙郎中状元，全家团圆。世俗化的多元宗教在孝道思想的统摄下交相融合。

《天仙配宝卷》透视的河西民俗是全方位的。人们的伦理观念、社会生活风尚、地域文化特征等都可以从中窥知。根植于民间的河西宝卷能够充分汲取民间土壤的养分，这也是河西宝卷得以流传至今并散发鲜活生命力的根源所在。由河西人民整理创作的宝卷与生动的民间讲唱文艺相结合，成为当地人们农闲时节重要的文娱活动，在丰富人们精神生活的同时，传承和弘扬着我国传统的社会伦理道德。独具魅力的河西宝卷，对民俗学、宗教学、社会学、文化地理学等多学科的研究有着非常重大的意义，堪称我国俗文学史上的一枝奇葩。

注释

［1］［2］［4］吴开华、赵登明：《民勤方言与普通话》，甘肃民俗出版社 2006 年版，第 60、71、335 页。

［3］［12］刘伶：《敦煌方言志》，兰州大学出版社 1988 年版，第 168、206 页。

［5］［6］［7］［8］［9］［11］［28］方步和：《河西宝卷真本校注研究》，兰州大学出版社 1992 年版，第 271 页。

［10］［13］［14］［16］［19］张力仁：《文化交流与空间整合——河西走廊文化地理研究》，科学出版社 2006 年版，第 111—113 页。

［15］［17］［18］［20］［21］［22］［23］［24］武文：《中国民俗大系·甘肃民俗》，甘肃人民出版社 2004 年版，第 23、205、199、176、224、356、355、356 页。

［25］李并成：《古代河西走廊桑蚕丝织业考》，《敦煌学辑刊》1997 年第 2 期。

［26］《酒泉宝卷》编辑委员会：《酒泉宝卷》（中编），酒泉市文化馆 2001 年版，第 12 页。

［27］《酒泉宝卷》编辑委员会：《酒泉宝卷》（上编），酒泉市文化馆 2001 年版，"前言"第 4 页。

［29］［30］王景琳、徐匋：《中国民间信仰风俗辞典》，中国文联出版公司 1992 年版，第 111、421 页。

［31］李建业、董金艳：《董永与孝文化》，齐鲁书社 2003 年版，第 329 页。

浅析《紫荆宝卷》中的民间精神

兰州大学文学院　靳梓培

　　广泛流传于甘肃河西走廊一带的河西宝卷，由于独特的地理和历史条件的影响，存在和流传的时间较长，并且在长期的流传过程中形成了独特的地域风貌。"从历史上看宝卷是封建社会市民和农民意识的产物"[1]，河西宝卷不仅反映了河西人民独有的生活面貌，并且传承和反映了河西地区的民间精神的深层内涵。

　　《紫荆宝卷》由广为流传的民间故事发展而来，早在南朝的《续齐谐记》中就提到过紫荆树的故事，唐代杜甫《得舍弟消息》诗中有"风吹紫荆树，色与春庭暮"之句，用来比喻兄弟的亲情，在屏南鸳鸯溪地区也广泛流传着紫荆树的传说。《紫荆宝卷》无论在情节内容上，还是故事来源上都十分贴近人民的生活，其中所蕴涵和反映的民间精神也极有探究价值。

一、以孝悌之义为基础的家庭观

宝卷是始于宋，盛于明清的一种通俗文学，同宗教的关系密切，然而在民间长期的流传过程中，"日益减弱着宗教的封建迷信说教，逐渐增多了日俗民情"[1]。日常生活题材的宝卷由于贴近人民生活，而为民众喜闻乐道，广泛流传。河西宝卷中就保存有大量以家庭生活为主要内容的文本，《紫荆宝卷》就是这一类宝卷的代表。

"我国古代史的发展历程决定了家庭在整个社会结构中具有特别重要的地位，并使家庭成为中国传统伦理的始点"[2]。在传统的宗族制社会中家庭是社会结构的基础，家族是个人利益的代表，而个人只是家族的依附者。"在强烈的家族主义影响下，为了维护家庭的和谐、延续与发展，必须确立相应的家族道德，于是人们在生活中提出父慈子孝、夫义妇顺、兄友弟恭等道德范畴。"[3]在以父子为核心的传统家庭中，孝是家庭道德的核心，而作为孝道下衍的悌道在家庭道德中同样有非常重要的地位。孝悌之义是传统家庭伦理道德的核心和基础。

河西宝卷中存在着大量家庭生活题材的宝卷，这类宝卷主要宣扬的是家庭伦理道德，其中的大部分都以宣传孝悌之义为主要内容的。

在我国传统的宗法制社会中，孝是我国传统家庭伦理道德的核心，而中国传统的孝道内容十分庞杂，其中包含有"养亲"、"敬亲"和"显亲"等内容。敬是孝道的精神本质，要做到敬就要由衷地尊敬和信从父母。然而在《紫荆宝卷》中，三媳焦氏为争财产，不顾先人遗言，暗害宝物，致使树死神走，最终导致了田氏兄弟分家，而焦氏的不孝行为也最终导致了自己的悲惨结局。在提倡"无违"的传统孝道中，子女对于父母的言论应当无条件地顺从，虽然这种尽孝行为并非完全正确，然而在"父叫子亡，子不可不亡"的传统社会，焦氏的行为确实严重背离了传统的家庭伦理道德，而焦氏的最终结局，也表现出了民众对于不孝行为的批判。

养亲是尽孝的最低层次要求，然而在孝道被纲常化、绝对化、真理化的传统社会，简单的尽孝行为却往往会呈现出一种失去理性的癫狂状态。《葵花宝卷》中的孟月红为了孝敬公婆割肉煮汤，而公婆在得知真相之后被活活吓死，虽然割肉奉亲的故事在我国民间流传甚广，但这种用伤害自己的方式去孝敬至亲的行为却值得深思。如果说割肉孝亲的行为表现出来的是一种令人生畏的愚孝，那么《回郎宝卷》中烹儿食母的行为则就令人发指了。然而这两种行为在宝卷中却是被歌颂和赞扬的，是作为孝的典范而大力提倡的。

"割肉奉亲"的故事源于印度佛经故事，佛教传入我国之后普遍得到了大众的认可，佛经故事也得到广泛传播。"佛经故事内容感性，没有理性的约束和封建礼法的限制，反而更能够触动普通老百姓的内心，从中我们也能窥到宝卷中的民间精神"[4]。这种失去理性的尽孝行为，与我国传统思想中"发乎情，止乎礼"的信条是相悖的，然而却反映了民众对于孝义至上的信奉和顺从。

兄弟关系也是中国传统伦理的一部分，传统的家庭道德主张"悌道"，要求"兄友弟恭"，失去对兄长之恭，类若对父母不敬。如果说父子关系的核心是慈和孝的话，那么兄弟关系的核心就是仁和敬。

河西宝卷中以讲述兄弟关系为主要内容，着重宣扬悌道的作品也数目不少。甚而出现像《合家论宝卷》这样轻故事情节重道德宣扬的作品。《合家论宝卷》并不像其他河西宝卷那样以曲折的故事情节见胜，而是在单纯的夫妻对话中讲述伯夷叔齐和赵王二弟过淮水的典故，来宣扬"自古兄弟才有情"的"合家论"。

虽然兄弟乃同胞至亲，生活在同一个家庭中，本应有血浓于水的骨肉之情，然而兄弟之间却常常因为权力和财产的分配不均而引发矛盾。"《孝友堂家规》中写道'兄弟不和，家庭尽是戾气，虽有妻子之乐，不乐也'"。[5]在家庭至上的整体价值观的影响下，传统的家庭伦理将和谐和平衡视为最高的理想家庭关系状态，并以此作为行动宗旨。维持家庭的和谐安宁，妥善处理兄弟之间的关系十分重要，兄弟之间应奉行忠恕之道，并以之来调节兄弟之间的关系，防止失和现象出现。

《紫荆宝卷》中田氏三兄弟原本和和睦睦，然而三媳焦氏却为谋财产，挑拨兄弟之间的感情，三子田清也听信妻言，执意分家，最终导致分家析产。

然而两位兄长田凌田洪则恪守悌道，对三弟田清照顾有加，并且在故事的最后宽恕了田清，兄弟关系复合，最终举家团圆。

《紫荆宝卷》所宣扬的主要是传统家庭的伦理道德，在传统的家庭伦理观念中"父子血缘的纵轴是中国人的家之主轴"[6]，在传统的"五伦"设计中"父子伦"始终是家庭伦理的核心。在传统的家庭社会中，"齐家"是构建家庭伦理道德的最终目标，而作为家庭组成部分的每个家庭成员都要"修身"，要"按照孝悌的伦理规范了解自己在家庭中的地位和长幼关系，遵循一定的家规、礼节"[7]，孝悌之义在传统家庭伦理道德中始终处于基础地位。

二、善恶到头终有报的报应观

报应观在佛教思想传入之前便已存在，早在《易经·坤·文言》中就有"积善之家，必有余庆，积不善之家，必有余殃"的话语。中国传统的报应观念认为个人行为的善恶将引起不同的结果。佛教思想传入之后，将我国传统思想中简单的现世报应，扩展到既有追寻前世又有延续来生甚至后代的多世报应。

河西宝卷中存在大量宣扬报应观的文本，不少河西宝卷的入卷或者谒赞都是以因果报应说为主要内容的，如《包公宝卷》的入卷"祸福无门自己招，善恶到头终有报"[8]；《朝山宝卷》的谒赞"善恶到头终有报，害人反害自己身"[6]；《白虎宝卷》的谒赞"善恶到头终有报，举头三尺有神明"[9]；《紫荆宝卷》的谒赞也写到"作恶之人终有报，只是来得迟与早"[10]。

究其原因，河西地区地处大西北，交通不便，文化落后，历史上天灾人祸不断，面对人生的痛苦和不平，人民心里盼望的是"善恶到头终有报"的公平社会，然而"时间一到，一切都报"始终只是一个美好的愿望，而并非真理。于是人们便寄希望于宝卷，在痛苦中以宝卷为解脱，将善恶终有报的美好愿望寄予在宝卷之中。

善恶有报的报应观念是以基本的善恶观为基础的，而宝卷对于善恶的评判纯以世俗的伦理规范为标准，凡是符合伦理道德的就是善行，反之就是恶行。行善之人都将得到善的报答，而作恶之人终将得到恶的报应。

反观《紫荆宝卷》中的诸人言行，依照宝卷中所信奉的封建纲常判别，田氏四位兄嫂的行为均是善行，田清夫妇的行为则是恶行。四位兄嫂都重情义，守孝悌，其言行完全符合传统伦理道德的要求，而田清夫妇的行为却与民众所信奉的伦理道德标准存在严重冲突。"古代伦理道德认为'不孝为大恶，不悌不友亦为大恶'，孔颖达疏云'言人之罪恶莫大于不孝不友'"[11]。因而在故事的结尾四位兄嫂均得到善报，以喜剧结局，而田清和妻子焦氏则受尽磨难，其妻焦氏甚至冻死路旁。

《白虎宝卷》中的爱姐心地善良，时常救助被母亲姚氏虐待的观音奴、观音保姐弟，虽然被母亲卖与客商，却得到了亲生女儿一样的待遇，并且最后嫁与高官，生活幸福；《绣红罗宝卷》中的监禁子苗元因为于花仙哥略有恩惠，在花仙哥成为驸马之后，当上了县令。这些人的行为都是符合世俗伦理道德的，或热心待人，或救人于难，因而也相应的得到了应有的好运和善报。

恶有恶报的事例在河西宝卷中也有许多，《绣红罗宝卷》中的继母桂英，虐待继子花仙哥，结果不仅误杀了自己的亲生儿子，死后还被打入阴山永不得超生；县令王连收受贿赂将花仙哥判斩，最后被活活烧死；《白虎宝卷》中的姚氏虐待孤儿，最终家境败落，双目失明，虽然得到了家人的原谅，却仍变成恶狗而死。在这些恶有恶报的故事中，作恶之人的恶劣行径侧面反映了民众的苦难，民众也在大快人心的结局中尽情地宣泄着自己的愤怒。

宝卷所讲述的善恶有报的故事虽然与现实生活有一定的距离，但它却近于劳动人民的世俗趣味，靠近于现实的欢乐疾苦，仍可以使人们从中受到善与恶，是与非，美与丑的启蒙和道德教育。河西宝卷具有极强的劝化作用，几乎各种类型的宝卷都被人当做立言立行的标准，而宝卷的教化功能就是通过讲述这些善恶有报的故事实现的。"宝卷的劝善戒恶是合乎人情的，是世俗对人们的正确约束，具备着民间法律的作用"[12]，这种善恶有报的观念既反映了河西地区人民的伦理道德标准也体现了河西人民对于善的向往和对于公平的追求。

三、带有功利色彩的宗教观

宝卷和民间信仰之间存在着千丝万缕的联系，这些主要"发生于民间社会或者传承于民间社会"[13]的民间信仰"并不是建立在严谨缜密的宗教观念之上的，而是出于实用和功利的目的，出自平民百姓现实生活的需求。民众对于宗教的信仰并非为了追求精神上的超脱，而往往是为了现实中的幸福，为了解决现实的苦难与问题"[14]。

乌丙安在《中国民间信仰》中写道："中国人崇拜的神明很多，他们各自有自己不同的职能，民间信徒对于神明的信奉通常取决于神的'佑与不佑'与'诺与不诺'，神明没有绝对的意志与之上的权威"[15]。在民间确实普遍存在着这种现象，"灵验"的神明拥有众多的信徒，而"不灵验"的神明则会面对信徒的质疑；类似土地神、观音等与人民生活息息相关的神明便拥有大量信徒，反之则信徒很少，"中国人是以实用主义的态度对待神灵的"[16]。

宝卷中出现的神仙各种各样，就其职能而言有掌管家庭幸福的灶王爷；有负责一地安稳的土地神；有掌管人间生死的阎罗；有负责人间生育的送子三郎；等等。"宝卷中仙的出现，是人的难题不好解决，或人的欲望无法满足，就希望用一种超凡的力量来达到目的"[17]。宝卷中出现的神明所行的更多的是救苦救难的职责，而并非普度众生的精神引导。

宝卷往往用超世的手法来解决入世的矛盾，虽说希望渺茫，但却带来了暂时的心理平衡。《方四姐宝卷》中当四姐面对公婆的刁难无法解决时，南海观音出现助其渡过难关；《绣红罗宝卷》中每当花仙哥有难，三郎神总能及时救其脱难；《白虎宝卷》中观音保丧失生的希望，欲撞树自尽时，有白发仙翁救其性命。河西宝卷中保存了大量神仙救助凡人的故事，在这类故事中，几乎在每个主人公面临苦难时，都会有神仙出现降下福祉，救其苦难。宝卷迎合了广大民众渴望福禄寿喜的心理，从幻境中送来的虚幻的幸福，给民众带来了心理的平衡，鼓起了人们生活和斗争的勇气。

《紫荆宝卷》中也出现了诸如土地神和南海观音等神仙，但却并非为了宣扬佛家或道家思想，其中所信奉和传承的却是广泛流传于民众之间的民间信仰。土地神本来就产生于民间，是民间信仰中普遍信奉的神灵，而宝卷中出现的南海观音也不同于印度佛教中的观世音菩萨，民间流传的观音形象吸收了许多广传于民众间的儒、道思想，已经是隶属于民间信仰的神灵了。宝卷中出现的各路神明，有各自不同的职能和存在意义，其存在或者出现的目的均是为了庇护田家人，并帮其解决现实的困难，为其追求现世的幸福。

田家人对于神明的态度是虔诚的，早在田员外在世时，一家人就经常斋僧布施，虔诚供奉数代守护田家的紫荆树神和土地神；对于令紫荆树死而复生的南海观音，田家人也是焚香默念，起誓发愿。田氏一家对于神明的态度可以说是十分恭敬，然而这份恭敬和虔诚却是取决于神灵应验与否的。

故而当紫荆树神和土地神为焦氏所害，不能护佑田家反而致使田氏一家因此分家析产时，田家人便哭诉道："哭一声紫荆树为何死了，害得我分家业祖功全尽，哭一声土地神何处去了，拆散我一家各自西东"[18]，不仅不反思自己的错误，反而将所有的过错都推到神明身上，甚而质疑神明的灵性，发出"树能活来神能来有灵有验，树不活来神不来无验无灵"的责难。

我国的民间信仰是极具功利色彩的，信徒的虔诚是以神明的灵验为前提的，而虔诚信仰的目的是为了解决现实生活中的实际问题。"我们的祭祀有点像请客，疏通，贿赂，我们的祈祷是许愿，哀乞，鬼神在我们是权利，不是理想，是财源，不是公道"[19]。

《紫荆宝卷》是河西宝卷中的优秀作品，它承袭民间故事而来，所反映和宣扬的都是传统民众的精神和思想，蕴涵着深厚的民间精神，其中既有传统家庭伦理道德的孝悌之义，又有在民众中广泛流传的民间信仰；既有符合伦理道德的善恶思想，又有为大众普遍接受的报应观念，这些民间精神正是河西人民智慧和道德的结晶，体现着河西人民的精神面貌和社会风尚。

注释

［1］［12］［16］［17］段平：《河西宝卷的调查研究》，兰州大学出版社 1992 年版，第 19、40、123、124、161 页。

［2］刘曙辉、赵庆杰：《家庭在中国传统伦理中的始点地位》，《南京政治学院学报》2010 年第 4 期。

［3］［5］［7］汪怀军：《中国传统家庭伦理及其现代价值研究》，曲阜师范大学硕士生毕业论文，2003 年，第 6、16、22 页。

［4］翟建红：《对河西宝卷中民间精神的认识》，《河西学院学报》2007 年第 4 期。

［8］王奎、赵旭峰：《凉州宝卷》，武威天梯山石窟管理印刷处 2007 年版，第 174 页。

［6］［9］徐永成：《金张掖民间宝卷》，甘肃文化出版社 2010 年版，第 574、588 页。

［10］［18］郭仪、高郑岗、谭蝉雪：《酒泉宝卷》，甘肃人民出版社 2001 年版，第 305 页。

［11］宁业高、宁业泉、宁业龙：《中国孝文化漫谈》，中央民族大学出版社 1995 年版，第 20 页。

［13］马新：《关于民间信仰史研究中的几个问题》，《民俗研究》2010 年第 1 期。

［14］［15］［19］甘满堂：《灵验与感恩——汉民族宗教体验的互动模式》，《民俗研究》2010 年第 1 期。

浅析《紫荆宝卷》中的民间精神

河西宝卷中承祧继产型故事研究

兰州大学文学院 张瑞芳

以孝道为中心，以宗法血缘为纽带而衍生出来的君君臣臣父父子子的社会规范是中国古代传统所推崇的，其中家庭是社会最小的组成单位，是由血缘亲族共同组成的亲属团体，因此，中国古代的家庭作为一种伦理实体，它具有某种宗教或准宗教的功能，即负有祭祀祖先和宗族绵延的神圣任务。[1]《左传》云："国之大事，在祀与戎。"《礼记·祭统》云："凡治人之道，莫急于礼；礼有五经，莫重于祭。"中国传统社会是一个家天下的社会。因此，祭祀祖先、宗族绵延到后来已经上升为一种国家的政治活动，这种血缘宗法制的强化使得中国的血缘继承根深蒂固，形成了以嫡长子承祧嗣统的继承关系。孔子云："孝悌而好犯上作乱者鲜矣。"又点出了中国传统家庭所承载的儒家文化，家庭同时又成为礼乐文化功能的承载者，那么血缘继承不再是一件个人的事情，家庭财产的继承就和宗教功能、礼乐文化功能直接联系，表达社会的道德要求和伦理标准。承祧继产型故事也就随之衍生。

承祧继产型故事最早可以追溯到上古先秦的神话传说和历史记载中，"舜服厥弟"的神话，就是承祧继产型故事最早的记载；吴泰伯、伯夷、叔齐则是商周时代的孝悌典范；《左传》中记载的"郑伯克段于鄢"、《史记》中记载的吕后残害戚姬母子的故事都是承祧继产型故事的例子。这类作品到唐代已成为小说王国的一方藩镇，仅唐笔记小说就记载了十几篇。其内容主要写君王的继承，如《两奸》写武则天与王皇后、萧淑妃之间的斗争。但因受汉朝至唐代的重史意识的影响，在主题上失去了上古先秦的儒家的孝悌色彩。[2] 宋元之后，承祧继产型故事逐渐摆脱了内容和结构的局限，儒家的孝悌观念又重新回到了作品中，随着宋元说话艺术的繁荣，老百姓对皇位爵位等的争执已无太大的兴趣，开始更多的关注和自己息息相关的祖宗祭祀和财产继承。体现出了世俗生活和儒家思想的紧密结合。这一时期的承祧继产型故事已经趋于成熟。

河西宝卷是由唐代敦煌变文、俗讲、宋代说话的发展而成的一种民间讲唱文学。车锡伦曾指出："敦煌莫高窟藏经洞中发现的说唱文学卷子，其中最多的是佛教俗讲和转变（包括僧侣转变和民间转变）的文本，前者包括讲经文和缘起，后者称做变文。与宝卷有渊源关系的是佛教的俗讲。佛教的俗讲和宝卷，都是中国佛教世俗化的产物；宝卷继承了俗讲的传统，也可以称做俗讲的"嫡派子孙"。[3] 开始时，寺院里的和尚将这种夹杂民间故事的佛经，编成极易传唱的本子在寺院传唱。后来，因这种带有极浓佛教文化思想的说唱文学，慢慢走出了寺院，广为民众接受，成为具有浓厚宗教色彩的通俗文学。河西民间的普通百姓也曾将它迷信地视为"镇家祛邪"之宝，收藏在家中，使得这一珍贵的曲艺瑰宝得到保存。本文以河西宝卷为介入点，研究其中的承祧继产型故事，揭示其蕴涵的宗教文化和礼乐文化。

一、河西宝卷中的承祧继产故事

在河西宝卷诸多作品中，涉及承祧继产型故事的共有 23 篇。其篇目如下。

承桃继产故事具体篇目表

书名	篇名	承桃（求子方式）	继产（家庭财产分配方式）
《张掖宝卷》	《三神姑下凡宝卷》	行善得子	—
《张掖宝卷》（又见于《山丹宝卷》、酒泉宝卷》	《卖妙郎宝卷》（又名《忠孝宝卷》）	买儿为子	—
《张掖宝卷》（又见于《山丹宝卷》）	《仙姑宝卷第十五品》	行善得神人相助	—
《张掖宝卷》（又见于《山丹宝卷》）	《仙姑宝卷第十九品》	拜神得子	—
《张掖宝卷》	鸳鸯宝卷（又名《金凤宝卷》）	拜神得子	—
《酒泉宝卷》	《如意宝卷》	拜神得子	—
《山丹宝卷》	《五女兴唐传宝卷》	晚年娶妾	—
《酒泉宝卷》	《闺阁录全集·稽山赏贫》	行善得子	—
《酒泉宝卷》	《闺阁录全集·雷打花狗》	过继为子	—
《凉州宝卷》（又见于《山丹宝卷》）	《红罗宝卷》（又名《绣红罗宝卷》）	拜神得子	后母与前妻子争产
《酒泉宝卷》	《闺阁录全集·桂花桥》		妾与嫡子争产
《酒泉宝卷》	《闺阁录全集·古庙咒媳》	—	妯娌争产
《张掖宝卷》（又见于《山丹宝卷》）	落碗宝卷（又名《仁义宝卷》）		后妻与侄子争产
《张掖宝卷》（又见于《酒泉宝卷》）	《白虎宝卷》		婶子与侄子争
《张掖宝卷》（又见于《山丹宝卷》、《酒泉宝卷》）	朝山宝卷（又名《金龙宝卷》）		三兄弟争产
《张掖宝卷》（又见于《山丹宝卷》）	《仙姑宝卷第十六品》		兄与弟媳争产
《张掖宝卷》（又见于《山丹宝卷》）	《继母狠宝卷》（又名《李玉英申冤宝卷》）		后母与前妻子争产
《张掖宝卷》	《白长胜逃难宝卷》	晚年得子	后母与前妻子争产
《张掖宝卷》	《回郎宝卷》	—	三兄弟争产
《山丹宝卷》（又见于《酒泉宝卷》）	《蜜蜂计宝卷》（又名《蜜蜂宝卷》）		后妻与前妻子争产
《凉州宝卷》（又见于《山丹宝卷》）	《和家论宝卷》	—	兄弟分产
《张掖宝卷》（又见于《酒泉宝卷》）	《紫荆宝卷》	—	三兄弟争产
《张掖宝卷》	《风雨会宝卷》	—	安禄山二子争位

说明：以上统计来自徐永成主编：《金张掖民间宝卷（一）（二）（三）》，甘肃文化出版社 2007 年版；酒泉市文化馆《酒泉宝卷》编辑委员会编写：《酒泉宝卷》（上，中，下）2001 年；武威天梯山石窟管理处编印：《凉州宝卷》2007 年；张旭主编：《山丹宝卷》（上）（下）甘肃文化出版社 2007 年版；并参考了段平整理：《河西宝卷选》兰州大学出版社 1988 年版；方步和：《河西宝卷真本校注研究》兰州大学出版社 1992 年版。

在这 23 篇宝卷中，涉及承祧故事的作品有 10 篇，继产故事有 14 篇（其中《绣红罗宝卷》包含了承祧、继产两个方面）。

（一）承祧的方式

祈求子孙繁盛，延续祖宗血脉，是中国古代宗法社会中家庭的首要任务，中国自古就有"不孝有三，无后为大"的说法。人类学家马林诺夫斯基曾说："人类对生命延续的坚持信念，乃是宗教的无上赐予之一；有了这种信念，遇到生命继续的希望与生命消灭的恐惧彼此冲突的时候，自存自保的使命才选择了好的一端，选择了生命的继续。"[4] 河西宝卷中"承祧"型故事继承了这种观念，将这种承接香火、生生不息的生命意识表现在了作品之中，故事的主人公大多是富裕人家，或者地位显赫，却面临着同样的问题：绝嗣。这种焦虑时刻困扰着他们，使其食不甘味、郁郁寡欢。《鸳鸯宝卷》中张员外对夫人说："我没有一儿半女。倘若百年之后，这份家业何人治掌，岂不是白活了一场？"；《红罗宝卷》中张进荣的唱词指出了无后的辛酸："张进荣做客厅左思右想，细思想无后嗣好不悲伤……我和你半辈子身后无子，有家业财绵广无有人丁，活到老只落得鳏寡孤独。孔圣人对弟子讲得清楚，不孝事有三件无后第一。有况且我家中财广业大，我二人到老来无人送终。……五十命无养育绝了后代，旁人说我们是断子绝孙。""奠酒浇浆，终须骨血"的心理，使得这些面临绝嗣的人不得不采取其他的方式，以期获得一儿半女，传宗接代。宝卷中求子的方式主要是行善得子、拜神得子、买儿为子、纳妾和过继五种方式。《闺阁录全集·稽山赏贫》中的春荣力行善事，后生一子名光后；《仙姑宝卷第十五品》中的王志仁，年已五十二岁，尚无子嗣，只因他救人一命，便得到神仙的赏赐，不仅有了三个儿子，而且他们官高禄厚，福寿绵长。

（二）继产的方式

在中国传统的家庭关系中，财产的关系十分重要，由于财产的承继分配便产生了兄弟、亲朋之间相互斗争、道德沦丧。但由于人伦之情才是中国古代伦理道德所崇仰的，因此，作品一面描写亲人之间的争夺财产，一面在对前者批判的同时，举出正面的例子，以期达到劝善教化的目的。宝卷中描写家庭纠纷的故事，主要是以：后母与嫡子争产、妯娌争产、婶子与侄子争产、兄弟争产、兄与弟媳争产、兄弟让产这几类来写"继产"的。《继母狠宝卷》描写的是一个"灰姑娘故事"（或者我们也可以把它称为"后母型故事"）。写的是后母与前妻子女之间的争产。后母焦氏为了让自己的儿子独霸产业，虐待前妻所生的儿女。先毒死前妻之子李承祖，又诬陷前妻大女儿玉英与人有奸，告官后使之身陷图圄，将二女儿桃英卖掉又逼令三女月英行乞讨钱。焦氏的罪恶行径通过李玉英直达朝廷，朝廷为之震怒，将焦氏施以剐刑，为天下继母之戒。《白长胜逃难宝卷》、《闺阁录全集·桂花桥》等都是写后母与前妻子女争产的作品。《和家论宝卷》写的是梅知县夫妇巧判沈氏兄弟争产的官司，最终使两兄弟和睦相处的故事。文章以伯夷叔齐之典、赵王二弟过江淮之故为例，让沈氏两兄弟明白了家庭和睦的重要性。并以一首诗点明了主旨："银钱乃是传家宝，手足亲情更重要。打虎不离亲兄弟，自古兄弟才有情。"此宝卷与上述的争产故事形成鲜明对比，它对儒家的孝悌伦理道德进行了歌颂，描写了和谐的家庭关系，对社会和家庭起到了一定的正面教化作用。

二、河西宝卷中承祧继产型故事的道德批判色彩

　　河西宝卷对承祧继产故事的处理方式多采取道德化、伦理化的方法。一方面，它对行善得子、纳妾等承祧的方式给予道德上的肯定。并以最终成功的方式，从现实利益的角度进行劝诫，以此起到宣扬好德好报、发扬美善的教化目的；另一方面又着眼于亲人间的财产分配问题。它将财产之争与道德伦理对应起来，以嫡子或幼子为善的一方，后母或兄长为恶的一方。一方有理，另一方无理。一般都为善的一方先处于劣势，但在冲突中，双方将进行从身份、地位优势到道德优势的转换。结果自然是邪不压正，皇帝或者朝廷

作为正义的化身，用官府的权威确证了财产分配的方式：正义一方得到了更多的利益，邪恶一方则丧失了他所霸占的财产。讲卷者在讲述故事的同时表现出了自己的批判色彩。如《继母狠宝卷》的开头："后妻狠毒如蛇蝎，枕边唆语无休歇。自己生儿如珍宝，前妻子女遭折磨。饭不饭来茶不茶，蓬头垢面徒伤嗟。"对后母进行了无情的控诉，作者将孤儿寡女的境况分为三类：一是父亲是铮铮汉子，维护儿女，不让后母虐待儿女，只在背后苛刻些；二是惧内的父亲，只能看着自己的子女遭殃；三是没心肝的男子，贪图后妻的美貌，把前妻子女看成眼中钉、肉中刺。"不正夫纲怕后妻，儿女受辱不敢言，直叫铁汉心也酸，纵是石人也落泪。"对男人奈何不了后妻的妥协做法给予了批判。《闺阁录全集·古庙咒媳》、《白虎宝卷》、《仙姑宝卷》、《金龙宝卷》中或将违背孝悌、非法占有财产的人，变成狗，或者被雷击中而亡，有时候还使他们的罪行延续到后代的身上，自己不仅一命归阴，自己的儿孙也会吃喝嫖赌，一事无成。以这样的处理方式表现出作者的爱憎，对非法占有财产的人进行了否定，达到自己的批判目的。而《紫荆宝卷》、《和家论宝卷》中先由兄弟争产再到兄弟几人永不分家的转变，又表现出作者对"难得者兄弟，易得者田地"的这种超越于财产之争的兄友弟悌的伦理准则的肯定。《紫荆宝卷》从田德一家"家和富自生"为始，由于三嫂的挑拨，家庭四分五裂，最后以一家人重修旧好，再不分家为结局。大哥在祖坟上教训田三的一席话，代表了作者的立场："听信妻言，冷淡人心，教唆分家，坏了礼仪纲常。上对不起祖先，下对不起子孙兄弟，真是田家的不肖子孙。"表明作者反对子孙不贤孝，反对分家，崇尚和赞扬家庭的和睦、友好的态度。

因此，宝卷中涉及家庭中的父子、兄弟等基本人伦关系都被赋予了较为浓厚的道德色彩。这与古代中国人泛道德化的思维方式有关，正如有的研究者所说的："事实上，由于普遍的道德化倾向，所有法律问题同时也都是道德问题，完全与道德无关的财产争执是不存在的，人们总能够在其中发现'在理'的一方和'无理'的一方。"[5]朝廷在处理这类家庭纠纷时往往着眼于维护人伦亲情，将问题上升到义与利的高度。宝卷在按这种思路来展开故事、安排情节的同时，以民间伦理道德的规范去强化它，达到道德批判的目的。

三、河西宝卷中的承祧继产型故事的文化内涵

河西宝卷的这些承祧继产型故事在揭示中国古代血缘宗法继承制本质的同时，也为我们昭示了中国古代伦理道德的核心——孝悌。"在中国的传统文化中，孝不仅是德之本，教之所由生，而且也是封建宗法等级制度的伦理精神基础。"[6]因此，宝卷中无论财产争夺的如何激烈，那种割舍不断地亲情总会渗透到故事人物心中，围绕"和"字展开故事。《桂花桥》一文写姜林氏先害了大妻谢氏，之后为了自己的孩子，又将谢氏之子定邦丢于桂花桥之上，后来林氏和其子定国把家业败尽，又惹是非，正好遇上已经做官的定邦，定邦最终不计前嫌，承认了自己的后母和哥哥，他们一家团圆。《白虎宝卷》中刘氏为了独霸家业，就想害自己的嫂子和侄子、侄女，刘氏先逼走了自己的嫂子姚氏，又虐待自己的侄子观音保，侄女观音奴。使得观音奴被白虎叼走，观音保流落在外，后来观音保被人收养，中了状元，又与自己的母亲，姐姐相认，一家团聚。在街上遇见落魄的婶母，虽然心中有所怨气，但还是听从了母亲的意思，与婶母相认。《紫荆宝卷》中田家三兄弟由于田三妻子的挑拨而分产，使得家不成家，尤其是田三，先是穷困潦倒，又被自己的妻子抛弃，当他准备在自己家的祖坟上自杀的时候，遇见了回乡祭祖的哥哥们，田大、田二最终还是原谅了自己的弟弟，一家人和睦相处，重置家业。总之，无论故事的中间有多少的波折，牵扯不断的还是伦理亲情，这种亲情最终战胜了剑拔弩张的财产争夺、阴谋陷害。中国古代社会本质上是一个伦理社会，这种君君臣臣父父子子的伦理纲常已经渗入骨髓，它是不允许个人欲望去破坏伦理纲常。[7]无论宝卷的故事中间家庭如何争斗，最终还是要回归到"和"的状态。当然，宝卷在宣扬孝悌的同时，还不忘了告诉人们乐善好施，才会得到好报。违背了这一点，便会得到惩戒。对于乐善好施的人们，他们的义举总会得到好的报应：晚来生子、光宗耀祖、福寿绵长。《绣红罗宝卷》中的杨海棠只因在地狱为五位神仙绣了五件红罗袍，便使自己还魂之后，又生一子，长子官位高显，当上驸马。《三神姑下凡宝卷》、《如意宝卷》、《仙姑宝卷第十五品》等宝卷，都是借由佛教的因果报应来表现，

持斋吃素、真心的焚香祷告，便会获得上天的恩赐，心想事成；行善积德，不仅自己得到福报，儿女也会因此得到福荫。佛教的因果报应和儒家的血缘宗法伦理默契的配合，共同树立了承祧继产的旗号：好德好报，子孙昌盛。[8]

　　血缘宗法制度下的古代家庭，家庭财产乃至爵位、皇位的继承都得遵循有关的血缘准则，血缘越近就越有权利继承。人性的善恶，便在这承祧继产中表现出来。为了争夺权力、财产，人性的贪婪、残忍被扩大化。深受儒家思想浸染的中国人，总是希望以伦理道德的教化功能对家庭人际关系起到规劝的作用。希望通过伦理亲情的温暖、仁义的孝悌观念，使家庭成员能够在承祧继产上发扬美善，缓解冲突、和睦相处，以期维护社会风化。河西宝卷中的承祧继产型故事便是在此基础上，用最普遍的民间故事与道德教化相结合，以文以载道的方式，召唤孝悌精神的伦理道德的回归。

注释

［1］ 吴光正：《中国古代小说的原型与母题》，社会科学文献出版社 2002 年版，第 218 页。

［2］ 孔梅：《儒家承祧继产观念与中国古代小说叙事模式》，《湖南医科大学学报》2009 年第 5 期。

［3］ 车锡伦：《中国宝卷的渊源》，《敦煌研究》2003 年第 2 期。

［4］ ［英］马林诺夫斯基：《巫术、科学、宗教与神话》，李安宅译，上海文艺出版社 1987 年版，第 33 页。

［5］ 梁治平：《求自然秩序中的和谐》，中国政法大学出版社 1997 年版，第 181 页。

［6］ 肖群忠：《孝与中国文化》，人民出版社 2001 年版，第 167 页。

［7］ 黄仕忠：《婚变、道德与文学》，人民文学出版社 2000 年版，第 265 页。

［8］ 吴光正：《中国古代小说的原型与母题》，社会科学文献出版社 2002 年版，第 254 页。

兰州大学文学院 牛思仁

河西宝卷中的继母形象探析

儒家社会里，贤妻良母作为一种伦理规范长期以来被人们严格遵从，母爱是一种永恒神圣的家庭主题。而女人的社会价值就主要体现在通过扮演母亲角色，抚养子女，传承血缘。在河西宝卷这种反映民间宗教思想和通俗文化的文学载体中，我们看到这种角色扮演比比皆是。其中，宝卷还刻画了一种另类的母亲形象——继母。

翻开历史，继母并不是个陌生词，"舜父瞽叟盲，而舜母死，瞽叟更娶妻……常欲杀舜，舜避逃……"[1]此处的继母应该说是中国第一位有历史记载的继母了，可惜的是不甚贤良，为千百年来凶狠的继母开了先例。而从中国二十四孝中的闵子骞、王祥到近代《小白菜》，从西方的《白雪公主》到《灰姑娘》，这些经典故事中无不有着继母的参与，且全都被贴上了"狠心"、"妒忌"的标签。

回看河西宝卷，继母被娶进家门，或因"望后心切，未曾斟酌"[2]，或因"娶上个抓养孩儿"[3]，或因"俗语讲婚姻事前世所定，哪怕你挑万遍终难错过"。[4]作为父亲，出于对子女的疼爱和对前妻的追思，他希望孩子能够在续妻的共同呵护下抚养成人。事与愿违，作为丈夫，却是在续妻的甜言蜜语、阴谋诡计下，渐渐迷失自我，甚至助纣为虐。不管怎样，可以猜测，在封建社会，婚前继母和继子之间几乎没有任何沟通交流，子女第一次口称母亲时，他们内心仍是形同陌路，真正转为亲情后的那种心理认同并非朝夕可以实现。这样，日复一日，在父亲、子女、继母组成的特殊家庭中，继母与子女之间的关系及矛盾就成为了家庭问题的主要对象。其中，继母形象更是在家庭关系中扮演着重要角色，处于异常突出的地位。

一、继母——"黄蜂螫刺虽然毒，难比继母手中鞭"

就继母的形象而言，传统社会，以继母的身份来到夫家，相比丈夫，一般情况下自是应该更为年轻，但不一定都有着美艳多姿的外表，花枝招展的打扮以及百伶百俐的手工。但是，宝卷中的继母大多具备了以上特点。她们或是"生得娇好俊秀，面貌白皙，风情万种"[5]，或是"头戴的百样花挂在鬓间，身穿的红绣衣腰勒罗裙。说人物好似那天仙一样，面如花青丝发好似乌云"[6]。或是"年方二八，女工针织都也百伶百俐"[7]。作为女性，她们拥有貌似上天有意赋予她们的容貌外表上的资本，这足以让人骄傲虚伪。于是，她们不满现实，蠢蠢欲动，以姣好容貌为障眼，加以奸言巧语、面善嘴甜，进而颠倒是非，达到不可告人之目的。

探析继母凶狠的原因，主要表现在以下几方面。

血缘因素。作为母亲，她对亲生子女自是疼爱有加，一旦加以"继母"的称呼，立刻便会换上另一种脸谱，心狠手辣，残酷无情。究其根本，是因为继母和前妻子女并无先天血缘联系，这无疑给继母找了一个足够狠心的理由。加害子女，犹如加害路人一般，毫无同情之心，不计任何后果。"继母心肠狠毒，将亲生儿女胜过九曲明珠，稀世珍宝，何等爱护。偏生对前妻子女百般唆毁虐待，当做牛马使唤，粪土看待。"[8]可见，"心肠狠毒"只针对于前妻子女，并非继母本性。血缘作祟，"亲情"不亲，"善人"不善。

心理不平衡。丈夫的疼爱有加，子女的乖巧可爱，只会增加继母对子女的嫉妒和愤怒。自己辛辛苦苦最终换来的只是为他人做嫁衣裳，这让继母心理极端不平衡。这种巨大的心理反差让继母变得盲目、自私，对子女充满仇恨。"焦氏见前妻四个小儿女便生妒忌之心。又见丈夫对孩子们十分爱惜，并时常叮咛她好生抚养，越发不怀好意。"[9]甚或丈夫因不堪继母对子女的虐待而大打出手，从而时刻提醒继母对夫权的绝对服从和子女在父亲心中不容侵犯的地位，这就更是加重了继母心理的失衡和极度的怨恨。如"白员外将妖婆痛打一顿，张妖婆做了十大保证，张氏从此在内心更加仇恨他父子二人"[10]。

意图独霸家产。看着子女在丈夫的关爱下渐渐长大，看着万贯家财势将落入一向生厌的子女手中，继母不禁眼红，贪念让她迷失了自己。无所谓贤妻良母，她毫不犹豫地选择把独霸家业作为自己的生活动力和最终目的。她在一开始就从长远角度考虑未来继承问题，自作聪明并颇具心计。如"焦氏心想：'有了这窝子贼男女，好大家居产业，将来分家，轮到我的儿女所剩无几，可不能白辛苦一世。'"[11]"我恐怕这家财二人争分，倒不如趁早些打个主意。"[12]更有甚者如："婚后多年无子，为了将来让她儿子霸占董家资产，一心想害死良才。"[13]多年无子仍是一心谋害，死不悔改，心理近乎病态。一个母亲为了亲生子女和自己的将来谋取幸福，这本身无可非议。但以卑鄙的手段对不应该受害的子女做出泯灭人性的恶事，就变得十恶不赦。

舅家、家奴、子女甚至丈夫的支持。为满足私欲，继母不惜手段，公然与亲友家奴相互勾结，以尽其可能地加害子女为最大乐事。而作为继母的帮凶，他们尽情发挥阴险的聪明才智和上天赐予他们的作恶的本性，尽职尽责并乐在其中。玉英奏本："十岁儿童走边里，勾通家奴抛边地。与舅焦榕设毒计，把我拿送锦衣卫。"[14]"张氏到白家以后不甚贤良，一样儿两样看待，白员外装作不知。"[15]显示了丈夫对"一样儿两样看待"的默许。"母子定计要害人，点起火来烧定僧。"[16] "母子连心"在这里饱含着讽刺。凡此可见，这种同流合污的联盟让继母更加肆无忌惮，幻想着在自己与子女悬殊的力量对比下必将获得最终胜利的快感，却不知是把更多的人拉向她设计好的罪恶的深渊。

狗咬星、破败星下凡。宝卷作为民间俗文学，多处引用神佛宗教故事，以达到劝善惩恶之目的。同样宝卷在表现继母虐待子女的种种恶迹时，为了给下层民众稍许的心理安慰，于是给继母的这种凶狠暴虐找到了一个借口，即继母本是破败星下凡，如"狗咬星马保珠不得长久，破败星脱化她马氏妇人。"[17] "沈桂英狗咬星打下凡间，行动间谋计策心如毒蛇。"[18] 宝卷告诫众生，天意注定了她们在人世的所作所为，人们在愤慨继母怜悯子女的同时，最需要做的就是引以为戒，善待亲人。

在以上种种原因的引诱和庇护下，继母的魔影无处不在，并开始大张旗鼓地迫害子女，这种种劣迹主要表现在：

与美艳多姿的外表相比，继母多有一颗冰冷无情的心。"后继母比不得我的亲娘，人面前看待好背地里想方。"[19] 继母这种性格中的二重性因素让她在暴虐子女时显得得心应手。继母在外人面前的假意"疼爱"映衬着表面的平静和谐，背地里的所作所为才使子女饱受辛酸，痛苦不堪。作为继母，自身并不遵从儒家礼教对妇女在道德行为方面的规范要求，却是最大可能地运用继母身份在传统社会中带给自己的身份意义和权利，要求子女百依百顺、言听计从，在对子女的颐指气使和辱骂鞭打中实现自我价值。虐待子女，继母想方设法，极尽所能，用"百般虐待"来形容毫不为过。继母宝卷中充斥着大量的具体虐待行为，读之不禁恐怖和同情之感油然而生。如"身上的破衣服前掩后烂，吃冷饭喝残汤难定顿数。专干的拾柴草烧炕加火，又担水又喂狗苦累生活。轻的是来一顿脚踢拳打，碰硬的便是那木棒伤痕。"[20] "为钥匙把奴家百鞭拷打，剪头发脱花鞋打烂奴身。叫奴家去推磨日夜受苦"。[21] "开水烫锅里煮又下毒药，鞭子打杠子敲说不清楚。"[22]

父亲的隐退，子女的忍让，换来的是继母更为放纵的迫害。为永绝后患，继母铤而走险，定将子女置之死地而后快。由此更是引发了一桩桩惨不忍睹的命案。继母对子女痛下杀手："那焦氏又斟上毒酒一盅，劝承祖少年人饮个双盅。李承祖叫肚痛乱颠乱跌，五脏裂七窍红一命归阴。"[23]继母残害前妻："林氏暗从头上取下银针，从疮口着力一针，穿入心肺，谢氏哎哟一声，呜呼哀哉。"[24]继母趁丈夫醉酒之际犯下命案："左手里，拿铁钉，战战兢兢；右手里，拿斧头，杀气腾腾。跳上床，把员外，翻过身来；将尖钉，钉进了，后脑之中。"[25]这些血腥的场面昭示着继母本人的末日也已为时不远，而在末日审判来临之前，宝卷更是以继母误杀亲子给予其心理上毁灭性的打击。"那妖婆半夜里提刀进门，如狼虎下无情杀了儿童。马棚下挖了坑收拾埋尸，捞出来才知道是她亲儿。哭了声小冤家死的冤枉，就是娘杀错了天不睁眼。"[26]亲生子死得不值另当别论，但宝卷中弃恶扬善的劝诫让人们觉得这一切恰恰是苍天睁眼，自作自受。

而作为继母形象的对立面，宝卷中的子女受尽折磨，委曲求全，却也最终选择了不甘现状，困境求生。这种刻画在反映出继母虚伪凶残的同时，也透露着子女在承受苦难中对希望的坚持。

二、子女——"大舜历山终夜泣，周骞十月依芦花"

在父权制传统社会，父亲在家庭中的绝对地位毋庸置疑。在子女幼小的心灵中，父亲威严，高大，顶天立地。但现实生活中，饱受继母虐待的子女慢慢发现，一直以来心目中最神圣的父亲竟然连亲生子女都无暇保护，在父亲强大的身躯下躲避继母残害的念头也终成泡影。这让子女内心产生了一种强烈的不安全感和对生活的极度失望乃至绝望。孤立微薄的力量，怎能与继母抗衡，每日在其淫威下痛不欲生，此时是子女心中精神力量的支撑给了自己艰难地活下去的勇气。"花仙哥浑身上疼痛难忍，哭了声生身母你可知闻。你为儿花费了多少心情，为什么要丢在坏人手中。"[27]对母亲的呼唤正是花仙哥心目中仅存对生活的最后一丝希望。"我有心身自尽投河落井，丢公公抛丈夫两家落空。"[28]是对丈夫和公公的牵念让杨月珍忍辱偷生。

继母无情，生活就是日复一日的受苦受难。生亦何欢，死亦何苦。当子女终于不堪忍受继母的苦苦折磨时，"玉英扯了脚带悬梁高挂。也是玉英命不该绝，玉英刚刚把脖子套上，脚带就断了。"[29]花仙哥在继母端来的毒药面前，"有心不喝，又恐怕挨打，不免将它喝了，落上个囹圄尸首走吧。于是接过碗来将汤药喝了。"[30]他们最终选择了以死解脱，当然人们并不情愿他们以这种方式匆匆结束可怜的生命，生死时刻总会有奇迹出现，神灵保佑。如"那三郎神早知此事，急忙打发玉女前去救仙哥"[31]。

幸有神灵搭救，但苦难仍然继续。子女孤苦无依的地位和善良容忍的本性让他根本无法改变被奴役的命运，为逃避继母进一步迫害，子女决定离家出走。如"长胜逃出家，人生路难行。想起父母来，两眼泪纷纷"[32]，"董良才黑夜间逃走在外，黑洞洞迷了路哪里安身"[33]。刚逃离家庭的子女，没有了继母的迫害，却也孤苦一人跋山涉水，不停流浪。虽然这样的现实生活依然艰难，他的心中还是对未来充满希望。年复一年，伴随着机缘巧合和自身的奋斗努力，长大成人的他，或是金榜题名，高官厚禄，或是天子赐婚，郎才女貌。这时的子女已经有足够能力证明自己，左右他人。而继母也到了遭受报应的时刻。

三、报应——"善恶到头终有报，明有王法暗有神"

善恶各有报。当子女痛哭五更、千里寻父、蒙冤受屈之时，就已注定有朝一日定能伸张正义，一雪前耻。这既是宝卷从劝善惩恶出发应得的结局，也很符合普通大众对于故事在自身心理上的发展逻辑和情感意愿。而在报应来临之前，漫长的过程依然困难重重，幸赖"明有王法暗有神"的相助，故事给了我们皆大欢喜的结局。善良受难的子女摆脱了命运的魔咒，重新开始美好的生活。如李玉英、董良才听旨加封："龙颜大悦，传下圣旨：'良才承袭状元，与凤英择日完婚。'"[34]"玉英姐妹三人，当殿上朕封你贞节烈女，年幼女有胆识女中贤圣。"[35]花仙哥招驸马："仙哥无意看热闹，不想彩球掉怀中。众侍臣请仙哥来到皇宫，和公主拜天地洞房成婚。"[36]

行善者升入天堂，作恶者打入地狱。相对于子女的苦尽甘来，继母必须为曾经的不善不忠、胡作非为付出惨重代价。首当其冲是生前肉体的罪恶，或剐刑，或天灯，触目惊心。"焦氏叛夫杀子，逆理乱伦，宜加为剐刑，以为天下继母之戒。"[37]"那妖婆，被官府，下在狱中；断明情，挂高杆，天灯而死。"[38]接着是死后地狱中的罪恶。宝卷中多次提及阴森恐怖的地狱场景，并历数各种恶行，读来胆战心惊，深具劝诫意味："行至又杀地狱处，只听哭悲好心酸！不孝公姑磨前子，为人刻薄心毒逸。"[39]"十七层来抽肠狱，都是折子害损人。亲生儿女如珠宝，别人养的都是糟。狼心狗肺害人子，抽肠扒肚不容情。"[40]"寒水地狱：这些人在阳世不守本分，有欺凌儿女的后娘，死后在阴司要受这等牢狱之苦。"[41]身体和灵魂的双重罪恶换来的这种种残酷的结局却是让人感觉不到同情，反而有种莫名的快意之感，只因其全是罪有应得。

宝卷的劝诫之意在因果报应这个环节中得到了突出的强调和体现。它告诫人们，恨，带来的只有更深的仇恨，做尽恶事的结局只是自食其果。母子相称，我们需要的是一种两无猜忌、真情相待的爱，以及悲天悯人、菩萨心肠的恕。喜来对继母林氏言道："你儿口读圣贤，今管万民，正当尽忠尽孝，岂能做忤道不孝之人吗？母亲自今之后，改过迁善，皇天自然保佑。"[42]杨海棠为继母求情："杨海棠上堂来细说人情，救孩儿饶了她留她性命……老员外听妻言思想一面，让沈氏去娘家自了残身。"[43]玉英为恶奴乞宽容："玉英听毕，急上本呈奏：'民女之弟恶奴，虽系继母所生，尚年幼无知，况且他为我父一线不绝之嗣，乞赐宽容。'天子准奏。"[44]凡此种种饶恕之德，是宝卷在报应基础上更深层次的劝诫。它让我们明白，冤冤相报并不是完美的结局，真爱和饶恕才是根本之道。

在对继母恶迹揭露批判的过程中，宝卷也透露着如何改善母子关系、做一名善良继母的反思，从而实现母子真正亲如一家、幸福生活的理想。

四、理想——"老吾老，以及人之老，幼吾幼，以及人之幼"

宝卷中沈员外向众人描述理想中的继母形象——三娘王春娥，守冰霜贞节为本，效寡居教子成名，为天下继母树立榜样。沈员外规劝女儿桂英："你莫听王春娥三娘教子，她本来是后娘哪能像你。家贫穷无丈夫纺花织布，就这样供义哥上学读书。在学中众学生说长道短，谢义哥回家来不把书念。谢三娘为教子打断机头，从此后谢义哥立志上求。到后来汉宫印已得封赠，扬名声传古今谁人不尊。"[45]宝卷不仅为继母在人世找到了理想的范本，在其自行设定的地狱内，也为继母灵魂的救赎找到了出路。"劝世间男和女修善为佳人。日三省夜九思自把自化，三教经细体行自然无差。思这些地狱苦放心不下，提一提弥陀佛超度与他。一霎时电光闪诸狱变化，众恶狱就成了金霞莲花。众鬼使浴吾光超生去罢，改心田学善人靠定菩萨！"[46]生前效仿三娘，死后修行大道，在肉体和灵魂的共同超度中实现自我救赎，是宝卷为继母指出的向上一路。

河西宝卷中继母凶狠的形象处处皆是，正因如此，正面继母形象的偶然出现显得尤为记忆深刻。"尤赛金恩养董仲书，就如亲生的一般……赛金把二人都是一样看待。"[47]甚至继母让亲生子代兄替死："有桂英手拉着娇养儿童，叫秋哥你愿意替哥抵命。秋哥儿忙叫了一声母亲，儿愿去替哥死留个贤名。"[48]由此，也许可以说，宝卷不仅没有完全否定继母形象，恰恰利用这些正面形象，甚至正反继母形象的对比，来颠覆民众心目中长期固定的继母印象，重塑继母形象，从而为宝卷自身设定的理想的实现提供了又一佐证。

纵观河西宝卷，作品对继母这一特殊人物类型的着力刻画，反映了那个时代普通民众对继母仇视子女的不满和劝诫，以及对和谐家庭生活的向往和赞美。时代变迁，当今社会，人们对继母固有的偏见已淡化许多，相信在真情和亲爱的陪伴下，所有的再婚续弦家庭都会和睦幸福。

注释

[1] 司马迁:《史记·五帝本纪》,中华书局1959年版,第32页。

[2] [24] [42] 刘大翔主编:《酒泉宝卷·闺阁录全卷·桂花桥》,2001年内部印行,第92、93、98页。

[3] [12] [18] [19] [22] [26] [30] [31] [45] 王奎、赵旭峰整理:《凉州宝卷·红罗宝卷》,2007年6月内部印行,第12、18、56、20、39、33、29、29、24页。

[4] [7] [8] [9] [11] [14] [20] [23] [29] [35] [37] [44] 张旭主编:《山丹宝卷·李玉英伸冤宝卷》,甘肃人民出版社2007年版,第34、34、32、34、34、50、33、44、47、51页。

[5] [13] [33] [34] 张旭主编:《山丹宝卷·蜜蜂计宝卷》,甘肃人民出版社2007年版,第316、316、320、361页。

[6] [27] [36] [43] 张旭主编:《山丹宝卷·绣红罗宝卷》,甘肃人民出版社2007年版,第132、134、144、146页。

[10] [15] [25] [32] [38] 徐永成主编:《金张掖宝卷·白长胜逃难宝卷》,甘肃文化出版社2007年版,第655、652、661、657、671页。

[16] [17] 张旭主编:《山丹宝卷·仁义宝卷》,甘肃人民出版社2007年版,第469、475页。

[21] [28] 张旭主编:《山丹宝卷·绣红灯宝卷》,甘肃人民出版社2007年版,第387、388页。

[39] [46] 郭仪、高正刚、谭蝉雪整理:《酒泉宝卷·香山宝卷》,2001年内部印行,第33、34页。

[40] 张旭主编:《山丹宝卷·唐天子游地狱宝卷》,甘肃人民出版社2007年版,第320页。

[41] 刘大翔主编:《酒泉宝卷·黄氏女宝卷》,2001年内部印行,第225页。

[47] 徐永成主编:《金张掖宝卷·天仙配宝卷》,甘肃文化出版社2007年版,第178页。

[48] 张旭主编:《山丹宝卷·劈山救母宝卷》,甘肃人民出版社2007年版,第168页。

河西宝卷用韵考

兰州大学文学院 杨许波

河西宝卷是由敦煌变文发展而来,流传在甘肃河西一带的一种说唱文学。它的主要艺术形式是散韵结合。既然是韵文,押韵则是其最显要之特色。诗文中每句最后一个字是韵脚,至少两个韵脚用同一韵的字,则谓之押韵。押韵可以使诗文音韵更加和谐优美,所以中国文学从《诗经》、楚辞开始便非常注重押韵。然而同诗词等体裁不同,作为民间讲唱文学,河西宝卷有其自身的用韵特点,本文将就此予以考察。

河西宝卷韵文用韵较宽,这主要体现在相邻韵部可以通押,平仄韵部可以通押。如《香山宝卷·慈航下世投胎第一》:

妙善官廷来禀道,请听为儿说根苗:
十月怀胎恩难报,三年乳哺母劬劳。
举动行为把儿教,三从四德指节操。

世俗人情儿尽晓，观此红尘甚蹊跷。

为臣尽忠子尽孝，体行八字是英豪。

时下人心多奸巧，糊糊涂涂过终朝。

儿把红尘识破了，不招驸马学道高。

人活百岁如梦兆，荣华富贵似火硝。

我劝父母修行好，拜佛持经感天曹。

积功立德善为宝，修出苦海脱尘劳。

不食五荤体天道，不与六畜冤结交。

世事一切循环报，天理昭彰不混淆。

父母前世修积好，今掌山河率群僚。

若还从此又修道，求神将名紫府标。

一朝功满丹书诏，享受天福胜人曹。

行有仙鹤云托绕，无烦无恼真逍遥！

虽然皇宫快乐好，忧国忧民费心焦。

与民分忧事微渺，冤屈人命罪难饶！[1]

这段韵文所押韵共包括下平二萧（苗、跷、朝、硝、僚、标、遥、焦、饶），下平三肴（交、淆），下平四豪（劳、操、豪、高、曹、劳、曹），上声十七筱（晓、了、绕、渺、兆），上声十八巧（巧），上声十九皓（道、好、宝），去声十八啸（诏），去声十九效（教、孝），去声二十号（报），正好是词韵第八部[2]，远较诗韵为宽。词中平仄尚不可通押，而这段韵文平声韵则和上声、去声等仄声韵通押。韵部较宽这正是河西宝卷韵文押韵的第一个特点。如《白玉楼宝卷》"白玉楼劝夫君泪珠不干，念翁父作寒儒广读圣贤"[3] 一段韵文押韵分别是上平十三元（言），上平十四寒（干、难），下平一先（贤、田、坚），上声十五潸（眼），去声十五翰（泮），去声十七霰（砚、贱），皆属词韵之第七部。《鹦哥宝卷》"老鹦哥想起来亲生小郎，不由得两眼中泪珠夺眶"[4] 一段韵文押韵分别是下平七阳（郎、眶、方、肠、黄、王），去声二十三漾（望、上），皆属词韵之第二部。

此外，河西宝卷押韵较词韵还要宽，如词韵之六七部即常通押，如《康熙宝卷》：

> 奏本臣王复同三叩九拜，本奏到龙位前吾主细看：
> 山东城六府县大遭年旱，不收成众百姓甚是可怜！
> 众官员连奏了几道本章，臣的本并无有一句虚文。
> 我的主九龙位何不参念，为什么不发粮赈饥安民？
> 自古说饥寒食人人难忍，山东的众百姓真是可怜：
> 十二载并无有下个雨点，只旱的六府地黎民不安。
> 仓中粮这几年并无余剩，不赈饥众百姓必起祸端：……
> 猛抬头不觉得天色向晓，整一晚为百姓站立不安。
> 急忙忙把人役一声高叫，叫书班你上前细听我言：
> 传号官你与我备上马鞍，我回上三堂内辞别夫人。[5]

"民、人"是上平十一真，"文"是上平十二文，属词韵第六部；"言"是上平十三元，"看、安、端"是上平十四寒，"怜"是下平一先，属第七部，即为六七部通押。

宝卷中入声韵也常和平、上、去三声韵通押，如《孟姜女哭长城宝卷》：

> 秦始皇，真正傻，一心听从姜女话，
> 她是为夫来报仇，当是真心把她嫁。
> 天下昏君都好色，打下江山只摘花，
> 没料人间有才女，骗得帝王没办法。
> 今天面对东海面，又是惊来又是怕，
> 早知落下此下场，不如早些把她杀。[6]

"花"是下平六麻，"傻"是上声二十一马，"话、嫁、怕"是去声二十二祃，属词韵第十部；"杀"是入声八黠，属词韵第十八部，"法"是入声十七洽，属词韵第十九部。这一段韵文即为相邻韵部通押，且入声与平、上、去三声通押。

　　河西宝卷韵文偶数句多用平声韵。如上文所举《香山宝卷·慈航下世投胎第一》韵文，偶数句皆为平声韵，奇数句皆为仄声韵。另外如《地狱宝卷》开篇韵文"唐王来到恶报关，抬头一看心胆寒"[7]一段偶数句押韵为"寒"、"人"、"君"、"行"、"寒"、"光"、"心"、"明"、"真"、"端"、"明"、"存"、"何"，皆为平声韵；《红灯宝卷》"千金身得荣，胆战心又惊"[8]一段韵文偶数句所押韵为"惊"、"承"、"跟"、"东"、"声"、"声"、"声"、"心"、"尊"、"心"、"声"、"身"，皆为平声韵。但由于宝卷民间文学的特色，所以偶数句也经常会偶尔出现仄声韵，如《张四姐大闹东京宝卷》"四姐离了斗牛宫，盗了宝贝出天门"[9]一段韵文偶数句尾即有"寸"、"定"、"凳"等仄声韵；《唐王游地狱宝卷》"泾河龙王魂不散，天地不管无处藏"[10]一段韵文偶数句尾有"戏"、"上"等仄声韵；《杨金花夺印宝卷》"杨金花听一言冲冲大怒，骂一声狄青贼害人妖精"[11]一段韵文偶数句尾有"印"等仄声韵。上文所举《孟姜女哭长城宝卷》一段韵文偶数句仅有"花"为平声韵，其他五个韵脚皆为仄声韵。但就整体来说，河西宝卷偶数句所押平声韵还是占大多数。这应该是受到产生于唐代的近体诗之影响，也是汉语语音特点决定的近体诗规定偶数句必须押平声韵，河西宝卷则是民间讲唱文学，虽然平声韵较多，但相对更为自由。

　　河西宝卷韵文押韵形式比较灵活多样化。有句句押韵，也有隔句押韵，有一韵到底，也有换韵。如《香山宝卷·斩绞归阴遍游地狱第四》：

细想父母苦奔忙，恋假作真误时光。

三官六院来奉养，文武臣僚保赞襄。

一国为主江山掌，前呼手拥好容光。

口食百味洪福享，忍害生灵肥肚肠。

朝斩暮杀生灵丧，去毛退皮又抽肠。

五味调和锅中放，煎炒烹煮心忍伤。

率领一国众官长，号令黎民定家邦。

百姓性命他们掌，定人生死各一方。

好歹一本奏皇上，理不精详造罪殃。

生前权柄归你掌，死后阴司考端详。

今日将儿来捆绑，法场之上受凄凉。

自生儿女尚冤枉，何况府县不荒唐！

我把做官细思想，冤屈人命罪怎当？

幸我不迷知修养，明觉大道修性王。

今日脱壳现本相，心无悔愧靠上方。

人说富贵是好相，我看就是造孽场。

千劫修来一劫享，一劫遭罪万劫忙。

仔细推思心头爽，呼吸二五守黄房。

日月相照毫光朗，三花五炁结一堂。

吾叹此篇非虚妄，日月三光为凭章！[12]

所押韵分别为上平三江（邦），下平七阳（忙、光、襄、肠、伤、长、方、殃、详、凉、唐、当、王、场、忙、房、堂、章），上声二十二养（养、掌、享、绑、枉、想、爽、朗），去声二十三漾（丧、放、上、相、妄），皆属词韵第二部，为句句押韵一韵到底。

《香山宝卷·花园受苦得乐之道第二》：

公主当时双泪流，脱了锦衣好伤悲。

将身来到花园里，肩担水桶命不违。

我今本是玉叶体，怎么挑水把花培？

虽然水挑在肩上，诚意切志心不灰。

龙神土地齐来到，城隍忙得似云飞。

诸神暗中来拥护，接引空中暗助威。

公主挑水润花草，一身轻爽不吃亏。[13]

所押韵分别为上平四支韵（悲、亏），上平五微（违、飞、威），上平十灰（灰），皆属词韵第三部，为偶句押韵一韵到底。

《红灯计宝卷》：

> 李月姐听的问叫声姑娘，细听我把实话对你详讲：
> 兄妹俩在金陵打伤人命，怕监禁来到了此地躲藏。
> 没料想我哥哥病倒店中，思在前想在后好不愁肠。
> 没办法草插头自卖本身，为的是救哥哥逃出罗网。
> 这就是真情话一点不假，收留我伴小姐做牛做马。[14]

前八句分别押下平七阳（娘、藏、肠），上声三讲（讲），上声二十二养（网），皆属词韵之第二部，最后两句换韵为上声二十一马（假、马），为偶句押韵一次换韵。

《绣龙袍宝卷》：

> 范郎开言姑娘听，听我从头说分明。
> 提起我家也不远，洪水县里有家园。
> 父亲名叫范彦玉，母亲孟氏好行善。
> 上无兄来下无妹，单生学生把书攻。
> 一十五岁年纪小，其郎便是我的名。
> 我的父母年纪大，我来应夫修长城。
> 长城打了七月整，心里思念父母亲。
> 今日回家去探望，不想刮到花园中。
> 姑娘行好恩德大，放我学生探双亲。
> 日后我但功名成，定来拜谢姑娘恩。[15]

"听"是下平九青，"明"是下平八庚，皆属词韵十一部；"远"是上声十三阮，"园"是上平十三元，"善"是去声十七霰，皆属词韵第七部；

"攻、中"是上平一东；"名、城"是下平八庚；"亲"是上平十一真，"恩"是上平十三元，词韵六七部通押。这一段共换韵四次，为偶句押韵多次换韵。其中两个"亲"押韵，中间隔了三句，"攻"与"中"押韵，中间隔了六句。

《康熙宝卷》：

夫人回到三堂上，大人端坐写表章。

王大人坐三堂心中暗想：我一心进京去求见皇王。

回头来叫书吏细听我讲，叫三班和六房听我心上。

有书吏并房班一齐跪堂，尊大人有甚事吩咐紧忙。

今夜晚写本章奏与圣上，到明天我一定去奔君王。

我急忙坐在了书案之上，王复同提起笔先写本章。

王复同提起笔泪流满面，坐书案不由得一阵心酸：

我昨日出了城乡里私访，众百姓都参念我是清官。

回衙来我请了字号当商，买卖人借与我白银千两；

本道的俸季银还有两千，合共是雪花银整整三千。

三千银与百姓尽数散完，与百姓也散完仍受饥寒。

细思想世上人还叫天养，救万民离不了尊帝皇王。

王复同直坐到更深夜静，耳听得樵楼上鼓打三更：

我急忙写本章去见君王。[16]

该段主要用了词韵第二部、七部和十一部，分别用 A、B 和 C 来表示，其押韵形式为：AA/AA/AA/AA/AA/AA/BB/AB/AA/BB/BB/AA/CC/A，这也可见河西宝卷的押韵形式极其灵活多变。

从上文所举宝卷押韵例子可以看出其另外一个特点，即不忌重押，这是不同于诗词等相对的雅文学较为突出的一个特点。如前所举《康熙宝卷》"奏本臣王复同三叩九拜，本奏到龙位前吾主细看"段韵文两押"安"字，"夫人回到三堂上，大人端坐写表章"段韵文四押"上"、"王"字，两押"章"、"千"字；《香山宝卷·斩绞归阴遍游地狱第四》"细想父母苦奔忙，恋假

289

河西宝卷用韵考

作真误时光"段韵文三押"掌"字，两押"光"、"养"、"肠"、"方"、"相"、"享"字；《绣龙袍宝卷》"范郎开言姑娘听，听我从头说分明"段韵文两押"亲字"；《孟姜女哭长城宝卷》"一盏明灯照眼前，手中拿起金银线"段韵文四押"关"、"天"、"怨"字，三押"线"字，两押"间"、"眼"、"仙"、"肝"、"圆"字。另外如《张四姐大闹东京宝卷》"四姐离了斗牛宫，盗了宝贝出天门"[17]一段韵文押了十一个"人"字。

　　河西宝卷韵文押韵经常有出韵现象。如《仲举宝卷》：

> 嘉靖爷除大恶军民俱服，满朝中普天下尽乐太平。
> 胡士来同父母团圆聚会，商量着摆筵宴庆贺亲朋。
> 请同年各官员俱都请到，序尊卑分左右满堂增光。
> 于尚书他也来面带惭色，高仲举见岳父情意感伤。
> 想当初全不念亲戚苦难，到今日一般地来到我家。
> 于尚书忍着羞将言遮饰，胡士来忙劝父和睦姻亲。
> 自古说睦宗族亲邻和好，现有母决不可义断恩绝。
> 高仲举听娇儿说得有理，将嗔怒变作喜酹谢千金。
> 酒席上大开口说清旧事，脱苦难受荣华如到天堂。
> 筵宴毕到三更各官俱散，到明天上金銮告假回乡。
> 正是贫穷须立志，得来富贵自久长。[18]

　　"平"是下平八庚，"朋"是下平十蒸，均属词韵十一部；"光"、"伤"均属下平十阳；"亲"是上平十一真，属词韵第二部，"金"是下平十二侵，属词韵第十三部，这两部在河西宝卷中经常通押；"堂"、"乡"、"长"均属下平十阳。"家"和"绝"两字则出韵。

　　《杨金花夺印宝卷》：

> 霸王不用韩信将，萧何一听乐将台；
> 暗渡陈仓兴人马，九里山前把兵排；

立逼霸王乌江死，保主乾坤显将才；

若非萧何月下赶，汉王安得步五街！

文王夜梦飞熊兆，亲请太公下钓台；

子牙若不扶西岐，哪来周室八百载！

太祖雪夜访赵普，千岁自知祖传来。

讲罢历代先贤事，再尊元帅你细听，

莫学廉颇居功大，休步商鞅逐苏秦；

好将欺君张世贵，贪功常埋火头军。

一片婆心动苦口，羞煞狼心狗肺人。[19]

　　"台、才、来"是上平十灰，"排、街"是上平九佳，"载"是上声十贿，皆为词韵第五部；"秦、人"是上平十一真，"军"是上平十二文，皆为词韵第六部；只有"听"字是下平九青，出韵。

　　一方面有些出韵是因为民间说唱文学不像文人雅文学对格律要求那么精严，另一方面则是受河西方言影响。甘肃方言里ən、əŋ分不清楚，"根、金、敦、寻"与"耕、京、东、雄"在甘肃方言里都是两两同音的字[20]，这也就是我们常说的前后鼻音部分。河西方言同样如此，前鼻音 in、en、un 和后鼻音 ing、eng、iong 分不清楚，经常通押。所以前举河西宝卷的某些出韵现象，在河西人讲唱时是谐韵的。如前所举《杨金花夺印宝卷》后鼻音字"听"和前鼻音字"秦、人"在河西方言中是协韵的。同样是这一篇宝卷，前面"金花姑娘开言道，叫声丫环你是听：今日无事闲游去，花园以内散散心"[21]，即是以"听"和"心"相押。这种情况在宝卷中很多。

　　如《仲举宝卷》：

有菩萨身离了普陀南海，出的那紫竹林驾起祥云。

白鹦鹉喜查查前面引路，善才男捧玉瓶随后紧跟。

霎时间来到了湖广城内，收云头变贫婆母子三人。

每日间只说是肚中饥饿，五斗米不够吃叫苦连声。

　　一石米百斤面只吃一顿，轰动的满城人个个惊心。[22]

　　云（上平十二文）、跟（上平十三元）、人（上平十一真）、心（下平十二侵）都是前鼻音字，只有"声"字是后鼻音，在河西方言中同样是谐韵的。

　　《二度梅宝卷》"有梅伯骑上驴前头行走，梅老爷坐着轿后边紧跟"[23]段韵文押韵依次为"跟、停、人、身、城、因、人、公、人、人、人、程、生、停、净、人、声、明、忠、听、行、心、虫、臣、声、行、人、人、门、身、明、文、恩、封、忖"，所属前后鼻音依次为"前、后、前、前、后、前、前、后、前、前、前、后、后、后、后、前、后、后、后、后、后、前、后、前、后、后、前、前、前、前、后、前、前、后、前"；《沉香宝卷》"二郎神见三娘有孕在身，不由得怒火烧大发雷霆"[24]段韵文押韵依次为"身、霆、轻、宫、尘、真、中、沉、兄、分、空、身、零、生、心、辛、英"，所属前后鼻音依次为"前、后、后、后、前、前、后、前、后、前、后、前、后、后、前、前、后"，都很典型地体现了前后鼻音字通押的特点，这种情况在河西宝卷中很普遍。

　　通过分析我们可以看出河西宝卷用韵的主要特点有：第一，用韵基本依词韵，但较词韵为宽，相邻韵部可以通押，入声与平、上、去三声可以通押。第二，偶数句押平声韵较多。第三，押韵形式灵活多变，有句句押韵，也有隔句押韵，有一韵到底，也有换韵。第四，不忌重押。第五，偶有出韵。宝卷偶有出韵一方面是民间俗文学不像文人雅文学对格律要求那么精严，另一方面是受河西方言前后鼻音不分影响，宝卷中前后鼻音字经常会通押。宝卷是由敦煌变文发展而来，其用韵受到敦煌变文影响，如押韵形式灵活、不忌重押等，同时又有许多变化。如"变文用韵，有宽有严。严的，用韵的字平上去三声不相混淆；宽的，平上去三声混用，并且有和邻韵通押的"[25]，河西宝卷则皆用宽韵，不但邻韵可以通押，词韵中相邻的韵部也可以通押；不但平上去三声可以混用，同入声也可以通押。河西宝卷用韵的情况还要丰富得多，值得我们继续去研究探讨。

注释

[1] 西北师范大学古籍整理研究所、酒泉市文化馆合编:《酒泉宝卷》(上编修订本),内部印行本,第9—10页。

[2] 本文分析韵部皆依龙榆生《唐宋词格律》所附之词韵简编,上海古籍出版社1978年版。

[3] 段平:《河西宝卷选》,兰州大学出版社1988年版,第154页。

[4] 同上书,第280页。

[5] 西北师范大学古籍整理研究所、酒泉市文化馆合编:《酒泉宝卷》(上编修订本),内部印行本,第95页。

[6] 段平:《河西宝卷选》,兰州大学出版社1988年版,第15页。

[7] 酒泉市文化馆酒泉宝卷编辑委员会:《酒泉宝卷》(下编),内部印行本2001年版,第30页。

[8] 酒泉市文化馆酒泉宝卷编辑委员会:《酒泉宝卷》(中编),内部印行本2001年版,第98页。

[9] 西北师范大学古籍整理研究所、酒泉市文化馆合编:《酒泉宝卷》(上编修订本),内部印行本,第309页。

[10] 方步和:《河西宝卷真本校注研究》,兰州大学出版社1992年版,第61页。

[11] 段平:《河西宝卷选》,兰州大学出版社1988年版,第103页。

[12] 西北师范大学古籍整理研究所、酒泉市文化馆合编:《酒泉宝卷》(上编修订本),内部印行本,第26页。

[13] 同上书,第11页。

[14] 段平:《河西宝卷选》,兰州大学出版社1988年版,第247页。

[15] 酒泉市文化馆酒泉宝卷编辑委员会:《酒泉宝卷 》(中编),内部印行本2001年版,第178页。

[16] 西北师范大学古籍整理研究所、酒泉市文化馆合编:《酒泉宝卷》(上编修订本),内部印行本,第94页。

[17] 同上书,第309页。

[18] 同上书,第264页。

[19] 段平:《河西宝卷选》,兰州大学出版社1988年版,第115页。

［20］赵浚：《甘肃方言里ən、əŋ不分的问题》，《兰州大学学报》1963年第2期。

［21］段平：《河西宝卷选》，兰州大学出版社1988年版，第102页。

［22］西北师范大学古籍整理研究所、酒泉市文化馆合编：《酒泉宝卷》（上编修订本），内部印行本，第265页。

［23］段平：《河西宝卷选》，兰州大学出版社1988年版，第24页。

［24］西北师范大学古籍整理研究所、酒泉市文化馆合编：《酒泉宝卷》（上编修订本），内部印行本，第274页。

［25］周大璞：《〈敦煌变文〉用韵考》，《武汉大学学报》（哲学社会科学版）1979年第3期。

敦煌歌辞叙事特征初探

复旦大学中国古代文学研究中心 王魁星

在谈到中西古典诗歌在叙事与抒情关系的差异时，冯至先生指出："我国古代的诗歌，纵使是抒情诗也是和社会生活与时代的变化有密切的联系，其中还间或掺杂着叙事，不像古希腊的叙事诗那样，判然是两个领域。"[1]中国古典诗歌叙事、抒情相融会的民族特色表明，敦煌歌辞断无隔绝于其外之理。敦煌歌辞作为唐代具有浓郁地方色彩的民间文学，本身就具有较强的叙事色彩，加上唐代讲唱文学、声诗与戏弄对它的渗透，使之叙事性更为显著，特征也更为独特。本文拟对敦煌歌辞这一独特的叙事特征做一探讨。

一、调名本意

关于调名一义，《王骥德曲律》卷一《论调名》表述最为精当："曲之调名，今俗曰'牌名'。"[2] 按王氏观点，词调即词牌，此一说法正是从音乐角度进行规定的。而"咏调名本意，常为词调初行时所特有。"[3] 一些学者已指出，词在创调后，调名兼有乐曲与题目的双重性，即曲调名往往对内容又有规定、指向作用。

在《敦煌歌辞总编》中，有 21 调直接标明"调名本意"，共计 115 首。这 21 调分别是：《别仙子》、《怨春闺》、《定西蕃》、《歌乐还乡》各 1 首，《献忠心》2 首，[孝顺乐]12 首，《望月婆罗门》4 首，[出家乐]2 首，[无相珠]10 首，[空无主]8 首，[三归依]4 首，[拨禅关]2 首，[无如匹]2 首，[十无常]10 首，[驱催老]5 首，[无常取]8 首，[愚痴意]9 首，[为大患]6 首，[无厌足]6 首，[抛暗号]10 首，[十空赞]11 首。但调名与歌辞内容一致的远不止这 21 调 115 首，未标出"调名本意"，但调名与歌辞内容一致的还有很多首。如唐圭璋、潘君昭二先生在《论词的起源》中指出："《天仙子》有'天仙别后信难通'之语，《竹枝子》有'垂珠泪滴，点点滴滴成斑'之语，《泛龙舟》有'无数江鸥水上游，泛龙舟，游江乐'之语。《斗百草》（第一）有'喜去喜去觅百草'之语。另如《柳青娘》咏柳青娘之美、《浣溪纱》咏人如西子之美。"[4] 又如[别仙子]咏离别愁怨，[赞普子]咏蕃将，[破阵子]咏从军壮志，[内家娇]咏美女形态容貌，咏翊载皇室，[酒泉子]咏边塞战争，[谒金门]咏隐士出山朝帝，[定风波]咏平息战乱安定天下，《捣练子》、《送征衣》与思妇为征战丈夫送衣有关等。此外，还有一些杂曲调名与内容是一致的，如《五更转》、《十二时》、《百岁篇》、[十二月]等。再如两组《定风波》，一组为"伤寒"三首，一组为"儒士定风波"。《定风波》调名本意是"咏平息战乱安定天下"，"伤寒"一组虽是咏医生治疗三种不同情况的伤寒之辞，但治疗疾病与"平息""风波"之意亦甚接近；至于"儒士定风波"一组，则更接近调名本意。先看①这两首歌辞：

攻书学剑能几何。争如沙塞骋偻儸。手执绿沉枪似铁。明月。龙泉三尺斩新磨。堪羡昔时军伍。　谩夸儒士德能康。四塞忽闻狼烟起。问儒士。谁人敢去定风波。

征服偻儸未是功。儒士偻儸转更加。三策张良非恶弱。谋略。汉兴楚灭本由他。　　项羽翘据无路。酒后难消一曲歌。霸王虞姬皆自刎。当本。便知儒士定风波。[5]

第一首 以"谁人敢去定风波"发问，即谁人敢去平息战乱，下一首儒士以汉代张良为例用"便知儒士定风波"作答。此两首虽无正面叙述平息战乱之事，但内容却完全围绕平息战乱主旨展开的，与调名本意仍关系密切。

敦煌歌辞中调名与事一致的情况很常见，只是后来"随着词调的定型，缘题而赋本事的现象逐渐减少"[6]罢了。

二、叙事的诗意化

敦煌歌辞另一叙事特征是：精美意象在诗化的意境中叙事，意象又往往暗示主题。歌辞作为一种韵文，本身就比散文一体更具一种美感，加上唐代又是我国诗歌最鼎盛的时期，唐诗对敦煌歌辞的渗透是毋庸置疑的。杨义《中国叙事学》指出："象内含意，意为象心，二者灵魂和躯壳，结合而成生命体。"[7]敦煌歌辞正是以蕴意深刻的意象进行叙事的。如 P.3251《内家娇》其二"只把同心。千遍捻弄。来往中庭"[8] 其中"同心"即指同心结，原本是平常之物，但这一意象经常在男女恋情题材中出现，这就使得读者一见到诗词中的"同心（结）"，便联想到相思的主题。该篇也正是围绕相思展开的。另如 [捣衣声] 中"良人去。住边庭。三载长征。万家砧杵捣衣声。"[9]在古典诗词中，"砧杵"常出现在思妇为征夫送衣的题材中，后来，这一意象便与征夫思妇主题联系在一起。再看 S.1441、P.2838 中《云谣集杂曲子》中的《竹枝子》：

高卷朱帘垂玉牖。公子王孙女。颜容二八小娘。满头珠翠影争光。百步惟闻兰麝香。　　口含红豆相思语。几度遥相许。修书传与萧娘。

倘若有意嫁潘郎。休遣潘郎争断肠。[10]

其中，"潘郎"、"潘娘"原指具体人物，但被引用多了，便分别成为年轻女子与美貌男子的泛称，使读者把他们与男女恋情的主题联系在一起。又如P.2838《倾杯乐》其二"翠柳画蛾眉。横波如同秋水。"[11]把目光比作"横波"，形象生动，给人一种无限的美感，这一精美的意象自然与女子有关，而此篇恰恰"全为游女自炫求售"[12]之作。敦煌歌辞也像其他韵文文学一样，在其简短的篇幅里，把具有深层文化内涵的不同意象组合在一起，以包孕深刻之文化内涵的意象叙事，给人一种典雅之美。"中国叙事学是一种高文化浓度的文学，这种文化浓度不仅存在于它的结构、时间意识和视角形态之中，而且更具体而真切地容纳在它的意象之中。"[13]杨义此言正道出其中玄机。意象固然精美，事件发生的背景也不乏美感。P.2838中《喜秋天》所叙思妇之事便是在这一"芳林玉露催。花蕊金风触。永夜严霜万草衰，捣练千声促"[14]的秋声簌簌、秋叶凋零的凄婉意境中展开的。再如P.3251中《菩萨蛮》：

清明节近千山绿。轻盈士女腰如束。九陌正花芳。少年骑马郎。罗衫香袖薄。伴醉抛鞭落。何用更回头。谩添春夜愁。[15]

这一少男少女邂逅之事也是发生在鲜花盛开、山儿青翠的清明时节。

三、钟情时事

引发人感情变化的事物不外乎两类，一是客观的自然界，二是社会中的人际关系。二者中任何一种变化都会引起人们情感的波动。而敦煌歌辞似乎对时事情有独钟。这一特征部分体现在颂圣之作中，如P3128中《感皇恩》两首：

四海天下及诸州。皆言今岁永无忧。长图欢宴在高楼。寰海内。束手原归投。　　朱紫尽风流。殿前卿相对。列诸侯。叫呼万岁愿千秋。皆乐业。鼓腹满田畴。

当今圣寿比南山。金枝玉叶竞相连。百僚卿相列排班。呼万岁。尽在玉阶前。　　金殿悦龙颜。祥云驾喜悦。两盘旋。休将舜日比尧年。人安泰。真是圣明天。[16]

作者目睹了群臣朝班的过程，并对这一事件进行赞颂。敦煌歌辞钟情时事的特征在历史题材类作品中更为突出。《敦煌歌辞总编》卷二目录中，有19首被任半塘先生标为"以上'史迹'19首"，这19首分别是：《破阵乐》"破西戎"、[定乾坤]"修文寰海"、《春光好》"感恩光"、《酒泉子》"犯皇宫"、《赞普子》"蕃家将"、《菩萨蛮》"回鸾辂"、《望江南》"敦煌郡"、《浣溪纱》"合郡人心"、《菩萨蛮》"敦煌将"、《定西蕃》"调名本意"、《望江南》"龙沙塞"、《望江南》"边塞苦"、《献忠心》"却西迁"、《谒金门》"开于阗"、《菩萨蛮》"在三峰"、《菩萨蛮》"却回归"、《菩萨蛮》"忧邦国"、《望江南》"曹公德"、《浣溪纱》"献大贤"。19首歌辞叙述了敦煌在被不同人统治时的历史事件及唐末历史事件。其中《菩萨蛮》"敦煌将"、《浣溪纱》"合郡人心"、《望江南》"敦煌郡"、"龙沙塞"、"边塞苦"、"曹公德"四首，叙述了敦煌被吐蕃攻陷前后的情况，通过歌颂敦煌驻军的爱国精神来表达他们自己的心声。此外，还有一些记述唐末历史事件的作品。如被收入《敦煌歌辞总编》卷二的《酒泉子》（"犯皇宫"），写帝京被攻陷的事件，《献忠心》"却西迁"写农民起义事。再如《菩萨蛮》"回鸾辂"、"在三峰"、"却回归"、"忧邦国"四首，均从臣子的视角记述君主和京城遭难之事，并抒发了忠君之情。此外，在闺情及送别类作品中此特征也十分明显，如P3137中《南歌子》"风流婿"：

悔嫁风流婿。风流无准凭。攀花折柳得人憎。夜夜归来沉醉。千声唤不应。　　回觑帘前月。鸳鸯帐里灯。分明照见负心人。问道些须心事。

摇头道不曾。[17]

此首叙述少妇对负心丈夫酒醉归来的一连串质问及男子摇头否认一事，抒发了闺中少妇对"风流婿"的不满及对坚贞爱情的追求。送别类歌辞如 P3251中的《菩萨蛮》"送行人"：

> 昨朝为送行人早。五更未罢金鸡叫。相送过河梁。水声堪断肠。唯愁离别苦。努力登长路。驻马再摇鞭。为传千万言。[18]

该首对送别一事进行记叙，把送别的时间、地点、场景生动地表达出来，将女主人公依依不舍的心情表达得淋漓尽致。

敦煌歌辞中即事性质的作品很多，这充分发挥了歌辞在短小篇幅里记述生活事件的特长，从而显示了它有别于其他传统叙事性作品的独特风格。

四、采用对话、问答体式

民间文学常采用对话体式，如《汉乐府》中的《董娇娆》，即是采用人与花儿对话这种体式。敦煌歌辞中也不乏这类体式，而最明显的，便是 P2809、P3911、P3319、P3718 中《捣练子》两组联章：

> 堂前立。拜辞娘。不觉眼中泪千行。劝你耶娘少怅望。为吃他官家重衣粮。

> 辞父娘了。入妻房。莫将生分向耶娘。君去前程但努力。不敢放慢向公婆。

> 孟姜女。杞梁妻。一去燕山更不归。造得寒衣无人送。不免自家送征衣。

> 长城路。实难行。乳酪山下雪纷纷。吃酒只为隔饭病。愿身强健早还归。

河西宝卷与敦煌文学研究
HEXI BAOJUAN YU DUNHUANG WENXUE YANJIU

云疑盖。月已升。朦胧不眠已三更。面上褐绫红分散。号啕大哭呼三星。

对白绵。二丈长。裁衣长短尺上量。夜来梦见秋交末。自怕君身上□□。

孟姜女。秦杞梁。声声懊恼小秦王。秦王敢质三边滞。千番万里筑城长。

长城下。哭声哀。感得长城一垛摧。里畔髑髅千万个。十方骸骨不教回。

刃□亮。两拳拳。十个指头血沾根。青竹干投上玄背子。从今以后信和藩。

娘子好。体一言。离别耶娘十数年。早晚到家乡勤饲徽。月尽日交管黄纸钱。

少长无□□□。月尽日交管黄纸钱。[19]

关于杞梁妻哭夫城崩的故事，《左传》、《礼记》、《孟子》均有记载，刘向《烈女传》也有关于杞梁妻的传说，古诗十九首《西北有高楼》中也曾引此故事。而在敦煌文学中，也有此类记载：歌辞中有《捣练子》，变文中有《孟姜女变文》。孟姜女故事源流，可参看顾颉刚《孟姜女故事论文集》③、《孟姜女故事研究集》④与黄瑞旗先生《孟姜女故事研究》⑤。《捣练子》第一组联章第二首即为孟姜女与杞梁的对话：杞梁嘱咐孟姜女"莫将生分向耶娘"，深明大义的孟姜女以"君去前程但努力。不敢放慢向耶娘"一语，安慰丈夫。第四首记述孟姜女送征衣时与公婆⑥的对话。第二组联章中又有孟姜女与其夫魂魄的对话，而"从今以后信和藩"显然是孟姜女之言，而"娘子好。体一言。离别耶娘十数年。早晚到家乡勤饲徽。月尽日交黄纸钱。少长无□□□。月尽日交管黄纸钱。"则为杞梁魂魄对妻子的嘱托。即使在非联章体中，对话也十分突出，如 S1441、P2838 中《云谣集杂曲子》之《鹊踏枝》的对话也较为明显：

敦煌歌辞叙事特征初探

巨奈灵鹊多瞒语。送喜何曾有凭据。几度飞来活捉取。锁上金笼休共语。　　比拟好心来送喜。谁知锁我在金笼里。欲他征夫早归来。腾身却放我向青云里。[20]

上片是少妇对灵鹊报假消息的埋怨，下片则是灵鹊对少妇的嘲讽。

至于问答体式，当然也并非敦煌歌辞首创。屈原在《渔父》中已采用此体。此后，汉乐府《引马长城窟行》、东方朔《答客难》、司马相如《子虚赋》、杜甫《石壕吏》、苏轼《前赤壁赋》等均采用过此体。敦煌歌辞中问答体有《南歌子》"斜引朱帘立"两首，前一首是男子连续七种质问，后一首是女子七句巧妙的回答。《敦煌歌辞总编》卷一中《渔歌子》"睹颜多"亦具有问答体式。另如上面举到的P3821中《定风波》"儒士定风波"两首，第一首问儒士："谁人敢去定风波？"第二首儒士答曰："当本便知儒士定风波。"正如王昆吾先生《隋唐五代燕乐杂言歌辞研究》中所说："问答体是民间讲唱中存在的普遍现象。"[21]而这一体式也正是敦煌歌辞与其他民间文学姊妹篇相互学习的结果。这一点吴熊和先生在《唐宋词通论》中已做过精确的概括："在唐代诸民间艺术中，词曲本非一枝独秀，而是旁通众艺的。它与戏、变文等其他音乐文艺一向彼此沟通，相互渗透。敦煌词的曲式多样化，以及多性能多功用的状况，正是各种音乐文艺之间相互影响的产物。"[22]

五、多角色代言

以第一人称叙事或抒发感情，在五代、宋词中甚为普遍，采用代言体也为数不少，"男子而作闺音"[23]即是明证。然而，此种代言体较为单调，自始至终都是一种口吻。敦煌歌辞中采用的代言体出现了两个或两个以上的人物，且有问答，具有一定的表演性，这一特征是五代、宋词所无法比拟的。

S1441、P2838中《云谣集杂曲子》之《凤归云》"鲁女坚贞"即采用代言对话。再看《云谣集杂曲子》中《洞仙歌》"今宵恩义"：

华烛光辉。深下屏帏。恨征人久镇边夷。酒醒后多风醋。少年夫婿。向绿窗下左偎右倚。拟铺鸳被。把人尤泥。　　须索琵琶重理。曲中弹到。想夫怜处。转相爱几多恩义。却再絮衷鸳衾枕。愿长与今宵相似。[24]

其中，上片"恨征人久镇边夷"是少妇的口吻，"酒醒后多风醋。少年夫婿。向绿窗下左偎右倚。拟铺鸳被。把人尤泥"则显然是第三者的口吻叙述两人在一起的快乐时光，可以看出这两句之间有情节跳跃，"其间应有说白连接。"[25] 而下片又转为以少妇第一人称的口吻叙述，采用代言体便可见一斑。此外收入 S5643 中《送征衣》"如鱼水"：

今世共你如鱼水。是前世因缘。两情准拟过千年。转转计较难。教汝独自眠。

每见庭前双飞燕。他家好自然。梦魂往往到君边。心专石也穿。愁甚不团圆。[26]

第一片用男子的口吻抒发自己让妻子"独自眠"的伤感，第二片转为女子的口吻记述了所见庭前双燕，表达了对爱情的忠贞不渝。此外，《鹊踏枝》"叵奈灵鹊多瞒语"、《南歌子》"风情问答"、《捣连子》"堂前立"两组联章等，代言更为显著，上面已做分析，此不再赘。再看 P3994 中《虞美人》"海棠开"：

东风吹绽海棠开。香麝满楼台。香和红艳一堆堆。又被美人和枝折。缀金钗。

金钗头上缀芳菲。海棠花一枝。刚被蝴蝶绕人飞。拂下深深红蕊落。污奴衣。[27]

第一首以第三者的视角叙事，叙述看到美人的举动，而第二首则以第一人称的口吻"奴"代言叙述整个事件。另如 P2838 中《渔歌子》"五陵儿女"：

睹颜多。思梦误。花枝一见恨无门路。声哽咽。泪如雨。见便不能移步。五陵儿。恋娇态女。莫阻来情从过与。畅平生。两风醋。若得丘山不负。[28]

　　上片"睹颜多。思梦误。花枝一见恨无门路"是男子口吻，"声哽咽。泪如雨。见便不能移步"是女子口吻，下片则采用第三者的口吻进行劝诫。可见，不仅对话特征显著，说白成分也比较明显，留存着讲唱文学的印痕。

　　敦煌歌辞的叙事特征还表现在叙事的片断性等方面，张海鸥在《论词的叙事性》中已对此做详细阐述，此不再一一赘述。

　　综上所述，我们可以得出这样的结论：敦煌歌辞叙事特征表现在调名本意、叙事的诗意化、钟情时事、对话问答及多角色代言等方面。这显示出了敦煌歌辞在叙事方面与其他文体不同的独特之处，对开拓中国古典诗歌的叙事模式具有一定的积极的意义。

注释

① P 指伯希和，以下同。
② S 指斯坦因，以下同。
③ 中国民间文艺出版社 1983 年版。
④ 上海古籍出版社 1984 年版。
⑤ 中国人民大学出版社 2003 年版。
⑥（明）沈憬著的《南九宫谱》中引《孟姜女传奇》二则，其一是"懊恨孤贫命，图一子晚景温存"，由此知范郎父已去世，但其他记载中均未有此一细节，今仍从众说——父母均在。

注释

［1］冯至：《杜甫传》，人民文学出版社1980年版，第163页。

［2］（明）王骥德：《王骥德曲律》，湖南人民出版社1983年版，第37页。

［3］吴熊和：《唐宋词通论》，商务印书馆2003年版，第169页。

［4］唐圭璋、潘君昭：《唐宋词学论集》，齐鲁书社1985年版，第9页。

［5］任半塘：《敦煌歌辞总编》，上海古籍出版社1987年版，第650页。

［6］张海鸥：《论词的叙事性》，《中国古代近代文学研究》2004年第6期。

［7］杨义：《中国叙事学》，人民出版社1997年版，第268页。

［8］任半塘：《敦煌歌辞总编》，上海古籍出版社1987年版，第239页。

［9］同上书，第309页。

［10］同上书，第146页。

［11］同上书，第211页。

［12］同上。

［13］杨义：《中国叙事学》，人民出版社1997年版，第267页。

［14］任半塘：《敦煌歌辞总编》，上海古籍出版社1987年版，第293页。

［15］同上书，第358页。

［16］同上书，第682页。

［17］同上书，第353页。

［18］同上书，第393页。

［19］同上书，第549、563、564页。

［20］同上书，第315、316页。

［21］王昆吾：《隋唐五代燕乐杂言歌辞研究》，中华书局1996年版，第416页。

［22］吴熊和：《唐宋词通论》，商务印书馆2003年版，第169页。

［23］唐圭璋：《词话丛编》，中华书局1986年版，第1449页。

［24］任半塘：《敦煌歌辞总编》，上海古籍出版社1987年版，第150页。

［25］王昆吾：《隋唐五代燕乐杂言歌辞研究》，中华书局1996年版，第417页。

［26］任半塘：《敦煌歌辞总编》，上海古籍出版社1987年版，第337页。

［27］同上书，第610页。

［28］同上书，第271页。

论敦煌歌辞叙事色彩显著之成因

复旦大学中国古代文学研究中心　王魁星

　　敦煌歌辞是融诗乐歌舞为一体的综合性艺术，其叙事特征显著已为许多学者注意。如"敦煌曲辞内，颇有演故事者。"[1]"敦煌曲内演故事，代言问答，用方言俗语，设诡喻奇譬，在打开金元北曲与明清小曲之门径，尤为突出之现象，不容恝置。"[2]"诋意敦煌曲经整理之后，乃知盛唐朝野间之歌辞，不但俱已有北宋慢词之体，且演故事者亦复不少……"[3]"单纯抽象地描绘自己的感情的敦煌曲子词是极少见的，而有的都是那些缘事而发的词。"[4]"（敦煌曲）辞属演故事者七十四首……"[5]"敦煌曲中的联章且有演故事而兼问答的。"[6]华连圃《戏曲丛谈》甚至把敦煌曲称为唐代戏曲。然而，到目前为止，国内对敦煌歌辞叙事性研究仍停留在上面所录的精警语句上，对其叙事特征及成因尚缺乏系统的分析。这对享誉世界的敦煌学研究来说，实为憾事。

　　敦煌歌辞是唐代歌辞的重要组成部分。这就要求我们应当从民间文学的角度来审视它。诗在唐代之繁荣自不待言，更兼又有可歌唱且更易为时人所接受的声诗。戏弄与诗共同贯彻于唐人的精神生活中，"论广度，戏尤甚于诗！"[7]而佛教自东汉传入中国以来，至唐代也早已渗透到文学的各个层面，伴随佛教而来的讲唱文学也可与声诗、戏弄相轩轾。任半塘在《唐戏弄》中指出："任何文艺，凡有质有量者，必然向外发展，绝难自封。试看唐代擅音乐，其音乐发展之方面，何等广阔！入礼仪，入舞蹈，入酒令，入讲唱，入戏弄……从知唐人既兼擅传奇小说，所谓故事者，断无不入讲唱，不入戏弄，而隔绝于二者以外之理。"[8]既然，唐代音乐、传奇"绝难自封"，"必然向外发展"，那么唐代的讲唱艺术、声诗与戏弄也"必然向外发展"，"断无不入"敦煌歌辞而隔绝于三者以外之理。任氏的这一见解极为深刻，而这正是我们讨论唐代敦煌歌辞叙事色彩显著之成因的逻辑起点。本文拟从敦煌歌辞的民间文学性质，讲唱文学、声诗与戏弄对其创作的渗透等方面来探讨这一论题。

一、敦煌歌辞的民间文学性质

《敦煌歌辞总编》所收录的一千多首歌辞中，僧、俗具名之作仅 225 首，其余失名之作，大致均可定性为民间文学。而民间文学的一个显著特征就是叙事性较强，作为民间文学的敦煌歌辞自然也不例外。

敦煌歌辞作为民间文学叙事色彩显著之原因，首先，表现在叙述者、作者与接受者的互动关系上。敦煌歌辞的作者来自社会的不同阶层。"今兹所获，有边客游子之呻吟，忠臣义士之壮语，瘾君子之怡情悦志，少年学子之热望与失望，以及佛子之赞颂，医生之歌诀，莫不入调。其言闺情与花柳者，尚不及半。"[9]这既说明了敦煌歌辞题材的广泛性，也说明了作者的广泛性。尽管其中有一部分是代言之作，但细读文本后不难看出，这些作品并非均为代言体。然而，叙述者与作者分离的典型的现代叙事学现象还是出现了，这就给中国传统的叙事理论注入了新的血液。任二北在《敦煌曲初探》中指出：

"敦煌曲之作者，散在社会之多方面，并非专属任何一方面。"[10]颜廷亮《敦煌文学概论》也认为："在敦煌文学的作者群体中，最应当引起注意的，不是别的，而是其中那些敦煌本土的包括敦煌籍的和长期客居敦煌地区的作者，尤其是其中那些属于普通社会的讲唱艺人、诗文作者，包括下层官吏、兵士、医生、思妇、苦力、游子、一般僧道、商贩、妓女，等等。敦煌文学的绝大多数作品，正出于他们之手或口。他们是敦煌文学作者队伍构成的主体。"[11]敦煌歌辞作者的广泛性亦可见一斑。正是由于这些作者散在社会各个层面，属于不同层次之人，因而其文化水准差异较大，但就整体而言，其文学修养不是很高。这就决定了他们的创作不可能像文人作品那样大量使用典故，表情达意曲深幽微，而只能采用朴实的语言叙述故事、表达情感。接受者亦存在这样的问题。而且，敦煌歌辞只是在下层流传，尤其是在西北地区，统治阶级既不重视，文人也不屑于整理，加上作者文化水平限制，就不得不把生动性、故事性与通俗性放在首位。惟其如此，它才有旺盛的生命力。

其次，敦煌歌辞叙事色彩显著的原因还表现在传播方式上。敦煌歌辞是在音乐伴奏、舞蹈配合下演唱的，主要以口头方式传播。颜廷亮说，口头传播"属于开放性的、声像兼备的直观传导。它的长处是普及易懂、雅俗共赏。不论识字与否，不论眼亮目盲，不论男女老少，都可以接受、可以欣赏。但这种方式也有它的局限性，主要是声像一发即逝，时效短暂……"[12]口头传唱这一瞬间即逝的特征使得敦煌歌辞的内容必须通俗易懂，不然，整体文化素质不高的接受者就难以理解。谈到口头传唱，我们可以上溯到《诗经》。诗三百是可以歌唱的，据《墨子》记载："诵诗三百。弦诗三百。歌诗三百。舞诗三百。"[13]《史记》也提到："三百五篇孔子皆弦歌之。"[14]诗三百正是口头传唱的圭臬，而口头传唱一瞬即逝的特征，也正是具有浓郁地域色彩的国风中重章叠句章法非常普遍的一个重要原因。章法的回环固然可以加深情感的抒发，但描述动作类句子的回环也未尝起不到对情节描述更为细致化的作用，更何况个别动词的转换也可传递出事件的进展。如《周南·芣苢》："采采芣苢，薄言采之。采采芣苢，薄言有之。采采芣苢，薄言掇之。采采芣苢，薄言捋之。采采芣苢，薄言袺之。采采芣苢，薄言襭之。"[15]

三章只换六个动词"采"、"有"、"掇"、"捋"、"袺"、"襭",但却描述了采芣苢的整个过程。结构的复沓回环正起到了便于理解、加深记忆与克服传唱瞬间即逝的作用。作为一种综合性艺术,敦煌歌辞在传唱中除了歌舞这种"描述动作的句子"能扣人心弦外,能抓住受众心理的莫过于通俗易懂的故事了。这就在潜移默化中使得敦煌歌辞的叙事特征较为突出。

二、讲唱文学对敦煌歌辞的渗透

唐代许多僧侣从事文学创作的证据,不可胜举。汪泛舟《敦煌僧诗辑校》是专门辑录敦煌遗书内释氏大德撰写的僧侣诗或内容上可归入僧的录校本,收僧侣诗 471 首。颜廷亮《敦煌学概论》所考证出的 25 个敦煌文学本地作者中,有 9 位是僧人,占所考人数的百分之三十六。且僧人亦习于音律,如《高僧传》卷十三:"东国之歌也,则结韵以成咏;西方之赞也,则作偈以和声。虽复歌赞为殊,而并以协谐钟律,符靡宫商,方乃奥妙。故奏歌于金石,则谓之以为乐;设赞于管弦,则称之以为呗。"[16] 此外,僧侣亦有直接参与表演者,任半塘提到变文《嵩岳嫁女》时提到:"扮夫者为僧。"[17] 另如《乐府杂录》记载:"贞元中有康昆仑,第一手。始遇长安大旱,诏移两市祈雨。及至天门街,市人广较胜负,及斗声乐。即街东有康昆仑琵琶最上,必谓街西无以敌也。遂请昆仑登彩楼,弹一曲新翻羽调《录要》。其街西亦建一楼,东市大诮之。及昆仑度曲,西市楼上出一女郎,抱乐器,先云'我亦弹此曲,兼移在枫香调中。'及下拨,声如雷,其妙入神。昆仑即惊骇,乃拜请为师。女郎遂更衣出见,乃僧也,盖西市豪族厚赂庄严寺僧善本,以定东廛之胜。"[18] 僧人技艺之精达到连"第一手"的康昆仑都愿拜之为师的程度,可以想象当时僧人表演之盛。僧侣的创作及其精于音律与民俗表演的事实,说明了他们与唐代寺院讲唱文学的血肉联系。正如颜廷亮所述:"敦煌文学的产生与发展,与当时的宗教,尤其是佛教的兴盛有着更为密切的关系。"[19] 又指出:"至如敦煌文学的艺术形式,虽然受有中原传统文学的影响,但也往往同佛经翻译文学的启迪分不开。特别是敦煌文学中的俗文学，其艺术形式与佛教的兴盛和随之而来的佛经翻译文学的大量流行有着特别紧密的联系。"[20] 张锡厚《敦煌文学源流》明确也指出，敦煌歌辞中"佛曲歌辞占一半以上。"[21] 两家用语不同，但在佛经翻译文学或佛曲歌辞对敦煌歌辞的渗透方面，持论是相同的。包括俗讲、转变、说话和唱词在内的僧侣讲唱文学，自然也与佛教的兴盛密切相关。

唐代长安的娱乐场所就有四种：歌场、变场、道场与戏场。现仅举道场加以阐释。道场本为参经礼佛之地，而从现存文献中可以发现在当时道场已沦为尘杂之地。唐代赵璘《因话录》卷四《角部》记载："有文淑僧者，公为聚众谭说，假托经论所言，无非淫秽鄙亵之事。不逞之徒，转相鼓扇扶树。愚夫冶妇，乐闻其说，听者填咽寺舍，瞻礼崇奉，呼为和尚。教坊效其声调，以为歌曲。其氓庶易诱，释徒苟知真理，及文义稍精，亦甚嗤鄙之。近日庸僧以名系功德使，不惧台省府县……"[22] "僧"在"寺舍""假托经论所言，无非淫秽鄙亵之事"，而"不逞之徒"、"转相鼓扇扶树"，"愚夫冶妇"竟"乐闻其说"，听者竟"填咽寺舍"。当时长安讲唱文艺之盛，由此即知。此类盛况在《高僧传》、《续高僧传》、《乐府杂录》、《酉阳杂俎》中均有记载。讲唱文艺如此兴盛，遍及州乡，不对敦煌歌辞产生影响，恐怕是难以让人信服的。

抛开 30 组叙事特征显著的释家联章大曲歌辞《五更转》、《十二时》与讲唱文学关系紧密不说，比较一下俗讲底本《孟姜女变文》与敦煌歌辞中的《捣练子》，亦可看出两种文体间不同寻常之关系。《孟姜女变文》有残缺，但残存部分的故事情节与《捣练子》是吻合的。《捣练子》中的一些情节跳跃性很大，部分语义在语境中尚不明了，但通过对读《孟姜女变文》，疑惑即可解开。如 P2809、P3911、P3319、P3718[23] 的《捣练子》曰："十个指头血沾根。青竹投上玄背子。"[24] 即使从上下文推敲也很难理解该句含义。但对读《孟姜女变文》"一一捻取自看之，咬指取血从头试。若是儿夫血入骨，不是杞梁血相离。"[25] 疑惑便可解除：此句是写孟姜女滴血验亲。且《孟姜女变文》中有唱白，与《捣练子》中对话也颇为相似。王昆吾《隋唐五代燕乐杂言歌辞研究》对此指出："这就反映了民间唱词同变文、话本的相互影响。" [26] 颇中肯綮。另外，《敦煌歌辞总编》卷六的两组《五更转》所叙故事与讲唱艺术唱词中的《太子赞》内容也是完全吻合的。

三、唐声诗及戏弄对敦煌歌辞的渗透

声诗中不但有善陈时事者，"且甚兀傲。" [27] 唐戏善演故事，自不必言。既然唐声诗与戏弄共同贯彻于唐人精神生活中，那么，二者对处于发展阶段的敦煌歌辞的创作也不可能没有影响。

首先，声诗、戏弄与敦煌歌辞存在用同一调名的现象。声诗、戏弄与敦煌歌辞都可以歌唱，且均与燕乐关系甚为密切。声诗与敦煌歌辞用同一曲调名的，如《破阵乐》、《南歌子》、《水调》、《凤归云》、《皇帝感》、《三台》、《还京乐》、《五更传》《百岁篇》、《浣溪纱》、《泛龙舟》等。唐戏弄剧录与敦煌歌辞同调名的有《还京乐》、《阿曹婆》、《苏莫遮》、《虞美人》、《凤归云》、《何满子》《柳青娘》等。当然，同一曲调名下又有不同之曲，但三者共用同一曲调名，至少说明，就歌唱方面，三者有密切的关系。

其次，《敦煌歌辞总编》中存在收入部分声诗与戏弄之现象。敦煌歌辞属齐言声诗者有"十二调、九十四首。《斗百草》、《剑器词》、《生查子》、《好住娘》、《散花乐》、《水调词》、《乐世词》、《何满子》、《皇帝感》、《百岁篇》、失调名癸、《泛龙舟》，约占全部百分之十七。" [28] 除此 94 首外，还有许多声诗亦被收入《敦煌歌辞总编》，如《鹊踏枝》两首。第一首叙述做客他乡游子之事，第二首写少妇与鹊对话讲述内心情思，这两首声诗叙事色彩均较显著。敦煌歌辞与戏弄也存在这种关系，任半塘考证出的唐五代戏弄中，属于敦煌歌辞的有《凤归云》两首、《捣练子》十首、《酒泉子》一首、《浣溪纱》一首、《南歌子》两首、《南歌子》残句"获幸相邀命"、失调名残辞三句"砂多泉头"等。歌辞、声诗与戏弄之关系达到如此密切的程度，足以说明唐代戏演故事的特征对敦煌歌辞创作产生了重要的影响。张璋《全唐五代词》卷七中提到敦煌歌辞中 P3836 的《南歌子》"风情问答"两首时指出："此二词当时可能入歌舞戏，入陆参军、入俗讲，佐以说白，或其他辞体，已供讲唱"[29]这种推测是不无道理的。

唐声诗与戏弄对敦煌歌辞创作渗透的最有力证据在于敦煌歌辞本身带有声诗及戏弄的性质。敦煌歌辞采用了大量的代言体，恰好与声诗、戏弄代言相同。以第一人称叙事或抒发感情，在五代词、宋词中较为普遍，"男子而作闺音"[30]的代言体亦为数不少。然而，这种代言体较为单调，自始至终都是一种口吻。敦煌歌辞中采用的代言体出现了两个或两个以上的人物，且有问答，具有一定的表演性。这一特征是五代词、宋词所无法比拟的。《敦煌歌辞总编》卷一《凤归云》"幸因今日"、《洞仙歌》"花烛光辉"，收入卷二的《送征衣》"今世与你共鱼水"、《鹊踏枝》"叵奈灵鹊多瞒语"，收入卷三的《南歌子》"风情问答"、《捣练子》"堂前立"两组联章等，均属此类代言体。如 S1441、P2838[31]的《云谣集杂曲子》中《凤归云》第二组联章：

> 幸因今日。得睹娇娥。眉如初月。目引横波。素胸未消残雪。透轻罗。□□□□□。朱含碎玉。云髻婆娑。　　东邻有女。相料实难过。罗衣掩袂。行步逶迤。逢人问语羞无力。态娇多。锦衣公子见。垂鞭立马。肠断知么。
>
> 儿家本是。累代簪缨。父兄皆是。佐国良臣。幼年生于闺阁。洞房深。训习礼仪足。三从四德。针黹分明。　　聘得良人。为国愿长征。争名定难。未有归程。徒劳公子肝肠断。谩生心。妾身如松柏。守志强过。鲁女坚贞。[32]

此篇与《陌上桑》故事较为相似，完全采用代言的方式，且有对话。前一首以锦衣公子的口吻描绘见到美貌女子心灵表白，后一首是女子借夸夫及自己志向作巧妙坚决的拒绝。任半塘称此组联章是"完全代言，为敦煌曲内所罕见，应是歌舞戏辞，原本应有说白。"[33] 再看一首 P3836 的《南歌子》"风情问答"：

> 斜隐朱帘立。情事共谁亲。分明面上指痕新。罗带同心谁绾。甚人踏破裙。 　蝉鬓因何乱。金钗为甚分。红妆垂泪忆何人。分明殿前实说。莫沉吟。
>
> 自从君去后。无心恋别人。梦中面上指痕新。罗带同心自绾。被猻儿踏破裙。 　蝉鬓朱帘乱。金钗旧股分。红妆垂泪哭郎君。妾似南山松柏。无心恋别人。[34]

上首是男主人公从七个方面质问对女子偷情之事："情事共谁亲"、"面上指痕"、"同心谁绾"、"谁人踏破裙"、"蝉鬓因何乱"、"金钗为甚分"及"红装垂泪忆何人"。下首则是女子从七个方面为自己辩解，王昆吾说："《南歌子》的问答内容，富有个性特征，若无表演上的角色区别，是难以想象的"[35]。至此，声诗与戏弄对敦煌歌辞创作的渗透便十分明显了。

　　综上所述，敦煌歌辞叙事色彩是十分显著的，而其成因一方面在于它的民间文学性质，另一方面又在于唐代讲唱文学、声诗与戏弄对它的文学渗透。在此基础上，我们可以加深这样一个理念：任何文学样式在其发展史上"绝难自封"，"必然向外发展"，断无不入"他者"，而隔绝于"他者"以外之理。

注释

[1][2][3][7][8][17] 任半塘：《唐戏弄》，上海古籍出版社 1984 年版，第 2、93、60、1067、52、1105 页。

[4] 高国藩：《敦煌俗文化学》，上海三联书店 1999 年版，第 546 页。

[5][10][28] 任二北：《敦煌曲初探》，上海文艺联合出版社 1954 年版，第

12、283、12 页。

［6］吴熊和：《唐宋词通论》，商务印书馆 2003 年版，第 168 页。

［9］王重民：《敦煌曲子词集·叙录》，商务印书馆 1950 年版，第 8 页。

［11］［12］［19］［20］颜廷亮：《敦煌文学概论》，甘肃人民出版社 1993 年版，
　　第 90—91、119、51、51 页。

［13］《诸子集成》第 4 册，中华书局 1957 年版，第 275 页。

［14］（汉）司马迁：《史记》，岳麓书社 2001 年版，第 325 页。

［15］《诗经》，程俊英译注，岳麓书社 2000 年版，第 7—8 页。

［16］（梁）释慧皎：《高僧传》，中华书局 1992 年版，第 507 页。

［18］（唐）段安节：《乐府杂录》，商务印书馆 1936 年版，第 22—23 页。

［21］张锡厚：《敦煌文学源流》，作家出版社 2000 年版，第 364 页。

［22］（唐）赵璘：《唐国史补 因话录》，上海古籍出版社 1979 年版，第 94—95 页。

［23］文中 P 均指伯希和。

［24］［32］［33］［34］任半塘：《敦煌歌辞总编》，上海古籍出版社 1987 年版，
　　第 564、102—103、103、638 页。

［25］王重民：《敦煌变文集》，人民文学出版社 1957 年版，第 33 页。

［26］［35］王昆吾：《隋唐五代燕乐杂言歌辞研究》，中华书局 1996 年版，第
　　415、416 页。

［27］任半塘：《唐声诗·弁言.下编》，上海古籍出版社 1982 年版，第 17 页。

［29］张璋：《全唐五代词》，上海古籍出版社 1986 年版，第 893 页。

［30］唐圭璋：《词话丛编》，中华书局 1986 年版，第 1449 页。

［31］文中 S 均指斯坦因。

敦煌研究院民族宗教文化研究所 董晓荣

敦煌壁画中蒙古族供养人半臂研究

　　敦煌莫高窟现存元代开凿的洞窟有第 1、2、45、95、149、462、465 等窟，重修的洞窟有第 7、9、18、21、61、76、85、138、146、190、316、320、332、335、340、413、464 等窟。安西榆林窟现存元代开凿的洞窟有第 4、27 等窟，元代重修的洞窟有第 2、3、6、10、15、18、29、39、41 等窟①。上述洞窟中保留了一部分元代所绘的壁画内容，部分是元代蒙古族社会生活的真实写照，其中所绘蒙古族供养人服饰最具特色。据史料记载与前人研究成果，敦煌壁画中元代蒙古族男供养人所著长袍大多是元代最具代表性的质孙礼服。其中有几身元代蒙古族供养人画像，他们身着窄袖右衽交领长袍，即质孙服，此服外罩半袖右衽交领长袍，其长度略短于质孙长袍。笔者试从元代文献资料、元代传世画像、元代墓室壁画、其他出土实物等资料分析，说明敦煌壁画中所绘蒙古族供养人所着半臂是元代流行的比肩。还纠正了以往学者认为答忽衣专指皮衣的错误观点。笔者认为比肩不专指冬季所着皮衣，而是与质孙服或窄袖长袍配套服用的一种衣服款式。还说明了比肩与比甲、海青衣、高丽式半臂之区别。

一、半臂形制

半臂是短袖式罩衣。这种款式的衣服最早见于战国时代，属战国中晚期的江陵马山一号楚墓出土了不少精美绝伦的丝织物珍品，其中编号 N－14 的对龙凤纹大串花绣绢绵衣，其衣特点是衣长腰部以下，短袖宽口，肩袖平直[1]（图１）②。其后在四川重庆化龙桥东汉墓中也发现了著半臂式上襦的汉代女婢陶俑[2]（图２）。汉刘熙《释名·释衣服》："半袖，其袂半襦而施袖也。"[3] 说明汉代的半袖指短袖襦。从战国到汉代都有服用半袖，其形制大概是对襟短袖长服或对襟短袖上襦，款式变化不大。到隋唐时期，半袖衣的服用比前代较广。从唐代始短袖罩衣被称为"半臂"。王三聘《古今事物考》卷６引《实录》："隋大业中，内官多服半臂，除去长袖也，唐高祖减其袖，谓之半臂，今背子也。江淮之间，或曰绰子。士人竞服，隋始制之。今俗名搭护。"[4] 唐代妇女作供奉时服用此半臂，《新唐书·车服志》卷24："半袖裙襦者，东宫女史当供奉之服也。"[5] 唐永泰公主墓妇女石刻画中的致祭的宫廷女官，著对襟、袖长齐肘、身长及腰的外罩衣[6]（图３）。唐代宫廷女官以外其他妇女也有著半臂者，西安王家坟村出土唐三彩陶俑，著小袖长裙，裙上束至胸部以上，外罩套头式半袖衫[7]（图４）。此外陕西新城长公主墓壁画中的侍女等所著半臂以上述半臂的形制相似。唐代男子也著半臂，敦煌莫高窟第323窟唐代壁画中有两位正在拉船的纤夫，他们著长至膝部的半袖衣（图５）。从而得知，唐代男女所著半臂的形制有区别，女子半臂对襟、及腰者多见，也有套头等款式，男子半臂长至膝部。到元代半臂的服用更加普遍、更加多样化，形制上也以前代相比有所变化。从宫廷至民间，从百官至普通民众，无论男女皆服用。有隋唐时期的直领齐腰半臂，也有高丽式方领齐腰式半臂，还出现了一种以前代半臂风格迥异的交领、右衽、腰束带、两边开衩、袍长过膝的半袖长袍。从敦煌壁画元代蒙古族供养人服饰能窥见此形制的半臂。

图 1	图 2	
图 3	图 4	图 5

图 1　江陵马山楚墓出土绵衣
图 2　重庆化龙桥东汉墓出土女婢陶俑
图 3　唐永泰公主墓石刻画
图 4　西安王家坟村出土唐三彩陶俑
图 5　敦煌莫窟第 323 窟壁画中唐代纤夫

二、敦煌壁画中蒙古族供养人半臂形制及特点

敦煌莫高窟第 332 窟是初唐时期开凿，五代、元、清重修。此窟甬道南壁有五身男供养人像（图 6）③，其中从右第二、三身供养人身着元代典型

图6（局部）　　图9
图7（局部）　　图13
图8　图10　图11　图12

图 6　莫高第 332 窟男供养人（局部）　　图 10　榆林窟第 6 窟男供养人
图 7　莫高第 332 窟女供养人（局部）　　图 11　榆林窟第 6 窟男供养人
图 8　榆林窟第 3 窟蒙古族男供养人　　图 12　榆林窟第 6 窟男供养人
图 9　榆林窟第 3 窟女供养人　　图 13　榆林窟第 4 窟女供养人

的质孙长袍，袍外罩有略短于长袖袍的交领、右衽、腰间束带，两边开衩的半袖长袍。此窟甬道北壁绘有四身供养人像，其中两身着蒙古族贵族妇女姑固袍，另两身似乎是侍从，着窄袖长袍，袍外罩略短于长袖袍的交领、右衽、半袖长袍（图7）④。榆林窟第3窟是西夏开凿，元、清重修。此窟甬道北壁绘有男供养人五身，其中一身蒙古族男子供养人像，头戴宝顶笠帽，身穿元代典型的质孙服，外罩交领、右衽、两边开衩的半袖长袍（图8），此窟甬道南壁下层绘有蒙古族女供养人五身，其中一身女供养人身着交领、右衽、窄袖长袍，外罩交领、右衽、两边开衩的半袖长袍（图9）。榆林窟第6窟，唐代开凿，五代、宋、西夏、元、清、民国重修。此窟明窗前室西壁北侧绘有蒙古族供养人画像，一男一女对坐于体积硕大的矮床上，男像头戴宝顶莲花帽，身穿窄袖右衽长袍，袍外罩交领、右衽、两边开衩的半袖长袍（图10）。此窟明窗前室西壁南侧也绘有一组与上述图相似的蒙古族供养人画像，只是床两侧站立的两位侍从服饰与上图有所不同，他们身着窄袖右衽长袍，袍外罩交领、右衽、两边开衩的半袖长袍（图11、图12）。榆林窟第4窟是元代开凿，清代重修。此窟西壁门南侧画普贤变一铺，下绘有蒙古族供养人4身。其中三身女供养人和一身男供养人，从左第二身女供养人身着交领、右衽窄袖长袍，外罩交领、右衽、两边开衩的半袖长袍（图13）。

　　上述敦煌壁画中蒙古族供养人所着半袖长袍的特点是罩穿在右衽窄袖长袍外，其形制为交领、右衽、两边开衩，袍长略短于长袖袍。男女供养人及侍从都着此形制的服饰，男式半臂腰束带，女式不束腰带。此半臂极适合马上民族骑射。它不仅轻便，而冬季穿则保暖，春夏秋季穿则防风，又装饰性极强，半臂的颜色大多不同于长袖袍的颜色，层次感鲜明。

三、敦煌壁画中蒙古族供养人所着半臂是元代流行的比肩

（一）质孙服制度

　　"质孙"，又写作"只孙"、"济孙"，意思为颜色，脸色等。质孙服一词，

最早见于窝阔台时代史乘。窝阔台在继承汗位的宗王大会期间慷慨赏赐。当时的质孙宴上"他们每天都换上不同颜色的新装，边痛饮，边商讨国事。"[8]到贵由汗时代，质孙服有了更进一步的发展，罗马教皇的使臣加宾尼出使蒙古时目睹了当时贵由汗帐幕中选汗大宴的盛况。他说："（宴会期间）第一天他们都穿白天鹅绒的衣服，第二天穿红天鹅绒衣服，那一天贵由来到帐幕，第三天他们都穿蓝天鹅绒的衣服，第四天，穿最好的织锦衣服。"[9]从加宾尼的记载中可以了解到，到贵由汗时代，质孙服已开始有了制度化的规定，即每天更换一种颜色，而且要求颜色统一，面料质地也有了讲究，品种也多样化。进入元代，服饰制度更加完善，元代初期（1275年）来蒙古的威尼斯旅行家马可波罗有较详细的记载。他说："大汗于其庆寿之日，衣其最美之金锦衣。同日至少有男爵骑尉一万二千人，衣同色之衣，与大汗同。所同者盖为颜色，非言其所衣之金锦与大汗衣价相等也。各人并系一金带，此种衣服皆出汗赐，上缀珍珠宝石甚多，价值金别桑（罗马币名）确有万数。"[10]从此记载得知，此时的质孙服已有严格的等第之分，质地面料更加讲究，更加华丽。到元英宗时期（1321年）"天子之冕服、皇太子冠服、天子质孙服、天子之五辂与腰舆、象轿，以及仪卫队仗、下而百官祭服、朝服，百官之质孙，以及于工庶人之服色"[11]有了定制。《元史·舆服》载："质孙、汉言一色衣也，内庭大宴则服之。冬夏之服不同，然无定制。凡勋戚大臣近侍，赐则服之。下至于乐士，皆有其服。精粗之制，上下之别，虽不同，总谓之质孙云。"[12]从上述记载得知，质孙服是蒙元时代大汗颁赐的统一颜色的出席质孙宴会时所着的礼服。此服具有鲜明的蒙古族特色，上衣下裳上紧下宽，并在腰间加多折细褶，肩背挂大珠，衣、帽、腰带配套穿戴，并在衣、帽、腰带上均饰有珠翠宝石，做工精细，按身份地位严分等级。据《元史舆服志》载，天子质孙，冬之服凡十有一等，夏之服凡十有五等。百官质孙，冬之服凡九等，夏之服十有四等。

（二）敦煌壁画中蒙古族供养人所着半臂是元代流行的比肩

《元史·舆服志》载："服银鼠，则冠银鼠暖帽，其上并加银鼠比肩。

俗称曰襻子答忽。"[13]此服是天子质孙服中冬季所着十一等中之一种。说明比肩也是质孙服之一部分，俗称答忽衣。《元史》卷一三九《乃蛮台传》载："继又以安边睦邻之功，赐珠络半臂，并海东名鹰，西域文豹，国制以此为极恩。"[14]此半臂是元至顺元年，太宗皇帝赐给有功之臣乃蛮台的礼物。说明此半臂极为珍贵，作为贵重礼物赐予功臣。清初王士正《居易录》载："今谓皮衣之长者曰褡护。"又云："半臂衫也。"据《元史·舆服志》载，质孙服是"凡勋戚大臣近侍，赐则服之。"皇帝所赐服饰大多是质孙礼服。所以此处所说半臂应是与质孙礼服配套服用的比肩，即答护衣。从而推测出元代质孙服上所罩比肩是短袖式长袍。

　　从元代石窟画像、墓室壁画、出土陶俑与草原石人、波斯彩绘中目睹到元代比肩的形制。伯孜克里克石窟壁画中有一组蒙古族女供养人像，她们双手合十作供养状。头戴红色绒球形帽，身后披红色帔巾，身穿窄袖袍服，紧身合体，外罩一件与袍长短相差寸许的半袖袍[15]（图14）⑤。榆林窟第3窟和第4窟中着半袖长袍的蒙古族女供养人的服饰与上述壁画中女供养人的服饰极相似，说明元代男女皆着半袖长袍，形制也相似，只是女子半袖长袍不束腰。

　　内蒙古赤峰三眼井元代壁画墓中绘有一幅宴饮图，画面正中画三间歇山顶建筑，室内正中置一长方形桌，上摆各种食品，男女主人正平坐宴饮。男主人头戴尖顶帽，上饰朱红帽缨，脑后垂巾，身着盘领紧袖长袍，外罩半袖长袍，腰似有偏带[16]（图15）⑥。敦煌壁画中男供养人所着半袖长袍与上述墓室壁画中的男供养人半袖长袍形制很相似。

　　洛阳道北元墓发掘出许多元代陶俑，其中有两件陶女俑身着交领、左衽式半袖长袍[17]（图16）⑦。元代虽以右衽为主，但妇女或侍从穿左衽式服装的情况也较多。蒙古人民共和国东方省和肯特省发现了蒙古帝国时代的遗存——草原石人雕像。有些石像肘部以上可以看出套在袍外的半袖长袍的袖口[18]（图17）⑧。内蒙古锡林郭勒盟正蓝旗羊群庙元代祭祀遗址出土了三座汉白玉石雕人像，此石人像端坐于靠背圈椅上，内穿紧袖长袍，外穿右衽半袖式长袍[19]。上述出土陶俑与草原石人所着半袖长袍皆是元代流行的比肩。

图 14	图 16
图 15	图 17
图 18	

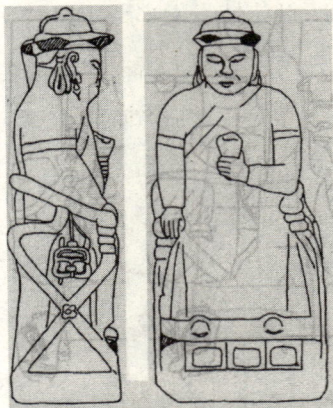

图 14　新疆伯孜克里克石窟壁画中蒙古族女供养人像
图 15　内蒙古赤峰三眼井元代壁画墓中《宴饮图》
图 16　洛阳道北元墓发掘出元代女陶俑
图 17　蒙古人民共和国东方省石人像
图 18　波斯彩绘中的蒙古大汗与诸王像

敦煌壁画中男供人所着半袖长袍的形制也与上述陶俑与草原石人所着比肩相似。

波斯彩绘中的托雷汗、拔都汗、旭烈兀汗等均着元代典型的质孙长袍，外罩交领、右衽、两边开衩、腰束带的半袖长袍（图18）⑨。与敦煌壁画中男供养人所着半袖长袍的形制基本相同。

从上述记载得知，敦煌壁画中蒙古族男女供养人所着半袖长袍是元代流行的比肩。

（三）从敦煌壁画中蒙古族供养人所着半臂看出比肩不专指皮衣

《元史·舆服志》所载的"服银鼠，则冠银鼠暖帽，其上并加银鼠比肩。俗称曰襻子答忽。"其中的银鼠比肩，应指用银鼠皮制成的半袖长袍。清初王士正《居易录》载："今谓皮衣之长者曰褡护。"所以史卫民等学者认为，答忽衣指皮衣。南宋遗老郑思肖有诗："骔笠毡靴搭护衣，金牌骏马走如飞。"[20]并自谓："搭护，元衣名。"这里答忽衣和笠帽搭配，据《元史·舆服志》载，冬夏季节所着质孙服都有其严格的规定，衣、帽、腰带配套穿戴，敦煌壁画中的莫高窟第332窟的两位着比肩的男供养人头戴钹笠，榆林窟第3窟蒙古族男供养人头戴宝顶笠帽，榆林窟第6窟男供养人头戴宝顶莲花帽，似乎上述几位男供养人所戴帽都属于笠帽的一种，即《元史·舆服志》记载中，夏季质孙服上应佩戴的帽子。正如《黑鞑事略》中所记载的："其冠被发而椎髻，冬帽而夏笠，妇人顶故姑。"[21]所以笔者认为，答忽衣不专指皮衣，它应是与男式质孙服或女式窄袖长袍搭配服用的一种衣服款式，不分男女，不分冬夏，罩在质孙长袍或窄袖长袍外的适合骑射的袍服。它轻便又保暖，装饰性极强。

四、比肩与比甲、海青衣、高丽式半臂之区别

比甲是一种没有领没有袖，齐腰，后面倍长于前面，前面用两襻结之的衣服。这是元世祖的皇后察必，曾经设计出的一种衣服式样。《元史·后妃传》载："前有裳无衽，后长倍于前，亦无领袖，缀以两襻，名曰'比甲'，以便弓马，时皆仿之。"[22]此类衣饰在辽时已有。《夷俗考》载有："别有一制，围于肩背，名曰'贾哈'，锐其两隅，其式样像箕，左右垂于两肩，必以锦貂为之，此式辽时已有。"[23]此形制的衣服极适合骑射，骑马奔跑时能够护胸与背，所以北方游牧民族中颇受欢迎。海青衣也是适合骑射的元代衣服之一种。郑所南《心史·大义略叙》载："（海青衣）衣以出袖海青衣为至礼。其衣于前臂肩间开缝，却于缝间出内两手衣裳袖，然后虚出海青两袖，反支

悬纽背缝间，俨如四臂。誮虏者妄谓郎主为'天蓬后身'。衣曰'海青'者，海东青，本鸟名，取其鸟飞迅速之义；曰'海青使臣'之义亦然。虏主、虏吏、虏民、僧道男女，上下尊卑，礼节服色一体无别。"[24]从此条记载可知，海青衣的主要特点在于袖子，原本是长袖，从前臂起开缝，再反悬纽背缝间。此衣轻便又有装饰性。

当时元廷内高丽式半臂风靡一时，其形制与比肩的衣袖很相似，但此衣是方领、齐腰式为主。张昱《宫中词》："宫衣新尚高丽样，方领过腰半臂载。连夜内家争借看，为曾着过御前来。"[25]权衡《庚申外史》载："（元）京师达官贵人必得高丽女，然后为名家。高丽婉媚，善事人，至则多夺宠。自至正以来，宫中给事使令，大半为高丽女。以故，四方衣服鞋帽器物，皆依高丽样子。"[26]1982年赤峰市元宝山区宁家营子村老哈河西岸"沙子山"西坡发现了元代壁画墓[27]，壁画中有彩绘《墓主人对坐图》（图19）⑩，其中女主人身穿左衽紫色长袍，外罩方领深蓝色齐腰式半袖衫。其女主人身后站立的女仆身着窄袖左衽粉红袍，外罩方领、齐腰式半袖衫。从而可知，元代高丽式半臂也很流行。

图19 赤峰市元宝山元代壁画墓中的《墓主人对坐图》

注释

① 敦煌研究院编：《敦煌壁画内容总录》，文物出版社 1996 年版。

② 文中图 1 至图 5 均选自沈从文：《中国古代服饰研究》中的插图，上海书店出版社 2002 年版。

③ 图 6 中的线描图选自沈从文：《中国古代服饰研究》，上海书店出版社 2002 年版。

④ 图 7 中的线描图选自沈从文：《中国古代服饰研究》，上海书店出版社 2002 年版。

⑤ 图 14 选自李肖冰：《中国西域民族服饰研究》，新疆人民出版社 1995 年版。

⑥ 图 15 选自项春松、王建国：《内蒙昭盟赤峰三眼井元代壁画墓》，《文物》1982 年第 1 期。

⑦ 图 16 选自洛阳市第二文物工作队：《洛阳道北元墓发掘简报》，《文物》1999 年第 2 期。

⑧ 图 17 选自〔蒙古〕德·巴雅尔著，胡·额日很巴图撰写：《蒙古石人像》，内蒙古人民出版社 2006 年版。

⑨ 图 18 选自费尼著：《世界征服者史》中的图版，内蒙古人民出版社 1980 年版。

⑩ 图 19 选自项春松：《内蒙古赤峰市元宝山元代壁画墓》，《文物》1983 年第 4 期。

注释

［1］沈从文：《中国古代服饰研究》，上海书店出版社 2002 年版，第 86 页。

［2］同上书，第 130 页。

［3］（东汉）刘熙撰，（清）毕沅疏证王先谦补：《释名疏证补》，中华书局 2008 年版，第 175 页。

［4］王三聘辑：《古今事物考》，上海书店出版社 1987 年版，第 122 页。

［5］《新唐书·车服志》卷二四，中华书局 1975 年版，第 523 页。

［6］沈从文：《中国古代服饰研究》，上海书店出版社 2002 年版，第 254 页。

［7］同上书，第 263 页。

［8］〔伊朗〕志费尼著，何高济译，翁独健校：《世界征服者史》，内蒙古人民出版社 1980 年版，第 217 页。

［9］〔英〕道森编，吕浦译，周良霄注：《出使蒙古记》，中国社会科学出版社 1983

年版，第 63 页。

［10］［法］沙海昂注，冯承钧译：《马可波罗行记》，中华书局 2004 年版，第 353 页。

［11］《元史·舆服志》卷七八，中华书局 1976 年版，第 1929—1930 页。

［12］同上书，第 1938 页。

［13］同上书，第 1938 页。

［14］《元史·乃蛮台传》卷一三九，中华书局 1976 年版，第 3352 页。

［15］李肖冰：《中国西域民族服饰研究》，新疆人民出版社 1995 年版，第 248 页。

［16］项春松、王建国：《内蒙昭盟赤峰三眼井元代壁画墓》，《文物》1982 年第 1 期。

［17］洛阳市第二文物工作队：《洛阳道北元墓发掘简报》，《文物》1999 年第 2 期。

［18］［蒙古］巴雅尔：《东蒙古石人研究》，《蒙古学资料与情报》1992 年第 3 期。

［19］陈永志：《羊群庙元代石雕人像装饰考》，《内蒙古大学学报》1997 年第 5 期。

［20］（南宋）郑思肖：《心史·大义略叙》，《四库全书存目丛书集部 21》，齐鲁
　　书社 1997 年版，第 60 页。

［21］内蒙古地方志编纂委员会总编印室编印：《内蒙古史志资料选编·黑鞑事略》，
　　呼和浩特市玉泉区印刷厂 1985 年版，第 29 页。

［22］《元史·后妃传》卷一一四，中华书局 1976 年版，第 2872 页。

［23］沈从文：《中国古代服饰研究》，上海书店出版社 2002 年版，第 361 页。

［24］（南宋）郑思肖：《心史·大义略叙》，《四库全书存目丛书集部 21》，齐鲁
　　书社 1997 年版，第 138 页。

［25］陈高华点校：《辽金元宫词》，北京古籍出版社 1998 年版，第 17—19 页。

［26］（明）权衡：《庚申外史》，丛书集成初编本，中华书局 1985 年版。

［27］项春松：《内蒙古赤峰市元宝山元代壁画墓》，《文物》1983 年第 4 期。

论唐五代敦煌碑铭的文学价值

以《李君修慈悲佛龛碑》为例

酒泉职业技术学院　吴浩军

一、以《李君修慈悲佛龛碑》为例

刻石镌文，自周秦以来，绵延不绝，至有唐一代，则蔚为大观。敦煌既是释门弘教的神沙福地，又是归义军节度使、敦煌王开基之乡；刻石立碑，以求其功业不朽、万世流芳又是世家大族、高门显贵们挥之不去的情结——正所谓"陵谷恐变，非石莫保其坚；传记后来，非文莫以旌其德"[1]。所以，敦煌保存了相对集中的碑铭之作，成为一大人文景观。

敦煌现存唐五代时期的碑铭共有 46 篇。其中碑、文皆存者有 6 篇：《李君修慈悲佛龛碑》（《圣历碑》）、《大唐陇西李氏莫高窟修功德记》（《大历碑》）、《大唐宗子陇西李氏再修功德记》（《乾宁碑》）、《大唐都督杨公纪德颂》、《大唐河西道归义军节度索公纪德之碑》、《僧洪䇹受牒碑》。

另有 31 篇碑石已佚，碑文载于遗书：《李光庭莫高灵岩佛窟碑并序》

（S. 1523）、《贰师泉赋》[2]（P. 2712、P.2488）、《索崇恩和尚修功德记》（P. 4010、P. 4615）、《翟家碑》（P. 4640）、《吴僧统碑》（P. 4640）、《敕河西节度兵部尚书张公德政之碑》（《张淮深碑》，S. 6161、S. 3329、S. 6973、P. 2762）、《沙州释门索法律窟铭》（P. 4640）、《张潜建和尚修龛功德记》（P. 4640）、《右军卫十将使孔公浮图功德铭并序》（P. 4638）、《大番故敦煌郡莫高窟阴处士公修功德记》（《阴处士碑》，P. 4638、P. 4640）、《张淮深造窟功德碑》（P. 3720）、《唐沙州龙兴寺上座马德胜和尚宕泉创修功德记》（S. 2113）、《敦煌社人平诎子等宕泉建窟功德记》（P. 2991）、《报恩吉祥窟记》（P. 2991）、《莫高窟功德记》（P. 3564）、《观音院主释道真修龛短句并序》（P. 2641）、《孟授上祖庄上浮图功德记并序》（P. 3390）、《莫高窟再修功德记》（P. 2641）、《创建伽蓝功德记并序》（S. 4860）、《论董勃藏建造佛宇功德记》（Д x.1462+P. 3829）、《尚起律心儿圣光寺功德颂》（P. 2765，现入 P. 1070）、《张淮深造金光明变相铭》（P. 3425）、《修文坊巷社创修佛塔记》（P. 4044）、《重修宝刹功德记》（P. 3490）、《张安三父子造佛堂功德记》（S. 4474）、《修文坊巷再缉（葺）兰若功德赞》（P. 4044）、《再绘古迹圣庙神堂记》（P. 2814）、《氾通子绘像功德记》（P. 3490）、《社众扩建佛窟记》（P. 3726）、《于阗宰相画功德记》（P. 2812）、《董保德修功德记》（S. 3929、S. 3937）。[3]

此外，敦煌遗书中还保存有墓志铭 9 篇：《沙州报恩寺故大德禅和尚金霞迁神志铭并序》（P. 3677）、《河西都僧统阴海晏墓志铭并序》（P. 3720）、《李端公讳明振墓志铭》（P. 4615、P. 4010）、《唐故归义军节度使检校司徒南阳张府君墓志铭》（《张淮深墓志铭》，P. 2913）、《周故南阳郡娘子张氏墓志铭并序》（P. 3556）、《唐故河西归义军节度内亲从都头守常乐县令银青光禄大夫检校国子祭酒兼御史大夫上柱国阴府君墓志铭并序》（《阴善雄墓志铭》，P. 2482）、《晋故河西应管内外诸司马步军都指挥使银青光禄大夫检校工部尚书兼御史大夫上柱国豫章郡罗府君墓志铭并序》（《罗盈达墓志铭》，P. 2482）、《李存惠墓志铭并序》（S. 289）。[4]

这些碑铭成为敦煌研究的重要文献资料，其政治、文化、宗教、历史、宗族、民族关系、风俗习尚及石窟营建、佛教艺术等方面的价值早已为学者们所认识，并有丰富的成果问世。但其文学价值则一直未能得到足够的重视。

20世纪80年代，甘肃省社会科学院将敦煌文学的研究和《敦煌文学概论》的编撰列为"七五"规划重点课题，其后历时8年之久，于1993年出版了《敦煌文学概论》一书。该书在继承王重民、周绍良等前辈学者研究成果和关于敦煌文学观念的基础上，旗帜鲜明地将敦煌碑铭作为"敦煌文"的重要组成部分列入敦煌文学研究的范畴，并高度评价了敦煌碑铭的文学价值："正是因为碑主、墓主有重要的身份地位，撰制者有高度的文化修养，敦煌碑、铭才文采四溢，表现出文人作品所特有的精巧整饬、华丽典雅风格。""由于碑铭文的纪念性以及镌碑刻石的代价昂贵，撰写碑、铭文字的必是敦煌文苑的精英，流传下来的碑、铭文字也就自然是敦煌文的上乘之作，显示出很高的文学水准。"[5] 两年后，参与该书编著的李明伟又针对某些学者否定"敦煌文在敦煌文学中的分类存在"的做法，重申了将包括敦煌碑铭在内的敦煌遗书中的杂著文字列入敦煌文学中敦煌文的分类依据，强调"文章的文学艺术性和作品反映表现社会现实的思想内容价值是我国古代传统的文学观念"，指出这些敦煌碑铭"展示了敦煌文高雅风范的另一侧面"。[6] 这些研究虽然具有一定的开拓意义，但仅从宏观层面进行了分类评价，并未从文学发展史的角度进行研究，更缺乏文本细读的支持。其后，关于敦煌碑铭自身文学价值的研究，不仅没有循此坦途高歌猛进，反而很快沉寂了下去，至今再无问津者。

2000年，《敦煌研究》第2期又刊发了一组敦煌文学方面的文章，除去其中3篇仍是谈敦煌俗文学的以外，张锡厚《敦煌文学研究的历史回眸》[7] 一文虽是从总体上谈敦煌文学的，但作者似乎无意于在回顾中总结成败得失的经验，因而也就不能起到启发或引领未来敦煌文学研究的作用。吴格言《试论敦煌文学的性质、范围和研究对象》只针对《敦煌文学概论》将敦煌文学"局限在"敦煌遗书中的文学作品里那些"仅存于敦煌遗书中的唐、五代、宋初的文学作品"的做法，提出要扩大敦煌文学的外延，强调要将先唐古典文学和敦煌遗书中许多唐代著名诗人的文集或选集重新纳入敦煌文学的研究对象和范围。[8] 此观点正确与否，学界可以见仁见智。但他说："令人遗憾的是，定义中的'仅存'二字表明，流行了几十年的'敦煌俗文学'的概念，还在严重地困扰着敦煌文学研究工作者。尽管他们承认敦煌文学中雅文学作品的存在，但是，在剔除了敦煌遗书中的先唐文学作品、以及既见于敦煌遗书之中、又见于敦煌遗书之外的唐代文士作品之后，所剩下的基本上只是俗文学了。"[9] 这却是不符合实际的。事实上，"在剔除了敦煌遗书中的先唐文学作品、以及既见于敦煌遗书之中、又见于敦煌遗书之外的唐代文士作品之后"，敦煌文学中由敦煌文士创作的雅文学作品，不仅数量仍然是可观的[10]，其文学价值也是很高的。只不过《敦煌文学概论》的编纂者，虽然从理论上将这些作品纳入了敦煌文学研究的对象和范围之内，也用了一定的篇幅论述了它们的文学价值，但并没有展开进行深入的讨论，因此以后也并未引起学界的真正重视，其研究现状与其所具有的文学价值不十分相称罢了。

2006 年 9 月，由南京师范大学与日本京都大学、台湾南华大学、敦煌学国际联络委员会、中国敦煌学吐鲁番学会联合举办了"转型期的敦煌学——继承与发展国际学术研讨会"，中国吐鲁番协会秘书长柴剑虹发表《转型期敦煌文学研究的新课题》一文，他说："在新的时期，我们应该从文学史观出发，将敦煌文学作品分类汇集后真正置于中国文学史的长河中考察；从文化史观出发，将敦煌文学作品真正置于敦煌历史文化的人文环境中研究；从文本的内容与形式着手，去探讨敦煌文学作品的艺术特色、声律特点等，真正实现让敦煌文学研究'回归文学'的目的。"[11] 台湾南华大学郑阿财也强调指出："百年来前辈学者的努力，各类文献的整理研究成果丰硕且具系统，然而文学总归是文学，文献基础确定之后，当从文学本位出发"。[12]

这些知名学者的呼吁必将推动敦煌文学研究进入一个新的历史时期，笔者不揣谫陋，愿借此东风，拟以此小文对敦煌碑铭的文学价值作些具体探讨，以就教于方家，以期引起学界对敦煌碑铭文学研究的再度关注。

二、《李君修慈悲佛龛碑》的文学性和审美性

前述唐五代敦煌碑铭从文学的角度说，有着很大的共性，《李君修慈悲

佛龛碑》则是其中撰著时间最早，也最具代表性的作品。为便于说明问题，这里仅以此碑为例进行文本细读，对其文学性和审美性做一些分析，以期窥斑见豹之效。

《李君修慈悲佛龛碑》是李克让修建莫高窟第 332 窟的功德记。从清代嘉道间至今，徐松、张维、罗振玉、王重民、李永宁、宿白、郑炳林、马德等学者先后对碑文进行过校录或考证，更有学者利用其中珍贵的资料进行莫高窟营建史和李氏家族研究，成果颇丰。但迄今未见从文学角度研究此碑的专文。

《李君修慈悲佛龛碑》的文学性和审美性主要表现在以下四个方面。

第一，它创造了优美的意境，具有诗意之美。本文是一篇碑铭，但就其文体和语言特征而论，其实是一篇典型的骈文。它继承了汉、魏以来骈文的传统，吸收了赋体成功的艺术经验，形成了规模崇丽、气象清新的风格。徐师曾在《文体明辨序说》中说："赋"这种文体，"吟咏性情，各从义类。故情形于辞，则丽而可观；辞合于理，则则而可法。使读之者有兴起之妙趣，有吟歌之遗音。扬雄所谓'诗人之赋丽以则'者是已。"[13] 这篇碑铭其用途虽是歌功颂德，以求流芳百世——而这样的文字往往不能摆脱汉大赋的影响，容易流于虚浮，文采华丽，内容空洞，所谓"辞人之赋丽以淫"[14] 是也——但却情真意切，读来令人兴味盎然。这固然与作者良好的文学修养密切相关，更在于作者具有诗人的美好情感。敦煌遗书 S.6537《社条》记载："敦煌胜境，凭三宝以为基；风化人伦，藉明贤而共佐。君臣道洽，四海来宾，五谷丰登，坚牢之本，人民安泰，恩义大行，家家不失于尊卑，坊巷礼传于孝宜。"郑炳林也曾指出："晚唐五代敦煌的习尚，既信佛教，又崇儒风。"[15] 作者身处其间，耳濡目染，口诵心惟，既具有浓厚真挚的宗教情感，对儒家伦理道德亦真诚服膺，所以才能写出"慈云共舜云交映，慧日与尧日分晖"的句子；才有这样深情的赞美："复有儒童叹凤，生震旦而郁玄云；迦叶犹龙，下阎浮而腾紫气。或因山起号，或□□□□。□道德以宣风，删诗书而立训，莫不分条共贯，异派同源。是知法有千门，咸归一性，等碧空之含万象，均沧海之纳百川，其道大焉，其功远矣。"[16] 作者熟悉并热爱作为佛教胜地的莫高窟，将信众蜂拥、香火旺盛的情景描摩得十分生动："每至景躔丹陛，节启朱明，四海士人，八方缁素，云趋兮艳赫，波委兮沸腾。如归鸡足之山，似赴鹫头之岭。升其栏槛，疑绝累于人间；窥其宫阙，似游神乎天上。岂异夫龙王散馥，化作金台；梵王飞花，变成云盖。幢幡五色而焕烂，钟磬八音而铿锵。香积之饼俱臻，纯陀之供齐至。极于无极，共喜芬馨；人及非人，咸歆晟馔。"意境优美，格调清新，读来脍炙人口。正是出自内心，意深义高，才能在整体上把抒情、写景、叙事、议论、使事用典熔于一炉，赋予碑文真挚的情感和浓郁的诗意，从而获得以情感人的艺术功效。

第二，它层次清晰，布局合理，结构谨严，句式整齐匀称，具有形式之美。《李君修慈悲佛龛碑》因其碑主家世的特殊性，在结构布局上独出心裁，作了大刀阔斧的处理——将原本可以在正文中叙述的李氏宗族世系单独提出，置于文末进行追述。这样既不致正文冗赘之弊，又与正文中相关内容形成复调和奏，错综回环，反复皴染，从而十分有力地突出了李氏宗族的显赫。正文则按一般碑铭的固定格式，分为散文和韵文两大部分。其中散文部分据其文意，可以划分为三个段落。从"原夫容万物者"至"不可得而名言者也"为第一段，从天地日月山川说起，阐发佛教教义，颂扬释家功业，同时也表达了对儒道思想兼收并蓄的态度，最后叙述武周大力弘扬佛教的功绩。第二段从"莫高窟者"至"即为崇教寺也"，追述莫高窟的营建史，交代莫高窟的地理形胜，再现了莫高窟当年重楼高耸，香火旺盛的佛家胜景。第三段从"君讳义，字克让"起，止于"乃为词曰"，叙述碑主的高贵身世和天资伟仪，记载开窟造像，供养佛祖、菩萨，并刻石镌文的事迹。就这样，全文由大及小，层次分明，思路清晰，针线细密，开合得体，既遵循旧格，又有所创新，赋予碑文独具的形式之美。

这篇碑文把魏晋骈体文的特点发挥到极致，通篇运用对偶句，句式非常整饬，但又突破了骈体文四、六句的呆板程式，三言、四言、五言、六言、七言错杂使用，整齐中富于变化，取得了很高的审美效果。如："西连九陇阪，鸣沙飞井擅其名；东接三危峰，泫露翔云腾其美。左右形胜，前后显敞，川原丽，物色新。仙禽瑞兽育其阿，班羽毛而百采；珍木嘉卉生其谷，绚花叶而千光。"同时还能根据表达内容的需要，灵活运用散句，辅以虚字叹词，整散结合，奇偶相生，摇曳多姿。如关于莫高窟营建史的一段："莫高窟者，厥初秦建元二年，有沙门乐僔，戒行清虚，执心恬静，尝杖锡林野，行止此山，忽见金光，状有千佛，遂架空凿险，造窟一龛。次有法良禅师，从东届此，又于僔师龛侧，更即营造。伽蓝之起，滥觞于二僧。复有刺史建平公、东阳王等，各修一大窟。而后合州黎庶，造作相仍，实神秀之幽岩，灵奇之净域也。"学者们在把它作为有价值的史料引用时，往往也被其飞扬的文采和灵动的诗意所感染，顿觉神清气爽。

第三，与前述句式之美相关，这篇碑文还有一个突出的特点是平仄相谐，具有音乐之美。在讲究对偶的同时，碑文还特别追求文字声调的平仄相对。就一联而言，上联的下半部分如以平声字结尾，则下联上半部分的尾语也常用平声。如"西连九陇阪，鸣沙飞井擅其名；东接三危峰，泫露翔云腾其美"。上联"名"字平声，下联"峰"也为平声。反之亦然。如"德被四天，不言而自信"；"信"是仄声，那么，下联"恩隆十地，不化而自行"中的"地"字处，亦必用仄声。这种手法是"平接平"，"仄接仄"。再就一句本身而言，不论四、六句或七字句，均如同律诗一样，在双音节处要交替使用平仄声字，以使句中平仄相间，铿锵起伏，错落有致。同一联中的两句，也如同诗句一样地讲求平仄相对，使全文抑扬顿挫，回环往复，具有悦耳的音乐之美。

第四，是恰当的用典，使词句具有风格含蓄、典雅，语义丰赡之美。如"香积之饼俱臻，纯陀之供齐至"一联中"纯陀之供"乃引佛教故事：纯陀是一个铁匠。相传他虔心供养佛祖，在无知的情况下，以有毒的老梅檀树耳供养，令佛陀受用后病情加重，纯陀为此深感惭愧。佛陀以一如既往的慈悲声调安慰并赞叹着纯陀："纯陀啊！不要难过，你的发心是善的，你的供养是世间最好的供养，犹如当初苏嘉塔的乳糜一样，是至善至美的。"从而赋予碑文丰富的内容和美好的意象。"西连九陇阪，鸣沙飞井擅其名"句中用"九陇阪"借指鸣沙山。《周地图记》载："昔有神人坐张掖西方山上，西射酒泉郡西金山之白神，射得九筹，画此山上，遂成九陇，因以为名。"[17]使鸣沙山染上神奇的色彩，增加了无穷的魅力。"如归鸡足之山，似赴鹫头之岭"，则以相传为释迦牟尼的大弟子迦叶的讲经道场"鸡足山"和相传释迦牟尼曾在此居住和说法多年的"灵鹫山"比况莫高窟，凸显出莫高窟作为佛教圣地的意义。而"节启朱明"一语出自《尔雅·释天》："夏为朱明"，用以形容节气运行到了盛夏，显得高雅典奥。

此外，与其他敦煌碑铭一样，此碑的铭文部分或为四言短语，或为带"兮"字的五言、六言、七言句，有类古风、骚体，"以韵语的方式表达对碑主的感情，不因志事而影响和局限生花妙笔，而是利用诗歌抒情、形象的表现手段，使铭文显著地展示出诗歌的特质"[18]，也具有很高的审美价值。

张维《陇右金石录》称此碑所述"盖为莫高窟最盛之时。而柱国李君复增修慈悲佛龛，踵事增华，倾心象教；大忠之文，亦能含文抱质，振采扬华，遂使石室原委灿然可明，洵西陲重要遗文也"[19]，可谓信言不谬。

三、唐五代敦煌碑铭的文学史意义

研读现存唐五代敦煌碑铭，可以发现它在中国文学史上也有一定的价值和意义。具体说来，表现在两个方面。

一是在碑铭体文学作品发展演变史上的意义。敦煌碑铭的文体格式基本固定，一般都分为前后两部分：前一部分是散文体文辞，说理、叙事、写景、交代碑主家世及其生平；后一部分是韵语，其开头由"其词曰"或"其辞曰"、"其铭曰"、"乱曰"、"颂曰"、"刊石曰"等连接，然后用韵语（或为四字句，或为带"兮"字的骚体诗，或两者交替错杂使用）形式高度概括前面散文体所述内容。这种固定的文体格式可以上溯至东汉时期。刊刻于东汉建宁四年（171年）六月，现在完整保存于甘肃成县天井山的《西狭颂》即是这种文体。其后即成为墓碑、墓志行文的定制，一直延续到明清时期。敦煌碑铭的意义在于它将这种文体发展至极致，一时蔚为大观，并且影响深远。镌刻于明弘治十五年（1502年）的酒泉《西峰宝刹碑记》其思想内容和文体格式都与这些敦煌碑铭几无二致。故此，清理和研究这些敦煌碑铭，对于其文体的演变既可"振叶寻根，观澜索源"，又可"寻源辨流"，其文学史的意义是毋庸置疑的。

二是在赋体文学作品发展演变史上的意义。西北师范大学伏俊琏在论及俗赋在中国文学史上的理论意义和实际意义时说："赋这种文体本来就是从民间来的，它是民间故事、寓言、歌谣等多种艺术形式相融合的产物……早期的赋以娱乐为目的，所以诙谐调侃是它的主要风格特征。优人正是利用了这种体裁，把它引入宫廷，逐渐文人化贵族化了。"[20] 可谓真正揭示出了赋体文学起源、演变的真相。笔者认为，向来被文学史家视为赋体正宗的文人大赋，之所以敷采摛文、极尽铺陈夸张之能事，究其实质，也不过是为了取悦于人，只不过取悦的对象由引车卖浆者流转为高门贵族乃至皇帝老儿罢了。所以，当赋被引入宫廷，成为贵族们的消费品之后，也就由夸饰宫廷苑囿的富丽和歌颂帝王的文治武功，逐渐被赋予了更为神圣庄严的色彩，成为颂赞释老儒宗和世家大族最为相宜的文体形式。正如汉武帝纯属个人即兴抒情之作的"天马"诗，在《史记》中是带"兮"字的七言体，笔法雄健，语言流畅灵动，到《汉书》中就被改造成了符合政治目的的"郊祀歌"，句式也变为短促庄严的三字句，以和正大、庄严、高妙的"黄钟大吕"之音。[21]文人大赋的手法被碑铭文学作品吸收后，其铺采摛文的一面有所节制，又注入了作者的真情实感，加之对传主家世及生平仕履的交代，也就有了充实的内容，渐次从赋体中脱离出来，自成一格[22]。但当我们从文学发展史的角度考量的时候，其鲜明的赋体特征就不能继续被掩藏；相反，它以其独特的文体形式和一定的审美价值印证了赋体文学作品的深远影响。

清人王芑孙曾说："诗莫盛于唐，赋亦莫盛于唐。总魏、晋、宋、齐、梁、周、陈、隋八朝之轨，启宋、元、明三代之支流，踵武姬、汉，蔚然翔跃，百体争开，曷其盈矣。"[23] 马积高阐发说："楚汉时已有骚体、诗体、文体三种基本赋体，魏晋以来，又在汉赋的基础上吸收骚体、诗体的某些特点形成了骈体……这些，唐代都继承下来了。但唐代的各体均有变化……故从赋体的演变来说，唐代可以说是最完备的阶段，也是最后完成的阶段。"[24]敦煌碑铭正以其高度的文学成就和鲜明的赋体特征印证着"赋亦莫盛于唐"的光辉论断。

四、唐五代敦煌碑铭文学研究对于修订文学地图的意义

敦煌文学的研究已走过近百年的历程，也取得了丰硕成果；敦煌文学是中国古典文学，特别是唐五代文学的一个重要组成部分，早已是不争的事实。但无论是传统的、发行量很大的几部《中国文学史》，如游国恩等主编的《中国文学史》[25]和中国社会科学院文学研究所主编的《中国文学史》[26]，还是近年来逐渐占据主流地位的由袁行霈主编的《中国文学史》[27]，都没有给予敦煌文学应有的地位。即使有所关注，也仍限于俗文学，对敦煌雅文学几乎是只字未提。其他如断代文学史《唐代文学史》也是如此。该书主编之一的董乃斌曾撰文说："断代文学史与文学通史都属于综合性文学史，前者一般由割截后者而成，但却比后者具有更强的专业性，能更多更深地反映文学史专题研究的成果。"[28]就是这样一部"能更多更深地反映文学史专题研究的成果"的新著，也没有把包括敦煌碑铭在内的敦煌文纳进研究和介绍的范围。该书为"唐代通俗文学"设立两个专章，其主要内容即是敦煌文学中的俗文学。在第二十七章第一节专门介绍"敦煌莫高窟与敦煌遗书"时也这样表述："敦煌文学的发现，为研究唐代通俗文学提供了丰富的蕴藏。"[29]这部断代文学史的编著者对敦煌文学的观念于此可见一斑。1997年4月，《文学遗产》编辑部和人民文学出版社共同组织了专门的研讨会，邀请在京的专家学者对该书进行评议。《文学评论》副主编、研究员胡明就指出该书"不足的是唐代那么多的辞赋却没有写进去"；主编之一吴庚舜也承认：虽然"当时的设想就是要争取做一个集大成的工作，首先是吸收这几十年来的研究成果，力求资料翔实；其次是扩大写作范围，包括小作家、文体、史传文学和俗文学都要涉及"，"但辞赋仍未能列入，是一个失误"。[30]在"重绘中国文学地图"的命题得到广泛认同，并有许多有识之士身体力行的今天，重新审视敦煌碑铭的文学价值，并进行包括文本细读在内的深入研究，至少可以在一定程度上起到修订文学地图的作用。

第一，可以使敦煌赋作的概貌更加完整地呈现出来，进而使唐代辞赋创作的盛况更加完整地呈现出来。学界对敦煌赋的关注和研究早在20世纪初

就开始了，经过近百年的努力，成果十分丰富。这些成果除伏俊琏《二十世纪敦煌赋研究》[31] 一文所述外，伏氏近年更有力作《俗赋研究》问世。但这些研究仅把敦煌遗书中仅存于敦煌且以"赋"标题的文人创作的赋（即所谓敦煌文赋）和具有讲唱性质的民间赋（即所谓敦煌故事赋或敦煌俗赋）作为研究对象，而从未对敦煌碑铭所具有的鲜明的赋体特征予以关注。这些敦煌碑铭虽不以"赋"为名，但如前述，它在赋体文学作品发展演变史上的意义是毋庸置疑的，至少也可对唐五代敦煌地区赋这种文体及其表现手法的运用之普遍，影响之广泛深远程度起到旁证的作用。而事实上，终唐一代，辞赋创作几乎同诗歌一样是占据着主流地位的文学样式。碑铭文字就其用途而言，虽然是实用的，有别于那些用于抒情和讽谏的辞赋，但就其表现手法而言，它们仍旧是属于辞赋一类的。

第二，可以使"敦煌文学"这一概念的内涵更加丰富，外延更加清晰、完整。20 世纪 90 年代初，《敦煌文学概论·导言》回顾和总结敦煌文学各个阶段的情况，说从 1925 年开始到新中国成立为止的 25 年间，"敦煌俗文学研究，尽管有其重要贡献，而当'敦煌俗文学'这个概念出现和流行起来并无形中成为敦煌文学中所有作品的总名的时候，也就限制了敦煌文学研究工作者的视野"。"中华人民共和国成立以后的头 17 年，是我国敦煌文学研究开始迅速发展的阶段"。这一时期存在"最主要"的不足之一即是"敦煌非俗文学作品研究，依然未引起重视"。[32] 其实这一情况，至今并无改观；相反，自 20 世纪 90 年代之后，敦煌非俗文学的研究完全沉寂了下来，原来无论是从宏观层面关注敦煌文学的学者，还是在"敦煌文"的研究方面有所建树的学者都纷纷转向别的研究领域了。所以，今天继续从微观的层面对敦煌碑铭的文学性和审美性予以深入研究，对其文学价值进行深入发掘，可以使"敦煌文"的文学价值进一步得到确认，从而可以使敦煌文学的概念更加完整、清晰，使敦煌文学的整体面貌更加完整、准确地呈现出来。

第三，可以勾勒出唐五代敦煌世家大族求告当地知名文士撰写碑文和墓志的面貌，进而反映出其时敦煌文学发达繁荣的程度。如前所引，《敦煌文学概论》一再强调敦煌碑铭"撰制者有高度的文化修养"，敦煌碑铭文采四溢，"显示出很高的文学水准"。而敦煌研究院杨森也曾指出："墓志铭虽然是实用性文字，但它也是文学作品，历代都是佳作，高官显贵求告名人为其撰写碑铭之事举不胜举，如刘祎之撰有《大唐故司空太子师赠太尉扬州大都督上柱国英国公勣（李勣）墓志铭并序》；戴正伦撰的《唐故朝散大夫魏州贵乡县令卢公（侣）墓志铭并序》；晚唐大文豪韩愈就曾经写过很多墓志铭。它们有许多被当成文学作品而流传。"流传至敦煌并保存在敦煌遗书中的《常何墓碑》（P.2640）的撰写者李义府就曾和许敬宗受命预撰《晋书》、监修国史，"其文笔的水平之高是无可怀疑的，此墓碑也不失为一篇字词具佳的文学作品"。[33] 它能流传到遥远的敦煌，不仅因其作者后来当过宰相的缘故，也与作品本身的文学价值有关。敦煌碑铭及其碑主的身份和撰写者的情况，恰也印证了这一风习在唐五代时的敦煌比内地有过之无不及。《李君修慈悲佛龛碑》的作者由于碑文的残泐而失考，还有一些碑铭没有撰制者署名，但保存下来的亦不少。这些作者的官职虽没有像李义府一样曾达到宰相的高位，但就敦煌本地而言，也属"高官显贵"之列，有的则是有身份的文人学士。如《唐陇西李府君修功德碑》（《大历碑》）为"节度留后使朝议大夫尚书刑部郎中兼侍御史"杨绶，《唐宗子陇西李氏再修功德记》（《乾宁碑》）为"乡贡明经摄敦煌州学博士"阴庭诚，《刘金霞和尚迁神志铭并序》为"前沙州法曹参军"嫪琳等。《阴处士碑》的"窦夫子"和《吴僧统碑》的窦良骥[34] 为同一人，藤枝晃和马德认为即 S.797 背面的"大蕃国子监博士"窦良骥[35]。《翟家碑》的"唐僧统"和《沙州释门索法律窟铭》的"唐和尚"也是同一个人，即后来还撰写过数篇邈真赞的"河西都僧统京城内外临坛供奉大德兼阐扬三教大法师赐紫沙门"悟真和尚[36]。此外，还有张球和张景球[37]，等等。这些文化修养很高的作者，以其卓有成效的文学活动共同推动了敦煌文学的繁荣和发展，给我们留下了一笔宝贵的文学财富。

总之，在"重绘中国文学地图"的战略构想得到普遍认同的今天，作为敦煌文的重要组成部分，作为与敦煌高门世族的政治、经济、文化活动密切相关的文人雅士所创作的敦煌碑铭，其文学价值不应再漠然视之。

五、唐五代敦煌碑铭文学研究的现实意义

随着经济的高速发展，社会的持久安定，文化的不断繁荣，中华民族的传统文化日益得到重视，一些汉语文学特有的文体其功用也将会被重新认识。尤其是赋体，近年来逐渐有中兴复活的趋势，铺采摛文、夸饰想象等文学表现手法也将重新得到借鉴。如《光明日报》就组织了《百城赋》的专栏，模仿《两京》、《三都》的名城赋连续发表。2007 年 4 月，古都洛阳还举办了首届中国辞赋创作研讨会，到会代表五六十人，他们作赋少者三五篇，十几篇，多者则达上百篇，甚至三百余篇；还有所谓"神气辞派"、"韵文赋派"、"骚体赋派"、"骈文赋派"、"边疆赋派"等流派；辞赋专集纷纷出版，辞赋专网纷纷创办，一些辞赋作家还发起"中华新辞赋骈文运动"，并倡议拟申请将中国辞赋定为世界非物质文化遗产。一时之间，似乎将要掀起一个赋的创作高潮。

但在这表面极度繁荣的背后，也还存在一些问题。对此，山东大学教授、中国辞赋学会会长龚克昌专门撰文指出："现在不少赋作，尚停留在模仿阶段，主要是仿效汉大赋，六朝骈赋，唐宋律赋。而且多率尔成篇，遣词造句大都比较粗糙，艺术感染力不强。另有一些作者，甚至连古代诸种赋体的不同特征都不甚了解，自以为用古文写作，自称为赋便算赋，古代赋的体式气势韵味全失。"而"中国古代有成就的赋家，无一不是大学问家，大作家。如两汉著名的五大赋家司马相如、扬雄、班固、张衡、蔡邕，全都是语言学家（都有著名的小学著作），文、史、哲上都有很高的造诣"。"没有较深厚的艺术修养，是不可能写出优秀的赋篇的。"[38] 怎样获得较深厚的艺术修养？除了博览群书，刻苦磨炼之外，选择若干篇优秀的赋作精研细读，揣摩手法，训练语感，受其渐染熏陶是必不可少的功课。此即《北史·魏收传》所引扬雄言"能读赋千首，则善为之"之意。当然，正如跳高运动员还需进行长跑训练一样，进行赋的创作仅只研读赋作是不行的。更何况能否创作出优秀的赋作，根本还取决于是否具有深厚的艺术修养。这就需要不断扩大阅读的范围，旁搜远绍，最后才能由博返约。

近年来，除了辞赋创作十分热闹之外，各地大兴楼堂馆所，开发旅游景点，为表示隆重，也往往刻石立碑。笔者近几年为编纂《敦煌金石录》、《酒泉金石录》，搜寻汇辑本地古今碑刻，发现近十年所刻新碑——截至目前已汇辑到 80 余通——竟占到总数的四分之一左右。这些碑文无论是文言文还是现代文，大多数都程度不同地存在着文理不通的问题。其中一些以文言文写成的情况更不容乐观，初读碑文即可明显感觉到作者知识储备不足，艺术修养欠缺，很少经过诵读训练，缺少文言文写作必不可少的感悟、熏陶准备，没有培养起基本的语感。这种情况不仅在文化不发达的偏远地区存在，就是在专家学者云集的都市大邑也不例外。如 1997 年香港回归，甘肃省政府赠送给香港特别行政区政府一件很有地方特色的礼品——"九九归一"大型洮砚，兰州某知名古典文学专家为此特意撰写《九九归一洮砚颂》[39] 祝贺，诚为一时之盛。但诵读之后，却不能不让人失望，深感传统文化和文学形式的式微。

在此背景下，重新审视敦煌碑铭的文学价值，继承和借鉴其表现手法，从中汲取有益的养分，赋予传统文学形式以新的生命力，对于弘扬传统文化，繁荣当代文艺，将会起到积极的作用。

注释

[1] 敦煌遗书：《张氏墓志铭并序》，转引自郑炳林：《敦煌碑铭赞辑释》，甘肃教育出版社 1992 年版，第 401 页。

[2] 敦煌遗书：《贰师泉赋》，学者们一般都归入文人赋。但该赋作结尾有"铭常乐之乐石，纪灵通于万年"的话，伏俊琏说："根据此句，此赋似为悬泉刻碑而作。"（伏俊琏：《敦煌赋校注》，甘肃人民出版社 1994 年版，第 297 页）

[3] 这 31 篇敦煌遗书所载碑文中，后 12 篇为郑炳林《敦煌碑铭赞辑释》未收，而《敦煌学大辞典》以之为碑记各列专门辞条者。另：敦煌遗书《常何墓碑》因系中原传出抄本，其碑主与撰制者皆与敦煌无关；《温泉铭》传为唐太宗手书，咏赞骊山温泉；《创于城东第一渠庄新造佛堂一所功德记并序》因文中不载功德主某氏姓名职衔，

修建佛堂的起止时间、佛堂内塑像壁画内容全部省略，郑炳林认为"这是一篇没有实际内容的功德记范文"，或是某氏修功德记的草稿（郑炳林：《敦煌碑铭赞辑释》，第547页）。这些均不在本文讨论范围。

[4] 另有《都督上柱国周忠孝墓志》，已经郑炳林研究认定并非周忠孝墓志，而是一篇《写经祈愿文》的残片（参见郑氏：《敦煌碑铭赞三篇证误与考释》，刊《敦煌学辑刊》1992年第1、2期合刊，第96—103页）。《化度寺故僧邕禅师舍利塔铭》，为唐刻拓本。该塔铭原有宋拓本七种传世，因而并非敦煌遗书仅见，且塔主与撰制者同样与敦煌无关，故亦不在本文讨论范围。

[5] 颜廷亮等：《敦煌文学概论》，甘肃人民出版社1993年版，第481、482页。

[6] 李明伟：《敦煌文学中"敦煌文"的研究和分类评价》，《敦煌研究》1995年第4期。

[7] 张锡厚：《敦煌文学研究的历史回眸》，《敦煌研究》2000年第2期。

[8] 吴格言：《试论敦煌文学的性质、范围和研究对象》，《敦煌研究》2000年第2期。

[9] 同上。

[10] 郑炳林的《敦煌碑铭赞辑释》收碑文33篇、墓志铭8篇、别传1篇、邈真赞94篇，除去重出者8篇，共有127篇。这些都是由敦煌文士创作的雅文学作品。

[11] 柴剑虹：《转型期敦煌文学研究的新课题》，《敦煌学与敦煌文化》，上海古籍出版社2007年版，第161页。

[12] 郑阿财：《敦煌文学对中国文学研究的拓展与未来》，《学习与探索》2008年第3期。

[13] 吴讷、徐师曾著，于北山、罗根泽校点：《文章辨体序说／文体明辨序说》，人民文学出版社1962年版，第100页。

[14] 扬雄著，汪荣宝疏：《法言义疏》（上册），中华书局1987年版，第49页。

[15] 郑炳林：《敦煌碑铭赞辑释》，甘肃教育出版社1992年版，第21页。

[16] 本文凡引自《李君修慈悲佛龛碑》皆出自吴浩军《敦煌金石录》，待版，下同。

[17] 乐史：《太平寰宇记》卷一五二"酒泉县"条引，参见影印文渊阁《四库全书》第470册，上海古籍出版社1987年版，第437页。

[18] 颜廷亮：《敦煌文学概论》，甘肃人民出版社1993年版，第484页。

[19] 张维：《陇右金石录》卷二，民国三十二年甘肃省文献征集委员会校印本，第12页。

[20] 伏俊琏：《敦煌俗赋的文学史意义》，《敦煌文学文献丛稿》，中华书局2004年版，第122页。

[21] 吴浩军：《天马初从渥水来，郊歌曾唱得龙媒——汉武帝〈天马歌〉解读》，《酒泉地域文化丛稿》，甘肃文化出版社2007年版，第222—227页。

[22] 古人早有"碑文拟赋"的说法（参见陆云《与兄平原书》），今人程章灿则有专门的研究，详细论证了碑赋"同体异用"的现象，参其《论"碑文似赋"》，《东方丛刊》2008年第1期。

[23] 王芑孙：《读赋卮言》，《赋话六种》，香港三联书店1982年版。

[24] 马积高：《历代辞赋研究史料》，中华书局2001年版，第98页。

[25] 游国恩等：《中国文学史》，人民文学出版社1963年版。

[26] 中国社会科学院文学研究所：《中国文学史》，人民文学出版社1963年版。

[27] 袁行霈：《中国文学史》，高等教育出版社1999年版。

[28] 董乃斌：《唐代文学史的编撰：历史与现状》，《学术研究》2001年第3期。

[29] 吴庚舜、董乃斌：《唐代文学史》（下），人民文学出版社1995年版，第581页。

[30] 闻一：《〈唐代文学史〉研讨会在京召开》，《文学遗产》1997年第5期。

[31] 伏俊琏：《二十世纪敦煌赋研究》，《敦煌文学文献丛稿》，中华书局2004年版，第133—154页。

[32] 颜廷亮：《敦煌文学概论》，甘肃人民出版社1993年版，第17—19页。

[33] 杨森：《浅谈敦煌文献中唐代墓志铭抄本》，《敦煌研究》2000年第3期。

[34] 郑炳林对敦煌遗书中署名为窦良骥、窦良器、窦昊、窦夫子的一些作品考证后认为："敦煌窦氏家族人以擅长写赞文、题识及碑文著称于时。"（《敦煌碑铭赞辑释》，第203页）

[35] 藤枝晃：《敦煌莫高窟之中兴》，《东方学报》第35册，1964年；马德：《吴和尚、吴和尚窟、吴家窟》，《敦煌研究》1987年第3期。

[36] 悟真作品在敦煌遗书中保留下来的很多，郑炳林曾对悟真作品及悟真记载资料做过详尽的系年考释。（《敦煌碑铭赞辑释》，第117—137页）

[37] 郑炳林认为张球又作"张俅"，与张景球为同一人，"是晚唐敦煌著名文学家和史学家，保留下来的作品有20余种"。从他著作系年看，"任职分三个级段：咸通八年以前，结衔为沙州军事判官将仕郎守监察御史，咸通八年结衔为节度判官检校尚书主客员外郎柱国赐绯鱼袋，乾符三年结衔为节度判官宣议郎守监察御史，光启三年以后结衔为节度判官权掌书记朝议郎兼御史中丞柱国赐绯鱼袋，乾宁三年称宣德郎"。（《敦煌碑铭赞辑释》，第294—296页）

[38] 龚克昌：《评现代辞赋创作》，《山东大学校报》，2007年11月29日。

[39] 刊1998年第5期《档案》杂志封三，是否镌于砚石则不得而知。

试论敦煌佚名边塞诗
的悲美特征

西北民族大学文学院　刘洁

　　敦煌边塞诗是唐代边塞诗的重要组成部分，它是指那些保存在敦煌写卷中的，以描写边地生活和边地自然风物为内容的诗歌。敦煌边塞诗保留至今的有 300 多首，其中见诸于历代著录的边塞诗约 60 多首，余者 200 多首则为佚名之作[1]，这些不见于《全唐诗》或其他著录的佚名诗作，既有吐蕃进占沙洲之前的创作，也有历史上所说的"张议潮起义"时期的诗歌。其作者既有敦煌土著，也有不少是寓居敦煌的外来人士，他们以身居边土或投身边地的切身感受，或反映敦煌地区发生的历史事件，或记录边荒远地的风土人情，或抒发下层士卒及边地人民的心声，在一定程度上代表了当时人们的思想感情和生活愿望，其丰富的诗歌内容和鲜明的地域特征，使之形成了独特的审美风貌。

　　现存的敦煌佚名边塞诗，有些已沦为断句残篇，有些也很难称得上是上乘之作，但透过这些无名氏的作品，我们依然能够体会到唐人对边疆和平的向往：“尚书德备三边静，八方四海尽归从”（佚名《白鹰诗并序》）；领略到少年豪侠不畏艰苦的英雄气概：“少年凶勇事横行，欲击单于不用兵。塞外不辞弓甲冻，山头月照宝刀明”（佚名《十七首》之五）；感受到边防将士忠君报主的赤诚之心：“满眼同云添塞色，报恩终不恨征辽。”（佚名《七言》二首其一）这些洋溢着乐观豪迈精神的诗歌，与盛唐边塞诗十分接近，但如此富有激情的诗作在敦煌佚名边塞诗中其实是很少见到的，这正如学者所说，敦煌佚名边塞诗的“多数诗歌对于功名、战争所表现的态度，缺少热情，或表现为一种冷静的认识和反思，或采取冷眼旁观的态度，甚至流露出极度厌战、反战的思想情绪。”[2]的确，阅读敦煌佚名边塞诗，我们更多感受到的是边地士卒从军征战的艰辛痛苦，广大征妇思亲念远的百结愁肠，还有大批陷蕃者的失意哀伤，以及边关大漠的荒凉苦寒，换句话说，充斥唐代敦煌佚名边塞诗字里行间的是一种悲凉凄苦的情调，这种悲美的风格已成为唐代敦煌佚名边塞诗的主要审美特征。

一、边地苦寒的悲凉景象

敦煌佚名边塞诗在描写边地气候景物方面，表现出大西北的地域性特征及诗人的主观感受。我国的大西北地处亚洲内陆，属于干燥少雨的大陆性气候，像敦煌等地年降水量还不到50毫米，再加上大漠戈壁，昼夜温差较大，气候条件较为特殊，这些反映在敦煌佚名边塞诗的写景上，便有了鲜明的地域色彩。其实描写边地寒冷、环境恶劣的诗歌，在唐以前的边塞诗中也时常见到，例如魏晋南北朝诗人笔下就有这样的诗句：“仰凭积雪岩，俯涉坚冰川。”（陆机《饮马长城窟行》）“疾风冲塞起，沙石自飘扬。”（鲍照《代出自蓟北门行》），“陇树枯无色，沙草不尝青。”（孔稚圭《白马篇》），“高秋八九月，胡地早风霜。”（吴均《胡无人行》），“日没塞云起，风悲胡地霜。”（徐悱《白马篇》），但是由于魏晋边塞诗的作者大多缺少从军边塞、亲历边关的体验，所以有关边地苦寒、环境恶劣的描写多为笼统之词。敦煌佚名边塞诗的创作则不然，由于作者身居"万顷平田四畔沙"（佚名《敦煌》）的边地，他们熟悉边塞的地理气候，所以他们往往在身临其境的基础上，如实描绘边关塞外与中原迥然不同的风光，其中有"千山空皓雪，万里尽黄沙"（佚名《至墨离海奉怀敦煌知己》）的荒漠单调之景，有"马口聚冰沫，剑头生雪花"（佚名《失题》）的风雪奇寒，有"沙漠雾深鸣旅雁，草枯犹未及重阳"（佚名《寿昌》）的大漠秋早，这些极富西北高原地域特征的气候环境，与边塞的战争和生活联系在一起，便奠定了敦煌佚名边塞诗悲美风格的基调。

敦煌佚名边塞诗有不少真实描述敦煌及西北地区寒多暖少、风猛沙狂等物候特征的诗作，"边庭三月仍萧索，白日沉沉叹沙漠。关中春色始欲来，塞上寒风又吹却"（佚名《从军行》二首其二）这是边地的早春倒寒；"三冬自北来，九夏未南回。清溪虽郁郁，白雪尚皑皑。"（佚名《夏中忽见飞雪之作》）这是冬雪尚存的夏天；"九夏呈芳草，三时有雪花"（佚名《青海望敦煌之作》）这是边地的夏日飞雪；"戎庭节物由来早，倏忽霜秋被寒草"（佚名《首秋闻雁并怀敦煌知己》）这是边庭的秋霜早降；"寒气凝如练，秋风劲似刀。深溪多渌水，断岸饶黄蒿"（佚名《夜度赤岭怀诸知己》），这是疾风吹枯蒿的奇景；另外，还有"平沙迷旧路，智井引前程"（佚名《敦煌廿咏·阳关戍咏》）的荒凉寂寥，以及"黄云黯黯日光邪，直北胡风吹白沙"（佚名《大漠行》）的阴云狂沙，如此萧瑟荒凉的景象，非亲身经历是很难想象出来的，而它们在唐代敦煌佚名边塞诗中却随处可见，这无疑增添了敦煌佚名边塞诗"以悲为美"的艺术感染力。

二、戍边士卒的愤懑哀愁

敦煌佚名边塞诗有不少直接反映士兵戍边征战的诗歌，但这些诗歌少见士卒战场奋勇杀敌的高亢激情，更多的则是广大征夫的愤懑不平和对故乡亲人的思念，这真实反映出旷日持久的战争、艰苦恶劣的环境、戍边征战的流血牺牲，以及与亲人的长期分离，给广大士兵带来的极大痛苦和厌战情绪。士卒们征战于"忽有强风动地来，缭乱风沙迷人目"（佚名《锦衣篇》）的大漠戈壁，他们由"无书辞却家，等闲到流沙"（佚名《失题》）的自责自问，懊悔自己"少年事不晓，寒漠徒经过"（佚名《失题》）的处境；由"匹马难行胡媚碛，披裘独望不啼川"（佚名《锦衣篇》）的艰辛，感慨"十年辞魏阙，征战犹未歇"（佚名《从军行》二首其一）的军旅生涯；由"自进边庭三十年，一身为力千场战"（佚名《锦衣篇》）的出生入死，怀疑"不知关闭几千秋，此地从来战未休"（佚名《锦衣篇》）的战争意义，他们盼望着"枊回征战罢，共唱播皇猷"（佚名《闲吟》）的凯旋。这些毫不掩饰内心失意和忧伤的诗作，当是广大士兵在经历了无数艰难困苦后，在经历了"故城依绝域，无日不旋师"（佚名《焉耆》）的连年战斗后的反思。更令人可悲的是，这些曾经"频到虏庭斩首还，即今刀上血犹殷"（佚名《《从军行》二首其一》）的勇士，无法摆脱"纵令百战穿金甲，他自封侯别有人"（佚名《七言》十七首其四）的不公，所以劳而无功的不平之声和怨恨之情，便屡屡出现在敦煌佚名边塞诗中："戎衣不脱生冰雪，汗马连年长披铁。杨叶楼中不寄书，莲花剑里空流血。金城四顾何茫茫，铁额铜头埋战场。功名至竟知何在，今日归心逐雁行。"（佚名《大漠行》）士兵们冒严寒屡征战，不怕流血牺牲，不仅得不到功名赏赐，反而陷入"战胜未蒙天子知，功成却使将军忌。"（佚名《从军行》二首其一）的无辜境地。特别是那些身经百战的老兵，其内心更是痛苦："十四五年在金徽，身上何曾解铁衣。频到虏庭斩首还，即今刀上血犹殷。欲觅封侯仍未得，却令羞见玉门关。"（《从军行二首》其二）战场拼杀征战十几年，仍是与立功封侯无缘，军中的苦乐不均、劳而无功，使下层士卒对功名封侯已不报太多的希望，他们唯愿平安归去，与亲人团聚。这些诗歌"既叙写了从军出塞的辛酸经历和功业无望的愤懑情怀，也表达了诗人对于长期战争及其所带来的后果的清醒认识，交织着种种悔恨之情，以及叹老嗟卑的凄凉感受。有的诗歌尽管化用了盛唐著名诗人的诗句，但格调凄苦沉重，感情抑郁悲愤。如果说盛唐边塞诗歌多是充满乐观主义精神的英雄赞歌，敦煌诗人的这些诗作，则是面对广阔的社会民生，主要抒写遭遇不幸的下层士卒及边地人民的悲凉怨叹。这正是作者对自己征战边塞的经历和军中生活见闻进行冷静思索、深刻反思的结果。"[3]这一首首代表着广大下层士卒心愿的诗歌，侧面反映出这些为国戍边征战、忠于职守的勇士们的悲哀，是敦煌佚名边塞诗悲美特征的具体体现。

三、陷蕃者的悲歌哀曲

　　吐蕃是七世纪初兴起于青藏高原的奴隶制国家，吐蕃民族粗犷剽悍，能征善战，吐蕃奴隶主贵族很早就有吞并长安以西大片疆土，乃至消灭唐朝之心，但由于唐朝前期国势强盛，军事力量雄厚，所以吐蕃贵族只能伺机而动。天宝十四载"安史之乱"爆发，为迎击叛军，唐朝四处调兵，包括敦煌在内的河西陇右的多支唐军劲旅都被调往中原奔赴国难，西北地区的边备顿显空虚。在这种情况下，觊觎唐土已久的吐蕃人趁机跃马东进，很快攻陷了陇右的十几个州郡，并于763年10月攻进长安，在掠夺了十几日后才退回陇右，从此，河、湟西域的广大地区陷于吐蕃统治逾一个世纪之久，汉代以来开通的"丝绸之路"也被阻断，大批中原的官员、文人、游子陷于蕃地，中华的传统文化也遭到严重的破坏。敦煌佚名边塞诗真实记录下这段历史的变乱，记录下"北胡不为通京国"（佚名《失题》）之后，陷蕃者们的艰难处境和陷蕃心态："万里愁肠断不难，眼前分水不曾干。故乡只今谁忍道，莫交鹦鹉叹长安"（佚名《七言》十七首其十）"万里城边一树花，愁来相对几咨嗟。旅客只今肠欲断，春光何事到流沙？"（佚名《七言》十七首其十一）这是身陷蕃地、难归故里者的哀伤；"归途已被龙蛇闭，心魂梦向麟麟阁。"（佚名《失题》）这是心向大唐者的梦呓低语；"久游塞外倦风尘，是日穷途苦问卒。百年富贵如何处？一赏旨惶愁煞人"（佚名《七言》十七首其六），这是去边地寻求富贵的游子的懊悔；"作客令人心里孤，如今归去一钱无。家乡不久应如此，自到河西频失途"（佚名《七言》十七首其七）是仕途失意者的怅恨，这些佚名边塞诗从不同的角度，记录下河西陇右陷蕃者的所思所感，反映出他们没蕃后孤立无援和盼望团圆的心声。不仅如此，还有不少诗歌更广泛地反映出敦煌社会的沧桑之变："五柳和风多少年，琴堂□毁旧山川。城依峡口当冲要，地接沙场种水田。经乱不输乡国税，昔时繁盛起狼烟。夷人不相勉南亩，愿拜乘凫贡上天。"（佚名《番和县》）山川依旧，世事已非，即使边人尚有贡赋唐廷之心，可道路阻断，愿望已无法实现。昔日人丁兴旺、繁荣富庶的河西地区，在陷蕃之后却呈现出荒凉破败的景象："天下沸腾积年岁，米到千钱人失计。附郭种得二顷田，磨折不充十一税。今年苗稼看更弱，（扮）榆产业须抛却。不知天下有几人，只见波逃如雨脚。去去如同不系舟，随波逐水泛长流。漂泊已经千里外，谁人不带离乡愁？舞女庭前厌酒肉，不知百姓饿眠宿。君不见城外空墙匡，将军只是栽花竹。君看城外凄惶处，段段茅花如柳絮。海燕衔泥欲作巢，空堂无人却飞去。"（佚名《无名歌》）诗歌通过一个农民的自诉，不仅反映出他一个家庭的变化，而且反映出河西饥荒米贵、农民纷纷外逃的悲惨情景，像这样的诗歌早已成为反映蕃人占领下河西地区社会生活状况的珍贵资料。

四、征妇念远的凄情苦调

俗话说："外有征夫，内有怨妇"，反映征妇的思想情感，历来是边塞诗不可缺少的内容，"对征夫生活和边塞战争的描写与反映，一个重要的窗口和视角就是对征人的妻子——征妇的生活与情感世界的表现。这是因为人类本是由男女两性构成的性别世界，虽然战争的发动者和参与者多是男性，然而战争的牵连者和受害者则往往是女性，战争对于女性的影响丝毫不弱于男人。"[4]所以，自古以来，在边塞诗坛，哀怨的"思妇歌"与雄壮的"出塞曲"一样广为流行，因为"思妇的情感和生活是一个时代的指示器，通过思妇这个社会角色，我们可以窥见征人和边塞，通过征人和思妇，我们可以看到边塞的巨大变迁和唐代社会由盛而衰的轨迹"[5]。

敦煌佚名边塞诗中的征妇念远之作，更多地反映出敦煌及西北地区的历

史变化和民族关系，以及战争给社会、家庭带来的灾难，特别是给众多闺妇带来的痛苦忧伤，征妇们的怨情愁思或通过她们形单影只的寂寞来加以反映："孤坐正含颦，娇莺啼向人"（佚名《娥眉怨》），"他家闺阁冬犹暖，贱妾房风春亦寒"（佚名《七言》十七首其十七）；或通过泪湿罗巾的哀伤来表达："绿墀行迹少，红粉泪痕多"（佚名《锦词怨》），"寻思烟海戍，双泪湿红巾"（佚名《娥眉怨》），"自从夫婿戍楼兰，啼泪涟涟识不干"（佚名《七言》十七首其十七），"憔悴不缘思旧国，行啼只是为冤家。"（佚名《闺情为落蕃蕃陈上相知人》）这些心思细腻、柔情万千的思妇，独守空闺，愁思难遣，满腹的痛苦心酸无法排解，唯盼夜来入梦，求得与亲人的片刻团聚，"今夜闺门凭莫闭，孤魂拟向梦中来。"（佚名《闺情》三首其二）但就是这种短暂而虚幻的幸福也很难如愿："千回万转梦难成，万遍千回梦里惊。总为相思愁不寐，纵然愁寐忽天明。"（佚名《胡笳词》第十九拍）于是闺妇们后悔当初让丈夫走上从军封侯之路："与相长安闺里妇，悔教夫婿觅封侯"（佚名《七言》十七首其十二），她们怨恨如今夫妻天各一方的长久别离："早知中路生离别，悔不深怜沙碛中"（佚名《闺情》三首其一），尽管如此，她们却痴情不改、痴心一片："纵使千金与万金，不如人意与人心。欲知贱妾相思处，碧海清江解没深。"（佚名《奉答》）她们因相思而衣带渐宽，形容消瘦，"红妆夜夜不曾干，衣带朝朝渐觉宽。形容祇今销瘦尽，君来英雄去时看。"（佚名《奉答》）在求梦不得、盼信不至的情况下，思妇们只有通过缝衣寄衣来表达自己对亲人的关心和牵念："裁衣寄向边庭塞，唯愿强夫照妾心。"（佚名《闺情》三首其三）但有时她们会陷入"直为关山多屈滞，造得寒衣谁与将"（佚名《七言》十七首其十五）的两难境地。这些佚名的边塞闺怨诗与唐代其他的闺情诗一样，"不仅与塞外征人的思想、生活有着密切联系，而且有许多闺情诗并不是出自独处深闺的思妇之手，而是由诗人或久役塞外的征夫所作。作者凭借想象，从对面落笔，虚构出一种特殊情境或氛围，并通过描写对方真挚热烈的相思，寄托自己对故乡亲人的深切思念。"[6]所以这些诗歌传递的不仅是战争给广大思妇带来的忧伤痛苦，同时也暗含着边地士兵怀念故乡亲人的真切情感，是"一种相思，两处愁苦"

的另一种表现。

　　总之，敦煌佚名边塞诗以其独特的题材内容，质实平易的悲美风格，极富地域色彩的物候描写，反映出敦煌及西北地区的沧桑剧变，揭示出边地人民、边关戍卒、陷蕃游子以及闺中思妇的苦难与忧愁，它虽然失却了盛唐诗人歌唱理想激情的壮阔胸襟和高亢之声，也没有唐代著名边塞诗的宏大气魄，但其冷峻严肃的现实态度，直面人生的深沉思考，充满伤痛的低语呻吟，阴沉灰暗的单调色彩，仍于低沉哀伤、曲折回旋之处，放射出理想主义的光芒，其悲凉哀伤的审美特征是值得深入探讨下去的。

注释

［1］［2］［3］［6］胡大浚、王志鹏：《敦煌边塞诗歌校注》，甘肃人民出版社
　　　1999 年版，第 1—2、7、7—8、10 页。
［4］刘尊明：《敦煌边塞词——唐五代的西部歌谣》，《中国古代、近代文学研究》
　　　2005 年第 10 期。
［5］任文京：《唐代边塞诗的文化阐释》，人民出版社 2005 年版，第 212 页。